COLLECTION FOLIO

Régis Jauffret

Clémence Picot

Gallimard

Né en 1955, Régis Jauffret est l'auteur de plusieurs romans, dont *Histoire d'amour* (Folio n° 3186) et d'une pièce en un acte.

Je m'appelle Clémence Picot. Je viens d'avoir trente ans. J'habite boulevard St-Michel. Je travaille dans une clinique où je suis infirmière de nuit. Mes parents sont morts, je n'ai d'autre famille qu'un vieil oncle dans le Marais.

À la clinique, je croise parfois dans le hall ma collègue qui assure la garde du rez-de-chaussée. Nous nous saluons d'un hochement de tête. Je m'occupe du premier étage. En début de soirée, je distribue des hypnotiques aux insomniaques. Ma tournée terminée, je m'assois dans l'infirmerie et j'attends.

Certaines nuits, les lumières du tableau d'appel ne cessent de clignoter. Je dois courir d'une chambre à l'autre pour faire des piqûres et rassurer les anxieux. Mais souvent les malades m'oublient, je peux même somnoler sur un lit de camp ou écouter la radio. La musique m'ennuie, je n'aime que les confidences des auditeurs.

Au matin, j'entends les femmes de service

préparer les plateaux du petit déjeuner. À huit heures moins dix, l'infirmière major vient me remplacer. Elle voudrait entamer une conversation, mais je préfère m'en aller.

Je fais quelques courses, puis je bois un chocolat dans un café. Lorsque je me sens trop fatiguée pour lire le journal, je regarde les piétons marcher sur le trottoir.

Vers neuf heures, je rentre chez moi. Avant de m'endormir, je m'efforce de ne plus penser. Je veux que mon sommeil soit vide et calme.

L'hiver, il fait déjà nuit lorsque je me réveille. En ouvrant les volets, j'aperçois les lampes des gardiens qui arpentent les allées du jardin du Luxembourg.

Je dispose de trois nuits de liberté par semaine. J'aimerais les consacrer au sommeil, mais je m'endors difficilement avant l'aube. Jusqu'à une heure du matin, les activités ménagères et la télévision m'occupent plus ou moins. Après, je tourne dans l'appartement. Je n'arrive à me fixer nulle part, les pièces me semblent étroites, et les plafonds bas.

Je suis obligée de sortir, seule la marche parvient à user mon ennui. Je descends le boulevard, je longe la Seine, puis je file par les petites rues vers St-Germain-des-Prés. Place de Furstenberg, je fais halte sur un banc. Là, cernée par les vieilles demeures, je laisse passer le temps.

L'été, il m'arrive de traîner au soleil devant une statue dans l'espoir qu'un touriste veuille la prendre en photo. Souvent, on me fait signe de m'écarter, mais à plusieurs reprises je suis passée inaperçue. Mon image a voyagé, elle a peut-être échoué au fin fond de l'Asie.

Mes parents ne se faisaient jamais photographier. Ils trouvaient que l'armoire à glace du vestibule leur donnait un reflet aussi fidèle et gratuit. Leurs papiers comportaient de vieux clichés auxquels ils ne ressemblaient plus depuis longtemps.

Le jour de la photo de classe ils me gardaient à la maison. Papa craignait que je tire vanité de me voir sur le bristol glacé. Il a attendu une obligation légale pour accepter de laisser reproduire mon visage.

J'avais douze ans, il m'a emmenée faire des photos dans une cabine automatique. Il ne me les a pas montrées. Lorsque ma carte d'identité a été prête, il m'a obligée à la signer les yeux fermés. Ensuite, il l'a toujours gardée sur lui, sauf les rares fois où elle m'a été indispensable pour passer un examen. Il a péri avec elle, et j'ai dû la déclarer perdue au commissariat afin d'en obtenir une autre.

Le dimanche après-midi, je visite mon oncle. Je lui apporte des gâteaux et une bouteille de vin cuit. Il habite un sixième étage sans ascenseur, sa gardienne lui monte ses provisions chaque jour. Bien que son logement soit vétuste, il est propre et il se lave morceau par morceau dans une bassine.

Penché à la fenêtre, il me guette. Lorsque j'entre dans l'immeuble, il se précipite à petits pas sur le palier, et il tend l'oreille par-dessus la rampe pour m'écouter grimper. Quand j'arrive à sa portée, il m'embrasse. Je vois ses yeux qui brillent derrière ses lunettes à double foyer.

Nous pénétrons chez lui. Il me débarrasse de mon imperméable. Je pose les gâteaux sur son guéridon, je débouche la bouteille. Il les mange un à un avec lenteur, en mouillant chaque bouchée d'une rasade de vin cuit. Son goûter avalé, il me demande des nouvelles de ma santé, et il s'endort.

Le dimanche soir, je dîne chez ma voisine Christine Borel. Elle est veuve, et mère d'un garçon de dix ans prénommé Étienne. Je sonne à sa porte aux alentours de sept heures et demie. C'est le gamin qui vient m'ouvrir. S'il a été sage, Christine l'autorise à assister à notre apéritif en buvant un peu de Coca. Mais à huit heures elle frappe dans ses mains, et il va se coucher.

Christine est ma meilleure amie. C'est une femme très sensible, elle a beaucoup souffert. À la mort de son mari, elle a dû lutter avec courage pour maintenir son niveau de vie. Du jour au lendemain, elle s'est vue dans l'obligation d'accepter n'importe quel emploi. Mais grâce aux cours du soir, elle a pu rapidement abandonner son tablier de serveuse pour un travail moins éreintant dans un ministère.

Nous cuisinons ensemble notre dîner. Nous mangeons en tête à tête sur la table ovale du salon. Les baffles diffusent du piano, les bougies du chandelier éclairent nos visages, plongeant le reste de la pièce dans la pénombre. Pendant le repas, nous vidons notre bouteille de bordeaux. Au dessert, il n'est pas rare qu'un peu éméchées nous dansions le tango pieds nus sur la moquette. La soirée se termine à une heure du matin, après deux ou trois verres de liqueur d'orange. J'aimerais m'attarder davantage, mais Christine doit se lever tôt pour préparer son fils et se rendre au ministère.

De temps en temps, elle me demande de rester pendant son démaquillage et sa toilette de nuit. Je m'assois sur son lit, et elle laisse la porte de la salle de bains entrouverte afin que nous puissions parler. Elle évoque souvent son mari, et leur court voyage de noces en Alsace. Il y a un portrait de lui sur la commode. Il est mort d'un infarctus en jouant au football. Christine ne l'a jamais oublié, elle a juré sur sa tombe de ne pas se remarier.

En rentrant chez moi, je me sens nerveuse et gaie. Notre amitié me trouble. Je nous imagine propriétaires d'une maison à la campagne. Nous ne nous quitterions plus, nos chambres seraient contiguës, nous nous parlerions à travers la cloison. Plus tard, quand je serais mariée, Christine m'aiderait à élever mes enfants.

Il n'est pas impossible qu'un jour mon rêve s'incarne. L'appartement que j'occupe est à moi, il me suffirait de le vendre pour dégager un capital de départ. Mais il me vient de mes parents. J'aurais l'impression de les insulter en liquidant le fruit de leur travail. Ils étaient nés pauvres, ils s'étaient fait le serment de mourir dans un logement qui leur appartiendrait. C'est moi qui profite de ce patrimoine douloureusement acquis.

Tous les parents sont admirables. L'être vivant doit un respect sans bornes à ses géniteurs. En venant au monde, il contracte une dette infinie. Qu'ils aient été heureux, martyrs ou abandonnés, les enfants sont dans l'obligation de célébrer leurs auteurs. La reproduction est un acte de générosité qui se suffit à lui-même.

Avant de connaître Christine, j'ai passé près de sept années absolument seule. Pendant mes vacances, je restais à Paris. Je regardais les bouchons autoroutiers à la télévision. On annonçait qu'il faisait près de cinquante degrés dans les voitures, et je me réjouissais d'être au frais derrière mes persiennes.

Je sortais en fin d'après-midi, quand le soleil était couché. Je montais jusqu'au Sacré-Cœur, et je descendais en comptant les marches. Il me semblait que je voyais au loin mon appartement et même la lumière que j'avais oublié d'éteindre en sortant. Je croyais distinguer une silhouette derrière mes volets, je rentrais en taxi par crainte d'un cambriolage.

Le lendemain je prenais soin de laisser mes volets ouverts. Je me voyais laver une assiette dans l'évier, puis m'asseoir sur un fauteuil et lire un journal. J'ai fini par me voir dans toutes les pièces à la fois, sous forme de foule. Je ne suis plus jamais remontée là-haut.

Je trouvais mes vacances trop longues. J'avais l'habitude de passer ma dernière semaine de congé à dormir. Je ne voulais pas rester éveillée plus de vingt minutes par jour, le temps de grignoter des biscuits et d'aller aux toilettes. Les doses de somnifères que je prenais me faisaient dormir vingt-quatre heures d'affilée. Il m'arrivait aussi d'enjamber un week-end tout entier avec des posologies plus risquées. Il ne me déplaisait pas de sombrer dans un profond sommeil sans avoir la certitude de me réveiller. J'imaginais mon arrêt respiratoire, puis ma lente détérioration sur le lit. Pendant des mois on frapperait à ma porte, on me sommerait d'ouvrir, on déposerait en vain des avis sur mon paillasson. L'immeuble deviendrait ma pyramide, bientôt battue par les vents de l'automne et la neige de janvier. Mes chairs sécheraient peu à peu avec les premières chaleurs du printemps. Lorsqu'on me découvrirait, je serais une momie nue, sans bandelettes ni attributs d'or.

Je me réveillais la bouche pâteuse, mécontente d'être encore là. Je buvais du lait ou de la bière. J'entrouvrais la fenêtre, je regardais le boulevard désert dans la nuit d'août, ou torride avec des touristes au soleil devant les bistros. Puis, je doublais la dose en espérant dormir jusqu'à la fin de ces interminables congés.

Dès que je reprenais mon travail, je me sentais mieux. Je trouvais grisant d'avoir des malades sous mon autorité durant toute une nuit. Il ne tenait qu'à moi de répondre à ce coup de sonnette plutôt qu'à celui de la chambre voisine. J'éprouvais un grand plaisir à soulager, il me semblait que la douleur m'obéissait comme une bête apprivoisée.

Je me rappelle très nettement mon enfance.

Mon père travaillait au Bazar de l'Hôtel de Ville en qualité de chef de rayon. Je sortais peu du rez-de-chaussée presque insalubre que nous occupions à cette époque derrière le Panthéon. Ma mère brodait des barboteuses pour une boutique de la rue du Four. Je collais mon œil contre la vitre, et je regardais les gens qui traversaient la place. Lorsque j'étais gentille, maman me racontait une histoire de loup. Lorsque j'avais désobéi, elle disait qu'il allait venir me chercher. Si je m'endormais en dehors de l'heure de la sieste, elle me réveillait d'une tape sur la joue. Elle me savait sujette aux cauchemars, et elle redoutait de m'entendre hurler pendant qu'elle s'attelait à sa tâche.

Pour me faire tenir tranquille, elle me faufilait des espèces de polichinelles qui m'amusaient peu. Je me déplaçais dans la pièce humide qui nous servait de salle et de cuisine, je respirais l'odeur des moisissures, je léchais la peinture d'une vieille caisse qui avait un goût de sucre et de vanille.

Le lundi, elle faisait la lessive de la semaine. Je m'amusais à éclabousser d'eau savonneuse les yeux des chats vagabonds. Ils s'enfuyaient, j'aurais pourtant voulu les attirer dans la maison. J'avais demandé à maman quelque chose qui puisse servir d'appât. Elle m'avait donné une chute de satin noir en me recommandant de bien l'agiter dès que j'en verrais un à l'horizon. Ce procédé ne fonctionnait pas, plus tard j'ai vu dans mon livre de lecture une image où l'on voyait un chat tremper sa langue dans une assiette de lait. Mais maman n'a pas voulu que je gaspille. Elle m'a dit de me contenter du chat de l'illustration.

Le mercredi, nous recevions la femme du boulanger de la rue Gay-Lussac, à qui notre famille était liée par un lien de cousinage à la mode de Bretagne. Il y avait de l'orangeade pour le goûter, et la cousine apportait des brioches.

Matin et soir, mon père m'emmenait faire le tour du pâté de maisons afin de me dégourdir les jambes. Je me souviens du soleil, du vent, et de la pluie. J'aimais la neige, il me semblait qu'elle faisait grossir la ville. Mes petits voisins confectionnaient des boules qu'ils lançaient sur moi. Papa m'interdisait de les imiter, et je protégeais mon visage avec ma main nue.

Les baisers de mes parents étaient rares. Ils avaient peur que trop de tendresse me nuise. Ma mère m'embrassait légèrement sur la nuque, papa se contentait de m'effleurer le front. Pour eux, l'enfance n'était qu'un passage austère qui débouchait sur l'âge adulte. Ils voulaient que je m'améliore, que je m'épure. Ils croyaient en moi. Ils me brimaient pour que je réagisse et pousse plus dru.

Mes parents ne s'aimaient pas, l'amour était un sentiment bizarre pour eux, il leur paraissait exotique. C'était un luxe, une perversion capable de ronger les plus beaux fruits. Il leur était à ce point étranger, qu'ils en riaient quand ils croyaient que je ne pouvais pas les entendre. Les amoureux qu'ils voyaient s'embrasser dans la rue leur semblaient burlesques. Je ne sais pas si maman m'aimait, et si on le lui avait demandé elle n'aurait jamais osé le reconnaître. Elle me touchait le moins possible. Ses paroles étaient sèches, elles tombaient sur moi comme une pelletée de cailloux.

Il m'est arrivé d'être assez sage pour qu'elle m'emmène faire un tour au jardin du Luxembourg. J'avais le droit de regarder, mais il m'était interdit de toucher à rien. Je voyais les voitures des marchands de glace, et les boules rouges et blanches qu'ils adaptaient aux cornets en biscuit. Je voyais les bateaux à voile qu'une femme louait pour naviguer dans le bassin. Nous passions devant le théâtre de marionnettes, je remarquais le dessin sur l'affiche et le petit chapeau collé au-dessus de la porte. Plus loin, j'apercevais les balançoires et les agrès pendus aux portiques. Maman me montrait l'heure à la pendule du Sénat. Je la fixais jusqu'à ce que je voie la minute avancer. Puis, nous marchions devant le carré de sable et le manège.

Nous nous reposions sous le kiosque à musique, sur des sièges où avaient dû s'asseoir récemment des trompettistes ou des joueurs de trombone. Maman cousait un peu. Je regardais les statues sur leur haut socle, et j'essayais de me mettre à leur place par la pensée. Nous rentrions d'un pas rapide, j'avais juste le temps de voir tourner les moulins à vent de la marchande de bonbons. Arrivée à la maison, je remerciais maman pour cette promenade. Elle me répliquait que nous n'y retournerions pas de sitôt.

Mes parents ne riaient jamais devant moi. Ils ont lutté longtemps contre mes fous rires inextinguibles qui survenaient sans raison, comme des crises de larmes. J'avais pris l'habitude de me précipiter dans les toilettes pour les leur cacher.

J'éprouvais beaucoup de plaisir à être hilare, il me semblait purger un organe inconnu. Un jour que maman m'accablait de reproches, je n'ai pas pu me retenir. Je lui ai ri en plein visage, en la regardant droit dans les yeux. Elle était désemparée. Elle posait sa main sur ma bouche, puis elle la retirait comme si elle avait peur d'une morsure. Elle essayait de prendre du recul, mais on aurait dit que quelque chose la fascinait et l'empêchait de quitter la pièce. Quand je me suis arrêtée, elle est allée ouvrir la fenêtre. Elle m'a reproché de ne pas aérer assez.

Un hiver, notre immeuble a été envahi par des souris. Pendant plusieurs semaines, l'une d'entre elles a vécu dans ma chambre. La nuit, je l'entendais courir et se faufiler dans son trou. Je pouffais sous mes couvertures, car je croyais qu'elle plaisantait. J'aurais voulu l'apprivoiser, et la forcer à me suivre toute la journée. Mais ma mère l'a dénichée, et l'a écrasée à coups de balai.

Un été, maman m'avait laissée seule à la maison. Je devais avoir six ou sept ans. Il faisait beau, la fenêtre de notre rez-de-chaussée était ouverte. J'ai entendu quelqu'un chanter dans la rue. Puis je l'ai vu passer, et tomber tout d'un coup. J'ai escaladé l'évier pour le voir. Il était sous la fenêtre, écroulé sur le trottoir. Il continuait à chantonner. Sa tête était à ma portée, il avait une tonsure luisante, j'ai posé le doigt dessus.

J'aurais voulu lui dire de venir me rejoindre à l'intérieur pour jouer. Mais je n'osais pas lui parler. Je suis allée chercher le marteau de papa dans l'appentis. J'ai eu du mal à remonter sur l'évier. Il ne chantait plus. J'ai pris le marteau à deux mains et j'ai frappé la tonsure qui brillait au soleil. Il n'a pas crié, il n'a pas saigné non plus.

Je suis descendue de l'évier, j'ai reposé le marteau à sa place.

Maman est rentrée furieuse d'avoir un clochard endormi devant chez elle. Dans l'après-midi, la voisine d'en face a voulu le réveiller. Il ne réagissait à aucune stimulation. Quand on a enlevé son cadavre, maman a dit que c'était un bon débarras. Je lui ai demandé pourquoi il était mort.

— Il avait trop bu.

Les jours suivants, je me suis abstenue de boire pendant les repas. Quand maman s'en allait, je grimpais sur l'évier avec le marteau. Mais aucun clochard ne venait plus échouer devant la fenêtre, et la tête des passants était trop haute pour moi.

Mon entrée à l'école fut pour moi un événement heureux. J'aimais ce quadrillage disciplinaire qui obligeait les enfants à rester assis. Les maîtres m'appréciaient, je les aidais à maintenir l'ordre dans la classe. Mes camarades me craignaient presque autant qu'un pion.

De retour à la maison, j'épluchais les légumes avec ma mère. Ensuite, j'étudiais sur un coin de la table. Pendant le dîner, mon père m'enseignait la composition des aliments. Il m'expliquait aussi la structure des assiettes, des couverts et de la carafe. Il me racontait que les murs de la cuisine étaient formés d'atomes qui tournaient à une vitesse folle tandis que nous déglutissions. Il pelait sa pomme en me faisant effectuer des divisions de plus en plus ardues à mesure que la chair apparaissait. Avant de me coucher, je faisais la vaisselle. Dans la soirée, maman venait vérifier que j'étais endormie.

Un soir en rentrant, j'ai dit à maman que j'avais fait punir deux élèves. Elle m'a interdit désormais de perdre mon temps à m'occuper des autres. À son retour du Bazar, mon père m'a expliqué que la méchanceté me ferait autant de tort dans la vie que le dévouement. En classe, je devais me tenir droite et me considérer comme la seule élève de toute l'école. Je ne devais ni prêter une gomme, ni demander un crayon noir. Il me fallait répondre aux questions des maîtres, mais apprendre à devenir sourde aux paroles des autres enfants. Il m'a même fait promettre de ne jamais jouer avec mes camarades, à moins qu'on m'en donne l'ordre formel.

Je devais éviter tout contact avec des éléments étrangers à l'étude. Je n'avais le droit de regarder que la maîtresse ou mon cahier. Je refuserais de percevoir les parois décorées de dessins, le plafond couvert d'étoiles en papier doré, et même mon corps. Il fallait que je me souvienne de tout ce qui sortait de la bouche de la maîtresse. Mon cerveau devait même enregistrer ses soupirs.

Grâce aux consignes de mon père, je conserve dans ma mémoire une trace découpée de chaque instant de ma vie. Je connais mon existence aussi parfaitement qu'une démonstration d'algèbre. Je suis limpide, transparente. Je ne porte en moi aucune ombre. Je ferme les yeux, et je me vois.

Aujourd'hui encore, il m'arrive de réécouter pendant de longues heures des leçons qui ont résonné dans la classe vingt ans plus tôt. Je parviens même à revoir les figures des enseignants. Elles sont un peu délavées, mais la couleur de la craie rouge sur le tableau est toujours aussi vive.

À la clinique, quand tout l'étage est calme, j'écoute volontiers une leçon de géométrie. La voix du professeur s'élevait toujours comme une protestation. On aurait dit qu'il en voulait aux angles d'être pointus et aux cercles d'être courbes.

Mon père croyait à la vertu de l'ennui qu'il avait découvert en travaillant au Bazar. Mon enfance a été aussi morose qu'il le désirait, mais il y a sûrement beaucoup de joies que mes parents n'ont pu m'éviter, et dont je n'ai pas gardé le souvenir.

J'étais très attachée aux objets. J'éprouvais même des sentiments pour eux. Les portes me plaisaient, ainsi que les fauteuils et les lits. Mais j'avais peur des tables, je les croyais hostiles. Je faisais des rêves peuplés d'objets autonomes.

Au cours de certaines périodes de mon enfance, il m'arrivait de considérer les objets comme des semblables. Mes crayons et ma gomme étaient sensibles. Je devais les manipuler avec douceur si je ne voulais pas les faire souffrir. Je les emmitouflais de papier buvard quand il faisait froid. Je les portais à mes lèvres sans jamais les mordiller, et avec l'impression d'abuser de leur inertie. Je respectais aussi mes cahiers, dont chaque page me semblait une membrane sur laquelle j'écrivais délicatement pour éviter de la percer.

Je sympathisais avec de vieilles chaises au rebut que je traînais derrière moi dans la cour de récréation. Je croyais qu'elles me reconnaissaient d'un jour à l'autre, et que sous leur vernis écaillé se cachait un organisme ramifié qui leur conférait une personnalité.

Le dimanche, nous allions pique-niquer au bois de Vincennes. Papa m'exhortait à courir et à bondir dans l'herbe. J'étais un peu jalouse des fillettes que je voyais sauter à la corde. Malgré quelques caprices devant les vitrines des magasins, mes parents n'ont jamais voulu m'acheter aucun jouet, même une simple corde à poignées. Ils pensaient que le jeu m'éloignerait de mes devoirs scolaires. Pour Noël, ils m'offraient un livre. Ils ignoraient ma fête et mon anniversaire.

Papa ne voulait pas d'une enfant gâtée. Quand je me plaignais, il m'obligeait à monter et descendre l'escalier en courant pendant une demi-heure. Les voisins s'étonnaient de voir passer sans cesse cette gamine en nage devant leur judas. Quand on l'a questionné à ce sujet, mon père s'est excusé pour le bruit que j'avais occasionné dans les parties communes. En rentrant il m'a giflée, et il m'a dit que dorénavant il m'interdisait de courir. Maman lui a reproché d'être injuste envers moi, il lui a rétorqué que l'injustice faisait partie de l'éducation.

Durant ses semaines de congé, il m'emmenait promener dans Paris. Je devais lui réciter en rentrant le nom des rues où nous étions passés, et décrire les maisons qu'il m'avait montrées du doigt. Les jours d'orage, il me faisait faire de la gymnastique et des exercices de mémorisation. J'apprenais par cœur une page de catalogue, que je restituais ensuite par écrit. Mon père n'était pas un homme cultivé, il piochait la pédagogie à la librairie du Bazar.

J'avais beaucoup d'amies imaginaires. Elles m'approuvaient, et répétaient tout ce que je disais. Nous avions des jeux dangereux, mais c'est elles qui périssaient à chaque fois. Je les renouvelais quand il n'y en avait plus, et j'envoyais ce nouveau cheptel à la mort. Je pouvais faire surgir une amie plus intime, une confidente. Avec elle, nous nous promenions dans les rues en nous tenant par le cou.

Christine est la première amie réelle que j'aie jamais eue. Mes camarades enviaient trop ma réussite pour sympathiser avec moi. Pendant les récréations je m'asseyais à l'écart, et je me moquais d'elles intérieurement.

À onze ans, j'ai pourtant chahuté avec une fille de mon âge. Nous nous enfermions dans un placard, et nous échangions des caramels que nous sucions chacune à notre tour. Cet enfantillage nous amusait.

Lorsque j'ai eu douze ans, j'ai atteint la taille de ma mère. Je lui ai dit que nous étions comme deux sœurs jumelles. Je n'ai pas compris pourquoi elle exigeait que je lui demande pardon. Quand il est revenu du Bazar, papa a été indigné que j'ai pu à ce point insulter maman. Il n'admettait pas que je traite de sœur une femme qui m'avait mise au monde, et qui se trouvait donc au-dessus de moi dans la hiérarchie de l'existence.

À treize ans, mon père m'a expliqué le principe de la reproduction. Il s'est servi d'un schéma, et de quelques termes scientifiques. Sur le moment, je n'ai eu qu'une idée vague de ces choses. Le lendemain, j'ai questionné ma mère. Elle n'a pas voulu m'en dire davantage. Quelques mois plus tard, j'ai vécu mes premières règles comme une sorte de suicide que j'avais probablement déclenché sans l'avoir voulu.

Cet appartement du boulevard St-Michel existe, puisque je l'habite encore aujourd'hui. Mon père s'était endetté pour l'acheter. Au lieu de l'habiter tout de suite, il a longtemps hésité à le mettre en location afin de continuer à faire fructifier son épargne.

Il disait que nous étions faits pour notre ancien blockhaus où la lumière restait cinq heures par jour et où le soleil n'entrait presque jamais. Nous étions dans le bocal que nous avions mérité, nous clapotions dedans depuis tant d'années. Nos racines avaient poussé là-bas. À présent, nous allions tomber dans un bac immense où elles sembleraient minuscules et chercheraient des coins d'ombre pour ne pas griller sous les ultraviolets.

Je me disais que peut-être elles croîtraient sous l'effet du rayonnement solaire et du chauffage. Elles parviendraient à emplir l'espace, et même à menacer le palier et les rebords des fenêtres.

Nous n'avions pour ainsi dire aucun mobilier, mon père a dû acheter un lot de meubles d'occasion. On m'a donné un bureau en acajou et un lit avec une partie en bois pour reposer la tête et lire avant de s'endormir. Mes parents ont réparti le reste à leur goût, peu de choses ont changé depuis.

Au bout de quelques mois, on aurait dit que nous avions toujours vécu dans cet appartement vieillot, avec ces rideaux en velours puce qui dévoraient le jour. On avait l'impression en permanence qu'il pleuvait dehors. De toute façon, je n'aime pas ces rayons qui viennent dans les yeux et qui font briller tout ce qui est lisse autour de soi. Je préfère la lumière artificielle, que l'abat-jour rend plus mate encore. Il suffit de pouvoir se déplacer sans se cogner, ni rien renverser.

On n'a guère plus besoin de lumière quand on veille que lorsqu'on dort. Je voudrais que les vingt-quatre heures de mes jours se déroulent dans la même pénombre bienfaisante, trop obscure pour que je puisse voir ou être vue. J'aimerais ne plus être embarrassée par ces couleurs qui finissent par brouiller les objets qu'elles recouvrent. J'aimerais effleurer la réalité du bout des doigts, au lieu d'en être réduite à la regarder et à l'écouter comme le font les animaux traqués.

J'étais une jeune fille discrète, studieuse, passionnée par la lecture. On m'avait inscrite à une bibliothèque. Je louais des histoires d'amour et des nouveautés. Ces livres avaient pour moi la saveur du fruit défendu.

Mais papa fouillait régulièrement ma chambre. Je n'ai pu lui cacher longtemps mes coupables lectures. Quand il a découvert qu'au lieu de parfaire mon instruction je me divertissais en lisant des romans, j'ai été punie.

Et puis, il m'a fait comprendre que le reste de ma vie devrait toujours être aussi drastique que mon enfance. Une bonne vie, bien charpentée, bien construite, une vie pareille doit s'écouler dans le gosier comme un grand verre d'eau tiède qui n'irrite rien sur son passage. Même la nourriture devait être identique chaque jour, et il fallait qu'elle n'ait aucun goût définissable. Les êtres aussi devaient avoir le même aspect de tristes surgeons d'une branche unique et infinie qui se perd au fond du temps. L'esprit lui-même devait être plein de grisaille, comme enfumé à la manière des ruches dont on veut extraire les rayons de miel.

Je ressemble à mon père, je ne crois pas au bonheur, mais à une sorte de malheur au repos. Je voudrais être sûre que tout ce qui se passera sur terre jusqu'à la fin de ma vie ne me concernera pas. Que tout s'écoulera sans m'atteindre, indifférent à ma petite existence d'infirmière couchée sur son lit, ou la tête entre les rideaux pour surveiller la circulation du boulevard à travers les vitres.

Dès le lendemain de sa découverte, mon père s'est chargé de louer pour moi des traités didactiques. J'ai d'abord boudé ces ouvrages, mais à la longue j'y ai pris goût. C'est à leur contact que j'ai commencé à m'intéresser à la médecine. J'aurais voulu devenir pédiatre. Outre les dépenses qu'auraient entraînées ces études, mon père redoutait l'anarchie qui régnait alors dans les facultés. Du reste, maman trouvait que le métier d'infirmière était plus féminin.

J'ai obtenu mon diplôme deux mois avant leur accident. À l'école, il y avait des garçons qui se destinaient au même métier que nous. Le soir, les élèves organisaient des fêtes où se nouaient des flirts. Mon père ne m'a jamais permis d'y assister, et je me suis vite retrouvée en quarantaine.

Je préférais rester à la maison, seule dans ma chambre. Je voulais garder une vue transparente de ma vie, je m'obligeais à tenir un journal. Quotidiennement, j'essayais de décrire mon état d'esprit et son évolution au cours de la journée. Puis j'arrachais la page du cahier, et je la déchirais en petits morceaux que je brûlais. Ainsi, j'étais certaine que personne ne la lirait jamais.

La tristesse était un sentiment que j'éprouvais peu. J'aimais la vie, et il ne me venait pas à l'esprit d'attenter à mes jours. Je ressentais parfois de la rage, de la haine. Mais la tristesse était une affection moyenne que j'ignorais. Aujourd'hui encore, je ne suis jamais triste. Le sentiment que j'éprouve à la place est plus aigu. Il m'oblige à me lever, à marcher, et quelquefois à crier en mordant un coussin ou une couverture.

Je sentais que je quittais l'enfance pour l'inconnu. Lorsque j'avais une heure de liberté, je me promenais le long des vitrines. Les boutiques de mode me semblaient étranges et inaccessibles. Jusqu'à sa mort, maman a cousu de ses mains tous les vêtements de la famille. J'avais l'impression de porter le même manteau depuis ma naissance, car elle reportait les boutons de l'ancien sur le nouveau.

Ma coquetterie se limitait à une hygiène rigoureuse. Depuis notre déménagement, nous disposions d'une salle de bains. Je me lavais plusieurs fois par jour en cachette. Un lundi après-midi, papa m'a surprise déshabillée devant le lavabo. Il ne m'a plus adressé la parole pendant trois semaines.

J'intriguais mes parents. Ils auraient voulu connaître ma vraie nature. Ils craignaient que je dissimule un secret sous mon apparente docilité. Durant les repas, ils me posaient des questions indiscrètes. Je rougissais, puis je quittais la table en pleurs.

Mes parents n'avaient pas de haine envers moi. Je n'ai aucun reproche à leur adresser. Je ne m'élèverais pas autrement si j'avais à le faire. La joie n'est pas bonne pour l'enfant, il ne doit pas jouer mais devenir adulte et prendre sa place dans la société. Il ne doit pas être aimé, il doit être propulsé vers l'avenir. Il est une fusée sur la rampe de lancement d'un futur qui n'existera que lorsque nous aurons disparu.

J'avais vingt ans quand mes parents sont morts.

Pour son départ à la retraite, le comité d'entreprise du Bazar lui avait offert un week-end aux Baléares. Papa s'attendait à recevoir une somme d'argent ou des bons d'achat. Il est rentré furieux à la maison, maudissant la chape de plomb de la civilisation des loisirs qui écrasait sans pitié l'instinct d'économie des petites gens. D'ailleurs, il détestait les voyages. Il pensait qu'on ne devait jamais s'éloigner de son domicile sans motif impérieux.

Il a tenté de négocier le remboursement des billets, mais le Bazar a refusé toute transaction.

Je les ai accompagnés à l'aéroport. Maman semblait heureuse de faire son baptême de l'air. Papa ne décolérait pas à la pensée que tout cet argent gaspillé aurait pu l'aider à régler ses traites. Ma mère lui disait que pendant deux jours ils seraient nourris et distraits aux frais de la princesse. Mais mon père était inconsolable.

L'avion explosa en vol au-dessus de la frontière espagnole. Quelques mois plus tard, j'ai reçu un chèque de l'assurance. Le sang de mes parents a irrigué mon compte en banque. Ils auraient été fiers s'ils avaient su que leur mort multiplierait leur capital. Mes parents ne sont enterrés nulle part, leur sépulture n'aura été qu'un simple chiffre sur mon relevé mensuel. Cette somme m'a permis d'éponger le reste du crédit sur l'appartement.

S'ils avaient raté cet avion, ils seraient encore vivants et je n'aurais pas pris mon indépendance. Tous les parents devraient mourir jeunes. Je n'en voudrais pas à mes enfants si j'apprenais qu'ils souhaitaient ma mort. Au contraire, je leur ferais bientôt la surprise de mon décès. Ils l'accepteraient comme un dû.

À la mort de mes parents, j'ai éprouvé un chagrin intense et long de plusieurs mois. J'étais désorientée, ma vie n'avait plus d'axe.

Je me suis souvenue que maman avait un demi-frère dans le Marais. Je ne le connaissais pas, mais j'ai retrouvé son adresse sur une vieille enveloppe. Un matin de juillet, je suis allée lui rendre visite. Je lui ai expliqué que j'étais sa nièce, et il m'a reçue dans sa mansarde. Il doutait que le même sang coule dans nos veines, mais il était content malgré tout de rencontrer quelqu'un. Je lui ai annoncé que mes parents étaient morts. Il m'a répondu qu'il avait perdu sa femme l'hiver dernier. Nous avons bavardé.

Jusqu'à la fin août, nous nous sommes rencontrés régulièrement. Lorsque la canicule était insupportable, je l'emmenais prendre l'air place des Vosges. Sa conversation était déjà bornée, mais je projetais sur lui un peu de mon amour filial. Dès l'automne, j'ai espacé mes visites. Aujourd'hui, je ne le vois plus que par devoir et habitude.

Quand mon chagrin a faibli, j'ai réalisé qu'à présent plus personne n'avait le droit de me donner des ordres. Je pouvais sortir et acheter librement. Alors, je me suis mise à entasser des provisions de bouche, ainsi que des chaussures et des robes. Je n'osais pas me montrer avec ces vêtements neufs. Je me contentais de les essayer dans le huis clos de l'appartement.

Je faisais un stage à l'hôpital, toutes mes soirées étaient libres. Je dînais au restaurant, et je regagnais le boulevard St-Michel par le chemin des écoliers. J'allais même parfois dans une boîte de nuit. Je m'asseyais au bar, je regardais les autres se trémousser sur la piste. Les hommes qui m'invitaient à boire un verre me déplaisaient. Je rentrais seule à l'aube.

J'ai fini par comprendre que je menais une vie absurde. Je me suis ressaisie, j'ai trouvé du travail dans cette clinique. Mes nuits laborieuses m'ont appris à vivre en retrait du tumulte. Un emploi du temps strict a clôturé mon existence. Et puis, il y a deux ans, Christine est venue habiter au-dessous de chez moi. Nous avons fait connaissance dans l'escalier. Elle m'a invitée à prendre le thé. Nous avons échangé des idées qui se ressemblaient. Nous sommes devenues amies. Depuis, notre dîner du dimanche me donne le courage de traverser la semaine. Pendant quelques heures, j'oublie mon célibat.

Maman aurait aimé accoucher d'une famille nombreuse. Elle me reprochait parfois d'être fille unique. Elle a souvent essayé de convaincre papa que les allocations combleraient le trou creusé par de nouvelles bouches. Mais mon père ne voulait pas que son pécule se dilue à sa mort. À son avis, seuls les riches pouvaient se permettre le luxe d'avoir plusieurs descendants.

Mes parents me disaient que je leur coûtais de l'argent chaque mois, et chaque année douze fois plus. Quand j'étais adolescente, un jour mon père m'a demandé de calculer avec ma table de logarithmes combien je leur coûtais à chaque seconde de ma vie. J'ai haussé vaguement les épaules.

J'ai grandi dans le culte de l'épargne. Le cœur de mes parents battait plus fort quand ils frôlaient la façade d'une banque. Ils chérissaient les billets neufs, lisses, craquants. Ils repassaient avec soin ceux que l'usage avait défraîchis. Même s'ils ne croyaient pas en l'au-delà, ils n'auraient pas été surpris de voir un porte-monnaie devenir lumineux dans une pièce obscure.

Mon père supposait que je resterais célibataire toute ma vie. Quand je lui demandais l'explication de ce mot, il me répondait que je n'aurais jamais d'homme ni d'enfant. À ma mort, tout mon argent retournerait à l'État. Cette perspective lui plaisait. Il imaginait que son argent tomberait ainsi sous la coupe de gestionnaires habiles au lieu d'aller gonfler les poches d'une descendance qui en ferait un usage consumériste. Il me regardait comme le dernier maillon de cette famille qui l'avait propulsé dans l'existence entre les deux guerres mondiales. Après moi, tout serait terminé. Plus personne n'aurait jamais aucun lien de parenté avec nous.

Malgré ses prédictions, je savais que mes enfants viendraient, même si leur géniteur m'était encore inconnu. Depuis toujours, je les avais eus en moi à l'état de bloc flou immergé au plus profond de mon être. Avec le temps, j'ai même pu les distinguer l'un de l'autre. Je voyais leurs visages, je pouvais même avoir un dialogue avec eux. Je savais qu'ils avaient besoin de l'intervention d'un homme pour prendre part au réel, mais ils existaient déjà. Je pouvais d'ailleurs les comparer à d'autres gosses plus tangibles qui dormaient dans leur poussette, ou qui couraient avec leur cartable sur les trottoirs.

J'aurais compris qu'un enfant lâche la main

de sa mère dans la rue et vienne à moi. Je me sentais un droit sur tous les enfants que je voyais. D'autres les avaient faits à ma place, mais j'en possédais une part que je pouvais revendiquer. Les enfants étaient notre trésor commun, nul ne pouvait prétendre thésauriser les siens.

Notre famille était unie, mes parents ne se disputaient jamais. Ils avaient les mêmes idées, qu'ils échangeaient le soir après le dîner quand j'étais couchée. Maman disait que les légumes baissaient un peu. Papa lui répondait qu'après tant d'années, ils n'étaient pas arrivés à réguler leurs dépenses d'alimentation. Maman lui promettait qu'elle se montrerait plus vigilante encore lorsqu'elle ferait son marché. Mais elle était quand même obligée de me donner des aliments riches en protéines, car j'étais en pleine croissance. Mon père discutait, il lui semblait que j'étais trop nourrie et qu'une petite taille était préférable pour une femme. Maman soutenait que deux œufs par jour ou de la viande étaient indispensables au bon développement de mon squelette. Ils se mettaient d'accord pour manger plus de féculents, me réservant les protéines afin que je grandisse malgré tout.

Ils méprisaient leur tube digestif qui jetait leur argent au tout-à-l'égout. Ils rêvaient d'une nourriture aussi peu dispendieuse que l'oxygène, et d'un estomac économe comme une paire de poumons.

J'ai reçu une éducation vigilante et rigide. L'inflexible rail de l'autorité paternelle m'a conduite sans soubresauts jusqu'à l'âge adulte. Aujourd'hui, j'ai atteint l'extrême limite de la solitude. Je ne suis que l'écho de mes parents, mon appareil génital se doit de l'amplifier.

En basculant dans la trentaine, j'ai réalisé que je ne disposais plus que de très peu d'années pour me reproduire dans de bonnes conditions biologiques.

Pour la première fois de ma vie, j'ai décidé de fêter mon anniversaire. Je suis née à deux heures du matin, mais Christine a refusé de veiller si tard. Malgré le froid, j'ai soufflé les bougies devant la fenêtre ouverte afin de sentir au moins la présence du boulevard. Le gâteau m'a semblé fade, le champagne tiède, il ne se passait rien dehors. J'ai donné un coup de poing au mur du salon, puis je me suis promenée en pleurant à travers les pièces. J'avais l'impression de chialer à la place des gosses que je n'avais pas faits.

Je savais que Christine dormait, je croyais pourtant qu'elle accepterait de me recevoir. Je suis descendue, j'ai sonné. J'ai attendu dans le silence. J'ai frappé, je l'ai appelée à plusieurs reprises par son prénom. J'ai essayé aussi de réveiller Étienne. Sans résultat.

Je suis sortie. J'ai avancé dans le vent froid. J'ai dépassé la Sorbonne, j'ai atteint la place St-Michel. Les fontaines étaient arrêtées, je me suis assise sur le rebord de la vasque. J'avais les yeux mouillés, j'étais remplie d'une rage qui gonflait de ne pouvoir se partager avec personne.

Je me suis levée, j'ai obliqué vers les rues sombres qui donnent sur les quais. J'avais envie de marcher jusqu'à ce que l'épuisement me donne sommeil. Je serais remontée alors chez moi et je me serais couchée. Le lendemain, j'aurais considéré mon anniversaire comme une étape déjà caduque de ma vie. J'aurais senti combien ma progéniture était proche et à quel point elle existait déjà dans mon ventre, même si elle n'avait pas encore été conçue.

Je marchais, j'entendais le bruit de mes pas sous les arcades. J'essayais de me faire mal en frappant mes pieds sur le sol irrégulier dont je ne distinguais pas les flaques ni les trous. J'aurais aimé écraser la tête de tous ces individus qui ne m'épousaient pas, ne me donnaient pas d'enfant, et qui à cette heure dormaient d'un profond sommeil dans leur lit de célibataire ou dans celui d'une maîtresse qu'ils féconderaient peut-être un jour. Je n'aimais pas que d'autres se reproduisent et renouvellent sans moi le cheptel de l'humanité.

J'aurais pu m'abriter dans un café encore ouvert. Mais j'éprouvais le besoin de bouger, d'occuper à chaque seconde un endroit différent de l'espace. Je marchais vite, je n'osais pas courir par crainte de me faire remarquer. Je ne répondais pas aux groupes de jeunes qui m'interpellaient, et ils n'essayaient jamais de me rattraper. Je bifurquais, je me retrouvais dans le Marais à quelques dizaines de mètres de la maison où habitait mon oncle. Je pensais à lui comme au dernier être qui me restait. Il représentait à lui seul toute ma parenté, je lui consacrais le plus clair de mon affection, réservant à Christine le reliquat.

J'avais laissé sa clé à la maison. La porte d'en bas était fermée. Il aurait fallu que je réveille la gardienne, et qu'elle vienne m'ouvrir. Ensuite, j'aurais monté les étages et je serais allée le surprendre dans son sommeil. Je l'aurais obligé à s'habiller, à se rafraîchir les mains et le visage. Je l'aurais emmené boire un vin chaud ou manger une glace dans un bar de nuit du quartier. Je lui aurais parlé de mes enfants, il aurait bâillé. Je l'aurais secoué à chaque fois qu'il se serait endormi. Mais en fait je ne serais jamais parvenue à lui faire accepter la moindre escapade.

Depuis plusieurs années, il vivait en reclus et je ne pouvais plus l'extraire de son gîte.

Je me suis éloignée, j'ai abouti place de l'Hôtel de Ville. J'ai regardé le Bazar avec son air de grand catafalque. Mon père m'aurait approuvé de retenir mes enfants bien accrochés au fond de moi comme des kystes. Il aurait voulu que je les maintienne à l'écart de l'existence le plus longtemps possible, il aurait même préféré que je sois stérile. Il n'avait jamais compté sur moi pour propager ses gènes.

Je me sentais mieux depuis que la fatigue commençait à me gagner et que mes orteils devenaient douloureux dans mes chaussures. Je savais qu'il me faudrait encore marcher longtemps avant d'atteindre un état de sérénité propice au sommeil. D'ailleurs, malgré la fatigue je ne m'endormirais pas sans un comprimé ou deux pour achever de dompter mon angoisse.

J'ai dû me mettre à courir sans l'avoir voulu. Ma tête a heurté un pylône, je suis tombée par terre évanouie. Quand je me suis relevée, j'ai fait de grands signes à une voiture qui ne s'est pas arrêtée. Je me suis examinée dans un rétroviseur, j'ai vu que j'étais indemne.

J'ai hélé un taxi. Je devais avoir l'air sonnée, il m'a demandé si j'étais malade et si je voulais qu'il baisse un peu sa vitre.

— Non.

Pendant le trajet il m'a posé des questions auxquelles je n'ai pas répondu. Boulevard St-Michel, il a allumé l'éclairage intérieur. Il m'a dévisagée.

— Ne me regardez pas.

Je lui ai réglé sa course. J'ai poussé la porte de l'immeuble, j'ai traversé le hall glacé. J'ai sonné au premier étage, mais cette fois j'ai insisté jusqu'à ce que Christine vienne m'ouvrir.

— Qu'est-ce que tu veux ?

— Je viens d'être victime d'une agression.

Elle a vu que j'étais bouleversée, elle m'a laissée entrer. Elle voulait appeler un médecin, mais je lui ai dit que je n'avais rien. Elle a tenu quand même à me tamponner le visage avec un coton imbibé d'eau tiède. J'avais une ecchymose presque imperceptible sur le front, elle l'a frictionnée avec un peu de pommade.

— Maintenant, je boirais bien une tasse de café.

— Si tu veux.

Elle m'a fait réchauffer un reste de la veille. Quand j'ai eu fini de le boire, elle m'a demandé si je me sentais assez réconfortée pour rentrer chez moi.

— Je préfère rester ici.

C'était presque le matin. Je me serais couchée dans son lit pendant qu'elle aurait préparé le petit déjeuner du gamin. J'aurais entendu la voix du gosse supplier qu'on le laisse encore un peu dans les draps. Puis il aurait traversé le couloir jusqu'à la cuisine. Je les aurais entendus parler, tirer l'un après l'autre la chasse des toilettes, prendre une douche et chercher leurs habits aux quatre coins de l'habitation. Ils seraient partis en se pressant, claquant la porte sur moi. Je serais restée au lit jusqu'à une heure de l'après-midi, après j'aurais flâné de pièce en pièce comme une touriste qui visite un musée désert.

— Tu vas remonter chez toi.

Elle m'a dit qu'il valait mieux qu'Étienne ne me trouve pas là en se réveillant. Je lui ai demandé une dernière tasse de café.

— Il n'y en a plus.

— Tu peux en refaire.

Elle m'a raccompagnée jusqu'à la porte. Elle voulait bien que ce soir je sonne avant de me rendre à la clinique, nous nous dirions quelques mots sur le palier.

— En attendant, couche-toi et dors.

— Tu as raison.

Mais je n'avais pas sommeil. Je me retournais dans mon lit. J'éprouvais une peur rétrospective. Quelqu'un pouvait m'avoir précipitée contre le pylône. À l'avenir, je n'oserais plus sortir la nuit.

Je me suis levée, j'ai pris des somnifères. J'ai bu un verre de lait à la cuisine en attendant qu'ils commencent à agir. J'étais en panique. Quand je suis allée me recoucher j'ai senti que j'allais m'endormir dans un cauchemar qui ne s'achèverait qu'au réveil.

J'ai ouvert les yeux à dix heures du matin. Je me suis habillée, je suis sortie dans le petit soleil d'hiver et le vent qui persistait. Un agent qui s'occupait de la circulation du carrefour m'a expliqué où se trouvait le commissariat. Mais je ne me souvenais plus de l'endroit exact où j'étais tombée cette nuit. Je suis rentrée.

J'ai regardé la télévision jusqu'à dix-sept heures. Puis, je suis descendue au premier et j'ai attendu le retour d'Étienne accoudée à la rampe. Je suis entrée avec lui dans l'appartement. Je lui ai dit que sa mère m'avait prié de lui faire apprendre ses leçons. Il a protesté, mais je lui ai pris son cartable des mains et j'en ai tiré un cahier au hasard. Je lui ai demandé de me réciter un théorème. Il est allé bouder dans sa chambre.

Je me suis assise sur le canapé. J'ai lu un de ses devoirs de français, j'ai parcouru ses brouillons. Puis j'ai patienté en feuilletant un fascicule publicitaire que Christine avait dû recevoir récemment. Elle est arrivée peu après, chargée de courses. Elle a été surprise de me trouver chez elle. Je lui ai dit que le gamin était venu me chercher en rentrant de l'école.

— C'est pas vrai.

J'ai dit au gosse de se taire, mais sa mère l'a pris au sérieux. Elle lui a demandé de raconter comment les choses s'étaient passées exactement. J'ai refusé que ma parole soit mise en balance avec celle d'un enfant. Je suis sortie, j'ai claqué la porte derrière moi.

Le dimanche d'après, je me suis réconciliée avec Christine à l'occasion de notre traditionnel dîner. Je lui ai confié ma peur. Par crainte d'une nouvelle agression, il m'aurait été impossible à présent de traverser Paris en pleine nuit. Elle possédait un petit revolver, mais je me sentais allergique aux armes. Alors, elle m'a conseillé d'acheter un chien.

Le lendemain, j'ai visité plusieurs marchands d'animaux. Ils ne disposaient que de chiots minuscules, incapables pour longtemps encore d'assurer ma défense. Un vendeur m'a suggéré de passer une annonce dans un quotidien.

Mon petit pavé est paru un lundi. Deux jours plus tard, je recevais la proposition d'un retraité qui consentait à me vendre son chien loup âgé de cinq ans. Il était obligé de s'en débarrasser car il devait quitter son pavillon pour vivre dorénavant chez un de ses enfants. Je l'ai appelé, et nous sommes convenus que je viendrais le voir le samedi suivant.

Il habitait à une trentaine de kilomètres de Paris. Le chien m'a paru grand et agressif. Relié par une corde à un anneau scellé dans le mur, il montait la garde jour et nuit devant la maison.

— Il s'appelle Ric.

— Il s'habituera à moi ?

Il m'a assuré que les animaux communiquaient surtout avec les hommes par le biais de la nourriture qu'on leur donnait, il me suffirait de lui servir une soupe généreuse pour canaliser peu à peu son affection. J'ai essayé de le caresser, mais il s'est mis à aboyer comme si je l'avais battu.

— Il apprendra à vous connaître.

Je lui ai dit que je devais réfléchir quelques jours avant de me décider. Mais il était pressé, son déménagement était prévu pour la semaine suivante. Il fallait que je lui donne mon accord tout de suite.

Je suis rentrée à Paris avec Ric. Il portait une muselière et je le tenais près du cou avec une laisse courte. Le train était bondé. Pendant tout le trajet, j'ai éprouvé un sentiment de puissance mêlé à un peu de crainte envers le personnage inconnu que je venais d'adopter.

Les premiers temps, je le gardais en permanence attaché dans la salle de bains. Le soir, Christine montait avec Étienne pour me prêter main-forte. Après lui avoir lié les pattes avec une cordelette, nous lui enlevions sa muselière. Mais il refusait d'avaler sa pâtée et il profitait de la libération de sa gueule pour hurler à la mort.

Après quatre jours de jeûne, il a daigné faire honneur à son assiette. Pour le récompenser, nous lui avons octroyé une longue récréation avant de le museler à nouveau. Étienne lui a flatté l'échine et caressé le museau. Nous avons cru voir sa queue remuer.

Pour éviter de polluer les trottoirs, j'avais installé dans la salle de bains un bac rectangulaire rempli de litière pour chat. Mais Ric était trop vieux, il a refusé avec obstination de changer ses habitudes. Je me suis résignée à le promener devant l'immeuble.

Il s'est habitué lentement à la ville. Il lui arrivait encore d'aboyer lorsqu'un camion avait des ratés sur le boulevard, ou même de humer les roquets quand ils levaient la patte. Mais une réprimande bénigne venait à bout de son enthousiasme.

Grâce à lui, j'ai pu faire à nouveau de longues randonnées nocturnes. Je le tenais d'une main ferme et je m'enfonçais dans le Paris désert de quatre heures du matin. Nous marchions jusqu'au square de Furstenberg où je faisais une pause. Emmitouflée dans un épais manteau, j'étais contente de sentir que mon corps conservait sa chaleur malgré le froid.

Mais un dimanche où j'avais passé la soirée chez Christine, Ric m'a attaquée alors que je faisais ma toilette. Je l'ai vu bondir sur moi dans la glace. J'ai eu le réflexe de le frapper avec un flacon qui traînait sur l'étagère du lavabo, et il est allé se cacher à l'autre extrémité de l'appartement.

Le flacon s'était brisé contre le mur avant de le percuter, le tesson l'avait entamé comme un rasoir. Je l'ai retrouvé ensanglanté, haletant, mal dissimulé entre les rideaux et la fenêtre de ma chambre. Je n'avais pas peur de lui, il avait le regard d'un vaincu. J'en ai profité pour le museler. Puis je l'ai examiné, une longue coupure entaillait son poitrail. J'ai pu stopper l'hémorragie avec un pansement compressif.

Le lendemain, il avait de la fièvre. Je l'ai mis sous antibiotiques. Les piqûres étaient douloureuses, il les supportait avec courage. Sa blessure le rendait plus doux et presque affectueux.

Il ne pouvait plus sortir. J'aurais voulu qu'il apprenne enfin à se soulager comme un chat. Mais il était obstiné. Il se plaisait à souiller le carrelage en évitant savamment le bac.

Christine me conseillait de le rendre à son ancien propriétaire en exigeant d'être remboursée. Je préférais le garder, quitte à le conserver entravé dans la salle de bains. Quand il serait tout à fait guéri, je reprendrais avec lui mes promenades et je finirais par oublier sa conduite passée.

Un soir, Christine s'est enivrée de vin et de liqueur d'orange. J'ai dû la faire vomir. Elle m'a avoué qu'avant son mariage elle avait subi une cure de désintoxication. Mais à la mort de son mari, elle s'était remise à boire. Elle avait assisté en état d'ébriété à ses obsèques. Au cours des mois suivants, elle n'avait pas dessaoulé. Pour qu'il ne trouble pas son intimité avec la boisson, elle abrutissait Étienne de calmants. Mais son instinct maternel a été plus fort que l'alcool. Elle a arrêté du jour au lendemain, s'occupant à nouveau de l'enfant, cherchant à compenser la mort de son père par une affection redoublée.

À présent, elle contenait son vice. Elle attendait pour boire qu'il soit couché et que personne ne la voie.

— Ce soir, je me suis laissée aller.

— Ne t'en fais pas.

Notre amitié était plus forte maintenant que je partageais son secret.

Je l'ai aidée à dégrafer sa robe. Puis, elle est allée prendre une douche. Je l'ai attendue dans sa chambre. Elle s'est mise au lit. Malgré la lumière de la lampe de chevet, elle s'est assoupie. Je l'ai regardée dormir. Il me semblait que sa vie intérieure émergeait à fleur de peau en légères contractions spasmodiques des muscles de la face. Je lui ai murmuré quelque chose à voix basse dans le creux de l'oreille. Ses lèvres se sont crispées, elles ont laissé passer un soupir.

Une sirène d'alarme s'est déclenchée sur le boulevard. Elle a sursauté.

— Dors.

J'ai posé ma main sur sa poitrine. Elle s'est rendormie.

Il m'arrivait de visiter mon oncle en semaine, à l'improviste. Il n'avait pas l'oreille assez fine pour entendre ma clé tourner dans la serrure. J'entrais en tapinois, et je l'observais. La plupart du temps il était vautré sur son fauteuil, soulevant ses lunettes, s'essuyant les yeux.

Un jour je l'ai surpris pieds nus en train de se gratter. Il a tressailli quand il m'a vue.

— Tu vas avoir froid.

— Oui.

Il a rechaussé ses pantoufles.

J'ai préparé du thé. Il en a bu un peu. Pour le taquiner, je lui ai dit que je lui avais trouvé une place dans une maison de retraite. J'ai ri, mais il s'est mis à trembler comme s'il me prenait au sérieux. Par jeu, je n'ai pas cru bon de le détromper.

Le dimanche suivant, j'avais doublé sa ration de gâteaux. Je pensais qu'il m'aurait pardonné ma plaisanterie, et qu'il succomberait au charme de la crème fouettée. Mais sa mansarde était vide. J'ai interrogé la gardienne. Elle lui avait porté ses provisions la veille, il lui avait semblé anormalement agité.

J'ai appelé Christine. Sa voix trahissait un grand désœuvrement. Elle est arrivée avec Étienne, et nous avons écumé le Marais à sa recherche jusqu'au soir. À la tombée de la nuit, une fleuriste ambulante nous a signalé qu'elle avait remarqué un vieillard voûté qui disparaissait derrière la façade d'un immeuble en travaux.

La façade dont elle avait parlé n'était plus qu'un trompe-l'œil, le reste avait été détruit. De l'autre côté, il y avait un terrain vague encombré de pelles mécaniques.

— Il a dû tomber dans un trou.

La lune diffusait sa lumière à travers les nuages. Nous sautions entre les nids-de-poule et les gravats. Étienne s'amusait à provoquer les rats qui sortaient du sol en effrayant Christine. Il me semblait que mon oncle était une taupe arrogante qui nous narguait. Je l'imaginais boitant, creusant des galeries, émergeant entre deux parpaings pour nous regarder arpenter la boue.

Étienne aurait voulu aller chercher Ric. Guidé par son flair, il l'aurait rapidement débusqué. Mais sa blessure n'était pas encore consolidée, je préférais prolonger sa convalescence.

C'est Christine qui a découvert mon oncle.

Son corps épousait la courbure d'un tas de sable. Il se tortillait imperceptiblement, comme pour nous fausser compagnie en s'enfonçant dans le sol.

Il a claqué des dents en écoutant mes reproches. Je l'ai recouvert de mon imperméable. Nous l'avons porté jusqu'à son sixième étage. Nous l'avons forcé à boire un bol d'eau chaude. Nous l'avons déchaussé, j'ai frictionné ses pieds glacés avec de l'eau de Cologne. Nous l'avons déshabillé, couché. Puis, je suis restée seule à son chevet.

Ses yeux ouverts ne brillaient pas. Sous les rides, son visage était tendu et raide de haine. Comme il ne répondait pas à mes questions, je lui ai dit que cette fois il méritait vraiment d'intégrer un établissement spécialisé. Avant la fin de la semaine, deux brancardiers l'emporteraient solidement sanglé sur une civière. Ma menace était si invraisemblable qu'il aurait dû comprendre qu'elle était sans fondement.

Je l'ai veillé toute la nuit. Au matin, il a dû manger un biscuit trempé dans du café. Ensuite, je lui ai dit de se lever et de marcher autour du lit. Sa fugue l'avait courbaturé, et il fallait éviter l'ankylose qui l'aurait rendu grabataire. Je voulais qu'il exécute des mouvements d'assouplissement, mais ses muscles sont restés noués malgré mes efforts. Pâle, les veines saillantes, il s'est écroulé sur le bord du lit.

Je lui ai pris ses clés. En partant, j'ai fermé la

porte à double tour. La gardienne a accepté de lui faire avaler chaque soir une assiette de potage.

Je me suis couchée en rentrant.

À mon réveil, j'ai ouvert la fenêtre. Il faisait nuit. Comme un poumon terreux et noir, le jardin du Luxembourg m'a craché son haleine au visage. Paris contenait une infinité d'humains qui ne me connaissaient pas. J'avais été mise au monde par des gens qui n'existaient plus. Ma chambre était encastrée dans la ville, c'était comme un antre où mon utérus inhabité vieillissait. J'aurais voulu être égoïste, abandonner mon oncle, et laisser tomber tout projet de génération. Je me serais coagulée autour de ma vie sans envergure. J'aurais équilibré mon célibat en travaillant dans une maternité. Faute de mieux, j'aurais tiré à l'infini du vagin des autres l'enfant que je ne ferais jamais.

Je pourrais m'occuper d'Étienne de temps en temps. En lui donnant de l'argent de poche, en prenant parfois sa défense devant Christine, j'arriverais peut-être à capter son affection, à devenir pour lui une sorte de tante. Je testerais en sa faveur, sa mère lui apprendrait à m'aimer afin que je ne change pas d'avis et qu'un jour mon logement lui revienne.

J'ai enlacé le poitrail chaud de Ric. J'ai pris son grognement pour une marque de tendresse. Je lui ai ôté sa muselière. J'ai essayé de lui ouvrir la gueule pour frotter ma main contre sa langue. Il m'a résisté, je l'ai rabroué. Puis, je me suis résignée à n'être pour lui qu'une étrangère. Je l'ai nourri, je l'ai promené dans la cuisine devant la fenêtre ouverte, et je l'ai enfermé à nouveau dans la salle de bains.

J'ai gagné la clinique à pied. Les petits morceaux de foule qui se combinaient sur les trottoirs comportaient des bouches ouvertes autour d'un mot, et d'autres obstinément fermées. Je marchais sur la chaussée pour éviter de les rencontrer.

Cette nuit-là, nous avions dans le service une adolescente fraîchement opérée d'une tumeur au cerveau. Elle sonnait sans arrêt pour réclamer une dose supplémentaire d'analgésique. J'ai fini par lui dire que je ne pouvais dépasser la posologie établie par le chirurgien. Elle a insisté.

— Soyez courageuse.

J'ai quitté sa chambre. Elle n'a pu résister à la douleur plus de dix minutes. Je suis retournée la voir. Elle avait allumé la veilleuse. J'ai relevé sa chemise pour vérifier la sonde urinaire. Puis j'ai découvert sa poitrine, et j'ai écouté battre son cœur avec mon stéthoscope. J'avais pitié de cette jeune physiologie qui s'acheminait vers la mort. Je lui ai dit de se montrer patiente, la souffrance s'atténuerait peu à peu.

Le lendemain soir, je suis entrée dans sa chambre pendant qu'elle dormait. La lumière a déclenché le mécanisme d'un petit robot qui s'est mis à danser en émettant une note continue.

Je l'ai réveillée. J'ai vérifié sa tension. Je l'ai priée de prendre sa température. Je suis restée un long moment à son chevet. Elle m'a écoutée parler, elle était trop fatiguée pour raconter grand-chose.

Le jour suivant, je me suis réveillée au crépuscule. Je n'ai pas eu le temps de promener Ric dans la cuisine. En descendant l'escalier, j'ai entendu Christine secouer son fils qui avait eu un trou de mémoire à l'école. Sur le trottoir, j'ai croisé le locataire du cinquième que je n'avais pas l'habitude de saluer.

J'ai passé une partie de la nuit dans la chambre de l'opérée du cerveau. Ma vie avait besoin d'un réceptacle, d'une conscience qui s'en imprègne. La gamine allait mourir, bientôt mes confidences se décomposeraient avec sa matière. Je lui révélais des secrets que je n'aurais pas osé dire à un mur. Quand elle s'est endormie, j'ai continué à lui parler dans le creux de l'oreille. Je savais que mes paroles s'insinuaient malgré tout dans son cerveau mutilé.

Au matin, j'ai quitté la clinique en pleurs. J'étais révoltée d'être aussi seule. J'aurais voulu que toute la planète participe à mon chagrin, que chaque organisme en pulse une larme. J'ai avalé un somnifère dans le bus. Arrivée chez moi, je me suis écroulée tout habillée sur mon lit. J'entendais Ric grogner sa fringale dans la salle de bains.

Je me suis réveillée à quinze heures. J'ai détaché Ric, et je lui ai donné une claque sur l'échine pour le pousser à courir. Mais il a cru que je le punissais à contretemps, et il a tenté de me renverser. À voix basse, je lui ai expliqué qu'il était presque guéri et qu'il avait besoin de s'ébrouer. Il m'a montré les dents, puis il s'est réfugié dans la penderie.

J'ai allumé la télévision avant de me plonger dans mon bain. Je pensais à mes enfants qui tarderaient peut-être encore longtemps à naître. Je me sentais décalée par rapport aux autres femmes. Sans le lest de la maternité, je tanguais dans ma vie.

J'ai essayé de m'intéresser aux informations. Mais rien ne me concernait. J'aurais voulu voir un reportage sur une infirmière dans sa baignoire. J'aurais voulu qu'on découpe en tranches mon existence et qu'on l'étale comme un jeu de cartes.

Tête basse, Ric a rampé hors de la penderie. Sa gueule rasait le sol. Je suis sortie du bain. Il a rôdé devant moi. Il flairait mon odeur perturbée par la toilette. Je l'ai éloigné du bout du pied. Il a remué la queue au contact de mes orteils.

L'opérée du cerveau avait besoin de ma présence, de ma voix, du contact de ma main avec sa peau fiévreuse. Ses parents passaient la journée avec elle, mais ils pleuraient souvent en l'imaginant morte. Ma sécheresse la rassurait.

J'étais parvenue à la passionner par ma vie. Je lui avais raconté qu'un jour pour muscler ma mémoire mon père m'avait fait apprendre par cœur la liste exhaustive de tous les meubles et objets de la maison, même les vêtements, les provisions et les produits d'entretien. Mon enfance l'égayait comme un film d'aventure. Elle me suppliait de lui répéter la scène où papa me tenait rigueur d'avoir oublié dans ma récitation un petit arrosoir en zinc qui se trouvait sous l'évier derrière les bouteilles vides.

Je lui parlais aussi de cet homme qui ne s'était jamais fait connaître, et dont je n'avais pas eu d'enfant. Je lui disais à quel point je le haïssais. Elle le prenait pour une personne à part entière qu'elle torturait dans son imagination à longueur de nuits. Elle aurait aimé l'attacher aux barreaux de son lit.

— J'enfoncerais mes ongles dans ses yeux jusqu'à ce qu'ils giclent.

Je lui suggérais de le soulager plutôt de son appareil génital, afin de le mettre définitivement sur la touche de la sexualité. Peu à peu, son métabolisme hormonal se retournerait comme un doigt de gant. Sa silhouette deviendrait ronde et floue, et on le confondrait avec la vieille fille que je serais un jour par sa faute.

Exceptionnellement, notre dîner qui n'avait pu avoir lieu dimanche à cause de mon oncle, s'est trouvé déplacé au milieu de la semaine. Pendant son démaquillage, Christine m'a laissée entrer dans la salle de bains. J'aurais voulu qu'une hémorragie de confidences me transvase dans sa conscience. Comme le flux d'un goutte-à-goutte, lentement les mots m'auraient déposée au fond d'elle. L'opérée du cerveau n'était qu'un divertissement, pas une solution à ma vie. J'aurais aimé battre en Christine jour et nuit, telle une pompe cardiaque supplémentaire.

Quand elle s'est couchée, je me suis assise à côté du lit. J'aurais voulu m'allonger sur elle, comme pour nager à la surface de son grand corps. En posant ma main sur la sienne, il me semblait surplomber mon existence. Elle m'apparaissait plate, dévitalisée, inoffensive. J'en discernais l'armature et le plan. Depuis ma naissance, je n'avais emprunté que des ruelles et à présent j'allais déboucher sur l'artère rectiligne d'un futur magnifique. J'avais maintenant la certitude que mes enfants naîtraient. Leur père se montrerait d'un jour à l'autre.

Je suis restée auprès d'elle jusqu'à six heures du matin. Par peur de rompre le charme, je n'ai pas attendu son réveil. Je l'ai embrassée, je suis allée voir si Étienne dormait toujours, et je suis remontée chez moi à pas de loup.

Ric dormait. Pour lui communiquer ma bonne humeur, je lui ai enlevé sa muselière quelques instants et je lui ai donné un morceau de sucre. Il a ouvert l'œil, puis il s'est rendormi en mâchouillant.

J'ai regardé la pluie tomber sur le boulevard. J'espérais confusément qu'un accident se produise, mais la circulation était trop clairsemée. Je suis allée me coucher.

Je me suis réveillée vers midi. J'ai entendu Ric se plaindre. Je l'ai promené dans la cuisine. Je lui ai montré la pluie qui obligeait les voitures à utiliser leurs essuie-glaces. Mais il tendait son museau vers un pigeon silencieux et sale posé sur la corniche.

Je me suis épilée en déjeunant. J'aurais voulu que Christine me voie nue, en pleine lumière, et vérifie à quel point mon corps était l'exacte réplique de moi-même. Ma structure s'organisait parfaitement autour de ma colonne vertébrale et rayonnait le long de mon mètre soixante-sept. Charpenté comme un toit, mon psychisme ressemblait à mon ossature forte et saillante. Il me semblait même qu'on aurait pu déduire ma rigueur intérieure de la forme de mes épaules à angles droits. J'avais le corps d'une femme franche, équilibrée, construite pour l'amitié et la reproduction.

— Votre oncle est devenu fou.

Sa gardienne m'a annoncé que cette nuit il avait jeté le petit réchaud de sa cuisine par la fenêtre. Dans son sommeil, elle l'avait entendu éclater sur le bitume. Elle était alors sortie en peignoir, et elle l'avait aperçu appuyé à la balustrade de sa chambre. Elle était montée, elle l'avait remis au lit sans un mot. Elle pensait que sa démence était trop avancée pour être accessible à la parole.

J'ai grimpé là-haut. Il avait quitté son lit, il se terrait dans un coin. Il ne portait pas ses lunettes, ses yeux étaient rouges et obscènes. Je me suis approchée de lui. Il a posé une main sur mon crâne, ses doigts ont fourragé dans ma chevelure.

Je lui ai donné l'ordre d'aller se coucher. Il n'a pas obéi. J'ai essayé de le raisonner. Il ne m'écoutait pas. Il utilisait ses bras pour encercler sa tête avachie et l'isoler du dehors. Par provocation, je lui ai parlé d'euthanasie. Il n'a pas daigné quitter sa tour d'ivoire. J'en ai eu assez, je suis partie.

J'avais remporté les gâteaux et le vin cuit. J'ai sonné chez Christine à cinq heures. Nous nous sommes assises sur le canapé du salon. Je lui ai dit que mon oncle était un vieillard décevant, et que j'allais probablement l'abandonner.

Elle a débouché la bouteille. Étienne tournait autour de nous, il essayait de se mêler à notre conversation. Je l'ai poussé à boire un verre de vin cuit. Christine a critiqué mon initiative, je lui ai laissé entendre qu'il aimait peut-être l'alcool autant qu'elle. Elle a dit que je n'avais pas à l'insulter dans sa propre maison. Je lui ai rappelé qu'elle n'était que locataire, et qu'elle pouvait se retrouver à la rue du jour au lendemain.

— Fous le camp d'ici.

Je suis restée. Christine s'est levée. Étienne profitait de notre dispute pour avaler en douce les gâteaux. Il me dévisageait, la bouche pleine. Je lui ai dit de baisser les yeux, il a fait une grimace.

Je me suis précipitée dans sa chambre. J'ai fouillé son cartable à la recherche de son carnet de notes. Il l'avait dissimulé à l'intérieur d'un livre de conjugaisons. Christine m'a rejointe, elle a réussi à me l'arracher des mains. Mais je lui ai dit que tout l'immeuble savait que son fils ne possédait qu'un cerveau de second choix, et qu'il n'aurait jamais qu'une situation subalterne. Elle m'a suppliée de parler moins fort.

Aux aguets dans le couloir, Étienne avait tout entendu. Il est venu s'appuyer contre le corsage de sa mère. Elle l'a câliné sans pudeur, comme si elle avait été seule avec lui.

Je me suis assise sur un tabouret. Le carnet de notes était par terre. Je l'ai ramassé. Les appréciations des professeurs laissaient supposer qu'Étienne était appliqué et médiocre. Cet enfant humiliait mon amie, elle devait se contenir pour ne pas laisser suinter son aigreur d'avoir mis au monde un être inférieur.

Étienne avait pris ses distances. Les doigts de sa mère caressaient encore son front, mais aucune autre partie de leurs corps n'était plus en contact. Pour lui faire plaisir, j'ai dit à Christine que son fils était beau. Elle m'a crue, j'ai promis un jouet au gamin.

— Et ce soir, je vous invite tous les deux au restaurant.

Elle a accepté.

En rentrant chez moi, j'ai promené Ric dans la cuisine. Je me suis amusée à le faire courir autour d'une chaise. Il m'a paru indolent et mou. Je l'ai asticoté pour jauger ses réflexes, et il s'est mis à aboyer. Je lui ai remis sa muselière, puis j'ai versé le contenu d'une boîte de pâtée dans son assiette. Il a écrasé son museau sans parvenir à ingurgiter la pitance.

Christine a sonné vers huit heures. Elle avait mis des boucles d'oreilles, un nœud papillon étranglait ce pauvre Étienne. Je lui ai dit que je venais de faire mes comptes et qu'il m'était impossible de les inviter sans déséquilibrer mon budget. Il valait mieux qu'elle regagne ses pénates, et qu'elle mange seule avec son fils. J'ai refermé la porte.

La soirée était lente, la télévision m'ennuyait. Il m'a semblé que Ric était assez ingambe pour que nous puissions reprendre ensemble nos courses dans Paris. Je l'ai démuselé quelques instants, afin qu'il puisse se garnir l'estomac. Ensuite, je lui ai mis sa laisse. J'ai emporté une boîte de tranquillisants pour me sustenter en cas d'angoisse.

Il neigeait, les trottoirs étaient boueux. Un car de police stationnait devant les grilles du Luxembourg. Ric se collait à moi, comme si sa réclusion l'avait rendu couard. Je traversais loin des passages protégés, dans l'espoir de l'aguerrir un peu.

Nous avons descendu le boulevard sans encombres, mais place St-Michel, un clochard m'a aspergée de bière. Sur le quai, j'ai surpris une vieille femme qui sondait la poubelle d'un fast-food. Elle se gavait de frites froides, et léchait les restes de glaces. Malgré mon air méprisant, elle n'a pas interrompu sa collation.

Nous avons traversé la Seine. Nous avons dérivé jusqu'au Bazar de l'Hôtel de Ville. Mon père n'est enterré nulle part, j'ai l'impression qu'il repose au premier étage du magasin, dispersé parmi les balais et les berlingots de javel du rayon droguerie. Depuis sa mort, je n'ai jamais osé pénétrer dans l'enceinte. Je me contente d'épier la façade, de questionner silencieusement les verrières au-delà desquelles mon géniteur avait trouvé un sens à sa vie.

Cette nuit-là, j'ai eu peur de regarder le Bazar en face. J'ai tourné autour de lui, tête basse. Ric me guidait entre les obstacles. À l'angle de la rue du Temple j'ai dû pousser un cri, car Ric épouvanté a emporté sa laisse et s'est enfui.

Je me suis assise sur le capot d'une voiture. Je pleurais. Puis le froid m'a saisie, j'ai eu peur que mes larmes gèlent. Je me suis levée, j'ai frictionné mes joues avec un mouchoir. Sur le trottoir opposé, Ric m'observait la queue entre les pattes. Il n'a pas osé détaler lorsque je l'ai rejoint.

Au fond, rien ne m'empêchait de fréquenter le B.H.V. Le personnel d'autrefois était mort ou retraité. J'ai décidé de m'y rendre bientôt, et de faire des achats dans le rayon que dirigeait mon père.

Je me suis accroupie sur la place, narguant le dôme obscur du Bazar. J'ai enlacé Ric pour avoir chaud. Puis j'ai tiré sur sa laisse et nous avons mis le cap sur le boulevard St-Michel. Je marchais vite, Ric avait du mal à me suivre. Je le traînais quand il glissait dans la neige détrempée.

Malgré le silence, je sentais que Paris se reproduisait. À peine fécondées, des femmes encore poisseuses s'endormaient. Les maternités débitaient des humains. La vie proliférait sans moi.

En arrivant, je me suis fait couler un bain. Mais, j'ai vidé la baignoire sans l'avoir pris. Je n'avais pas sommeil. J'ai écouté la radio en buvant une tasse de chocolat. L'animateur du week-end m'agaçait, j'ai changé de station. Puis, j'ai éteint le poste et je me suis couchée.

Je ne dormais pas. Je pensais à Christine. Tout à l'heure je l'avais vexée, mais elle m'avait déjà pardonnée. Elle était trop seule, elle ne pouvait pas se permettre le luxe d'une brouille. À part moi, elle ne connaissait personne qui puisse lui servir d'amie.

Sa chambre était sous la mienne, son lit exactement au-dessous du mien. Nous étions étendues l'une au-dessus de l'autre comme deux cadavres dans un caveau.

Je me suis réveillée en début de matinée. Je n'avais dormi que trois heures. La fatigue me rendait triste. Je suis retournée me coucher. J'aurais voulu hiberner dans mon lit jusqu'au soir. Mais on s'est mis à sonner à la porte. Il me fallait ouvrir pour que le bruit s'arrête. Je me suis levée.

La gardienne de mon oncle s'agitait sur le paillasson. Elle me criait des injures et me postillonnait au visage. Un courant d'air montait par l'escalier et s'engouffrait sous ma robe de chambre. J'ai eu peur de prendre froid, j'ai refermé la porte.

J'ai mis de l'eau à chauffer dans la cuisine. Elle sonnait encore, elle finirait par alerter les voisins. Je suis retournée lui ouvrir.

— Vous l'avez tué.

Je l'ai tirée à l'intérieur de l'appartement. Je lui ai demandé de répéter ce qu'elle venait de dire. La rage rendait beaucoup de ses paroles incompréhensibles. En l'écoutant avec attention, j'ai fini par comprendre que mon oncle était mort.

Dans le bus, elle s'est calmée peu à peu. Elle m'a raconté les circonstances de l'accident qui lui avait coûté la vie. Malgré ma peine, j'ai essayé de lui expliquer qu'une nièce ne pouvait être tenue responsable des problèmes causés par un collatéral.

— D'ailleurs, le suicide n'est pas un délit.

Elle a continué à m'adresser des reproches.

Nous étions bloquées dans un embouteillage. Je lui ai demandé de me faire un rapport précis de la catastrophe. Elle n'était pas témoin oculaire. Elle se trouvait dans la loge pendant que mon oncle chutait. En revanche, la voisine d'en face dépoussiérait ses vitres. Elle l'avait vu debout sur un fauteuil devant sa fenêtre ouverte. Il essayait de se jeter dans le vide, mais il n'avait pas la force de plonger. Il avait dû prendre appui sur la balustrade, se pencher, et attendre que le poids de son buste le fasse basculer. Dans sa chute, il avait heurté avec sa tête la rambarde d'un balcon. Puis, il s'était écrasé sur le toit d'une camionnette en marche dont le chauffeur avait freiné aussitôt.

— Et s'il ne s'était pas arrêté ?

Cette hypothèse farfelue obsédait la gardienne. Elle imaginait le corps sillonnant les rues, quittant Paris, ballottant, tombant peut-être au hasard d'un virage. Personne n'aurait jamais su d'où venait ce cadavre sans étiquette.

Nous sommes arrivées à pied d'œuvre. Elle m'a montré d'en bas l'impact de la tête sur la rambarde. Il y avait en effet une vague trace, mais ce pouvait être aussi bien la chiure d'un oiseau.

Nous sommes montées examiner le balcon de plus près. On voyait une traînée rouge foncé, sèche, craquelée. La gardienne disait que tout à l'heure il y avait encore deux ou trois cheveux blancs, mais depuis le vent les avait emportés.

— La tête aurait pu être arrachée par le fer forgé.

La locataire de l'appartement m'a demandé l'autorisation de tout nettoyer. Elle avait peur que le sang attire les insectes.

Je suis montée jusqu'à sa mansarde, la gardienne m'a suivie. Le fauteuil était toujours devant la fenêtre grande ouverte. Je me suis penchée pour regarder la rue. J'ignorais si mon oncle avait crié dans sa chute, et s'il avait pensé à quelque chose avant de mourir. Affaibli par l'âge, son cerveau ne produisait plus depuis longtemps que des pensées très vagues. En tombant, il s'était souvenu peut-être du vin cuit que je lui apportais le dimanche. Aussitôt après, sa boîte crânienne s'était disloquée sous le choc.

La gardienne m'a demandé si je comptais récupérer son mobilier. Je lui ai dit qu'elle n'avait qu'à en faire profiter les pauvres du quartier, ou le mettre sur le trottoir avec les ordures. D'ailleurs, on raserait sans doute ce vieil immeuble. On transformerait le terrain en square. À la place du réduit où nous nous trouvions, il n'y aurait plus que de l'air. Elle était scandalisée par ma vision.

— Vous pouvez être sûre que ça n'arrivera pas.

La démolition était imminente. Avant la fin de l'année elle pouvait s'attendre à être relogée dans une cité lointaine.

D'après la gardienne, il avait été transporté à la morgue de l'hôpital St-Antoine. Elle voulait que j'aille reconnaître son corps, et régler les formalités avec les services administratifs.

— Vous le mettrez où ?

— Je ne sais pas.

Elle m'a conseillé d'acheter une concession dans un cimetière de banlieue.

— C'est moins cher qu'à Paris.

Je lui ai dit que mon oncle avait toujours souhaité être incinéré.

— Où vous mettrez ses cendres ?

— Il voulait qu'on les disperse.

Je crois qu'il aurait aimé reposer à côté de sa femme qu'on avait enterrée quelque part dans le Gers. Je m'imaginais mal faire de longues heures de route dans un fourgon mortuaire, et suivre seule la bière à travers les rues d'un village où je ne connaissais personne. L'incinération me semblait plus commode, plus en harmonie avec la vie moderne.

La gardienne exigeait que je fasse couper l'électricité, et que je prévienne le propriétaire que l'appartement était libre.

— Je n'ai pas le temps.

Elle m'a reproché de ne pas assumer les conséquences d'une mort que j'avais provoquée. Elle ne voulait pas comprendre que le suicide était une maladie ordinaire. Depuis sa naissance, elle corrodait sourdement le cerveau de mon oncle. Il avait lutté toute sa vie, mais ce matin le mal avait pris la forme d'un besoin impérieux.

— Comme une envie d'éternuer.

— Il est mort à cause de vous.

J'ai préféré m'en aller. J'ai dévalé l'escalier.

À l'hôpital, je suis parvenue à trouver le bureau dont dépendait son corps. La gardienne avait donné mon nom aux pompiers. J'ai parlementé, et l'employée a fini par admettre que je pouvais légitimement refuser d'assumer la charge du cadavre d'un parent aussi éloigné. Je n'ai pas voulu aller le voir à la morgue. Je préférais garder de lui l'image d'un vivant.

Dehors, il y avait de la pluie et de rares rayons de soleil obliques. Je suis entrée dans un café, j'ai commandé un plat du jour. Il me semblait que cette disparition était le signe avant-coureur d'une nouvelle vie. À présent, j'étais absolument libre et seule. Je faisais partie d'une famille dont j'étais le membre unique. Il aurait suffi que je me fâche avec Christine pour ne plus connaître personne sur tout le globe.

L'air de la salle était gras, et pollué de surcroît par la tabagie. J'ai avalé une dernière bouchée, j'ai réglé la note et je suis sortie.

J'ai acheté un journal. L'actualité rampait ce jour-là, aucun événement n'avait la force de se hisser au-dessus des autres. Demain, on évoquerait le geste de mon oncle à la page des faits divers. Mais l'article serait bref, il passerait inaperçu des lecteurs.

Je me suis approchée de Notre-Dame. J'ai traversé le parvis, j'ai pénétré dans la nef. Je me suis assise à côté d'un pilier. L'odeur humide des pierres m'a reposée. Si j'avais eu la foi, j'aurais offert quelques messes à sa mémoire. Mais puisque j'avais la certitude que la mort l'avait effacé à jamais, cet argent aurait été perdu.

Je me suis levée. Un prêtre faisait les cent pas dans une allée latérale. Je l'ai abordé. Je lui ai dit que la crucifixion était un supplice trop laid. On aurait dû choisir au Christ une mort digne d'un Dieu. La fin tragique de mon oncle me semblait une manière plus honorable de disparaître.

— L'Église gagnerait à modifier certains épisodes de la Passion.

Il n'accordait aucune importance à mes paroles. Il répondait en espagnol à une touriste qui se croyait à la Sainte Chapelle. J'ai reculé vers la sortie. J'aurais voulu hurler et entendre mes insultes rebondir sur l'autel. En sortant, j'ai trempé ma main dans le bénitier pour rafraîchir mon front brûlant.

Je me suis promenée sur les quais. Il aurait suffi que je me jette à l'eau pour mourir d'hydrocution. Aussitôt, toutes mes pensées cesseraient d'exister. Ma disparition transformerait l'avenir de mes enfants, car ils perdraient toutes leurs chances de naître. Ric geindrait d'une façon de plus en plus sonore dans mon appartement vide, exaspérée Christine le donnerait à un laboratoire.

J'ai remonté le boulevard St-Michel. Je ne regardais ni les voitures, ni les gens qui composaient la foule. J'entendais le bruit de la ville comme le bourdonnement d'un silence absolu. J'essayais de me trier, de conserver ma trame et jeter mes scories. Je voulais comprendre pourquoi j'avais raison de continuer à exister.

J'ai poussé la porte de mon immeuble. Je suis restée un instant dans la pénombre, et je suis ressortie immédiatement pour aller voir mon oncle à l'hôpital. J'ai fait signe à un taxi, mais il a chargé deux vieilles femmes au feu rouge. J'ai traversé le boulevard en courant. Les grilles du Luxembourg n'étaient pas encore fermées.

Je marchais dans les allées en pensant à lui. Je me demandais si je n'aurais pas dû me défenestrer à sa place, et le laisser mourir paisiblement dans son lit. Ses derniers mois de bonheur auraient servi d'alibi à ma courte existence.

La terre était gelée, chacun de mes pas se répercutait dans ma colonne vertébrale. J'aurais voulu atteindre le centre du Jardin, et regarder de loin l'immeuble que j'habitais. Mais les gardiens ont sifflé la fermeture avant que j'arrive jusque-là.

Je me suis dirigée vers la sortie, on a refermé la grille derrière moi. J'avais besoin de nourriture pour chien, mais je suis rentrée directement. J'ai mis en route la machine à laver, son bruit couvrait à peine les grognements de Ric.

Avant de partir, je lui ai donné une tranche de jambon mélangée à du pain mouillé. Puis, je l'ai attaché et muselé pour la nuit. J'étais en retard, la clinique m'attendait.

Je n'avais pas le temps de m'arrêter chez Christine. En longeant son palier, je me suis bornée à la saluer par trois coups de sonnette. J'étais déjà au rez-de-chaussée, lorsque je l'ai entendue ouvrir la porte. Je lui ai crié que j'étais trop pressée ce soir pour bavarder avec elle.

Je suis arrivée en avance à la clinique. J'ai bu plusieurs gobelets de café, puis je suis allée voir l'opérée du cerveau. Intubée, gavée de morphine, elle dormait. À vingt heures, j'ai commencé ma tournée. Certains malades me parlaient, mais en signe de deuil je préférais me taire. J'ai respecté cette règle toute la nuit.

Le matin en quittant la clinique, j'avais l'impression de ne plus rien comprendre à l'agencement de mon esprit. La mort de mon oncle avait produit une déflagration qui avait bouleversé la cascade habituelle de mes idées.

J'ai marché vers l'arrêt de bus d'un pas fragile. Je remettais en cause mon avenir. Comme ma mère, je n'aurai peut-être qu'une fille. Elle travaillera la nuit dans une clinique, et elle habitera mon appartement du Luxembourg. Je lui léguerai ma vie comme une vieille bague qu'elle enfilera avec la docilité d'un index.

Je me suis arrêtée à l'étage de Christine. J'étais en train de lui écrire un mot, lorsque la porte s'est ouverte. En pyjama, Étienne est apparu dans l'embrasure.

— Tu n'es pas à l'école ?

— Je suis enrhumé.

Je l'ai touché, il n'était même pas tiède. Je l'ai grondé, il refermait lentement la porte à mesure que je haussais le ton. Juste avant qu'il la claque, je l'ai poussée de toutes mes forces. Il était encore trop petit pour lutter contre moi. Je suis entrée dans l'appartement. Il a couru se cacher dans sa chambre.

— Viens ici.

Il a obéi, je l'ai giflé.

Je suis rentrée chez moi. J'ai donné à Ric quelques nouilles mélangées à un jus de viande qui se trouvait dans le réfrigérateur. Je me suis couchée. Je me suis réveillée à quatre heures de l'après-midi. Le couloir était poussiéreux, il y avait des miettes sous la table de la cuisine. J'ai balayé, puis j'ai lessivé la porte d'entrée. La peinture n'a pas résisté, le bois nu est apparu par endroits.

Si ma fille existe un jour, elle bouleversera l'appartement. Les papiers peints seront changés, les plafonds blanchis, les parquets vitrifiés. Elle intervertira l'ordre des pièces, et sa chambre sera peut-être à la place de l'actuel salon. Elle ne voudra pas de mon lit, je serai obligée de le mettre à la cave. Elle achètera des tabourets laqués, et des fauteuils en rotin. Je lui reprocherai son manque de goût. Pour me provoquer, elle fera abattre une cloison.

Sa façon de tourner en rond dans l'existence. Son manque d'affection, son célibat mal organisé, tout cela me déplaira. Sa ressemblance avec moi me la rendra quand même sympathique.

Je me suis déshabillée et frictionnée avec du lait de toilette. Vivre était un plaisir que je ne devais pas avoir honte d'éprouver. En collant mon oreille contre le parquet, j'entendais les vibrations du métro et la voix étouffée d'un présentateur qui tonitruait chez Christine.

Ric était affamé, il tirait sur sa corde. Je devais faire quelques courses avant la fermeture des magasins. Je me suis habillée, je suis descendue. J'ai entendu une cavalcade derrière la porte de Christine. J'aurais dû sonner pour lui dire que le rhume d'Étienne était une feinte. Mais cet enfant était si médiocre, que j'en ai eu soudain pitié. À mon retour, j'ai déposé une tablette de chocolat sur leur paillasson.

J'ai nourri Ric abondamment. Dès que son assiette était vide, je la remplissais à nouveau. Il ne me regardait pas. La viande tapissait sa rétine, ses yeux faisaient partie de son tube digestif. Avant de partir, je l'ai gratifié d'une dernière portion. Je l'ai laissé sans muselière en liberté dans l'appartement.

Paris était calme. Rien ne ralentissait le bus. La lumière des réverbères changeait de couleur d'une rue à l'autre. En levant la tête, je voyais des tableaux et des morceaux de tables à travers les vitres des immeubles. Je ne distinguais pas les silhouettes des habitants, ils devaient être assis dans le fond des salons.

Je me suis intéressée un instant à l'affiche d'un film. Quand je serai mariée, nous irons au cinéma une ou deux fois par semaine. Nous déciderons du sort de nos soirées au dernier moment, afin de ne pas nous laisser user par la routine.

Mais l'érosion lente de notre ménage pourrait aussi avoir un certain charme. Nous aimerions le poids des jours fériés, le vide de nos conversations éculées. Nous ferions vite le tour de notre existence. Le passé nous servirait de futur, nous envisagerions sans déplaisir les quelques années qui nous sépareraient encore du cercueil.

J'ai rencontré un médecin dans le hall de la clinique. Je lui ai demandé de mettre à ma disposition une aide soignante pour me seconder. Il m'a promis d'en parler lors du prochain conseil d'administration.

J'ai mangé une pomme que quelqu'un avait oubliée à l'infirmerie. Puis, je me suis allongée sur le lit de camp. Les lumières du tableau d'appel s'allumaient l'une après l'autre. Je ne savais pas si les malades avaient besoin de moi, ou s'ils abusaient de leur pouvoir.

La vie de famille était incompatible avec les horaires que je devais subir. Il aurait mieux valu que je démissionne. En attendant d'être mariée, je vendrais mon appartement de manière à subvenir à mes besoins. Je profiterais de mes loisirs pour aiguiser ma culture, et prendre des leçons de piano. Mais la réalité empêcherait peut-être que mon mariage existe.

J'ai commencé ma tournée. Certains malades m'ont fait remarquer qu'ils sonnaient depuis plus d'un quart d'heure.

— Vous n'êtes pas à l'hôtel.

La chambre de l'opérée du cerveau sentait la fraise. Ses parents lui en avaient apporté une barquette qui pourrissait sur la table de chevet. Je l'ai jetée dans la poubelle du cabinet de toilette.

J'avais consigne de verser régulièrement une ampoule de morphine dans sa perfusion. Elle émettait quelques gémissements routiniers, mais son demi-coma l'empêchait de prendre conscience de la douleur. Installée dans le fauteuil, je l'ai regardée à la lueur de la veilleuse. Puis, j'ai éclairé le plafonnier. Sous les néons, elle devenait presque monochrome.

Je me suis assise sur le bord du lit. J'ai pris son pouls, je l'ai comparé avec le mien. Je me suis allongée à côté d'elle, en équilibre sur l'arrête du matelas. Elle avait un corps élancé, si elle avait eu le temps d'achever sa croissance elle serait devenue plus grande que moi. Je lui ai parlé de mon oncle à l'oreille. Elle ne m'entendait pas, elle survivait dans une zone reculée de son encéphale qui était sourde et aveugle. Ce dernier refuge rétrécissait, peu à peu même les neurones que la tumeur avait épargnés se vidaient d'elle.

Bientôt, ses parents l'enterreraient. Ils se

retrouveraient à leur point de départ. Treize années de leur vie seraient anéanties. Leur chagrin sécherait lentement, et ils devraient s'habituer à n'être plus qu'un couple sans enfant.

Au matin, j'ai quitté la clinique à regret. J'aurais aimé attendre, être là quand elle mourrait.

Les malades occupent les lits, puis les quittent. C'est un flux indifférencié. Une infirmière ne devrait se souvenir que des veines où elle a enfoncé son aiguille.

J'ai acheté un journal. Je me suis installée au fond d'un bar. Je l'ai feuilleté sans trouver la moindre ligne se rapportant au suicide de mon oncle. Ce jour-là, ils avaient remplacé la rubrique des faits divers par une enquête sur la vie quotidienne sur les péniches.

J'étais fatiguée. Mes paupières tombaient, je voyais la salle à travers un voile de cils. Mon café était amer, je suis allée me rincer la bouche dans les toilettes. Il y avait un miroir publicitaire au-dessus du lavabo. Les nuits blanches me ridaient, elles empêchaient ma peau d'être vraiment fraîche.

J'ai quitté le bar sans payer. Dans la rue, j'ai donné une pièce à une femme. Elle a semblé vexée, mais elle ne me l'a pas rendue. Boulevard St-Michel, j'ai trouvé la tablette de chocolat sur mon paillasson. Je l'ai déposée à nouveau sur celui de Christine, puis je suis redescendue la chercher. J'en ai croqué une barre en remontant. Étienne avait dû raconter que je l'avais battu. Ce soir, je mettrais les choses au point avec sa mère.

Ric dormait dans l'entrée. Il avait vomi sur le carrelage de la cuisine. Je l'ai réveillé, puis je l'ai obligé à lécher ce qu'il avait rendu. Ensuite, je l'ai muselé et solidement attaché dans la salle de bains. J'ai ramassé ses déjections avec une spatule, et je les ai installées dans son assiette. Elles constitueraient son unique repas de la journée.

J'ai ouvert la fenêtre afin de regarder le plafond nuageux. Le soleil ne le percerait pas aujourd'hui. Le vent promenait un sac en papier dans une allée du Luxembourg. Accrochée à sa canne, une enfant tournait autour d'un vieillard et riait. Je me suis penchée, mais le vide ne m'attirait pas. Contrairement à mon oncle, j'adhérais encore à l'existence.

Je me suis couchée à plat ventre, la tête enfouie sous l'oreiller. Malgré mes larmes, je me suis endormie.

Je me suis levée à dix-sept heures trente, il faisait déjà nuit. J'étais amorphe, lourde. J'ai pris une douche froide qui ne m'a pas améliorée. Je me suis assise dans la cuisine, j'ai bu un bol de café. Il me semblait qu'un cataclysme couvait dans mon cerveau. Je devais prendre une décision, ou accepter ma vie en l'état.

Je me suis préparée, puis j'ai sonné chez Christine.

— Maman est pas là.

J'ai bousculé Étienne, et je suis allée m'asseoir dans le salon. Accoudé à la table, le gamin me surveillait en crayonnant une carte de géographie.

— Donne-moi un verre d'eau.

Il me l'a apporté sans enthousiasme, puis il est retourné derrière son cahier.

— Tu es allé à l'école aujourd'hui ?

— Oui.

Je me suis approchée, je lui ai demandé de

tirer la langue. Ses amygdales n'étaient même pas enflammées.

— Je suis guéri.

— Tu n'as jamais été malade.

Je lui ai dit que sa mère l'aimait moins depuis qu'il mentait. Elle envisageait de s'en séparer auprès d'une parente éloignée qu'il ne connaissait pas encore.

— À cause de toi, elle recommence à boire.

Il a eu un sourire niais. Je l'ai rudoyé. Il s'est mis à pleurer. J'ai voulu essuyer ses larmes avec ma main, mais il a fui dans le corridor. Je suis remontée chez moi.

J'ai ouvert toutes les fenêtres de l'appartement. Le boulevard était sale et bruyant. Je me suis allongée sur mon lit. Je grelottais, toutes mes pensées m'agressaient. Depuis plus de trente ans, mon corps allait et venait dans un périmètre restreint. Il me transportait, promenade maussade, indéfinie, dont j'aurais pu me dispenser depuis longtemps.

Christine a sonné, je l'ai vue par le judas. J'ai refermé les fenêtres avant de lui ouvrir. Elle a évoqué les larmes d'Étienne dont j'avais provoqué l'explosion. Je lui ai dit qu'il était bon que les enfants pleurent, et que le sien ne pleurait pas assez.

— À son âge, je pleurais tous les jours.

Je lui ai dit que les sanglots lavaient comme une averse.

— Au lieu de boire, tu devrais pleurer plus souvent.

Elle a reculé sur le palier en m'insultant, et elle est redescendue.

J'ai compris que je ne l'aimais plus. Il faudrait que je trouve une autre amie, ou que j'apprenne à m'en passer. C'est par commodité que j'avais sympathisé avec elle. Si elle avait continué d'habiter à l'autre bout de Paris, je ne l'aurais jamais connue. Elle ne m'était pas indispensable, je pouvais supporter ma solitude sans éprouver le besoin d'autrui.

J'ai présenté à Ric son assiette remplie de vomi, il a refusé d'y goûter. Je l'ai muselé, et attaché à nouveau dans la salle de bains. Je suis partie, je suis passée devant la porte de Christine sans lui accorder le moindre regard. J'ai glissé dans le hall d'entrée, je me suis relevée et j'ai couru jusqu'à l'arrêt de bus.

J'avais tort de vouloir modifier le cours de mon existence. Je devais au contraire me fondre en elle, en épouser rigoureusement les contours et les bosses. Je devais la vivre sans la regarder, et même sans la voir. Ma vie était sans doute la seule forme de bonheur qui soit à ma portée.

Le bus est tombé en panne. Je suis descendue au milieu des voitures, et j'ai eu envie d'être renversée. Ma carcasse écrasée aurait coulé sur la chaussée, la circulation du carrefour se serait organisée autour de la tache. Une moto m'a évitée de justesse, mais j'ai atteint le trottoir sans encombre.

À la clinique, pendant deux heures je suis parvenue à me superposer exactement au travail que j'avais à faire. Ma pensée ne débordait pas du tout le faible degré de conscience utile à mes actes, ni mes paroles les rares informations que je devais communiquer aux malades.

En piquant le fessier d'une femme, j'ai eu l'impression que la seringue prolongeait ma main et que je lui injectais ma propre substance. J'ai tremblé, la femme a poussé un petit cri.

— Décontractez-vous.

Elle s'est excusée. Mais durant le reste de la nuit je ne me suis plus sentie en harmonie par rapport à mes gestes.

Vers six heures du matin, j'ai fait une halte dans la chambre de l'opérée du cerveau. Si j'avais triplé sa dose de morphine, elle serait morte immédiatement. Son pansement ne suintait pas. Il y avait des roses et des marrons glacés sur la table de nuit. J'en ai mangé un, puis un autre, et ainsi de suite jusqu'au dernier. Les fleurs avaient une odeur entêtante, je les ai mises à la poubelle.

Le tableau d'appel ne clignotait pas, je maîtrisais l'étage. J'ai allumé la radio, j'ai bu un gobelet de jus d'orange. J'ai profité du calme pour ouvrir la fenêtre. Dans la cour, le froid gelait les flaques. Je crachais de la buée à chaque expiration. Il y avait un petit mur qui empêchait de voir la rue.

Christine se lèverait bientôt. Elle aspergerait son visage, elle mettrait du lait sur le feu et des bols sur la table de la cuisine. Elle écouterait les informations, elle porterait sa main sur la vitre glacée. Elle regarderait l'heure, allumerait le couloir et entrerait dans la chambre d'Étienne. Il traînerait sous la couette, elle serait obligée de le menacer pour qu'il se lève.

Au-dessus, mon appartement resterait silencieux. Ric entendrait peut-être des bruits de voix, il dresserait l'oreille. Il se mettrait debout, il voudrait aboyer et courir. La muselière et la corde l'en empêcheraient. Il essaierait de se rendormir.

J'ai fermé la fenêtre. Je percevais déjà le brouhaha des femmes de service qui préparaient les chariots du petit déjeuner. L'infirmière major viendrait me remplacer bientôt. Je lui dirais que je n'avais rien à lui signaler. Elle parlerait, je m'en irais quand même.

Lorsque j'ai quitté la clinique, Paris était encore obscur. J'ai regardé les étalages de fruits et légumes. Le jour s'est levé. Je suis entrée dans un bar pour boire un chocolat.

Je me suis en allée sitôt ma tasse bue. Dans le bus, tous ces corps entassés formaient un bloc. Le dos tourné au reste des passagers, je me suis contractée dans un recoin de l'habitacle.

Boulevard St-Michel, j'ai croisé Christine et son fils dans l'escalier. Ils m'ont ignorée, je leur ai demandé de me dire bonjour. Ils ne m'ont pas répondu. Le gamin cachait un fou rire dans le col de son anorak.

Ric grognait sa faim. Je n'ai pas eu le cœur de prolonger son jeûne. J'ai enlevé sa muselière, j'ai rempli son assiette de nourriture. Quand il a été repu, je lui ai mis sa laisse et nous sommes sortis.

Le soleil apparaissait parfois, et il clignait des paupières. Il avait perdu l'habitude de la lumière naturelle. Je l'ai emmené au Luxembourg. Il marchait prudemment, il évitait les pierres et le verglas. J'aurais voulu qu'il courre, mais je n'ai pu obtenir de lui qu'un trot saccadé autour d'un arbre. Je l'ai poussé par la croupe, il s'est aplati sur le sol. Je n'ai pas osé le brusquer davantage.

Il s'intéressait vaguement aux autres chiens, il semblait intrigué par leurs mœurs. Nous avons atteint le bassin central. Je me suis assise sur un fauteuil métallique, il s'est réfugié dessous. Je me suis souvenue que j'avais projeté de visiter le rayon droguerie du Bazar. J'ai décidé d'y aller tout de suite.

Ric était lent, mais il me suivait quand même. Place de l'Hôtel-de-Ville, je suis entrée dans le magasin sans regarder la façade. J'ai pris l'escalator, Ric avait peur des marches qui se dérobaient sous ses pattes. Au premier étage, j'ai cherché en vain le rayon de mon père. Une vendeuse m'a assuré qu'il avait toujours été au second. J'y suis monté.

J'ai d'abord flâné devant les stands d'arts ménagers. Je faisais semblant de m'intéresser aux friteuses et aux robots. Puis, j'ai aperçu au loin le rayon droguerie. Je me suis approchée, il ne ressemblait pas à celui que j'avais connu autrefois.

À droite, il y avait une porte dont l'accès était interdit au public. Je l'ai poussée. Nous avons descendu un escalier de ciment brut. Au rez-de-chaussée, un employé en blouse m'a demandé ce que je faisais là. J'aurais pu lui dire de qui j'étais la fille, mais il était trop jeune pour l'avoir connu.

Nous avons débouché à l'air libre, et traversé la place. Ric s'est mis à aboyer devant les fontaines de la mairie. J'ai tiré sur sa laisse, mais il a persisté. J'ai essayé de fermer sa gueule avec mes mains, puis je lui ai appliqué une tape sur l'échine. Une femme s'est interposée pour le défendre. Je lui ai dit que je lui en faisais cadeau. Elle n'en a pas voulu.

Je l'ai attaché en arrivant. Épuisé, il s'est couché sur le flanc. Je l'ai muselé, puis je lui ai donné quelques coups. Ses plaintes baveuses m'ont dégoûtée. J'ai éteint la lumière, et j'ai claqué la porte de la salle de bains.

Il était midi. Je me suis couchée, j'ai dormi jusqu'à dix-sept heures trente. À mon réveil, j'ai bu un reste de café, j'ai fait ma toilette. Ric avait peur de moi, il gardait la tête tournée vers le mur. Je suis descendue chez Christine. Étienne était seul, il a refusé de m'ouvrir. Je lui ai dit que sa mère m'avait chargée de lui faire des reproches entre quatre yeux. Comme il ne me croyait pas, je l'ai averti que j'allais appeler la gardienne.

— Elle viendra pas.

Je suis allée la chercher. Je lui ai dit que le gamin avait mis le feu à sa chambre, et qu'il avait appelé au secours avant de tomber dans les pommes.

— Mon Dieu.

Elle a pris le double de la clé. Elle est montée, elle a ouvert la porte. Le gosse avait eu le temps de se faufiler dans la penderie de sa mère. Je l'ai tiré par le bras, il était déjà en larmes. La gardienne cherchait des flammes ou de la fumée. Je lui ai dit qu'Étienne avait sûrement brûlé des vieux chiffons dont il avait caché les cendres.

— C'est pas vrai.

— Il ment.

Mais la gardienne l'a cru. Je lui ai demandé de nettoyer plus souvent les vitres de sa loge. Je suis sortie, j'ai descendu l'escalier et j'ai quitté l'immeuble.

J'ai bousculé des passants qui encombraient le trottoir. Mais il était encore trop tôt pour que je me rende à la clinique. Je suis rentrée chez moi. En remontant l'escalier, j'ai entendu Étienne pleurnicher dans les jupes de la gardienne.

Je me suis allongée sur le divan. Je me suis relevée. J'ai détaché Ric. Je l'ai promené devant la fenêtre ouverte de la cuisine. Puis, je l'ai mis sur le palier pour qu'il s'en aille. Il a voulu rester. Je l'ai mis dans la baignoire. Je l'ai lavé à grande eau sous la douche. Afin qu'il sèche, je l'ai attaché au radiateur.

J'étais en retard. Devant la porte de Christine, je me suis demandé si je devais appuyer sur le bouton de la sonnette. J'ai préféré rejoindre directement l'arrêt de bus. Sitôt à la clinique, je suis allée voir l'opérée du cerveau. Elle était dans un coma profond. J'ai décidé d'abréger son agonie dans la nuit, et j'ai commencé ma tournée.

J'ai parlé à une femme qui devait subir une intervention le lendemain. Elle m'a montré ses photos de famille. Je lui ai dit que je préférais laisser mes gosses à leur père. Elle avait envie de lire, mais il valait mieux qu'elle dorme. Je lui ai donné un somnifère.

J'ai téléphoné à Christine. Je lui ai dit qu'elle s'était attachée exagérément à son fils. Elle était ivre, mais elle a fini par me reconnaître, elle a raccroché.

Quand je me reproduirai, mes enfants comprendront vite que mon amour pour eux n'est pas un acquis. Ils devront me séduire, me plaire, ressembler aux rejetons de mes rêves. Les meilleurs seront choyés, les autres s'efforceront de s'amender pour gagner mes caresses. Si aucun d'entre eux ne me convient, je les nourrirai, je les laisserai grandir, mais ils n'occuperont qu'une place secondaire dans ma vie.

J'avais envie de réveiller tous les malades, puis de leur ordonner de se rendormir.

Je suis retournée dans la chambre de l'opérée du cerveau. J'ai jeté la plante et les sucreries qui encombraient sa table de chevet. J'ai ouvert la fenêtre pour chasser les odeurs. Sous les couvertures, son corps était immobile. Je l'ai mis en contact avec l'air de la nuit.

Malgré le coma, sa poitrine devait continuer à pousser. Je l'ai effleurée, mais elle n'a pas frissonné. J'ai posé ma main juste au-dessus de son appareil génital qui se décomposerait bientôt sans avoir servi. J'ai écarté les cuisses, autour de la vulve la pilosité était rare et courte. J'aurais aimé mourir comme elle en pleine puberté, et ne jamais avoir connu l'âge adulte.

Je l'ai nettoyée avec une éponge humide. Je l'ai talquée, parfumée. J'ai arrangé sa tête sur l'oreiller, j'ai secoué le drap, je l'ai bordée. J'ai versé cinq ampoules de morphine dans sa perfusion.

Je me suis assise dans le couloir, sur le carrelage. Je levais les yeux pour regarder la fenêtre en face de moi. Les vitres obscures renvoyaient l'image des portes. J'entendais le bruit éloigné des voitures, et les soupirs des malades dont le sommeil changeait de phase. Je préférais rester là, loin de l'infirmerie et du tableau d'appel.

Quand l'infirmière major est arrivée, je lui ai dit que la tension de l'opérée du cerveau baissait d'heure en heure.

— Il faut que je prévienne sa famille.

Je me suis en allée.

J'ai pris le bus, je suis descendue à Montparnasse. Je suis entrée dans une brasserie pour boire un chocolat. Les gens me semblaient plus grands que d'habitude et même les serveurs ne me voyaient pas. J'ai levé le bras plusieurs fois sans qu'on vienne prendre ma commande. Je suis partie. Les gens couraient, visant une bouche de métro ou leur camionnette garée à l'autre bout de la rue.

J'ai traversé le Luxembourg. À cette heure de la matinée le carré de sable était désert. Puis, une mère est arrivée. Je l'ai regardée essayer d'amuser son enfant avec un seau et une pelle. Il n'était pas intéressé, il regardait ailleurs, on le sentait presque au bord des larmes. J'aurais voulu le prendre dans mes bras, le balancer, le faire tournoyer, puis l'appuyer doucement contre ma poitrine.

Je me suis approchée, j'ai demandé à la femme comment il s'appelait. J'ai posé la main sur sa tête, je lui ai dit qu'en dessous les neurones battaient leur plein depuis le stade embryonnaire. Elle m'a regardée hébétée. Je lui ai souhaité de faire de cet enfant un meneur, à moins qu'elle obtienne un athlète ou un simple citoyen au physique agréable à regarder. Je lui ai souri, elle pouvait supposer que je blaguais. Le bébé s'est mis à pleurer, je les ai quittés.

Je marchais dans une allée, dans une autre, les statues me semblaient laides comme des personnes humaines déguisées de vieilles robes. On avait nettoyé le bassin central, on pouvait voir les pavés qui recouvraient le fond. Je me suis assise à côté d'un vieillard dont le nez recourbé me rappelait celui de mon oncle. Je lui ai parlé, je lui ai demandé à visiter son logement. Je l'ai poussé par l'épaule afin qu'il bascule de son siège et qu'il se lève.

Il regimbait, je lui disais que j'avais déjà une certaine affection pour lui et qu'un lien ne tarderait pas à nous rattacher l'un à l'autre. Nous marchions côte à côte, je lui tenais la main comme à un gosse. Il ne voulait pas me dire où il habitait, mais il a fini par céder à mon obstination. Il occupait un entresol. Nous sommes entrés chez lui. Des housses recouvraient les sièges, il y avait une couche de poussière sur les meubles. Je lui ai enlevé ses chaussures et je l'ai allongé sur son lit.

Sitôt que je tournais le dos, il tentait de se remettre debout. J'ai fouillé sa table de nuit, je lui ai donné un comprimé. Il l'a recraché plusieurs fois, mais il a fini par le déglutir. J'ai attendu qu'il s'endorme.

En sortant de chez lui, je me suis souvenue de Ric. Il m'attendait dans la salle de bains. Il me fallait rentrer pour le nourrir et lui faire prendre l'air. Mais je ne pouvais pas m'empêcher de tergiverser à travers les rues. Devant une boulangerie, j'ai rencontré un enfant de neuf ou dix ans. Je lui ai acheté une brioche, puis je l'ai invité à monter chez moi. Croyant le distraire, j'ai entrouvert la porte de la salle de bains afin de lui montrer Ric. Mais la bête a grogné dans sa muselière et il en a eu peur. Le chauffage était mal réglé, le gamin avait chaud. Je lui ai enlevé son pull rouge Jacquard, j'ai déboutonné sa chemise.

Je lui ai dit que j'habitais seule ici depuis le décès de mes parents. Je lui ai montré leur chambre. J'ai ouvert l'armoire, j'ai jeté une robe et un pantalon sur le plancher. Je lui ai proposé de jouer avec. Il s'est approché du pantalon, il a donné un coup de pied dedans. Je lui ai offert un grand mouchoir blanc plié et repassé, il ne l'a pas voulu. Il m'a demandé où se trouvaient les toilettes, lorsqu'il en est ressorti il a ouvert la porte de l'appartement. Pour le retenir, je lui ai donné de l'argent. Il est parti quand même, je n'aurais pas su qu'en faire s'il était resté. Je l'aurais emmené au cinéma, je lui aurais offert des gadgets, et le soir sa mère l'aurait houspillé pour connaître mon adresse. Elle aurait porté plainte contre moi, et dans le but de lui faire plaisir il aurait prétendu que j'avais essayé de l'étouffer dans un vieux costume d'homme sentant la naphtaline.

Ric grognait de plus en plus, je n'avais aucune envie de le nourrir. J'ai pris un bain, il tendait son museau vers moi et je ne distinguais pas la moindre lueur d'intelligence dans son regard. Il pouvait bien refréner son appétit comme un humain, son caractère s'en trouverait peut-être amélioré. Pour l'aguerrir, Christine aurait dû aussi priver parfois Étienne d'un repas.

Je me suis couchée. Le sommeil était une fumée au-dessus de moi, et à chaque fois que je voulais en aspirer une bouffée il montait un peu plus haut vers le plafond. Je me suis levée, je me suis endormie sur le divan.

Je me suis réveillée dans la nuit noire. J'entendais Christine qui criait, Étienne se défendait d'une petite voix et couinait. Ric grognait, mais j'étais trop en retard pour m'occuper de lui. Je me suis habillée, j'ai avalé une tasse de café froid.

J'aurais dû déjà être à la clinique. Je suis montée dans un taxi. L'infirmière major m'attendait.

— Je signalerai votre retard à la direction.

J'ai jeté une bouteille d'éther contre le mur. Elle a prétendu qu'elle demanderait mon renvoi.

— Je suis irréprochable.

Elle m'a dit que l'opérée du cerveau était morte ce matin, et elle m'a accusée.

— J'ai retrouvé les ampoules vides.

J'ai enfilé ma blouse sans prendre le temps de me déshabiller.

— Laissez-moi faire mon travail.

Elle m'a dit que je n'étais pas en état d'assurer mon service. Je me suis assise sur le lit de camp. Je lui ai dit que l'opérée du cerveau serait morte de toute façon. Je me suis allongée. Quand les lumières du tableau d'appel se mettaient à clignoter, l'infirmière major quittait la pièce. Lorsqu'elle revenait, je la remerciais. Je me suis endormie. À mon réveil, j'ai quitté la clinique.

Je n'étais pas fatiguée, la petite pluie ne me dérangeait pas. Je regardais les objets que les gens avaient laissés à l'intérieur des voitures. Lorsque mes enfants seront nés, nous aurons un véhicule qui nous permettra de transporter des provisions, de nombreux bagages, ainsi qu'un passager supplémentaire pour faire du baby-sitting quelques heures par jour durant les vacances. Nous prendrons l'habitude de rouler à l'aventure, et de monter notre tente en lisière de forêt ou au bord d'une plage. Le soleil couchant illuminera nos enfants qui nous paraîtront précieux comme l'or. Nous aurons la certitude de tenir le bonheur à deux mains tel un animal rétif qu'on est enfin parvenu à immobiliser sur le sol. Nous changerons de voiture quand elle sera usée, nos enfants atteindront l'âge adulte et nous finirons par mourir, pareils à de vieux moteurs travailleurs et fidèles comme des chiens de traîneaux.

Il faisait toujours nuit, mais la circulation s'intensifiait. Les voitures passaient entre les camions à l'arrêt devant les magasins. J'ai accéléré l'allure, je suis arrivée boulevard St-Michel. J'ai poussé la porte de l'immeuble. Puis, je suis ressortie. J'ai traversé, je me suis appuyée contre les grilles du Luxembourg. J'avais froid, et j'ai dû faire un effort pour cesser de claquer des dents. Je voyais les fenêtres de l'appartement de Christine. J'ai attendu. C'est sa chambre qui s'est allumée la première. Ensuite la cuisine, et la chambre d'Étienne. Quand les lumières se sont éteintes, j'ai traversé à nouveau le boulevard.

Christine et son fils sont apparus sur le trottoir. Elle marchait plus vite que lui, et de temps en temps il était obligé de courir pour la rejoindre. Il s'amusait à jeter son cartable en l'air et à le rattraper avant qu'il touche terre. On lui avait coupé les cheveux, sa nuque dégagée laissait voir une cicatrice.

Ils ont pris une rue transversale. Ils sont entrés dans une papeterie. Quand ils sont sortis, le gosse avait un paquet rectangulaire dans la poche de son anorak. Sa mère lui parlait d'une voix rude et pressait le pas. Il y avait une masse d'enfants devant la porte cochère de l'école. Elle lui a fait une dernière recommandation, puis elle l'a embrassé. Elle est repartie aussitôt après, tandis qu'Étienne se perdait dans la ribambelle des autres gamins.

Je l'ai suivie. Je suis montée avec elle dans le bus. Nous étions serrées l'une contre l'autre. Mais j'étais dans son dos, elle ne pouvait pas me voir. Je rapprochais mon visage de l'étoffe de son manteau. Je parvenais à distinguer son odeur et à me souvenir de nos dîners du dimanche.

Quelqu'un m'a bousculée. J'ai été projetée loin d'elle. À l'arrêt suivant, les gens qui m'empêchaient de la voir sont descendus. Je l'ai regardée de profil. Elle n'avait pas eu le temps de se maquiller, ses yeux n'avaient aucune flamme. J'aurais voulu l'aborder, et lui proposer de redevenir amies.

Je me suis rapprochée d'elle. Ses mains étaient crispées sur la barre d'appui. Elle fixait l'extérieur qui défilait de l'autre côté de la vitre. J'ai levé le bras pour la toucher, mais je ne suis pas allée jusqu'au bout de mon geste. Je me suis postée à côté d'elle. Elle a continué à ne pas me voir. Je n'osais pas la regarder, les yeux fermés je tournais la tête dans sa direction. Le bus a freiné. J'ai été déstabilisée. Je me suis accrochée à elle instinctivement.

Elle m'a reconnue. Elle m'a repoussée. Je lui ai dit que j'en avais assez de son hypocrisie. Elle m'a accusée de l'avoir prise en filature. Je lui ai répondu que j'avais le droit de me trouver n'importe où. Elle est descendue à l'arrêt suivant.

Je marchais à son côté. Elle contractait la bouche, et elle faisait semblant de ne pas entendre ce que je lui disais. Parvenue devant le ministère, elle m'a demandé de partir.

— Non, je préfère rester avec toi.

Elle a murmuré quelque chose à l'oreille du planton. Il m'a empêchée d'entrer. Je l'ai vue traverser la cour. J'ai pleuré. Le planton m'a conseillé de retourner chez moi. J'ai titubé dans la rue, je suis entrée dans un bar. J'ai bu un café, puis je me suis endormie sur la banquette. On m'a secouée, on m'a dit qu'il était défendu de s'allonger dans un débit de boissons.

Je me suis rendue à l'école d'Étienne. J'ai pu pénétrer à l'intérieur. J'ai poussé une porte vitrée donnant sur la cour, derrière il y avait un grand couloir bordé de classes. J'ai frappé à une porte, je suis entrée. Je me suis approchée de l'estrade, le professeur ne m'a pas entendue venir. Il commentait un plan de bataille fixé au tableau. Je lui ai adressé la parole, les enfants ont éclaté de rire. Il s'est retourné, il a crié pour qu'ils se taisent. Puis, il m'a demandé ce que je cherchais. J'ai reculé. Les enfants ont encore ri. Il a crié à nouveau. Ils se sont tus.

Je suis entrée au hasard dans une autre classe. L'enseignante est venue vers moi tout de suite. J'avais beau lui fournir toutes les explications qui me venaient à l'esprit, elle ne parvenait pas à comprendre pourquoi il fallait que je voie Étienne tout de suite.

Je me suis précipitée au fond de la salle où j'avais repéré un garçon qui avait la même silhouette. Il a eu peur, mais je me suis tout de suite rendu compte de ma méprise et j'ai battu en retraite.

— Sortez immédiatement.

Je me suis laissé traîner par la femme dans la travée. Les enfants étaient silencieux. Elle m'a poussée hors de la classe. Elle a refermé la porte sur moi.

Je stationnais dans le couloir, appuyée contre le mur. J'entendais les voix des professeurs, et parfois celle d'un élève qu'on interrogeait. Les chaises étaient remuées, il y avait le bruit de la craie, des règles, des stylos, et des chuchotements parasites.

Je ne voulais pas sortir et traverser la cour jusqu'aux toilettes. J'ai cherché la zone la plus obscure. J'ai repéré une armoire métallique qui formait un angle avec une anfractuosité du mur où se trouvaient une prise d'eau et une grille d'évacuation. Je me suis soulagée.

Puis, j'ai continué à attendre, tantôt immobile, tantôt marchant, épiant l'intérieur des salles à travers les zones vitrées des murs. Je regardais la pendule. Quand la sonnerie s'est déclenchée, toutes les portes se sont ouvertes en même temps. Les enfants ont surgi, ils me heurtaient, je me suis laissé emporter.

Dans la cour de récréation, le surveillant leur a donné des ballons. Ils se sont dispersés. Il m'a demandé si j'étais la mère d'un élève. J'ai reconnu Étienne qui parlait avec un camarade sous le préau. Je l'ai appelé, mais il ne m'a pas entendue. Je me suis approchée, nos regards se sont croisés. Il a filé comme un voleur. J'ai demandé au surveillant de le siffler.

— Suivez-moi chez la directrice.

Je l'ai suivi. Le bureau de la directrice était étroit, les murs comprimaient l'espace. Elle a voulu que je m'assoie.

— Je suis bouleversée.

— Vous êtes une parente d'Étienne ?

— Sa mère vient de mourir dans un accident.

Elle a feuilleté un répertoire. Elle a appelé Christine au ministère. J'ai quitté la pièce.

La récréation était terminée, les élèves avaient regagné leurs classes. J'aurais pu visiter toutes les salles, j'aurais fini par le retrouver. Je lui aurais annoncé la mort de sa mère, et il aurait compris que dorénavant il était seul.

Mais le surveillant m'a rattrapée, il m'a conduite vers la sortie. Je n'avais pas la force de lui résister. Il m'a poussée dans la rue.

Je suis rentrée, je me suis courbée en passant devant la loge. Je n'ai rencontré personne dans l'escalier. J'ai attendu sur le palier avant d'ouvrir la porte. Une odeur de friture se dégageait de l'appartement du troisième. Plus haut quelqu'un chantait à tue-tête en clouant.

J'ai bu un verre d'eau à la cuisine. Ric avait dû flairer mon retour, il ruminait en silence sa fringale dans l'obscurité de la salle de bains. J'aurais voulu le nourrir, le caresser, et le laisser libre d'aller de pièce en pièce. Il aurait même eu le droit d'aboyer, de mordre les meubles et de lever la patte sur les murs du couloir.

Je me suis assise sur le bord de mon lit. Mon existence ne serait pas illimitée. Je ne devais pas courir le risque de décéder sans avoir fécondé aucun être. J'étais là pour justifier la présence de mon appareil génital qui tournait à vide et ovulait en vain.

Je me suis endormie. Mon sommeil n'a pas été sans rêves, mais j'ai eu la force de leur résister et de me souvenir à tout instant que je dormais.

Au réveil, j'ai ouvert la fenêtre. Le Luxembourg était obscur, je ne distinguais que le bassin central et quelques bureaux du Sénat éclairés par des lustres. Un groupe de passants traversait le boulevard, j'ai pensé aux milliards de spermatozoïdes qui transitaient devant moi. Je les ai suivis des yeux jusqu'à ce qu'ils se dispersent et disparaissent au loin. Mais d'autres hommes marchaient sur les trottoirs ou démarraient au feu.

J'ai regardé l'heure. J'arriverais en retard à la clinique. Je me suis approchée de la salle de bains. J'ai toussé, je l'ai même appelé par son nom, mais Ric ne m'a pas répondu. J'ai pensé qu'il était parvenu à se débarrasser de la muselière, et qu'il avait déchiré la corde avec ses crocs. Il attendait que j'ouvre la porte pour me sauter à la gorge.

J'ai allumé la télévision. Je me suis débarbouillée dans la cuisine. Il me semblait que les images allaient plus vite que la voix du journaliste qui les commentait. Je regardais le gant éponge se promener sur ma peau, et j'essayais de penser plus fort que le son du téléviseur. Je me demandais si mon père aurait eu honte de moi s'il avait su qu'un jour une pièce de son appartement serait occupée par un chien.

Je me suis parfumée, je me suis coiffée. J'ai ouvert la penderie de ma chambre. Je me suis habillée, et je suis descendue chez Christine. Je l'entendais parler avec Étienne. J'ai appuyé mon doigt sur le judas et j'ai sonné. Un de leurs yeux a dû se fixer à l'œilleton.

— Qui est là ?

Je n'ai pas répondu. La porte a fini par s'entrebâiller. Je suis entrée. Christine était en robe de chambre, Étienne en pyjama. Je lui ai dit qu'il devrait être déjà couché. Christine est devenue furieuse, elle m'a expulsée d'un cri presque animal.

J'avais deux heures de retard. J'ai couru jusqu'à l'arrêt de bus. J'ai attendu, il n'y en avait plus. Je me suis rendue à la clinique à pied. Il faisait froid, mais je me sentais bien et j'aurais pu traverser Paris toute la nuit.

En arrivant là-bas, j'avais la certitude que mes enfants naîtraient un jour. Je savais aussi que je les aimerais quels qu'ils soient. Après l'accouchement, la sage-femme les poserait sur mon ventre, je respirerais leur odeur, je les approcherais de ma bouche, je goûterais leur peau, et mon instinct maternel se déclencherait aussitôt, jusqu'à la fin de ma vie je les préférerais à moi-même.

Je suis entrée dans l'infirmerie. Sur la table il y avait du thé chaud et des galettes. J'en ai bu une gorgée, puis je me suis allongée sur le lit de camp. Les ampoules du tableau d'appel étaient éteintes. J'avais l'impression qu'il me suffirait de continuer à vivre pour que l'avenir me vienne tel que je l'espérais. Mes enfants étaient proches, je n'aurais plus à les attendre longtemps.

— Vous êtes qui ?

Elle portait une blouse blanche, elle était plus jeune que moi. Je ne l'avais jamais vue.

— Et vous ?

Elle m'a dit qu'elle était en stage dans le service et que l'infirmière major lui avait demandé de remplacer Clémence Picot.

— Elle est en arrêt de travail.

— Je suis Clémence Picot.

Une ampoule a clignoté sur le tableau d'appel. Je suis arrivée avant elle dans la chambre. J'ai allumé le plafonnier. C'était un malade que je ne connaissais pas. Il a sursauté en me voyant apparaître en tenue de ville. La remplaçante m'a rejointe. Elle était petite et légère. Je l'ai poussée, et elle a déguerpi. J'ai questionné le malade. Il était entré cet après-midi, on devait l'opérer le lendemain d'un kyste osseux.

— Je n'arrive pas à dormir.

J'avais une boîte de tranquillisants dans mon sac. Je lui en ai proposé.

— Non, je préfère attendre que le sommeil me vienne.

— Alors, pourquoi vous avez sonné ?

— Pour passer le temps.

Je lui ai dit que le temps des infirmières était précieux, et que les minutes qu'il venait de gâcher manqueraient peut-être à quelqu'un d'autre. Il s'est excusé.

— Le temps que vous avez volé est perdu.

J'ai visité d'autres chambres. Certains malades se réveillaient à mon passage, mais le plus souvent ils étaient assommés par les hypnotiques et ils ne se rendaient compte de rien. La chambre de l'opérée du cerveau contenait à présent une femme à la jambe plâtrée. J'aurais voulu lui expliquer qu'elle occupait le lit d'une jeune morte, et qu'elle avait de la chance d'être en vie.

— Elle respirait l'air qui est dans vos poumons aujourd'hui.

J'ai posé mes mains sur son cou, je l'ai pressé jusqu'à ce que la douleur fasse voler son sommeil en éclats. Elle a crié en ouvrant les yeux sur moi.

— Taisez-vous.

J'ai arraché son oreiller, je l'ai appuyé contre sa figure. Elle enfonçait ses ongles dans mes joues, et elle essayait de soulever sa colonne vertébrale afin de bouter son corps hors du lit. Je lui disais de m'écouter, mais l'oreiller et les cris qu'elle poussait toujours l'empêchaient de m'entendre.

Soudain, on a ouvert la porte. On m'a tirée, on m'a plaquée au mur. Je me suis laissé faire, je me sentais calme et lucide. La remplaçante était allée chercher ma collègue du rez-de-chaussée. Elles n'avaient eu aucun mal à me maîtriser. Je leur ai dit de me lâcher et de s'occuper plutôt de la malade.

— Ses nerfs ont craqué quand elle m'a vue.

À présent, elle parlait sans discontinuer. Elle avait eu peur de mourir étouffée. Elle m'accusait en me montrant du doigt. Elle mélangeait la réalité avec le cauchemar qu'elle était en train de faire lorsque je l'avais réveillée. Ma collègue la rassurait de son mieux. La remplaçante tremblait, elle était pâle. Je lui ai conseillé d'aller s'étendre sur le lit de camp. Mais elle me tenait toujours par l'épaule, elle avait la bouche entrouverte, elle baissait les yeux sans me répondre.

— Ne vous inquiétez pas, je surveillerai l'étage à votre place.

Elle a secoué la tête. Je lui ai dit qu'elle en verrait d'autres au cours de sa carrière, et que d'ailleurs les crises de nerfs étaient fréquentes chez les chirurgicaux.

— L'anesthésie bouleverse la biochimie de l'encéphale.

Elle secouait toujours la tête. Ma collègue est sortie, nous sommes restées face à face. Ma collègue est revenue avec une seringue, elle a piqué la malade qui déjà somnolait à moitié. Nous avons éteint les lumières et quitté la chambre. Elles ne parlaient pas, elles m'encadraient comme des gendarmes. Je voulais poser mes affaires et mettre ma blouse. Elles m'ont entraînée dans l'escalier, nous avons traversé le grand hall.

— Je veux rester ici.

Elles ont appelé un taxi, elles m'ont empêchée de remonter à l'étage.

— Je veux reprendre mon service.

La voiture est arrivée, elles m'ont poussée à l'intérieur. Pendant qu'elles parlaient au chauffeur, j'ai ouvert la portière et je me suis sauvée.

Je me suis retournée plusieurs fois, personne ne me suivait. J'aurais aimé attendre l'aube à la clinique. Je me serais excusée auprès de ma collègue du rez-de-chaussée. Je lui aurais décrit mon état d'âme, elle m'aurait supportée dans son sillage. Je l'aurais aidée à remuer les malades, j'aurais pris les tensions à sa place. Notre service terminé, nous aurions bu un chocolat ensemble. Nous aurions échangé des fous rires avant de nous séparer devant l'arrêt de bus.

Je n'avais pas l'impression de marcher vite, mais il m'a semblé que j'arrivais tout de suite chez moi. Je n'ai pas sonné chez Christine, je me suis assise dans la cuisine et j'ai pleuré. La poignée chromée du four me réfléchissait, je me voyais maigre et longue. Je ne distinguais ni mes larmes ni la ride qui était apparue ces derniers jours sur mon front.

Je ne pleurais plus. J'ai mouillé mon visage d'eau froide. Ric se taisait, il s'était habitué à la solitude. Au matin, je prendrais la peine de le nourrir et de le promener à l'air libre. Pourtant, il ne me servait à rien. Il aurait mieux valu que je le donne à Étienne, ou que je l'envoie de vie à trépas.

J'ai ouvert la fenêtre. Le carrefour était vide, les feux tricolores clignotaient. Je sentais l'odeur de terre du Luxembourg. Dans le ciel, il y avait des nuages et une moitié de lune. J'aurais voulu d'une mort subite ou d'un sommeil qui m'écrase plusieurs jours. La réalité me semblait trop lourde à manier, et l'avenir ligaturé.

J'ai rejoint ma chambre, je me suis allongée. Je savais que mon pessimisme était discutable. Mes enfants avaient peut-être vraiment un père que je ne connaissais pas encore. Nous nous rencontrerions chez un commerçant ou sur un banc. Nous n'aurions pas besoin de nous parler, une attirance réciproque nous dispenserait de préambule.

Nous ferions profiter nos enfants de notre expérience. Nous leur donnerions une éducation efficace et courte. Dès l'adolescence, ils seraient à même de se suffire dans n'importe quel milieu. Nous leur apprendrions à se battre, à ne jamais perdre, à se servir des autres pour réussir. Nous développerions leur conscience d'eux-mêmes, ils ne se sentiraient pas solidaires du monde extérieur, ils le tiendraient à distance du bout des doigts comme un insecte.

S'ils ne naissent jamais, j'aurais au moins la certitude que je n'y suis pour rien. Jusqu'à la ménopause je chercherai un compromis pour devenir mère. Au fil des ans, je perdrai une à une mes prétentions. Pourvu qu'il soit fertile, j'accepterai d'épouser un vieillard ou un infirme, ou alors je me laisserai féconder par un amant furtif que je ne reverrai plus jamais par la suite. J'emploierai tous les moyens pour les arracher au néant. Si malgré tout ils s'avéraient imaginaires et s'abstenaient de naître, je finirais par les oublier. J'aurais la certitude d'être allée au bout de mon instinct maternel et ma vieillesse serait sereine. Je consacrerais une journée par an à accompagner des enfants voir la mer, mais le reste de mon temps n'appartiendrait qu'à moi.

Mon avenir m'excitait. Je sentais que je ne m'endormirais pas. Je me suis levée pour prendre un somnifère. Je ne pensais plus à Ric. J'ai ouvert la porte de la salle de bains, et je l'ai enjambé sans le voir. J'ai fouillé l'armoire à pharmacie, puis je l'ai regardé et je me suis aperçue qu'il était mort. J'ai touché sa langue qui pendait de la gueule écartelée. Elle était froide, raide, il avait dû mourir hier. Tirant trop fort sur la corde qui le reliait au radiateur, il s'était étranglé.

Je me ferais aider pour le descendre dans la poubelle de l'immeuble. Je n'aurais pas besoin de le remplacer, le souvenir de plus en plus vague qu'il laisserait en moi suffirait à combler le vide de sa disparition.

En avalant mon comprimé avec une tasse de tilleul, je regrettais de ne pas l'avoir gâté davantage et plus souvent nourri. Il me restait plusieurs boîtes de pâtée que son estomac ne connaîtrait jamais.

Maintenant que Ric était mort, je ne laisserais plus rien derrière moi. Il me suffisait de vendre l'appartement, et d'emporter mon capital dans un sac de voyage. Je partirais, je ne resterais jamais plus de trois jours dans une ville. Je refuserais de prendre racine, je dériverais sur la planète, je deviendrais quelqu'un d'autre. Quelqu'un dont je ne pouvais rien savoir à l'avance, et qui prendrait lentement ma place au fur et à mesure de mes pérégrinations.

Je me suis réveillée à onze heures du matin. Je me suis bouché les oreilles, mais j'entendais malgré tout les bruits du boulevard. Je ne voulais pas me lever, j'avais envie d'attendre sans bouger qu'il fasse à nouveau nuit. Je ne pouvais pas m'empêcher de remuer les jambes et de faire glisser ma main sur la couverture. Je pensais à la mort de mon oncle. Je la trouvais grotesque et digne d'un cirque. Je regrettais qu'il n'existe aucun moyen de punir les disparus.

J'ai secoué les draps à la fenêtre. Il faisait froid, malgré le soleil les passants marchaient courbés. Je ne pouvais voir aucun visage, même les mains étaient cachées par des gants ou enfoncées dans les poches des pardessus. Ils avançaient sur chaque trottoir, ils traversaient le boulevard, ils bifurquaient sans raison apparente. Les gens qui entraient dans le Luxembourg se recroquevillaient lorsque le vent soufflait en rafales. J'ai refermé la fenêtre. J'ai laissé les draps en tas sur le sol.

Je n'avais pas envie de prendre ma douche devant le cadavre de Ric. Je l'ai tiré dans le couloir, mais la salle de bains conservait une odeur qui m'a déplu. J'ai fait ma toilette dans la cuisine, puis je me suis habillée. Après, j'ai recouvert Ric de papier journal et je l'ai entouré avec de la ficelle. Je l'ai traîné. Il bruissait en glissant sur le parquet. J'ai claqué la porte palière derrière moi. Il était trop lourd pour que je le soulève ou que je le prenne dans mes bras. Je l'ai poussé dans l'escalier de marche en marche jusqu'au premier. Je l'ai laissé sur le paillasson.

Je suis descendue demander la clé à la gardienne. Elle n'était pas chez elle, je l'entendais parler dans la cour avec un locataire. Je me suis faufilée à l'intérieur de la loge, j'ai pris la clé et je suis remontée chez Christine.

Je suis entrée chez elle. J'ai traîné Ric dans le vestibule. Quand Étienne rentrerait de l'école, il m'aiderait à le descendre aux ordures.

Le salon était en désordre, les meubles étaient poisseux. Dans la cuisine, la vaisselle n'était pas faite. La chambre de Christine sentait l'odeur fade du lit défait, celle d'Étienne était un bric-à-brac de jouets et de linge sale.

J'ai rangé un peu le salon, la cuisine et les chambres. J'ai passé l'aspirateur, j'ai ciré la table ovale où nous prenions nos dîners du dimanche. J'ai laissé la vaisselle dans l'évier, lavant plutôt la baignoire et le lavabo qui n'étaient pas très nets. Sur la petite étagère où elle entreposait ses produits de beauté, j'ai trouvé un flacon de parfum que je lui avais offert l'an passé. Je l'ai vidé sur son lit, et je l'ai reposé à sa place. Puis, j'ai enlevé mes chaussures et je me suis allongée. Je me souvenais de la nuit que nous avions passée ensemble.

J'ai ouvert sa penderie. En passant ses vêtements en revue j'ai trouvé une robe que je ne lui connaissais pas. Malgré notre différence de taille, je l'ai essayée. Cette rayonne brune était vulgaire, l'échancrure du dos et le décolleté exhibaient trop la chair. Elle avait dû la porter pour séduire son mari, puis de loin en loin pour l'émoustiller les soirs de dispute.

Elle gardait de vieilles chaussures trouées, des soutiens-gorge déchirés et des bas filés noués entre eux dans un sac en plastique. Elle avait une provision de gin sous un amoncellement de vieux lainages et de combinaisons roulées en boule. J'ai jeté tout cet alcool, et j'ai aligné les bouteilles vides devant la table de nuit.

J'ai pris la photo de son mari posée sur la commode. J'ai ouvert les volets pour le regarder à la lumière du jour. Il m'a semblé gras des joues, avec un front trop bas et rien dans son visage qui trahisse l'astuce. J'ai compris que par peur panique du vide, Christine avait épousé n'importe qui. Elle avait eu de la chance qu'il meure rapidement en lui laissant un fils. Sa mort brutale lui avait épargné un divorce qui serait devenu indispensable quelques années plus tard.

J'ai reposé la photo. J'ai remué des draps et des nappes pliées dans la commode. J'ai reconnu celle où nous avions dîné pour la dernière fois. Dans le dernier tiroir, j'ai trouvé un paquet de dessins et de peintures à l'eau exécutés par Étienne. Ils étaient classés chronologiquement, et sur certains figuraient des vœux concernant Noël ou la fête des mères. Il y avait aussi dans une pochette en cuir, une tétine de biberon et un hochet en métal argenté. Christine devait utiliser ces souvenirs pour se remémorer l'époque où Étienne était encore trop petit pour qu'on puisse s'apercevoir de la médiocrité de son intellect. Elle se souvenait de ce bébé plus court qu'un bras d'adulte, qui tétait, qu'on langeait et à qui on demandait seulement de respirer et d'avaler le lait qu'on lui enfonçait dans la bouche.

J'ai jeté la tétine et le hochet par la fenêtre. Je n'ai pas atteint la poubelle municipale que je visais, la tétine a rebondi jusque sur la chaussée et le hochet est tombé dans le caniveau. J'ai refermé les volets, la fenêtre, j'ai éteint le lustre, et je me suis allongée sur le lit.

Christine se trompait, elle vivait dans un passé ridicule. Il fallait qu'elle utilise au mieux les décennies qui lui restaient à vivre, et qu'elle se détache lentement d'Étienne. Il s'apprêtait à grandir, à mépriser son affection, à devenir un poids s'alourdissant petit à petit de ses échecs scolaires et de ceux qu'il connaîtrait dans les méandres de la vie active. Il était encore temps pour elle de l'éloigner, de ne le voir qu'aux vacances, puis de lui faire faux bond une fois sur deux et de l'habituer à ne plus la voir du tout.

Étienne grignotait sa tendresse en aveugle, sans rien lui laisser à la place. Seule la grossesse les avait unis, après ils n'avaient fait que s'éloigner l'un de l'autre. Je demandais simplement à Christine d'accélérer ce processus.

Il serait préférable que nous restions à Paris, je n'avais plus besoin d'acheter une maison à la campagne. Nous ferions percer un trou entre nos appartements, et elle pourrait grimper chez moi par un petit escalier en colimaçon. Nous dormirions tantôt chez l'une, tantôt chez l'autre. Nous ferions les courses à tour de rôle, mais parfois nous irions ensemble choisir les fromages et les fruits de notre dîner du dimanche. Nous passerions des week-ends à repeindre une chambre ou à démolir une cheminée pour agrandir l'un de nos deux salons. Nous sortirions le soir, nous partirions en voyage. Délivrées du gamin, nous nous sentirions légères, insouciantes, et d'une jeunesse sans rapport avec notre âge.

Plus tard, Christine retrouverait vite le plaisir de la maternité, elle langerait mes enfants lorsque je serais à mon travail, ou partie en déplacement avec leur père. Elle les verrait grandir, nous ne serions pas trop de deux pour les éduquer, pour les amener sans accident jusqu'à l'âge adulte. Elle s'occuperait du bon développement de leur corps, je me réserverais la direction de leur intelligence. Je leur apprendrais à décomposer l'extérieur en éléments premiers, à voir le monde à travers un maillage serré. Ils ne seraient jamais surpris ni émerveillés, ils connaîtraient exactement les choses, les gens, la mécanique des contacts humains. Il leur serait impossible de se tromper, d'hésiter, ou d'aimer mal à propos. Ils auraient une vie longue, droite, parfaite. Ils seraient toujours d'humeur égale, ils mourraient sans avoir connu ni la gaieté ni la tristesse excessives.

Je savais bien qu'Étienne serait le contraire de ce qu'ils seraient. J'ai pris ses dessins, je les ai jetés dans l'évier. J'ai ouvert le robinet d'eau chaude, et j'ai rempli le bac. Je les ai remués avec une grande fourchette. Je voyais se liquéfier les personnages qu'il avait peints de sa main pataude. Le papier a commencé à se dissoudre. J'ai ajouté un peu d'eau froide pour ne pas me brûler, et j'en ai fait de petites boules que j'ai lancées dans le seau à ordures.

Il fallait que je démontre à Christine que son fils était trop médiocre pour être aimé. Il n'avait pas l'étoffe d'un adulte passable. Il chercherait à se faire admettre, mais la société lui fermerait ses portes les unes après les autres. Elle en ferait un exclu, un aigri, un délinquant qui partagerait son existence entre la prison et la rue. Il trouverait peut-être une femme pour l'aimer et lui donner une descendance, mais elle se lasserait de lui avant la fin de sa première grossesse, et il se retrouverait à nouveau seul.

Pour Christine il serait une source continuelle de douleurs, de dépenses, de honte. Il serait souhaitable qu'elle reprenne son nom de jeune fille, afin qu'il devienne impossible quoi qu'il arrive d'établir une corrélation avec lui.

J'ai secoué le lit du gamin, j'ai jeté le matelas et les couvertures par terre. J'ai ouvert son armoire, je l'ai vidée. Il y avait un carton rempli de jouets dont il ne se servait plus depuis longtemps. Les vêtements propres étaient rangés en piles sur les étagères. Mais j'ai trouvé du linge souillé, ainsi que des chewing-gums collés sur le papier d'une tablette de chocolat à moitié croquée. J'ai déplié les vêtements propres, je les ai jetés à terre avec le reste. J'obligerai le gosse à tout remettre en ordre avant le retour de sa mère.

J'ai nettoyé son petit bureau avec une éponge humide. Plusieurs cahiers traînaient. Ils étaient mal tenus, surchargés de ratures, zébrés de traits rouges et de notes en dessous de la moyenne. Je les ai déchirés, je les ai jetés.

J'arriverais à convaincre sa mère, dès ce soir elle l'informerait qu'elle avait entrepris une procédure d'abandon. Dans quelques mois, il ne serait plus le fils de personne. En attendant, elle lui interdirait de l'embrasser ou de lui toucher la main, le bras, ou n'importe quelle autre partie du corps. Ils continueraient à cohabiter, mais comme deux étrangers. Christine ne s'occuperait plus de ses vêtements et elle refuserait de partager ses repas avec lui. Elle ne lui donnerait plus la moindre somme d'argent. Il devrait se débrouiller pour manger et survivre. Il n'aurait pas le droit d'utiliser le salon et les parties communes, il vivrait confiné dans sa chambre.

Je serais là chaque soir pour surveiller Christine et l'empêcher de chanceler. Un fois sa décision prise, elle resterait inébranlable et les larmes d'Étienne glisseraient sur elle comme sur les plumes d'un canard. Quand je la sentirais sur le point de céder à ses plaintes, je lui parlerais des enfants que j'aurais bientôt et qui nous feraient oublier à jamais son fils.

J'ai trouvé un ours en peluche à moitié dissimulé sous un maillot de sport. Il avait autour du cou un étui en skaï retenu par une ficelle dorée. À l'intérieur, j'ai découvert toute une collection de dents de lait que le gamin avait sans doute cachées là à chaque fois qu'elles lui étaient tombées des mâchoires. Sa mère avait encouragé cet enfantillage, lui laissant croire que la moindre de ses molaires valait d'être conservée comme une relique.

Je les ai entourées de papier hygiénique, et je

les ai évacuées par les toilettes. J'ai éventré l'ours avec une paire de ciseaux. J'ai abandonné sa dépouille vidée de tout son crin sur le petit bureau du gamin. Dès qu'il rentrerait, je lui dirais que son enfance n'avait que trop duré et que j'étais résolue à y mettre un point final. Ses pleurs ne changeraient rien à ma décision.

Je savais que dès ce soir Christine se fâcherait, qu'elle voudrait que je lui rembourse le gin et le jouet d'Étienne. Je lui signerais un chèque pour l'apaiser. Elle refuserait de monter dormir chez moi ou de me supporter dans son lit. Elle consolerait le gamin qui pleurerait sa peluche et ses dents. Elle ne m'accorderait plus la moindre importance. Je ferais claquer la porte, ils me croiraient sortie. Je me cacherais dans le salon, accroupie derrière l'accoudoir du canapé. Il serait déjà tard, elle mangerait dans la cuisine avec lui, et ils iraient directement se coucher.

Je me coulerais dans la chambre de Christine, malgré l'obscurité je distinguerais la forme de son corps. Sans bruit, je me déshabillerais, je me coucherais à côté d'elle, et je m'endormirais. Au milieu de la nuit, je sentirais sa main dans la mienne et nous parlerions jusqu'à l'aube de notre amitié. Je lui arracherais son consentement, et dès le lendemain je me mettrais en rapport avec son propriétaire afin qu'il nous accorde le droit de percer le trou qui unirait nos deux appartements.

Plutôt que de peiner sa mère, je me ferais violence pour aimer cet enfant. Je m'habituerais à le serrer dans mes bras, à respirer sa peau. Je l'emmènerais à la piscine, au cinéma, manger des crêpes place St-Michel et marcher le long des quais jusqu'au musée d'Orsay. Je jouerais avec lui au ballon, nous irions voir ensemble des matchs de football. Je m'intéresserais à ses inquiétudes, ses désirs, ses jardins secrets. Je ferais en sorte de comprendre le fonctionnement de son cerveau, je finirais par trouver la forme d'intelligence dont il était pourvu. Je passerais des après-midi entiers à l'aider à penser, à apprendre, à utiliser au mieux ses petits moyens. Grâce à mes leçons, les examinateurs le confondraient presque avec les plus brillants. Sur le plan sentimental, je lui interdirais les rencontres sans lendemain, mais dès qu'il aurait une profession je le guiderais dans le choix de sa future épouse. Il aurait des enfants qui plusieurs fois par semaine viendraient jouer chez nous. Tout autant que Christine, ils m'appelleraient mamie.

J'ai inspecté les placards de la cuisine. Mélangée à des bouteilles de javel et de produits de nettoyage, j'ai encore trouvé du gin. Dans un petit panier à pain au fond d'une étagère, il y avait des médicaments périmés ainsi qu'un tube d'anxiolytiques qu'elle m'avait sûrement carotté à l'occasion d'une visite. J'ai jeté également un vieux tube de moutarde, des biscottes écrasées dans un paquet éventré, et un peu de vaisselle ébréchée, dont deux tasses auxquelles manquait l'anse. Elle avait trop de casseroles, elles occupaient la moitié d'un placard. J'ai jeté les plus entartrées, celles qui étaient cabossées, et celles dont la poignée branlait. J'ai installé ce bazar à côté du cadavre de Ric pour que nous le descendions avec lui.

Il y avait un rayon de soleil dans le salon qui soulignait la laideur de chaque objet sur son passage. De mauvaise qualité, l'ameublement avait mal résisté aux treize ans qui s'étaient écoulés depuis son mariage. Le tissu fleuri des fauteuils avait jauni, le petit tapis avait des taches et des brûlures de cigarette, le canapé était avachi. J'aurais dû depuis longtemps pousser Christine à rénover son intérieur. Je pouvais lui prêter de l'argent pour acheter de l'étoffe, et l'aider à recouvrir ses sièges. Elle mijotait à petit feu dans sa crasse. Si je ne lui tendais pas la main, elle s'y noierait avec son fils. Tout était recouvert d'un film gras que leurs mains avaient déposé couche après couche. Il y avait une odeur inclassable, qui picotait le nez en entrant et persistait dans les narines lorsqu'on était déjà dehors.

Christine amoncelait le linge sale dans un panier débordant situé entre la machine à laver et le mur de la salle de bains. J'ai tenté de savoir si cette odeur venait de là. Je l'ai vidé sur le tapis du salon. Les culottes de Christine et les slips d'Étienne ne dégageaient rien qui rappelle la puanteur de l'appartement, car d'autres éléments olfactifs plus puissants la rendaient indiscernable. En revanche, les tee-shirts du gamin et les combinaisons de sa mère exhalaient un fumet qui participait de l'odeur générale que je recherchais. Les serviettes éponges, les draps, et même les torchons apportaient chacun quelque chose de particulier à cette fragrance. Je me suis aperçue que le canapé aussi faisait entendre sa note, de même que les rideaux et les coussins des chaises. Étienne et Christine s'unissaient à leurs vêtements, à leurs meubles et à tout l'intérieur de leur logement, pour former avec eux un bouquet complexe et répugnant.

J'ai rangé le linge dans le panier, et j'ai remis le panier à sa place. J'ai ouvert la fenêtre de la cuisine, de la salle de bains, du salon, et celles des chambres. Le courant d'air froid nettoyait l'atmosphère en faisant claquer les portes que j'étais obligée de surveiller et de bloquer avec des chaises. Je sentais que l'odeur se laissait capturer et qu'elle quittait l'appartement petit à petit. Ils devraient prendre l'habitude de chasser ainsi leurs émanations chaque jour comme on accomplit un rite ou une ablution.

J'avais froid, j'ai refermé les fenêtres. J'ai perçu l'odeur à nouveau. Elle avait même une touche plus musquée que tout à l'heure. Je suis remontée jusqu'à sa source, le cadavre de Ric était responsable de ce surcroît de puanteur. Je me suis servie du déodorant des toilettes, j'ai imbibé son museau, ses pattes, sa queue, ainsi que le papier journal qui entourait le reste de son corps.

Je me suis déshabillée entièrement dans la salle de bains. J'ai respiré l'un après l'autre chacun de mes habits. Ils n'avaient pas pris l'odeur du lieu, et même mes sous-vêtements ne dégageaient ni parfum ni senteur d'aucune sorte. Grâce à l'hygiène absolue que je m'imposais depuis l'enfance, on ne pouvait me reconnaître que par l'œil ou l'ouïe. Je ne laissais sur mon passage aucun effluve. Pourtant, Ric de son vivant me reniflait, et sa truffe était assez sensible pour me trouver un arôme qui me définissait dans son cerveau de bête. Mais il n'était pas discernable par le nez d'un humain.

Je me suis regardée dans le miroir, m'inventoriant et me comparant à celle que j'étais en moi-même. Je me ressemblais encore davantage que lors de mon dernier inventaire. Mes membres inférieurs s'étaient un peu dégraissés, et mes bras avaient gagné en tonicité. Mon tronc avait toujours sa même forme de poire, mais les hanches s'atrophiaient au profit de la poitrine.

Le bas de mon dos était plus léger, plus élastique, presque mince. Mon visage fatigué me ressemblait moins que d'habitude, mais l'ensemble de mon corps coïncidait presque avec la sensation intérieure que j'avais de lui. Je me suis mise à rire pour observer le jeu de mes maxillaires.

J'ai déambulé dans l'appartement. Je prenais un certain plaisir à apparaître nue dans le salon, ou à me poser sur le lit d'Étienne. Les pièces ne conserveraient pas ma trace, ils ne sauraient jamais que j'avais occupé dévêtue l'espace de leur vie privée. Je me suis assise sur le traversin de Christine, puis je l'ai secoué pour lui rendre sa forme. J'ai enlevé les draps pour voir l'état du matelas. Il était auréolé et digne d'être jeté à la rue.

Je l'ai respiré, il ne sentait que la poussière et peut-être un peu la sueur ancienne. Il avait des poignées sur les côtés. En m'arc-boutant, j'ai pu l'arracher au sommier. Je l'ai traîné difficilement sur le tapis, mais il a glissé sur le parquet du couloir. Je l'ai tiré jusqu'au palier. J'ai dû le plier en deux et l'entourer avec un morceau de cordon pour qu'il ne gêne pas le passage. Dès qu'Étienne serait de retour, nous le descendrions dans le placard des poubelles avant de nous occuper de Ric.

Christine désapprouverait mon initiative, elle irait jusqu'à m'injurier et elle m'intimerait l'ordre de ne plus mettre les pieds chez elle.

J'attendrais le surlendemain pour lui parler à tête reposée. Je lui dirais le dégoût que son intérieur m'avait inspiré. Elle finirait par convenir de la salubrité de mon inspection. Grâce à moi, elle prendrait conscience du laisser-aller qui présidait aux destinées de son ménage. Elle se résoudrait à lessiver tout ce qui pouvait l'être, et à remplacer le reste petit à petit.

Avec Étienne, nous descendrions le vieux matelas jusqu'au coin du boulevard, et je lui interdirais d'essayer de le récupérer avant le passage des éboueurs. Ce soir, elle dormirait sur le sommier, à moins qu'elle ne parvienne à se faire une petite place dans l'étroit lit du gamin.

J'ai tiré le cadavre de Ric sur le palier. Je l'ai glissé à l'intérieur du matelas replié. Étienne le tirerait de toutes ses forces, et moi je le pousserais. Nous dévalerions les escaliers, nous glisserions sur le pavé de l'entrée. Dehors, le macadam nous ralentirait, mais nous pourrions appeler des passants à la rescousse. Nous irions jusqu'au carrefour, puis nous remonterions le plus haut possible dans la rue Gay-Lussac. Je ferais jurer au gamin de refuser de dire à sa mère où nous l'avions laissé. Il comprendrait qu'il était dans son intérêt d'avoir une mère propre, soigneuse et sans pratiques alcooliques d'aucune sorte.

À l'avenir, je compterais sur lui pour la surveiller et me signaler ses moindres incartades. Je lui offrirais un petit réveil au son grêle qu'il ferait fonctionner chaque nuit vers une heure. Il n'allumerait pas la lumière, il se faufilerait dans l'obscurité, il prêterait l'oreille devant la porte de sa mère. Il l'entrouvrirait à peine. S'il apercevait de la lumière, il essaierait d'ouvrir davantage et de la surprendre la bouteille à la main. Puis, il refermerait la porte avec soin, et il regagnerait son lit. Chaque matin, il grimperait subrepticement chez moi, et il glisserait un petit compte rendu sous ma porte.

Le soir, je perdrais une ou deux heures à faire le point avec elle et à lui demander de jeter devant moi tout l'alcool qui lui restait. Le gamin m'aiderait à lui faire des reproches et à la houspiller. Nous saurions appuyer sur les points les plus sensibles de son amour propre, nous l'humilierions tant qu'elle fondrait en larmes. Elle jurerait de rester sobre, de ne plus jamais approcher l'alcool, de changer de travée quand elle ferait ses courses dans un supermarché pour éviter de longer le rayon des vins et spiritueux. J'autoriserais son fils à rire d'elle et à traiter ses résolutions de serments d'ivrogne. Elle pleurerait encore, elle prendrait des postures avilissantes en promettant de cesser tout contact avec la boisson. Les lendemains de sobriété nous la féliciterions et nous l'emmènerions voir une pièce de théâtre pour la récompenser.

Au début, elle accepterait mal la surveillance d'Étienne, puis elle finirait par en reconnaître la nécessité. Mûri par son rôle d'indicateur, il prendrait un réel ascendant sur sa mère et il deviendrait insensiblement le vrai chef de famille. Christine lui obéirait, elle craindrait ses arrêts tout autant que les miens.

Nous saurions l'assainir, lui rendre malgré elle le respect de son corps et de son esprit. Au lieu de boire, elle lirait à longueur d'insomnie les mêmes traités que mon père prenait pour moi à la bibliothèque. Je lui parlerais de mon métier, je saurais le lui rendre désirable. Elle ferait le serment de suivre à nouveau des cours du soir et de devenir un jour infirmière.

Malgré le cordon, le matelas avait tendance à s'affaisser et à encombrer le palier. Les locataires n'auraient qu'à l'enjamber. Je suis rentrée dans l'appartement. Je me suis lavé les mains, la savonnette sentait désagréablement le citron. Christine un jour s'affinerait, elle distinguerait le bon du bon marché. Je lui enseignerais l'art de la table et celui des bouquets. Étienne suivrait des stages durant les vacances scolaires afin de m'aider à cultiver sa mère qui n'avait pas comme moi dévoré des mètres cubes de bouquins épuisant tous les sujets du monde, même les plus riants, les plus futiles, les plus proches des préoccupations de la vie quotidienne et de la recherche du plaisir de vivre.

À force d'être améliorée, Christine finirait par plaire. Sous mon impulsion, elle aurait encore plusieurs enfants avant la ménopause. Étienne sentirait vibrer en lui sa fibre paternelle, et il se prendrait davantage pour leur père que pour leur frère aîné. Il les élèverait avec moi, tandis que Christine et leur père physiologique vivraient une histoire d'amour orageuse dont les méandres les absorberaient trop pour qu'ils s'inquiètent de leurs bambins.

Ils nous prendraient pour leurs parents véritables. Ils seraient nourris, lavés, vêtus, promenés, choyés, sanctionnés, tour à tour par Étienne et par moi. Ils seraient le ciment d'une sorte d'idylle se déroulant entre nous à notre insu. Les années qui nous sépareraient l'un de l'autre nous sembleraient un piètre obstacle à notre union. Ma santé exceptionnelle me permettra de faire fructifier dans les meilleurs délais la semence qu'il puisera en moi.

Nous rendrons à Christine ses enfants, nous préférerons gâter les nôtres et oublier le reste du monde dans le huis clos de la petite maison bourgeoise que nous aurons achetée en bordure de Paris. À force de leçons, Étienne sera parvenu à décrocher un diplôme qui lui permettra d'entrer dans une grande entreprise. Chaque soir, je l'aiderai à piocher ses dossiers, et je lui indiquerai les meilleures décisions à prendre. J'attendrai qu'il décroche un poste de premier plan pour cesser toute activité professionnelle et devenir une mère au foyer.

J'avais l'impression d'être aussi poisseuse que l'appartement. Je me suis douchée avec un liquide dont j'ai apprécié le parfum de pamplemousse. La serviette pendue près de la baignoire n'avait pas la bonne odeur du linge fraîchement lavé. Elle avait dû connaître souvent les épidémies d'Étienne et de Christine depuis sa dernière plongée dans le tambour de la machine. Je m'en suis servie de pagne, et je me suis séchée avec un drap de lit que j'ai trouvé dans l'armoire et dont le bouquet fleuri m'a séduite davantage que les exhalaisons d'eau de javel des serviettes éponges pliées en quatre sur l'étagère.

J'aurais voulu me changer, mais les culottes de Christine étaient trop grandes pour ma taille et les slips du gamin trop petits. Avant de les remettre sur moi, j'ai aspergé mes sous-vêtements d'alcool et je les ai laissés sécher quelques instants sur un radiateur. Puis, je me suis rhabillée et j'ai essayé de me maquiller. Mais les produits de Christine coulaient au contact de ma peau, ou alors ils avaient séché et ne laissaient pas la moindre trace, même en écrasant les cils. D'ailleurs, je savais que mon visage me reflétait mieux lorsque aucun artifice ne l'encombrait. La rudesse de certains de mes traits traduisait avec exactitude les contours de l'être humain qui vivait en dessous. Il me suffisait de me regarder dans un miroir pour me voir. Je n'avais pas besoin de réfléchir pour m'atteindre, pour me saisir jusque dans mes soubassements les plus enfouis. Je ne faisais pas que me ressembler, j'étais exactement mon image.

J'ai jeté tous les produits de beauté de Christine dans un sac en plastique. Avant de le refermer, j'ai cassé les crayons et les sticks, et j'ai mélangé entre eux le contenu des flacons. Je ne voulais plus qu'elle utilise ces articles ordinaires qui abîmaient la peau. Elle en achèterait d'autres, et je lui apprendrais surtout à accepter son visage, à ne se servir des fards que pour cacher ses imperfections les plus gênantes. Elle camouflerait sa tache de naissance et la petite verrue qu'elle avait au coin de la narine, mais elle laisserait sa peau vieillir, ses rides se creuser, et son cou s'amollir à l'air libre. Il fallait que le temps la strie, lui raye la face de sillons et de plis. Le vieillissement seul pourrait lui donner la personnalité dont la nature l'avait pourvue avec tant d'avarice. Elle ne s'atteindrait que lorsque son visage serait ravagé et flétri.

Je voulais mettre un sac de bas et de soutiens-gorge hors d'usage dans le matelas, auprès du corps de Ric. En ouvrant la porte, je me suis trouvée en présence du voisin du troisième. Il a paru surpris de me voir. Je lui ai dit que j'aidais Christine à préparer son déménagement.

— Je ne savais pas qu'elle déménageait.

— Elle s'en va à la fin du mois.

Il m'a dit qu'il l'avait rencontrée la semaine dernière et qu'elle ne lui avait pas parlé de son départ. Je lui ai répondu qu'elle avait signé avant-hier pour un logement plus étriqué mais moins cher du côté de la place d'Italie.

— Le petit sera loin de son école.

— Il en changera.

J'ai insisté pour qu'il entre boire un café ou une tasse de thé.

— Du café, s'il vous plaît.

Je l'ai introduit dans le salon. Il allait s'asseoir sur le canapé, mais je lui ai dit qu'il était trop sale pour qu'on s'y pose et que le reste du mobilier ne valait guère mieux.

— Christine n'est pas très maniaque.

Je l'ai pris par le bras et je lui ai fait visiter l'appartement. Il m'a dit qu'il n'imaginait pas qu'on puisse vivre dans un désordre pareil. Il a hoché la tête quand il a vu les bouteilles de gin vides au pied de la table de nuit. Je lui ai dit que je l'aimais telle qu'elle était.

— C'est ma meilleure amie.

— Bien sûr.

— Je l'aide, j'essaie que son gamin ne souffre pas trop.

— Le pauvre, avec ma femme on le voyait presque tous les jours.

Ils avaient aimé cet enfant car c'était le seul de l'immeuble. Pour s'amuser, sa femme lui avait appris à tricoter. Elle lui préparait des gâteries et du jus d'orange. Elle passait des heures à broder des girafes ou des chats sur ses vestes de pyjama.

— Et moi, je l'emmenais au Cirque d'hiver.

En grandissant, le gosse s'était montré de plus en plus réticent à se laisser choyer de la sorte. Il soupçonnait Christine de l'avoir poussé à rompre avec eux. Étienne lui appartenait, elle ne voulait le partager avec personne. Elle refusait que ce vieux couple le pourrisse, tandis qu'elle faisait de son mieux pour l'éduquer.

Je lui ai montré la plaque de crasse accumulée derrière le pied du lavabo. Il a mis le doigt sur les carreaux de faïence souillés de savon sec au-dessus de la baignoire. Dans les coins de la salle de bains il a pu constater l'accumulation systématique de cheveux et de poils. Il a même ramassé un coton-tige usagé qui avait évité la poubelle et qui avait roulé sous la plinthe. Il y avait aussi un gant de toilette pisseux et desséché dans un repli sous le robinet du bidet. Il frottait ses lunettes sans cesse comme s'il les nettoyait de ce qu'elles venaient de voir.

Nous sommes allés dans la chambre de Christine. Il m'a demandé la permission de s'asseoir sur le sommier. Je lui ai montré ses vêtements de mauvais goût, ainsi que ses chemisiers pliés avec soin dans l'armoire, et pourtant crasseux à l'endroit du col. Il disait que sa femme serait très étonnée quand il lui raconterait sa visite.

— Respirez les émanations qui s'en dégagent.

Il a détourné la tête, il s'est levé. Il m'a dit que sa présence ici était indiscrète.

— Pas du tout.

— Si elle apprenait que vous m'avez montré ses affaires ?

— Je ne lui dirai rien.

Il s'est approché de l'armoire. Il a regardé fixement la pagaïe qui y régnait. Puis, il a posé la paume de sa main sur une robe de coton froissée. Sa tête tremblait au sommet de sa colonne vertébrale, et de même ses mains à l'extrémité de ses avant-bras. Ses yeux tanguaient.

— Vous vous sentez mal ?

Il ne m'a pas répondu. Je l'ai pris par l'épaule pour l'aider à se rasseoir. Mais il a sursauté, et il s'est mis encore à essuyer ses lunettes.

— Vous avez eu un malaise ?

— Non, j'étais dans la lune.

— Vous trembliez.

Il m'a dit qu'à son âge on tremblait pour un oui pour un non. Il voulait remonter tout de suite chez lui.

— Vous ne sortirez pas d'ici sans avoir bu le café que je vous ai proposé tout à l'heure.

— Je vous remercie, mais je me suis déjà trop attardé.

Je l'ai emmené dans la chambre d'Étienne. Il a refusé d'emporter une veste de pyjama pour que sa femme puisse la lui broder.

— Je dois partir.

Je lui ai fait remarquer que nous vivions tous dans cet immeuble comme des ours sur une banquise. Nous faisions tout pour nous éviter, et quand nous nous rencontrions nous nous séparions sitôt les bonjours échangés. Mais l'immeuble liait entre eux ceux qui l'habitaient, nous ne pouvions nier la réalité de la façade dont nous nous partagions les fenêtres, ni celle de la cage d'escalier et du hall qui permettaient à chacun de s'extraire au boulevard et de rentrer chez lui. Nos logements avaient été bâtis simultanément, les cuisines et les chambres étaient empilées l'une sur l'autre, et de même les salons et les salles de bains. Quand l'un utilisait ses toilettes, les autres étaient bien obligés de laisser transiter par chez eux tout ce que la chasse emportait avec elle. Nous n'étions séparés l'un de l'autre que par des planchers et des plafonds sans lesquels nous vivrions entassés au ras du sol dans un espace unique.

— Il faut que j'y aille.

— Vous allez boire une tasse de café.

Nous sommes allés dans la cuisine. J'ai mis une casserole d'eau sur le gaz. J'ai trouvé la cafetière, mais la boîte où elle enfermait le café était vide. J'ai fouillé le placard, elle n'avait pas de paquet d'avance.

— Je m'en vais.

— Vous n'aimez pas le thé ?

— Je vous laisse.

Il y avait du thé à la bergamote. J'ai rincé la cafetière, j'en ai jeté trois cuillerées au fond du pot. L'eau tardait à bouillir, et le voisin du troisième devenait de plus en plus impatient.

— Je me sauve.

Je lui ai dit d'attendre un peu. L'immeuble était un sas, et nos appartements des cryptes où nous nous rétractions comme des spasmes. Nos appartements étaient connectés l'un à l'autre, et nous étions unis par un lien de voisinage qui était beaucoup plus fort que la simple amitié ou certaines formes d'amour. Le jour où il mourrait, il pouvait compter sur ma présence lors de son transfert jusqu'au cimetière.

— Il en sera de même pour votre femme.

Sa femme mourrait avant lui, il me suffisait de la voir marcher pour en avoir la certitude absolue. Dès son dernier souffle, je monterais avec Christine pour laver et préparer son corps avant l'arrivée des pompes funèbres. La veille et l'avant-veille de l'enterrement, il coucherait chez moi, je dormirais dans le lit d'Étienne, tandis que le gamin passerait la nuit au troisième.

— Il n'aura pas peur.

— Merci.

J'ai compris qu'il ne prendrait pas le temps de boire sa tasse de thé. J'ai jeté dans l'évier l'eau qui commençait à bouillir.

— Vous pouvez partir.

Interloqué, il restait planté à la frontière de la cuisine et du corridor sans oser amorcer le moindre pas. Je lui ai promis de le laver et de l'habiller à sa mort avec le même soin que j'aurais mis quelques mois plus tôt à toiletter sa femme. Je lui ai dit qu'avant dix ans ils seraient morts tous les deux, et que j'aurais le privilège de voir ses meubles descendus jusqu'au camion qui les emporterait à la salle des ventes. Je pourrais visiter son appartement vide, au papier taché par cinquante ans d'occupation, aux parquets qui garderaient la marque du buffet, de la commode, des pieds de la table et du lit. Je respirerais à fond dans ces pièces ensoleillées, et je me dirais avec joie que j'étais en vie.

— Puis je ferai connaissance avec les locataires qui vous remplaceront.

Les bois dont seront faits leurs meubles proviendront d'arbres qui ne sont pas encore abattus aujourd'hui et qui continuent à grandir quelque part dans une forêt Scandinave.

— Au revoir.

— Ces gens ne seront même pas nostalgiques de l'époque où vous étiez vivants.

— Je m'en vais.

À force de reculer il avait fini par atteindre la porte palière. Je lui ai dit de l'ouvrir et de s'en aller.

— Oui.

Mais il est demeuré raide, les mains tremblantes et la tête déjà pâle comme celle du cadavre qu'il deviendrait. Je lui ai dit que tout le contenu humain de l'immeuble le quitterait peu à peu dans un cercueil par la même porte qu'il poussait plusieurs fois chaque jour en la trouvant encore plus lourde que la veille. La porte d'entrée était un clapet par lequel l'immeuble écoulait son contenu quand il atteignait sa date de péremption. Nous serions tous jetés dans un fourgon garé en double file sur le boulevard. D'autres, vivants et frais, prendraient notre place sans nous avoir connus. Ils trouveraient le quartier agréable, ou alors ils se plaindraient du manque de commerçants et de la mauvaise odeur des matins d'hiver trop doux et trop brumeux qui rabattent la fumée des pots d'échappement au lieu de la laisser se perdre dans la haute atmosphère.

— Il faut que je parte.

Il avait réussi à parler, mais il n'avait pas la force de s'exécuter. Il avait peur, il n'osait plus se servir de son corps pour abaisser la poignée, ouvrir, se projeter sur le palier, puis monter les deux volées de marches qui le séparaient de chez lui.

Je lui ai tapoté le dos, je lui ai dit qu'il pouvait compter sur moi en toute circonstance. Je l'ai serré contre moi pour le rassurer, mais il m'a repoussée avec la faible violence dont était capable son organisme usé. Je lui ai ouvert moi-même la porte, j'ai monté avec lui les trois premières marches. Puis, il s'est dégagé et je l'ai laissé grimper tout seul.

J'ai remis de l'eau à chauffer. J'ai bu mon thé dans un grand bol décoré d'une souris en mangeant un biscuit fourré au chocolat. Ma présence chez Christine était justifiée, elle ne pouvait continuer à vivre dans le désordre et dans la saleté. Elle avait besoin d'un coup de semonce pour réveiller la femme d'intérieur qui sommeillait peut-être en elle. Nous irions samedi prochain choisir un nouveau matelas. Puis, nous reprendrions son ménage à zéro. L'ébréché, le rayé, l'usé, le cabossé, le désargenté, le taché, le troué, le jauni, tout cela serait traqué, puis jeté sans autre forme de procès.

Ric n'était plus dans l'appartement, mais l'odeur du lieu avait eu le temps de se reformer. Dans la cuisine elle était supportable, mais dans le corridor elle devenait entêtante. Elle était plus âcre encore dans la salle de séjour que dans les chambres. J'ai ouvert les fenêtres, puis je les ai refermées aussitôt. L'air du dehors ne pourrait venir à bout durablement de cette infection.

Il valait mieux que je remonte chez moi respirer de l'air pur. Je prêterais l'oreille afin de reconnaître le bruit d'Étienne pénétrant dans l'immeuble. Je descendrais immédiatement pour l'avertir de la mort de Ric et lui expliquer tout ce que nous devrions faire avant le retour de Christine. Il reviendrait peut-être avec un camarade d'école qui l'aiderait dans sa tâche. Je n'aurais qu'à les surveiller tandis qu'ils iraient porter le matelas et le chien au fin fond de la rue Gay-Lussac. Pour les récompenser, je leur offrirais des bonbons qu'ils se partageraient en se battant.

Je n'avais pas envie de remonter chez moi. J'ai essayé de respirer par la bouche, puis je me suis installée sur une chaise dans le courant d'air de la fenêtre entrouverte du salon. J'inhalais des bouffées trop froides et trop chargées d'oxyde de carbone. J'aurais attrapé un rhume ou une bronchite si j'étais restée là. Je me suis levée, j'ai marché de pièce en pièce, cherchant celle où l'odeur était moindre. Elle diminuait fortement dans la cuisine et la salle de bains. Elle était remplacée par une odeur de citronnelle dans les toilettes. Je me suis assise sur le couvercle. J'ai tiré la chasse plusieurs fois pour que le bruit de l'eau casse le silence.

J'aurais voulu savoir l'heure, je me suis aperçue que j'avais oublié de mettre ma montre. Je demanderais à Étienne de monter la chercher. Il me rapporterait aussi des affaires qui me permettraient de tenir quelques jours loin de chez moi. Je préférais changer mes habitudes pour ne pas regretter Ric ou mon travail à la clinique. Je dormirais chez Christine ce soir et demain, puis je prendrais une semaine de vacances au soleil avec le gamin.

J'ai retrouvé ma montre, je l'avais mise par erreur à mon poignet droit.

Je savais qu'en revenant du ministère Christine serait trop fatiguée pour ranger ses affaires. Je lui dirais de commencer par mettre un peu d'ordre à sa personne. Je m'enfermerais avec elle dans la salle de bains. Elle protesterait, mais je saurais l'obliger à se déshabiller tout entière. Je lui demanderais de faire des flexions, de remuer les bras, d'onduler des hanches, et de lever la tête jusqu'à avoir le visage parallèle au plafond. Ces mouvements me permettraient d'en savoir davantage sur l'état général de son squelette, ses muscles et ses articulations. Je lui demanderais même de lever la jambe le plus haut possible en arrière, afin d'apprécier le durcissement des fessiers. Selon les résultats obtenus durant ces exercices, je l'orienterais vers un kinésithérapeute ou je me chargerais moi-même de lui apprendre à optimiser sa silhouette et perdre de surcroît un peu de sa raideur naturelle.

Puis, je procéderais à un examen minutieux de la totalité de son épidémie. Elle avait sûrement des cals aux pieds, il me faudrait les attaquer strate après strate avec une lame et une râpe de pédicure. Elle avait peut-être une éruption dans le cou ou au milieu du dos. J'enverrais Étienne à la pharmacie chercher un spray ou un traitement par voie buccale dont j'inscrirais la prescription sur une carte de visite. Il n'était pas impossible non plus que je découvre un furoncle dans la zone délicate où se rejoignent les cuisses. Il me faudrait l'inciser, puis désinfecter la plaie sans tenir compte de ses cris.

Je lui donnerais quelques conseils d'hygiène alimentaire, car sous son apparente maigreur le tissu adipeux s'installait subrepticement. Nous conviendrions ensemble d'un régime simple et doux qui aiderait son organisme à l'alléger. Entre ses séances chez le kiné ou les exercices accomplis sous ma direction, elle aurait à cœur de se dépenser en courant dans les allées du Luxembourg.

Entre mes mains, elle deviendrait une femme nouvelle que personne ne pourrait s'empêcher d'admirer. Sa minceur, sa souplesse se conjugueraient avec une nouvelle intelligence, plus brillante, plus caustique, plus moderne que l'état actuel de son vieux cerveau. Je lui apprendrais aussi à marcher, à courber légèrement son trop grand corps pour perdre quelques centimètres d'apparence.

L'odeur de citronnelle m'est devenue à la longue insupportable, je suis sortie des toilettes.

J'ai compris que je perdais mon temps, et qu'il vaudrait mieux que je m'occupe de moi plutôt que de me négliger au profit d'Étienne et de Christine. Ils se greffaient à ma vie comme une prothèse. Sans eux mon isolement serait absolu. Je leur étais redevable de ma survie, c'est grâce à leur affection que j'avais pu surmonter mon désarroi. Je me souvenais des Noëls que nous avions partagés, même si ma visite ce jour-là était discrète et brève. Il me suffisait de m'allonger chez moi au-dessus de leur sapin, et d'écraser mon oreille sur le plancher pour capter les exclamations d'Étienne arrachant le papier glacé des cadeaux.

Lors du premier Noël qu'ils ont passé boulevard St-Michel, j'avais offert un camion au gosse. Le dimanche suivant, je lui ai demandé de me le montrer. Comme il me regardait sans obéir, j'ai élevé la voix. Avant qu'il sanglote, sa mère l'a serré contre elle en m'expliquant que le camion, malmené, avait éclaté et qu'elle avait dû le jeter aux ordures. J'ai arraché doucement le gamin à sa mère, et je lui ai glissé dans l'oreille que je ne lui offrirais plus jamais rien.

Depuis un peu plus d'un an, il s'était mis à collectionner les autos miniatures. Sa mère lui avait fait installer des étagères pour les aligner au-dessus de son petit bureau. J'avais tenu parole et je ne lui en avais jamais acheté la moindre. Du reste, il aurait mieux valu qu'il s'appesantisse sur ses manuels scolaires.

À droite des étagères, j'ai dessiné sur le mur la caricature du gamin avec un feutre rouge. Je lui ai fait le même air stupide, le même petit bout de nez de clown. Il lui manquait deux dents sur le devant, bien qu'elles aient repoussé depuis longtemps. Je lui ai rajouté le col de son anorak autour du cou avec le capuchon à moitié rabattu sur le sommet du crâne. Il avait un peu de salive à la commissure des lèvres et des larmes prêtes à rouler au coin des yeux. Il n'avait ni oreilles ni sourcils, mais on le reconnaissait au premier coup d'œil.

Christine allait m'accuser de dégrader ses murs. Je suis allée chercher une éponge. J'ai frotté. L'encre s'est un peu diluée, mais je ne suis pas venue à bout du dessin. Je l'ai rayé avec un feutre noir pour qu'on ne puisse plus distinguer les traits du gosse.

Je connaissais l'écriture mal dégrossie d'Étienne, ainsi que son orthographe approximative. J'ai pris d'autres feutres de couleurs sur son bureau. Je me suis accroupie dans le couloir, de façon à me trouver à peu près à la hauteur du gamin. J'ai écrit sur le mur une longue phrase multicolore où il traînait sa mère dans la boue en usant d'injures et de grossièretés puériles que j'avais surprises plusieurs fois dans sa bouche. J'ai écrit d'autres phrases tout près du sol, et en sautant bras en l'air j'ai laissé des traces jaunes et vertes juste au-dessous de la moulure du plafond. J'ai couvert la porte de la chambre de Christine d'inscriptions et de petits dessins maladroits qui la représentaient dans des poses obscènes qu'on aurait crues sorties de la pauvre imagination de l'enfant. Peu à peu, tout le fond du couloir s'est trouvé maculé de graffitis.

Étienne essaierait de se défendre, puis sans savoir pourquoi il demanderait pardon.

— Je te jure que je le ferai plus.

Christine lui imposerait silence.

— Maman.

Puisqu'il ne faisait rien pour mériter l'usage de ce sobriquet, elle lui interdirait dorénavant de l'appeler maman. Elle lui confisquerait sa chambre et tout ce qu'elle renfermait. Il dormirait dans la chambre de service exiguë que je possède au cinquième étage et que je n'ai jamais louée. Il devrait respecter les caisses remplies de vieux dépliants publicitaires et l'amoncellement de chaises dépaillées que nous avions trouvées là lors de notre arrivée dans l'immeuble. Il installerait au mieux le petit matelas en laine que je lui prêterais. Il laisserait sa porte ouverte pour que la lumière du couloir éclaire ses livres de classe. Il remplirait son broc au petit robinet des toilettes communes, il attraperait des engelures en se lavant.

Une fois par semaine, il aurait le droit de venir prendre un bain chez moi. À cette occasion, je lui offrirais un repas chaud. Il repartirait propre, nourri, avec un sachet de billes dans sa poche. Je le gâterais tant, qu'il finirait par m'aimer. De son côté, sa mère le battrait froid et ne lui rendrait même pas son bonjour quand ils se croiseraient dans l'escalier. Il serait triste, et malgré ses efforts il sentirait bien qu'il ne retrouverait jamais son estime. Je l'aiderais à accepter sa défaite et à ne pas s'aigrir.

Le temps passerait. Un soir, je m'apercevrais en le voyant debout dans ma baignoire qu'il me dépassait de nombreux centimètres et qu'il avait atteint l'âge adulte.

Les enfants que j'aurais de lui, nous les élèverions en cachette de Christine. Je prendrais l'habitude d'écouter de la musique à fort volume dans laquelle se résorberaient leurs rires et leurs cris. J'attendrais qu'elle soit partie au ministère pour les emmener à la crèche. Le soir, je monterais l'escalier dans l'obscurité de peur que le bruit de la minuterie lui signale ma présence et l'incite à m'espionner. Étienne vivrait toujours sous les combles, mais je lui permettrais de passer certaines nuits chez moi. Nos enfants le prendraient pour un vague parent, ils croiraient leur père physicien et malade dans un hôpital lointain outre-Atlantique. Mais il valait mieux empêcher ces gosses d'être conçus, et laisser Étienne rater sa vie sans moi.

Je ressentais la haine de ce gamin envers cette mère qui l'avait aimé sans lui avoir donné le cerveau dont il rêvait. Je savais qu'il était mécontent d'avoir jailli des entrailles de cette femme qui n'avait pas su forger son caractère et le marteler pour lui donner une forme adaptée à la société où elle l'avait immergé en l'accouchant. Il aurait préféré naître de mon ventre, et considérer Christine comme une simple voisine que je l'aurais obligé à embrasser lorsque nous l'aurions rencontrée par hasard dans le hall d'entrée. Il n'aimerait pas le contact de ses lèvres avec sa joue. Il aurait envie de la mordre ou de lui donner des coups de pied pour qu'elle cesse de le serrer contre elle.

Nous accepterions de temps en temps ses invitations à déjeuner. Mais il refuserait de toucher aux plats. Il courrait au lieu de rester assis, il accrocherait les bibelots avec ses coudes, il jetterait le pain par la fenêtre, il lui cracherait à la figure. Je serais obligée de lui donner une petite tape molle pour avoir l'air de désapprouver sa conduite, mais sitôt à la maison je rirais avec lui de ses frasques. Je lui donnerais même du chocolat pour le dédommager de la tape reçue et le récompenser pour sa conduite exécrable chez notre affreuse voisine.

Je suis revenue dans la chambre de Christine. J'ai fracassé l'une des bouteilles vides sur l'angle de la commode. J'ai gardé le goulot en main et j'ai essayé d'écrire sur le mur avec la pointe du tesson. Mais la trace était beaucoup moins nette et régulière que celle des feutres du gamin. Je suis allée à la cuisine prendre un balai et une pelle pour enlever les débris de verre. Je me suis aperçue que l'angle de la commode avait été endommagé par la bouteille et qu'il lui manquait à présent un éclat de marbre. Étienne le chercherait et le recollerait à ses moments perdus.

J'ai ajouté dans le corridor une inscription où le gamin accusait sa mère d'avoir abusé de moi un soir où j'avais accepté de passer la nuit dans son lit. Il avait été témoin de la scène. Il avait été choqué. Le fonctionnement déjà moyen de sa tête en avait été perturbé. Depuis cet événement malheureux, il s'avérait incapable de retenir les nouvelles conjugaisons et il se perdait dans les noms des rois qui s'étaient succédé sur le trône de France entre le Moyen Âge et la Révolution. Par la faute de sa génitrice, il était sur le point d'échouer dans ses études. Il exigeait qu'elle s'en aille et me l'abandonne. Il ne souhaitait pas lui dire adieu, ni la revoir un jour.

Elle devrait vider les lieux au plus tôt, et rendre la clé au propriétaire. Le gamin habiterait chez moi, je lui donnerais un espace à lui dans le couloir. Il aurait droit à dix minutes de salle de bains chaque jour, mais il ne pourrait pas les cumuler et bloquer la salle de bains durant une heure après six jours d'abstention. Je l'inviterais parfois à dîner, le reste du temps il devrait se nourrir lui-même sans jamais faire aucune cuisine à la maison. À midi, la cantine le sustenterait. Le soir, en sortant de l'école il proposerait ses services à un commerçant. En échange de quelques courses ou d'un peu de manutention, on lui donnerait de quoi s'acheter un sandwich et des fruits qui suffiraient à compléter sa ration calorique. Le matin, il trouverait près de son lit un verre de lait ainsi que mes restes de la veille dans le creux d'une assiette à soupe.

De son côté, Christine se reconstruirait péniblement une vie. Elle habiterait un studio sans confort près du ministère. Elle concentrerait son énergie et sa joie de vivre sur le travail qu'on lui donnerait à abattre. Elle se ferait toute petite pour pouvoir se contenter des bonheurs que lui procureraient le tri du courrier et l'examen minutieux des dossiers. Elle apprendrait à les déguster, à goûter même le simple acte de lire, de voir, de n'être pas encore morte.

Elle aura des week-ends sans réjouissances ni sorties. Elle se promènera un peu dans son quartier désert, puis elle remontera s'enfermer chez elle et connaître un ennui fulgurant comme une douleur. Pour tenter de le dissiper, elle s'attachera à compter les lames du parquet et à leur donner un nom à chacune. Quand elle saura le plancher par cœur, elle fera la liste des craquelures du plafond, des irrégularités des vitres, et des lattes d'une paire de volets de l'immeuble qu'elle pourra voir à sa gauche en se penchant à la fenêtre. Un dimanche, elle se fracassera peut-être sur le trottoir à la suite d'un faux mouvement.

Le sommier ne valait pas plus cher que le matelas. Étienne pourrait m'aider à le pousser hors de l'appartement. Mais nous n'aurions pas la force de le retenir en lui faisant descendre l'escalier. Le reste du mobilier était en si mauvais état qu'il valait mieux le donner que le remettre à neuf.

Je suis retournée au salon, l'odeur s'était reformée plus vite encore que dans le reste de l'appartement. Le canapé n'était plus qu'une tache immense qui le couvrait tout entier comme une housse. L'aggloméré de la table ovale apparaissait sous le bois de placage fendu qui rebiquait. Les chaises avaient besoin d'un nouveau cannage que leur valeur ne justifiait pas. L'une d'elles avait un dossier fendu et mal recollé par Christine. La table basse comportait de nombreuses brûlures, et ses coins étaient rabotés par l'usure. Les deux fauteuils avaient toujours été laids, à présent leur crasse les mettait à l'unisson avec le reste des meubles et on ne les remarquait plus. Seuls les rideaux pouvaient être sauvés, au prix de lavages répétés qui leur auraient arraché le gras dont ils étaient imbus.

Je me suis mise debout sur une chaise, mais elle n'était pas assez haute. J'ai poussé la table jusqu'à la fenêtre. Je suis montée dessus, j'ai dégagé crochet par crochet les rideaux de la tringle. Malgré l'odeur, je les ai pris dans mes bras. Je les ai portés jusqu'à la baignoire, je les ai recouverts d'eau tiède et de lessive. En les remuant un peu j'ai obtenu un jus noir qui a rendu l'eau absolument opaque. J'ai soulevé la bonde, et j'ai renouvelé l'opération. L'eau est devenue tout aussi sombre. Au quatrième lavage, elle ne s'était pas éclaircie. J'ai compris que la crasse était trop incrustée pour qu'aucun procédé de nettoyage puisse en venir à bout. J'ai enlevé la bonde, je les ai laissés dans la baignoire vide. Christine les glisserait dans un sac-poubelle.

J'ai trouvé dans l'annuaire le numéro d'un chiffonnier. Je lui ai dit de venir tout de suite. Il m'a demandé une description exacte du mobilier. Je lui ai répondu qu'il s'agissait de vieux meubles. Il m'a réclamé un délai de plusieurs semaines avant de se déplacer.

Christine paierait une entreprise pour qu'on la débarrasse. À moins qu'elle démantèle ce bric-à-brac et le descende aux ordures par petits paquets. Les chaises seraient faciles à briser, et les morceaux légers à descendre. En revanche, il faudrait dénuder les fauteuils avec un cutter, puis disloquer l'armature en s'aidant d'une scie égoïne.

J'ai renversé le canapé sans effort. La toile du fond était mûre, elle s'est déchirée toute seule. J'ai regardé à l'intérieur, les ressorts n'étaient pas rouillés. Je l'ai remis d'aplomb, en m'aidant d'un couteau j'ai arraché le tissu qui le recouvrait. L'armature était en bon état, Christine pourrait désodoriser le rembourrage en l'imbibant d'alcool dénaturé et le faire recouvrir de neuf. La table était fragile comme du verre, on sentait qu'il suffirait que nous la tirions chacune par les pattes pour parvenir à l'écarteler.

Nous pourrions sans doute vendre la commode de la chambre à un brocanteur. Mais la chambre d'Étienne ne valait même pas les coups qu'il faudrait lui donner pour la réduire en miettes. Si le gamin persistait à vivre ici, il peindrait les murs de couleurs vives qui enlaidiraient encore cette pièce. Mais peut-être que Christine lui offrirait de partager sa chambre, et d'installer son lit au pied du sien. Désaffectée, l'ancienne chambre d'enfant servirait de débarras. En permanence, la porte resterait fermée et la fenêtre ouverte. On jetterait à l'intérieur tout ce qui serait trop lourd pour être descendu. Les fauteuils pourraient y trouver leur place si nous ne parvenions pas à les désosser et à les mettre en pièces.

L'hiver, quand il gèlerait, la fenêtre serait fermée pour quelques jours et le local prêté à des sans-abri. Ils se contenteraient des vivres qu'ils apporteraient dans leur sac en bandoulière. Dès que la température monterait au-dessus de zéro, ils devraient s'en aller sur-le-champ.

Les vieux manteaux et les cardigans de Christine avaient une odeur plus concentrée encore que le reste de l'appartement. Elle pouvait les donner à nettoyer, mais de toute façon ils étaient passés de mode depuis longtemps. Je l'accompagnerais acheter du neuf chez un grossiste, nous en profiterions pour prendre aussi des jupes et des corsages. Nous marchanderions, et elle aurait une garde-robe complète pour le prix d'un tailleur.

Nous rentrerions boulevard St-Michel. Nous mettrions Étienne dehors. Nous nous bouclerions toutes deux dans sa chambre, et je lui ferais essayer les vêtements l'un après l'autre en lui apprenant à évoluer avec un peu de grâce. À force de se regarder dans le miroir, elle finirait par se trouver désirable. Au point de décider d'appeler un homme avec qui elle aurait eu une histoire pitoyable des années plus tôt. Une voix de petite fille lui répondrait.

— C'est qui ?

— Dis à ton papa de venir à huit heures.

Et elle raccrocherait.

Nous irions acheter du saumon, du vin, un sorbet. À notre retour, nous aurions la mauvaise surprise de trouver Étienne dans le salon. Sa mère le giflerait. Elle lui demanderait pourquoi il était rentré sans permission. Il pleurnicherait, mais elle le remettrait dehors. Il sonnerait comme un beau diable, par pitié je lui ouvrirais.

— Où je vais dormir ?

Je lui donnerais la clé de mon appartement. Je lui expliquerais comment faire réchauffer les restes du frigo. Il pourrait passer la nuit dans mon lit, à condition de changer les draps ensuite. Je lui permettrais d'utiliser mon téléviseur, mais sa mère mettrait son veto. Elle lui recommanderait de dîner sans attendre, de se laver sans éclabousser le carrelage, de se coucher tôt et de ne pas tomber du lit avant midi.

— Gare à toi si tu nous réveilles en trottant au-dessus de nos têtes.

Le gosse monterait. Nous mettrions le couvert sur une table neuve que je lui aurais fait acheter la semaine précédente avec des chaises en métal et un divan de velours parme. Nous installerions le saumon au centre, sur un plat en étain poli. À sa gauche, le vin, à droite la carafe d'eau. Nous ferions griller le pain. Nous allumerions toutes les lampes, ainsi que les bougies du chandelier. Quand tout serait prêt, nous nous pomponnerions *ad libitum.*

À dix heures, l'homme ne serait toujours pas là. Christine n'oserait pas rappeler. Elle déboucherait la bouteille de vin et elle la boirait au goulot.

Ces vêtements étaient trop vieux, mais Christine refuserait de s'en séparer. Elle avait l'habitude de les accommoder en les portant avec un foulard original ou un bijou fantaisie acheté à un marchand à la sauvette. Elle avait parfois assez de goût pour qu'on ne se rende pas compte de la pauvreté de sa garde-robe. Elle savait tirer partie de la plus ancienne jupe en la portant avec un pull-over de mauvaise qualité, mais pimpant et de couleur vive. Elle ne dépensait jamais l'argent avec joie, elle le lâchait d'un geste austère pour de la marchandise de troisième ordre qu'elle s'épuisait ensuite à mettre en valeur.

Elle prétendrait que ses habits lui suffisaient, qu'elle n'aimait pas jeter, qu'ils ne dégageaient pas la moindre odeur, que certains allaient fatalement redevenir à la mode puisque la mode était un éternel recommencement. Elle se déshabillerait pour revêtir la robe qu'à ses yeux j'aurais le plus calomniée. Elle tournerait devant moi en la soulevant à deux mains afin de faire onduler l'étoffe. Elle lèverait la tête avec arrogance, j'aurais même l'impression qu'elle me toiserait. Elle me demanderait de poser mon nez sur son corsage, et je lui répondrais que je n'avais pas besoin de la renifler pour la sentir puer la transpiration et le tabac froid.

Je triais, mais je ne trouvais rien qui soit digne d'être conservé. Demain, elle mettrait les mêmes vêtements qu'elle avait portés aujourd'hui. Je viendrais l'attendre à la sortie du ministère et nous irions faire les boutiques pour l'habiller de neuf. Nous achèterions le strict nécessaire, elle devrait en prendre soin car elle n'aurait pas de rechange. Nous rentrerions chargés de paquets, elle serait toujours vêtue de ses vieux habits. Nous irions dans la salle de bains, elle se dénuderait et je jetterais toute cette fripe vieille et sale. Ce n'est qu'après une longue douche qu'elle pourra revêtir sa nouvelle tenue. Nippée de neuf, elle se trouvera plus belle et moins âgée. Elle fera semblant de marcher d'un pas lent devant la glace, puis elle accélérera l'allure et fera semblant de courir. Je lui dirai de cesser. Je lui expliquerai qu'à présent sa jeunesse était résolument finie.

— Je me sens encore jeune.

Je lui montrerai ses rides et ses pattes-d'oie dans un miroir-loupe. Avec un crayon je les soulignerai une à une. Je lui montrerai aussi la peau de son cou qui menaçait de se flétrir. Je lui parlerai de son corps sec, mais pourtant aux rondeurs et aux protubérances trop molles, trop floues pour faire partie du corps d'une gamine. Je l'obligerai à soulever sa jupe, je lui ferai toucher du doigt la graisse accrochée aux cuisses et aux muscles fessiers. Je n'aurai pas la cruauté de l'obliger à se dégrafer pour soupeser sa poitrine vergeturée, tombante, à l'aréole bistre. Mais je lui rappellerai que son ventre avait perdu galbe et tonicité.

— Pourquoi tu me dis ça ?

— Ne pleure pas.

Je profiterai de ses sanglots pour la prendre dans mes bras et m'asseoir avec elle sur le rebord de la baignoire. Son visage brouillé de larmes et de crayon noir sera grotesque, et il me fera rire. Elle en aura honte, elle le savonnera et le rincera avec le pommeau de la douche. Elle aura une colère froide, elle me demandera de lui rembourser les vieux vêtements que j'aurai jetés la veille. Je prendrai mon porte-monnaie dans mon sac, je lui enverrai une poignée de pièces à la figure.

Il y avait quelques pièces de monnaie dans la poche déchirée d'un vieux ciré. Dans celle d'une veste, j'ai trouvé une carte de visite vierge et une autre à son nom qui portait ses anciennes coordonnées, du temps où elle n'habitait pas encore l'immeuble. J'ai visité toutes les poches des vêtements qui en comportaient, je n'ai rien trouvé d'autre, à part de la poussière et des débris de papier trop abîmés pour pouvoir être décryptés. J'ai étalé sur le sol un grand manteau pied-de-poule taché de boue. J'ai jeté dessus des chemisiers élimés, des culottes usées, certaines même trouées ou fendues par l'usage, et ces jupes d'été mal coupées qu'elle s'obstinait à acheter, alors qu'elles se révélaient incapables de mettre en valeur ses jambes interminables. J'ai rajouté aussi quelques paires de chaussettes du gamin qu'il croirait volatilisées par un enchanteur. Puis, j'ai boutonné le manteau et j'ai noué les manches entre elles pour consolider le ballot. Dans le ciré déployé j'ai jeté la robe en rayonne brune et deux paires de chaussures aux semelles percées. Par la suite, j'ai trouvé plus commode de me servir d'un drap et d'en nouer les coins après l'avoir rempli de vieilleries. J'ai utilisé de la même façon une couverture de laine et une nappe amidonnée dans laquelle j'ai achevé de purger l'armoire.

Je suis allée chercher l'aspirateur pour enlever la poussière et les fils que les vêtements avaient laissés dans cette garde-robe mal tenue. Puis j'ai transporté les ballots dans l'entrée. J'aurais aimé les entreposer sur le palier pour qu'ils soient plus faciles à descendre, mais le matelas occupait déjà trop de place et permettait juste à une personne adulte de passer.

Nous transporterions d'abord l'intégralité des

vêtements de Christine, après nous utiliserions nos dernières forces pour éloigner le matelas du pâté d'immeubles. Étienne connaîtrait peut-être une cache dans une cour de la rue Gay-Lussac. Nous y laisserions le corps de Ric jusqu'au passage des éboueurs le lendemain matin. Nous nous lèverions tôt pour le tirer sur le trottoir. Je récompenserais le gosse en lui offrant un chocolat chaud dans un café du quartier.

Nous nous assiérions face à face. Je ne boirais rien afin de pouvoir mieux l'observer. Il serrerait l'anse du bol à faire blanchir ses ongles. Il finirait par se relâcher, le bol tournerait et se renverserait sur son pantalon. Je profiterais de cette faute pour lui demander de quitter définitivement sa mère et l'enfance trop douce dont il profitait depuis trop longtemps. Je lui soulèverais la tête par le menton. Je lui dirais de ne pas remonter chez lui, ni de tenter de retourner à l'école. Je pomperais ses larmes avec un mouchoir en papier. Je tenterais de le faire sourire en lui grattant la nuque. Je me lèverais même de mon siège pour lui prendre un panier de croissants sur le comptoir, mais il en profiterait pour s'enfuir.

Son attitude me décevrait, je n'aurais plus aucune envie de m'en occuper. Je l'abandonnerais à l'affection de sa mère qui le garderait chez elle malgré un âge toujours croissant, qui ferait de lui un trentenaire au chômage, un quadragénaire voué au célibat, et un sexagénaire aux revenus misérables. Christine se forcerait à vivre en récitant des prières de son invention, luttant à corps perdu pour essayer de retarder le moment où Étienne deviendrait orphelin.

Depuis longtemps leurs faibles moyens les auraient obligés à quitter le boulevard St-Michel pour un deux-pièces à Charenton. En emménageant, ils auraient bradé beaucoup de meubles trop volumineux pour leur nouvelle surface.

Mais petit à petit ils auraient introduit des objets dans leur logement qui lentement se serait entartré, ne leur laissant pour vivre qu'une place de plus en plus réduite. Christine aurait pris l'habitude de faufiler son long corps dans les ruelles tracées par les murs, les cartons, les empilements de vieux journaux et de magazines périmés depuis des lustres. Étienne aurait grossi, il heurterait souvent les parois avec son ventre mou et ses bras gras comme des cuisses. Il resterait dix-sept heures par jour devant le poste de télévision. Sa mère lui mettrait en silence des assiettes pleines devant lui. Elle n'oserait pas lui parler de peur d'être confondue avec les personnages qui se succéderaient sur l'écran.

Christine mourrait quelques jours après son quatre-vingt-treizième anniversaire. J'aurais appris la nouvelle par un appel d'Étienne. Il me saurait fâchée depuis longtemps avec sa mère, mais il ne connaîtrait personne d'autre. Ses voisins n'auraient manifesté aucune sympathie. Depuis deux jours, il vivrait à côté du cadavre sans qu'aucun d'entre eux soit venu lui rendre visite. Il n'aurait eu de contact qu'avec l'employé des pompes funèbres. Il regretterait que sa mère ne soit pas morte avant, lorsqu'il était encore jeune et fort. Maintenant il aurait dépassé la soixantaine, ce décès lui rappellerait désagréablement sa propre mort et le bouleverserait.

Nous irions à l'enterrement avec mon mari. Nous monterions à son domicile. Je verrais le cadavre, je remarquerais que le visage avait une sorte de rictus que Christine prenait parfois de son vivant. Mais depuis cinquante années de fâcherie, elle s'était trop modifiée pour que je la reconnaisse tout à fait. Quant à Étienne, ce serait un vieillard obèse et flapi. Il n'aurait même pas le courage d'embrasser une dernière fois le front de sa mère avant que les employés vissent le couvercle.

Il traînerait sa corpulence dans le logement, tapant volontiers sa tête en larmes contre les cartons qui s'amoncelleraient jusqu'au plafond. Il se demanderait à haute voix ce qu'il allait devenir à présent. Je lui dirais que l'heure des devenirs était passée pour lui depuis longtemps. Maintenant, il lui fallait se résoudre à attendre la mort. Malgré la répugnance qu'il m'inspirait, je m'engageais à lui rendre visite un dimanche sur deux. Outre les gâteaux et la bouteille de vin cuit, je lui amènerais par roulement l'un de mes petits-enfants. Il pourrait ainsi pratiquer pendant un moment l'art d'être grand-père malgré la stérilité absolue de son existence. Il aurait le droit de jouer avec eux, de les caresser, et même d'apprendre à changer les plus jeunes.

Je l'entraînerais devant la bière close. Je prendrais sa tête à deux mains, je la ferais ployer jusqu'à ce qu'elle cogne le bois de la caisse. Je ferais rebondir son crâne couenneux, je le ferais balayer le cercueil pour qu'il se pénètre de l'humilité des morts qui semblent accepter sans grogne de n'exister jamais plus.

— Lâchez-moi.

Je le ferais rebondir une dernière fois. Puis, je le prendrais par le bout de l'oreille et je lui ordonnerais de s'agenouiller. Je lui demanderais s'il était bien sûr de vouloir vivre les courtes années qui restaient peut-être encore dans son sablier. Il crierait comme si j'avais demandé aux croque-morts de le mettre tête-bêche dans le même cercueil que sa mère. Je le lâcherais, je lui demanderais simplement de s'excuser.

— Pourquoi ?

Il ne se souviendrait plus de son attitude envers moi cinquante-six ans plus tôt. Je lui rappellerais les grimaces qu'il me décochait dans l'escalier en s'abritant derrière son cartable, les mensonges qu'il racontait à Christine pour nous brouiller, sa méchanceté envers Ric et son absence d'amour pour moi. Il reconnaîtrait ses torts sans prendre le temps de les retrouver dans sa mémoire. Il me présenterait des excuses factices. Puis il me demanderait qui était Ric.

— Un chien.

Il s'en souviendrait. Il se rappellerait en souriant combien il avait été épique de tirer le matelas sur le trottoir encombré des passants de la rue Gay-Lussac. Il rirait en évoquant les chiens qui tiraient sur leur laisse, reniflant la charogne de leur congénère.

— Et le caniche blanc.

Je ne me souviendrais pas du caniche.

— Celui qui tournait autour de nous en aboyant.

— Je ne vois pas.

— Il nous mordait les jambes, il a fallu que je le chasse à coups de pied.

Les péripéties de notre équipée seraient devenues transparentes à force de pâlir dans ma mémoire de dame âgée. Je m'efforcerais de changer le cours de la conversation.

Une fois Christine enterrée, Étienne me réclamerait une somme d'argent. Je lui dirais qu'il ne devait pas compter sur moi pour l'aimer à la place de sa mère. En revanche, je ne lui cacherais pas qu'il aurait droit dorénavant à une niche dans mon cœur. Il occuperait un espace négligeable, mais quatre ou cinq fois par an il traverserait en trombe le champ de ma conscience. Jusqu'à mon dernier souffle, il pourrait espérer à chaque instant que j'étais justement en train de penser à lui. Sans compter les visites que je lui rendrais parfois, et qui seraient agrémentées d'aliments.

Mon mari m'ouvrirait la portière de la voiture. Nous quitterions Étienne sans au revoir. Mon mari ne comprendrait pas que j'aie pris la peine d'enterrer cette inconnue au rejeton si ingrat. Je lui répondrais que Christine était une ancienne femme de ménage qui travaillait pour moi du temps où j'habitais boulevard St-Michel.

— D'ailleurs, ce n'était pas une perle.

Il prendrait Christine pour la domestique engagée six mois à peine avant notre rencontre. Il la défendrait avec fougue en s'extasiant sur le souvenir rutilant qu'il aurait des meubles et du parquet. Il se souviendrait surtout de la brillance des tasses à thé et du plateau en porcelaine blanche. Sa mémoire n'aurait conservé de nos fiançailles qu'une impression d'éblouissante propreté.

En rentrant, il me demanderait de lui raconter en détail l'histoire de cette femme dont l'orphelin était si gros. Je lui dirais que Christine était la personne au monde qui m'avait le plus déçue et meurtrie. Trois mois après la mort de Ric, j'avais dû la gifler pour une réflexion désobligeante. Ensuite, j'avais couru dans le flot de voitures du boulevard. À cause d'un léger crachin, j'avais dérapé sur le goudron humide. Je suis passée sous un camion, mais ses roues ne m'ont même pas effleurée. Au lieu de paniquer, je suis demeurée maîtresse de mon système nerveux, regardant en silence le pont du véhicule sous lequel je gisais. On me croyait morte, la circulation était interrompue. J'entendais les klaxons, les coups de sifflet, les conversations des badauds.

Pour la première fois depuis l'accident de mes parents, je me sentais réellement libre, absente de l'espèce et de la pesanteur. J'aurais voulu posséder le pouvoir d'empêcher cette minute de se détruire au fur et à mesure de son déroulement.

Le dos contre l'asphalte, j'étais en prise directe avec Paris. Il me semblait ressentir l'onde des câbles qui l'irradiaient. Ils m'emportaient avec eux dans l'armature des gares, des monuments bétonnés, des maisons d'habitation où les gens étaient assis dans les baignoires, les fauteuils ou debout dans les cuisines et les vestibules. Je ressentais leur circulation sur les avenues, les ponts, les ruelles pavées. La pensée de cette masse de cerveaux séparés l'un de l'autre par de l'os et de l'air me parvenait nette et différenciée. Je percevais la moindre allusion, le souci le plus mince, le plus menu désir.

Puis, le médecin des pompiers est venu prendre mon pouls. Il a compris que j'étais vivante. On m'a transportée à la Salpêtrière. Je me suis laissé déshabiller, examiner, radiographier. On m'a demandé pourquoi je ne parlais pas.

— Si, je parle.

J'ai passé la nuit sur place. Je me suis réveillée tôt. J'ai quitté l'hôpital à la cloche de bois sans remplir les formalités de sortie. Le soleil ne brillait pas, le ciel presque opaque laissait passer une petite lumière qui rendait la Seine noire et la peau des gens grise, et d'un gris plus foncé encore quand ils étaient vieux. Je respirais l'air sale et froid. Je m'en gavais, tant j'éprouvais du plaisir à être en vie. J'ai remonté le boulevard St-Michel sans me presser. Je me suis assise quelques secondes sur un banc pour le simple plaisir de fléchir les jambes et de les redresser.

J'ai acheté du pain frais et du lait. J'ai frappé à la loge de la gardienne. Je lui ai proposé de prendre le petit déjeuner avec moi pour fêter ma résurrection. Elle n'a pas compris, elle m'a regardée de travers. Je lui ai parlé du camion qui était passé sur mon corps, du bruit des sirènes et de l'hôpital. Elle refermait sa porte, j'ai essayé d'entrer de force. Elle a crié, je lui ai juré que je ne lui voulais aucun mal. Avec le pain frais nous pourrions faire des tartines, nous aurions le temps de mieux nous connaître.

— Vous êtes folle.

— Si vous préférez, je peux aller chercher une grosse brioche à la boulangerie.

Elle me repoussait, elle me reprochait de lui avoir pris la clé du premier étage neuf semaines plus tôt.

Elle savait pourtant que Christine m'avait remerciée d'avoir nettoyé son appartement. Quand elle était revenue de son travail, nous avions eu d'abord une prise de bec à propos de son lit. Mais elle s'était rendue aux arguments que j'avais opposés à ses plaintes. Avec le gosse, elle m'avait aidée à évacuer le matelas. Rue Gay-Lussac, un agent de police nous avait demandé de dénouer le cordon. Il s'était bouché le nez à la vue du chien mort. Christine riait, elle frappait du pied contre le mur tant elle était hilare.

Elle n'en revenait pas qu'un chien aussi banal que Ric puisse d'un seul coup devenir aussi drôle.

Nous avons passé la soirée à déchirer, déchiqueter, à briser et à tordre. Nous avons tout descendu sur le boulevard, éparpillant de part et d'autre des trottoirs, encombrant aussi bien notre entrée que celle des voisins et le portail du Luxembourg. À trois heures du matin, l'appartement était vidé de toute sa substance. D'intact, ne demeuraient plus que les sanitaires et deux bols que Christine avait voulu garder. Je leur ai prêté des couvertures et des coussins pour la nuit.

J'avais décidé de rénover leur appartement. Un soir en pénétrant chez elle, Christine a été surprise de marcher sur des bâches et de contourner des seaux de peinture. Cette fois encore, elle a été prise d'un accès de rage et elle est montée m'insulter. Je lui ai expliqué que la crasse incrustée dans ses murs serait dissoute par la peinture qui ferait ainsi d'une pierre deux coups. J'avais choisi une seule couleur pour tout l'appartement, un blanc cassé très doux.

Elle aurait aimé que la cuisine soit jaune, l'entrée beige et la salle de bains tapissée avec un papier rosé. J'ai refusé de transiger. Comme elle était butée, je lui ai accordé le jaune de la cuisine et un beige pâle pour son petit hall d'entrée. Je l'ai invitée à prendre un verre dans mon salon. Elle a accepté avec une joie visible et un léger tremblement de la lèvre inférieure. Depuis que j'avais jeté son gin, elle devait se contenter de l'alcool que je lui offrais parfois. Elle m'avait juré de ne plus acheter la moindre bouteille, et elle tenait parole.

— Tu veux des glaçons ?

— Non, merci.

Elle ne s'était même pas assise. Elle a bu son verre d'un trait, puis elle l'a gardé à la main dans l'espoir que je le remplisse à nouveau. Mais j'ai renfermé le flacon dans le buffet. Elle a entrouvert la bouche sans oser me réclamer une autre dose que je ne lui aurais de toute façon pas accordée. Je lui ai demandé de s'asseoir ou de s'en aller.

— Mais ne reste pas plantée là comme un épouvantail.

Elle a lancé son regard sur le buffet, cherchant à ouvrir le battant, à déboucher la bouteille et à la boire par la seule force des yeux. Je lui ai crié que toute sa vie n'avait été qu'une histoire d'amour fou pour l'alcool, et qu'Étienne n'était rien. Elle en est convenue, mais elle voulait que je lui serve un dernier verre pour lui donner du courage avant de redescendre et se retrouver face au gamin dont elle ne savait plus trop quel sort elle lui réserverait. Je me suis laissé fléchir.

— Juste une larme.

— Merci.

Elle a aspiré la rasade que je lui ai versée. Je ne lui ai pas caché que son état me préoccupait tout autant que celui de son appartement. La mise aux ordures de sa garde-robe et l'achat de vêtements neufs n'avaient servi à rien. Bien au contraire, sa crasse intérieure affleurait à présent dans toute sa splendeur. Il fallait soigner le mal à la racine.

— Débarrasse-toi d'Étienne immédiatement.

— Tu as sûrement raison.

Mais elle n'osait pas lui dire de s'en aller. Elle avait besoin d'un autre verre pour se donner du courage. Je le lui ai accordé. Elle a absorbé son alcool. Elle avait les narines dilatées, frémissantes comme celles de mon oncle quand je coupais la ficelle du paquet de gâteaux. Elle ne voulait pas partir sans être absolument saoule. Je lui ai consenti quelques gouttelettes pour humidifier le fond de son gosier. Mais il a fallu que je lui promette le coup de l'étrier si elle venait à bout de son fils.

Elle est descendue en oscillant un peu entre la rampe et la paroi. Elle ne trouvait plus sa clé, elle a sonné. Étienne lui a ouvert. Je l'ai entendue cavaler et rire avec le gamin. Puis, ce fut un silence épais sous lequel Christine lui chuchotait des consignes. Elle l'a mis à la porte peu après, mais sa voix n'avait pas l'accent de la vérité et les cris du gamin étaient feints. Il a fait semblant de redescendre avec bruit, et il est remonté en rampant regagner le sein maternel. Christine a pris le temps de le coucher, de l'embrasser. Elle a même attendu qu'il s'endorme pour venir me réclamer l'alcool que je lui avais promis.

— Tu vois, il est parti.

Je lui ai claqué la porte au nez. Elle a compris qu'elle ne m'aurait pas avec un simulacre d'expulsion. J'ai collé mon oreille contre le sol au-dessus de la chambre d'Étienne. J'ai perçu l'irruption de Christine, puis un ordre bref, une plainte étouffée par une gifle, et le gosse traîné le long du couloir, poussé dans l'escalier, le hall d'entrée, et jeté sur le trottoir.

Elle est remontée tout de suite.

— Tu peux le regarder par la fenêtre, je l'ai vraiment mis dehors.

En effet, l'enfant arpentait le trottoir. Je l'ai appelé, mais il ne m'a pas entendue. Dans mon dos sa mère s'impatientait. J'ai ouvert le buffet. Je lui ai servi son dû. Elle l'a absorbé. J'étais sur le point de ranger la bouteille, quand elle me l'a arrachée des mains. Elle l'a vidée d'un trait. Ensuite, elle l'a jetée par terre et s'est enfuie.

J'ai enfilé un manteau, et j'ai observé Étienne par la fenêtre ouverte. Il avait l'air résigné, il marchait d'un pylône à l'autre de façon métronomique. Rien dans sa démarche ne trahissait la révolte ou l'acrimonie. Il était trop occupé à lutter contre le froid pour éprouver des sentiments pareils. L'expérience qu'il était en train de vivre le marquerait comme le fer rouge marque la peau des bêtes. Il deviendrait un garçon tôt mature, endurci, blindé. Il prendrait la vie d'assaut comme une forteresse, il la vaincrait, il saurait la dépouiller, se gaver d'elle, sans craindre de se blesser, ni se soucier du détriment des autres. Un jour lointain, il viendrait me remercier d'avoir exercé des pressions sur sa mère pour qu'elle le pousse dehors dans l'hiver et la nuit. Il me raconterait ses premiers jours de solitude dans un foyer de l'Assistance Publique. Il aurait pleuré comme un bébé, harcelant le personnel.

— Où est maman ?

On lui aurait répété que Christine avait préféré renoncer aux droits qu'elle avait sur lui.

Puis, on l'aurait transféré dans une famille d'accueil loin de Paris. Il n'oublierait pas sa mère, mais il apprendrait peu à peu à s'en passer. Il aimerait ses nouveaux parents et les quatre autres orphelins qui lui serviraient de frères et sœurs. Le grand air améliorerait le rendement de son cerveau, et il ferait de bonnes études au lycée de la ville voisine. Il obtiendrait même une bourse, et à vingt-deux ans il serait à la tête d'un petit bagage universitaire qui lui permettrait de trouver un emploi et de gagner sa vie.

Dès le sevrage, Christine avait senti que ses rapports avec Étienne devenaient plus distants. Quand il avait fait ses premiers pas, elle avait pris conscience qu'il ne s'était sauvé de son ventre que pour lui échapper de nouveau à chaque fois qu'il franchirait un cap vers l'âge adulte.

Au moment où elle s'en était séparé, elle n'avait déjà que trop souffert à cause de lui. Elle excusait sa bêtise, mais elle trouvait son aspect extérieur de plus en plus laid. Elle déplorait ce visage dont les traits s'aggravaient avec le temps. Elle essayait de le dissimuler en laissant ses cheveux pousser, en lui achetant des vêtements excentriques qui attiraient l'œil et détournaient les regards de son fils proprement dit. Elle pensait que plus tard il porterait la barbe, ou du moins rouflaquettes et moustaches. Elle lui aurait déjà fait porter des lunettes, mais les ophtalmologistes consultés avaient tous refusé de lui en prescrire.

Les premiers mois qui avaient suivi son départ

avaient pesé lourd sur la conscience de Christine. Elle se reprochait son manque d'amour, elle se souvenait de ses lamentations lorsqu'elle l'avait poussé dehors. Elle était arrivée chez moi en tremblant de tout son corps.

En réalité, après la bouteille d'alcool, elle s'est attaquée au porto, à la crème de cassis et à un fond de liqueur d'orange. Puis, elle s'est accoudée à la fenêtre et elle a crié à son fils de disparaître à jamais du périmètre de son existence. Le gosse la regardait en levant les mains vers elle. Sa bouche s'ouvrait et se refermait alternativement, comme s'il essayait de lui dire quelque chose. L'alcool donnait à Christine un courage proche de la fureur. Elle a pris un pot en terre cuite où au gré des averses et des coups de soleil un géranium achevait de pourrir sur le bord de ma fenêtre. Elle l'a jeté sur l'enfant, mais il a eu le temps de s'écarter.

Je l'ai forcée à rentrer. J'ai fermé la fenêtre et tiré les rideaux. Elle avait des convulsions, elle s'agrippait à moi. Elle me reprochait de l'avoir obligée à l'abandonner, puis elle criait des insultes à son endroit pour m'amadouer et obtenir une dernière gorgée d'alcool. Je suis parvenue à la déshabiller, à la plonger dans un bain froid et à l'y maintenir malgré ses gesticulations. Je l'ai sortie de l'eau calmée, prononçant à peine quelques plaintes inaudibles. Elle a dormi dans mon lit. Je la serrais contre moi quand un cauchemar la faisait hurler.

Le lendemain matin, nous nous sommes disputées au petit déjeuner. J'aurais voulu que nous écoutions les nouvelles à la radio, mais elle couvrait la voix du journaliste par les reproches qu'elle m'adressait. Elle ne me pardonnait pas de l'avoir poussée à boire et d'avoir profité ensuite de son ébriété pour l'obliger à jeter Étienne sur le trottoir. J'ai perdu mon calme, j'ai fait basculer la table. Les bocaux de confiture et la cafetière sont tombés sur le tapis. Le désastre a produit dans sa tête un choc salutaire. Au lieu de vitupérer, elle s'est excusée de m'avoir mise hors de moi.

Nous avons pris notre bain ensemble, Christine aimait qu'on lui frotte le dos avec une éponge. Elle a prétendu qu'Étienne avait une certaine dextérité, et que bien souvent il l'assistait lorsqu'elle faisait sa toilette. Quand elle était propre et sèche, c'était lui qui la frottait au gant de crin et qui lui appliquait de la crème aux endroits qu'elle aurait eu du mal à atteindre sans son aide. Elle disait que malgré ses défauts, il avait un certain savoir-faire. S'il était resté chez elle, elle lui aurait appris à tenir la maison, à laver le linge fragile, à cuisiner les viandes et les poissons, à repriser et à tailler des robes.

— Il serait devenu un homme d'intérieur.

— J'en doute.

Tout en continuant à la frotter, je lui ai dit que son fils n'avait même pas l'envergure d'un raté. Il aurait été incapable de tenir une maison, il aurait gâché les vêtements et la nourriture. Elle ne devait pas avoir le moindre regret, cet enfant ne lui aurait jamais apporté rien de bon.

— Tu crois ?

— Oui.

Christine a levé les jambes et enfoui sa tête dans l'eau. En émergeant, elle a éclaté de rire. Elle m'a dit qu'elle ne s'était jamais sentie aussi heureuse. Puis, elle a sauté hors de la baignoire et elle m'a soulevée de terre pour m'embrasser. Nous nous sommes séchées l'une l'autre. Je me suis occupée de son dos mieux qu'Étienne. Elle a massé le mien avec de l'huile, car elle trouvait ma peau irritée par le calcaire.

Nous avons quitté la salle de bains vers midi. J'ai téléphoné au ministère pour avertir que Christine était indisposée. Nous avons mangé dans la brasserie de la place Edmond-Rostand. Nous avons passé l'après-midi à essayer des vêtements dans les boutiques de St-Germain. Nous sommes remontées par la place St-Sulpice et nous avons traversé le Luxembourg. Il y avait un peu de soleil, nous nous sommes assises devant le bassin central. En regardant une fillette remettre à l'eau sans répit un petit voilier qui n'avançait pas, nous avons parlé de la maternité en général, et de la mienne en particulier. Elle était d'accord pour m'aider à trouver un père à mes enfants. Mais elle ne me souhaitait pas un mari comme le sien.

— Je croyais que tu l'aimais ?

Les jours fériés, il paressait au lit. Puis il s'avachissait sur la chaise de la cuisine en attendant le repas de midi. Il ne supportait pas qu'Étienne monte sur ses genoux. Il n'aimait pas non plus que le gosse pleure ou qu'il se mette joyeusement à crier en courant autour de lui. Quand il le jugeait trop bruyant, il s'en allait en claquant la porte jouer au football.

Elle se souvenait du corps qu'on lui avait rendu dans une bière provisoire. Elle l'avait veillé en regardant la télévision dont elle avait baissé le son au maximum. Du bout des doigts, elle avait remonté son visage en faisant crisser sa barbe qu'elle l'avait vu raser de près le matin même. Elle se demandait encore aujourd'hui s'il était en état de la voir du lieu où il se trouvait. Je lui ai dit que la mort était un phénomène irréversible. Elle pensait que malgré tout il avait peut-être une âme.

— Non.

Je lui ai expliqué que nous étions faits en grande partie d'hydrates de carbone et qu'une fois morts nous pourrissions en totalité.

— Même nos os finiront un jour par s'effriter.

— On y va ?

Nous nous sommes levées de nos chaises. La fillette avait rendu à la loueuse le petit voilier qu'elle n'avait pas réussi à faire voguer. Le soleil continuait à briller par intermittence, il avait une couleur cuivrée qui rappelait à Christine les ors de certains bureaux du ministère.

Nous avons acheté une petite boîte de foie gras, des truites et une tarte aux framboises. J'ai insisté pour acheter une bouteille de champagne, et j'ai promis à Christine que je l'empêcherais de trop boire. Nous sommes passées devant la boutique d'un fleuriste.

— Un bouquet d'anémones ?

— Pourquoi pas ?

Elle a tenu à le payer, prétextant qu'elle en avait eu l'idée la première. Elle voulait passer chez elle prendre du linge et des produits de beauté. Je lui ai dit qu'il valait mieux qu'elle n'y retourne pas avant plusieurs semaines. Elle avait besoin d'oublier cet enfant, et il n'était pas bon qu'elle pénètre dans un lieu où il avait vécu. Le plus petit jouet, un crayon mâché, une gomme aux angles mordillés, un blouson à cheval sur le dossier d'une chaise lui sembleraient autant de reliques.

— Tout te rappellera ton fils, et tu voudras le reprendre.

— Je t'assure que non.

Mais elle pleurait déjà en regardant la porte de l'appartement où ils avaient vécu plusieurs années ensemble. Je n'ai pu l'empêcher d'enfoncer la clé dans la serrure. Je suis entrée avec elle, elle est allée directement à la chambre du gosse. Elle s'est agenouillée, versant des larmes sur son matelas étroit recouvert d'une housse imprimée de lions et de panthères. Elle parlait entre ses sanglots, je distinguais le prénom du gamin noyé dans un amphigouri de mots tendres dont ils devaient se rassasier quand je n'étais pas là. Je l'ai prise par le cou pour l'arracher à ce matelas dont elle n'obtiendrait jamais aucune apparition. Elle posait sa joue sur la housse, parlant à voix basse, s'écoutant chuchoter pour se donner l'impression d'être entendue et comprise par l'enfant.

— Tu te fais mal.

Elle s'est redressée. Elle a levé haut la tête. J'ai soutenu son regard. Je lui ai dit que ces pratiques étaient malsaines.

— Tu me rappelles Ric et sa manie répugnante de renifler.

Je lui ai dit que son fils était peut-être à cette heure tout aussi mort que Ric. Il avait glissé entre les mailles des patrouilles de police. Il avait couru. Il avait descendu le boulevard, il avait longé les quais jusqu'à la gare d'Austerlitz. Il avait volé du sucre au buffet, il avait étanché sa soif dans les lavabos. Il s'était allongé dans la salle d'attente. Un clochard lui avait prêté un morceau de couverture. Il s'était enroulé dedans. Mais la lumière des néons et les bruits de la gare l'avaient empêché de s'endormir. Alors, il avait longé un train à l'arrêt. Il avait trouvé des wagons-lits. Il avait repéré une portière et des gens qui ronflaient.

Il irait jusqu'au bout du couloir. Il passerait dans le wagon suivant. Il n'entendrait pas de voix, et même pas un souffle qui puisse trahir une présence humaine. Il commencerait à s'habituer à l'obscurité, il n'aurait plus besoin de toucher les choses pour les situer dans l'espace. Il pénétrerait dans un compartiment vide. On verrait à travers la vitre des rails et d'autres trains éclairés par un croissant de lune. Il s'allongerait sur une couchette, il s'endormirait. Il rêverait de sa mère ivre morte qui le jetterait par la fenêtre. Il rebondirait sur le boulevard, sanglant et caoutchouteux.

Au cours de la nuit, des malades mentaux échappés d'un hôpital voisin l'estourbiraient pendant son sommeil en ricanant comme des mioches.

— Un contrôleur découvrira son cadavre le lendemain.

Christine m'écoutait. Elle avait toujours son regard dur et méprisant. Elle semblait me rendre responsable de tout ce qui pouvait arriver à Étienne. Je lui ai expliqué que le sort de cet enfant n'avait aucune importance pour moi.

— Pourquoi tu dis qu'il est mort ?

Elle était au bord des larmes. Elle craignait sincèrement qu'il arrive malheur à son fils. J'ai voulu la rassurer, lui prouver qu'il n'y avait qu'une chance infime pour que ce gamin n'ait pas fini la nuit dans les locaux de la police.

— Fous-le camp d'ici.

Je suis remontée chez moi, en emportant nos courses. Deux heures plus tard, elle sonnait à ma porte. Je l'ai laissée entrer sans dire un mot. Quand elle a été assise, j'ai quitté le salon. Je me suis allongée sur mon lit. Le bruit des voitures me semblait une sorte de silence régulier, apaisant. J'aurais pu compter les pulsations du boulevard, et en prêtant l'oreille, celles des rues avoisinantes.

Ce bruit me rassurait. Il me suffisait de continuer à vivre, je pouvais suivre n'importe quelle direction pour aller droit au but. Je faisais partie d'une logique qui de la nuit des temps aboutissait jusqu'à moi et ne pourrait que se prolonger dans une descendance née d'une union exactement égale à mon désir. Je savais que Christine était une perte de temps pour moi. Je m'occupais d'elle par jeu, pour garder contact avec un être humain en attendant que les événements se précipitent. Je ne croyais pas au destin, mais je sentais pourtant que le mien était réel. Je ne serais pas une vie chiffonnée, ou gribouillée en hâte avant de mourir. Je rencontrerais la vraie trajectoire de mon existence, la plus riche en progéniture et en mari aimant.

Je me suis levée du lit, j'ai regardé par la fenêtre les gardiens inspecter le Luxembourg désert. Je sentais la présence de Christine dans le salon. Je voulais qu'elle me rejoigne, il fallait qu'elle comprenne que son geste de la veille était irrévocable. Elle pouvait accepter de reprendre l'enfant, mais fort de l'avoir obligée à mettre un genou en terre, il la réduirait en esclavage. Il lui ferait signer des mots d'absence pour excuser l'école buissonnière qu'il aurait faite la veille en dépensant l'argent qu'il lui aurait volé dans son sac. Il déciderait de faire de l'escrime. Elle lui achèterait un fleuret et un masque dont il ne daignerait jamais se servir autrement que pour l'apeurer. Il faudrait qu'elle l'inscrive à un manège. Elle aurait la sottise de lui offrir une paire d'éperons et une bombe. Il ne monterait jamais le moindre canasson. Il n'irait pas non plus aux cours de saxo, de tennis et de patin à glace auxquels elle aurait eu l'imbécillité de l'inscrire. Il la traiterait par la violence, et elle se laisserait battre pour expier l'abandon de quelques heures que le gosse avait subi de longs mois plus tôt.

Christine m'a rejointe dans la chambre alors que la nuit tombait. Je l'ai vue avancer lentement vers moi, sans distinguer si sa bouche voulait me mordre ou m'embrasser. Dans le doute, j'ai bandé mes muscles pour riposter. Elle s'est arrêtée à hauteur du lit. Elle laissait pendre sa tête comme une breloque. Elle s'est excusée pour sa colère et ses regrets tardifs de mère poussive. Elle aurait voulu que je comprenne son inquiétude, et que je la partage avec elle. Je lui ai répondu que la planète était couverte d'enfants en danger de mort.

— Et maintenant, Étienne fait partie du lot.

Mais il avait la chance de vivre dans un pays bien placé sur le planisphère, il mangerait à sa faim et personne ne porterait la main sur lui. Il connaîtrait des moments de détresse, mais parfois il se réveillerait avec un peu de joie au cœur. Il ne tiendrait qu'à lui de la cultiver et de la transmuer en bonheur pur et simple. À force de courage et d'amour propre, il surmonterait son infortune. Plus tard, il pourrait se servir de son expérience pour élaborer une méthode destinée aux moroses et aux désespérés.

— Tu devrais prendre exemple sur ce qu'il sera un jour.

Elle souffrait autant que le gosse de cette séparation subite. Elle devait se montrer aussi stoïque que son fils. Elle devait rassembler la totalité des souvenirs où Étienne jouait un rôle, et les écrabouiller par une contraction terrible de son psychisme. Étienne coulerait dans les bas-fonds comme un îlot pulvérisé par une secousse sismique. Elle saurait se recomposer en surface un passé logique, moins riche d'affection mais vraiment sain, défriché de tous ces avatars douloureux liés à son état de mère. Du reste, elle était bien assez jeune pour le devenir à nouveau. Nous pourrions concevoir la même nuit, l'une au-dessus de l'autre.

— Tu accoucherais d'une fille et moi d'un garçon.

Nous occuperions la même chambre double à la maternité. Leurs berceaux seraient contigus, ils s'entendraient crier et se répondraient l'un à l'autre. Boulevard St-Michel nous les tremperions dans le même bain, et ils téteraient indifféremment les seins de Christine ou les miens. Nous les habillerions des mêmes brassières, nous les promènerions au Luxembourg dans une poussette à jumeaux. Ils n'auraient pas de domicile fixe, ils dormiraient chez l'une ou l'autre. Pour nous exercer à ne pas préférer le fruit de nos entrailles, nous aurions des périodes où chacune vivrait en vase clos avec le bébé de l'autre. Ils nous appelleraient maman, et ils se croiraient issus ensemble de nos deux ventres à la fois.

Mais Christine ne m'écoutait pas. Elle regrettait encore son fils. Elle n'en voulait pas d'autre que celui-là. Il resterait le seul de sa vie. Elle le regretterait chaque jour, elle le pleurerait comme un défunt. La chambre du gamin serait un reposoir qu'elle fleurirait à l'égal d'une tombe. Elle passerait des heures ratatinée sur la housse imprimée de lions et de panthères, au milieu des vases de roses et de chrysanthèmes. Elle prendrait des congés maladie, elle resterait chez elle à l'invoquer comme une folle qu'elle deviendrait plus tard et qu'on serait obligé d'interner.

— Tu n'as qu'à signaler sa disparition au commissariat.

— Je préférerais qu'il revienne tout seul.

Si cet enfant avait de l'amour-propre, il refuserait de rentrer. Il voudrait qu'auparavant sa mère lui fasse des excuses et lui donne l'assurance qu'il ne serait plus l'objet d'aucune mise à la porte, d'aucune gronderie, et d'une manière générale d'aucune punition ou violence quelconque. Muni de ce nouveau statut, il deviendrait plus tyrannique qu'un mari. Souvent, je serais obligée de descendre chez elle pour lui servir de bouclier quand elle aurait maille à partir avec ce vaurien. Je ferais de mon mieux pour la protéger, mais elle endurerait malgré tout.

— Je t'assure, il faut que tu l'oublies.

— Tu ne te rends pas compte.

— Oublie-le.

Elle a encore pleuré. Je l'ai menacée de ne plus la consoler si elle ne faisait aucun effort pour améliorer son humeur. Il lui fallait surmonter ce cap difficile en s'évaporant, au lieu de se rétracter sur un passé pernicieux. Nous pourrions aller au restaurant, au cinéma, au théâtre, rentrer à pied le long des quais noirs que j'arpentais du vivant de Ric. Nous nous passerions de ce chien, elle se passerait de ce fils, ils disparaîtraient tous deux dans les catacombes de nos mémoires qui finiraient par les digérer et ne conserver d'eux qu'un souvenir momifié.

— Étienne n'est pas un chien.

— Tu as raison.

Mais Étienne était sûrement vivant, alors que le chien Ric était mort. Si nos peines n'étaient pas égales, elles n'étaient pas non plus incommensurables. Nous pouvions partager nos souffrances, et les oublier en voyageant. À notre retour nous nous sentirions lavées, régénérées, prêtes à vivre de bon appétit la suite de notre existence. Christine passerait un concours, et obtiendrait un avancement. Quant à moi, je trouverais un emploi lucratif dans une clinique spécialisée dans la chirurgie esthétique.

— Dînons.

Je l'ai entraînée dans la cuisine. Comme au temps de nos repas du dimanche, nous nous sommes mises au travail pareilles à deux têtes dans un même bonnet. Il me manquait beaucoup d'accessoires, nous avons œuvré avec les moyens du bord. J'ai mis mon téléviseur sur la petite table en marbre pour que nous puissions suivre les informations. Christine m'a dit son aversion pour les tremblements de terre. Elle aurait préféré mourir dans un accident d'avion, plutôt qu'agoniser pendant des heures sous les six étages d'un bâtiment effondré. Je lui ai rappelé que mes parents avaient péri dans un désastre aérien.

— Je ne m'en souvenais plus.

J'ai débouché la bouteille de champagne. Nous avons bu dans des coupes à pied court qui me restaient de ma mère. En définitive, j'ai préféré que nous mettions le téléviseur par terre et que nous dînions sur la table en marbre. Elle n'arrivait pas à finir sa coupe. Le liquide s'écoulait mal dans sa gorge, comme si les bulles l'écorchaient. Je lui ai fait remarquer qu'il suffisait que son fils disparaisse vingt-quatre heures pour qu'elle prenne ses distances par rapport à l'alcool.

— Hier encore, tu aurais lapé ton verre jusqu'à la dernière goutte.

— Tu as raison.

Elle convenait de son tiède amour pour lui. Elle se forçait à l'aimer. Depuis sa naissance, chaque matin elle se réveillait avec l'estomac noué. Elle éprouvait une nausée véritable à le toucher ou à prendre dans ses mains des vêtements qu'il venait de porter. Elle me remerciait de l'avoir obligée à s'en défaire. Seule, elle n'aurait pas eu le courage de le mettre en pleine nuit sur le trottoir comme un sachet d'ordures.

— Bois.

— Non, je n'ai pas soif.

Je l'ai félicitée. Mais elle a pris sa coupe et elle l'a fait éclater sur le sol. Je lui ai demandé de ramasser les débris avec la pelle et le balai qui étaient derrière elle dans le petit placard.

— Tu te décides ?

Elle ne m'a pas répondu. Elle était ahurie, je sentais que son attitude avait un rapport avec Étienne. Je lui ai dit de laisser défiler ses pensées librement et de ne s'arrêter que lorsque son fils aurait disparu. Il fallait qu'elle apprenne à se défendre contre lui, même s'il revêtait la forme d'une allusion à la croisée de deux cogitations qui lui étaient étrangères. Pendant des mois, il faudrait qu'elle traque tous ces fragments d'Étienne qui par eux-mêmes étaient inoffensifs, mais qui traînaient derrière eux un Étienne virulent dont elle ne se débarrasserait qu'au terme d'un combat. Quand elle l'avait vu pour la dernière fois, il avait émis des signaux de détresse à travers ses yeux, ses mains et même à travers le ton qu'avait pris soudain sa voix tremblante. La plupart s'étaient perdus dans la demi-obscurité et le bruit des voitures. Mais d'autres s'étaient frayé un chemin par les pupilles, les oreilles, ils étaient même arrivés à s'infiltrer par la peau des doigts lorsqu'elle l'avait touché une dernière fois avant de l'abandonner.

Étienne avait réussi à l'infecter d'une myriade de souvenirs de lui, dont la plupart n'existaient pas. Il était parvenu à multiplier son image dans le pauvre cerveau de sa mère. Pour conserver sa santé mentale, elle devrait s'abstenir de prêter la moindre attention aux reflets de lui qui miroiteront à la surface de sa pensée. Elle devrait à chaque instant séparer sa conscience de l'ivraie de la mémoire.

— Tu as compris ?

— Je crois.

Christine avait pris la pelle et le balai. Elle avait jeté le verre brisé dans la poubelle. Elle était de nouveau à table avec moi. Je lui ai demandé de sourire. Elle a obéi. Je n'aimais pas son visage abattu, je sentais qu'elle continuait à penser à lui. Il n'y avait aucune raison que je ne partage pas son chagrin avec elle. J'étais prête à pleurer si elle ressentait le besoin pressant d'une crise de larmes. Mais je ne supportais pas qu'elle m'écarte de sa peine, comme si elle se croyait seule digne d'en souffrir. Je pouvais moi aussi m'isoler et continuer la soirée en lui cachant ce qui me passait par la tête. Je pouvais décider de ne plus lui dire le fond de ma pensée, et ne plus lui communiquer que des banalités qui ne nous concerneraient ni l'une ni l'autre. Nous pouvions échanger des chiffres et ne plus nous servir de mots. Le 15 nous ferait rire, le 56 nous rendrait tristes, le 21 nous donnerait des frissons dans le dos.

— Dehors.

Ma voix était parfaitement plate. Christine en a eu peur. Elle s'est levée tout de suite. Une fois dans le couloir, elle a fait un pas en direction de ma chambre avant de se retourner et de quitter l'appartement. Elle a descendu la volée de marches dans le noir, comme si elle avait peur que je voie son masque de femme humiliée. Je lui ai dit que je n'accepterais pas de la revoir d'ici la fin de la semaine prochaine. Je voulais qu'elle use de ce temps à s'examiner au fin fond, à éliminer les fantômes que ce gamin lui avait laissés en partant, et à essayer de dégager une nouvelle femme des décombres de celle qui était morte hier soir. Je n'étais pas disposée à supporter le clignotement perpétuel de son humeur qui allait de la petite gaieté au pire désespoir. Il fallait qu'elle choisisse entre la joie de vivre et la mort. Je n'avais rien contre le suicide. Si elle le désirait, je pouvais lui donner un mélange de médicaments antagonistes qui l'emporteraient en trois heures sans lui causer la moindre souffrance.

Il vaudrait mieux qu'à son tour elle s'abandonne. Elle hélerait un taxi qui l'emmènerait dans une banlieue dont elle ne connaîtrait que le nom. Tous les magasins seraient fermés, elle marcherait sous les lampadaires. Il n'y aurait pas même un homme pour l'importuner. Elle aurait la certitude de pouvoir tourner autour de la place jusqu'au matin sans rencontrer âme qui vive. Elle s'aventurerait au-delà de la petite commune éclairée. Elle marcherait sur le bas-côté, puis sur la route, et elle mettrait même un point d'honneur à avancer sur la ligne blanche qui interdisait aux voitures de se doubler.

Elle aurait froid, elle marcherait d'un pas rapide, régulier. Sauf lorsqu'elle s'emballerait, se mettrait à courir, avant de reprendre sa marche en toussant. Elle marcherait sans s'inquiéter des camions qui la klaxonneraient, l'éblouiraient de leurs phares et feraient des embardées pour l'éviter. L'un d'eux l'appellerait par sa vitre ouverte. Elle continuerait à marcher sans lui répondre. Il finirait par se lasser, il disparaîtrait sans avoir entendu le son de sa voix. Elle claquerait des dents, elle ferait des moulinets avec ses bras pour tenter de se réchauffer. Puis, elle prendrait plaisir à se laisser envelopper par le froid.

Elle avait toujours trop aimé sa vie, elle sentirait qu'elle était enfin libre de s'en débarrasser comme d'un comédon disgracieux. Elle se déshabillerait, jetant ses vêtements autour d'elle. Elle se laisserait prendre par le froid, elle ne lui opposerait plus aucune résistance. Qu'il la pénètre jusqu'à la moelle, qu'il raidisse son corps avant que la mort le fasse. Ses pensées se figeraient, elle cesserait d'avoir cet enfant dans la mémoire. Elle existerait encore un peu, elle serait une dernière trace de conscience qui finirait par geler comme le reste.

On ramènerait son corps boulevard St-Michel. Étienne serait rentré de lui-même ce matin-là. Je n'aurais pas eu le cœur de le mettre à la porte une deuxième fois. Je lui aurais dit que sa mère avait dû se déplacer à cause de son travail. C'est lui qui ouvrirait la porte aux policiers.

— Où est sa chambre ?

II comprendrait où est ta chambre. Il les conduirait dans la sienne sans comprendre ce que ces flics venaient faire ici avec cette civière couverte d'un drap vert. Ils la déposeraient au pied du lit, puis ils transvaseraient le corps raide sur la housse imprimée. Étienne verrait sa mère la bouche ouverte, avec des hématomes sur le front et la joue droite, comme si elle était tombée sur un sol dur avant de mourir. Il ne pleurerait pas, il croirait que cette réalité était trop effroyable pour exister. Il se réfugierait dans la salle de bains, verrou fermé, jusqu'au soir. Il faudrait que j'use de diplomatie et de patience pour arriver à l'en faire sortir.

Je l'emmènerai dîner dans une pizzeria. Il aura la permission de commander tout ce qui lui plaira. Il prendra trois desserts, boira de nombreux sodas, et n'aura pas le temps de m'écouter tant il sera absorbé par la nourriture. Je le ramènerai chez lui ballonné, au bord de la crise de foie. Il écoutera d'une oreille distraite le récit de la mort de Christine qui était partie en taxi, et qu'on avait retrouvée décédée dans le fossé d'une nationale. Il aura sommeil et bâillera. Il s'endormira sur le canapé. Ce n'est que le lendemain qu'il comprendra que la mort de sa mère était un événement réel auquel il serait obligé de croire jusqu'à la fin de ses jours. Je serai là pour lui démontrer que son amour pour elle n'avait plus d'objet désormais, et que ses larmes coulaient pour rien.

En attendant, Christine vivait encore et rien ne laissait supposer qu'Étienne aurait l'audace de revenir. Pour sa mère, il ne représentait plus qu'un souvenir amusant, sans autre intérêt que l'éclat de rire qu'il pouvait susciter parfois. Elle se remémorait les moments où son fils s'était montré drôle en faisant des grimaces, des gestes déplacés, ou en répétant une blague qu'un camarade d'école lui avait racontée. Il fallait qu'elle l'associe à des situations cocasses. Elle devait s'astreindre à le fausser chaque jour un peu plus, à le briser peu à peu pour en faire un personnage déformé, qui pleure de sa laideur et dont tout le monde rit.

Je suis descendue la voir.

— Laisse-moi seule.

Elle pleurait. J'ai enlevé ma chaussure et j'ai donné des coups de talon contre la porte.

— Ouvre.

Elle a ouvert. J'ai appuyé sa figure trempée de pleurs contre moi. Elle a tenté de se dégager, puis elle m'a prise dans ses bras. Je lui ai murmuré des paroles qui me semblaient douces. Elle se laissait consoler. Elle avait séché ses larmes sur ma robe, et ses yeux n'en produisaient plus. Au bout de quelques minutes ses joues étaient toujours sèches. J'avais réussi à tarir son chagrin.

Je l'ai emmenée dans sa chambre. Je l'ai déshabillée, je lui ai mis sa chemise de nuit. J'ai éteint la lumière, je lui ai dit de s'endormir. Elle a prétendu qu'elle n'y parviendrait pas. Elle pensait à lui, elle se demandait s'il avait seulement un endroit chaud et sec pour passer la nuit. Elle avait peur qu'il se trouve quelque part le ventre vide en train de réclamer du pain à des mendiants qui le trimbaleraient avec eux et le coucheraient dans une cahute en planche où ils le violeraient. Elle regrettait de l'avoir abandonné. Elle avait commis une sorte de crime. Quand on le lui ramènerait, elle le reprendrait sans hésiter. Elle dirait qu'elle avait agi dans un moment de dépression, de folie. Elle me demanderait de témoigner, de la soutenir auprès du juge des enfants pour conserver la garde du gosse.

Elle voulait reprendre son éducation à zéro, lui apprendre à remuer des cubes, puis à tracer des bâtons sur une ardoise. Elle lui apprendrait à construire un triangle, un trapèze, à multiplier les chiffres l'un par l'autre. Puis, elle l'amènerait à l'algèbre, à la géométrie. Procédant par étapes, elle parviendrait à rééduquer son intelligence que sa première éducation avait atrophiée. Le gamin commencerait à réfléchir et à penser à une vitesse inconnue de ses camarades. Il résoudrait des problèmes et calculerait des intégrales réputées impossibles à résoudre par de jeunes enfants.

Elle lutterait contre son passé d'élève besogneux. Il deviendrait si doué, que cette époque reculée semblerait inconciliable avec sa personnalité d'aujourd'hui. Il ne croirait plus sa mère lorsqu'elle lui raconterait par taquinerie l'air niais qui paralysait son visage d'enfant perdu quand elle s'était séparée de lui sur le boulevard.

Il refuserait de croire qu'il ait pu ressembler à cet animal qui rampait dans l'existence sans ardeur, ni ambition, ni désir.

Christine était sûre qu'Étienne deviendrait fin et pugnace. En un an, elle ferait de cette chiffe un garçon au caractère obstiné. Il n'aurait pas encore une intelligence dévorante, mais il serait capable de réciter la liste des nombres premiers et il dessinerait à main levée une courbe exponentielle sur un axe orthonormé. L'année suivante, il commencerait à découvrir des secrets incrustés depuis des millénaires dans les replis des sciences fondamentales. Quelques mois plus tard, il inventerait des procédés de locomotion qui révolutionneraient l'aéronautique. Malheureusement, elle mourrait avec lui brûlée vive dans un accident de train. Il aurait juste quinze ans.

Christine s'est levée, elle a fait le tour de la pièce en se tordant les mains. Elle a ouvert la fenêtre et les volets. Penchée sur la balustrade, elle a regardé le boulevard. Ses pieds étaient à moitié décollés du plancher, elle pouvait tomber dans le vide à la moindre poussée. J'ai eu envie de lui donner l'impulsion qui lui manquait. Elle ne serait pas morte, mais une invalidité quelconque serait venue se greffer à sa petite vie.

— Il est là.

— Quoi ?

— Étienne est revenu.

Elle le voyait sur le trottoir, au même endroit qu'hier.

Il était resté hors du giron maternel vingt-quatre heures durant. Il avait marché sans s'arrêter, changeant de rive, d'avenue, de boulevard. Quand le jour avait commencé à poindre au-dessus des embouteillages du matin, il avait ressenti un malaise supplémentaire. C'était comme une douleur au ventre, une indigestion sans matières. Il s'était insinué dans les toilettes d'un café. Il s'était endormi sur le siège, on avait frappé à la porte. Il était sorti en vitesse, il avait couru. Il avait peur qu'on l'interroge, il ne voulait pas dire un seul mot. Parler lui aurait fait mal, et il redoutait les questions comme des coups.

Il s'est réfugié dans la cave d'un immeuble. Il s'est couché sur un vieux sommier abandonné, et il s'est endormi. À son réveil, il a eu faim. Le sommeil est venu à bout de son appétit. Par la suite, il s'est réveillé de temps en temps, mais de moins en moins souvent.

Il se sentait de plus en plus faible, mais il aimait cette faiblesse qui le rendait léger comme une plume qu'il aurait pu souffler devant lui avec son haleine. Il ne se levait pas. Il n'avait pas la force de rester éveillé, il n'avait pas la force de s'endormir. Il ne sentait plus son corps, il lui semblait que c'était une poupée indolore qui n'était plus reliée à lui que par un fil. Un fil qui montait dans la tête en ligne droite et qui s'amenuisait dans le cortex jusqu'à se perdre au milieu des synapses avec lesquelles on le confondait. Étienne ne sentait même plus ce fil. Il ne respirait plus, le cœur s'arrêtait de battre, le cerveau mourait. Tout mourait, Étienne était mort. Il avait tenu trente et un jours dans cette obscurité, avant de périr d'inanition.

— Étienne est revenu, regarde-le.

Je me suis approchée de la fenêtre. Étienne était là, assis contre le lampadaire. Il n'avait pas la force de lever les yeux pour nous voir. Il avait couru dans Paris depuis la veille. Il n'avait pas eu le courage ni l'habileté de voler des biscuits ou des tubes de lait concentré. Il n'avait pas osé non plus demander une pièce à un passant ou une pomme à un marchand de fruits. Il s'était contenté de boire l'eau des fontaines publiques et de faire des siestes sur les chaises des squares. Il avait pleuré, sans se servir de son chagrin pour apitoyer une adolescente désœuvrée ou une femme à la retraite qui l'aurait couché dans un coin et nourri. Il s'était dépensé en vain, sans tirer le moindre plaisir, la moindre expérience de cette aventure dont tous les enfants auraient aimé être le héros à sa place. Il revenait plus imbécile encore qu'il n'était parti.

— Il ne m'entend pas.

Sa mère l'appelait, mais il restait figé dans son

attitude hostile d'enfant brimé. Je voulais que Christine referme cette fenêtre, qu'elle prenne un somnifère et qu'elle dorme. Demain, elle confondrait le rêve et la réalité. Lorsqu'elle mettrait le nez dehors, le gosse aurait disparu depuis longtemps, et elle ne serait plus sûre de l'avoir vu la veille. Elle irait au ministère, et à son retour je ferais des jeux de mots à propos d'Étienne pour lui apprendre à tourner en dérision cet être qui avait gâché sa vie.

— Je vais descendre le chercher.

Je l'ai retenue. Je lui ai dit de ne pas céder au chantage affectif auquel il se livrait. Il valait mieux qu'il s'en aille les mains vides, et retourne seul vers un avenir dont personne ne pouvait rien savoir.

— J'ai peur qu'il se fasse écraser.

Je lui ai dit que son fils tenait trop à sa peau pour traverser en dehors des passages protégés. Mais à la longue il finirait par acquérir le profil idéal du gamin des rues qui se fiche du tiers comme du quart, balance des insultes aux voitures, court à travers la foule qu'il remonte comme une rivière, dort n'importe où, mange quand les circonstances lui sont favorables et s'abstient le reste du temps.

— Je ne veux pas l'abandonner.

Elle a couru, et a claqué la porte derrière elle. Je l'ai regardée par la fenêtre amadouer son fils. Il se renfrognait pour mieux qu'elle s'agenouille et lui baise les mollets. Elle lui disait de ne pas avoir peur, qu'elle ne m'écouterait plus jamais. Il savait pleurer, d'abord doucement, puis en grimpant jusqu'aux hurlements de la crise de nerfs. Christine le touchait à pleines mains, comme pour se persuader qu'il était là, et qu'il n'avait pas fondu dans les embouteillages. Il se laissait dérouler, il relevait la tête, le torse et lui donnait ses bras. Christine les embrassait, et présentait sa joue devant son visage sale pour qu'il lui rende la pareille. Il a collé ses lèvres baveuses et a placardé plusieurs mouillures sur la peau maternelle. Ensuite, il a mis ses bras autour de son cou. Elle s'est relevée en prenant appui contre le lampadaire. Il l'alourdissait beaucoup, mais elle est quand même parvenue à marcher.

Elle est entrée dans l'immeuble avec ce fardeau, j'ai entendu la porte se refermer derrière eux. Elle a traversé le hall, elle a monté pesamment les marches qui menaient au premier. J'avais tiré les deux verrous, et je savais qu'elle n'avait pas emporté ses clés. Elle a sonné, je n'ai pas ouvert. Elle est montée chez moi. Elle a sonné et frappé. Elle est redescendue, elle a laissé son doigt sur la sonnette afin de m'assourdir. Je n'ai eu qu'à faire disjoncter le compteur pour que le bruit s'arrête. Elle s'est alors servie de sa voix pour m'intimer l'ordre d'ouvrir. Depuis qu'elle avait retrouvé son fils, elle était à nouveau pleine de hargne et de haine. Je lui ai dit que l'état de mère ne lui valait rien, et que je n'ouvrirais la porte que lorsqu'elle aurait rendu Étienne à son destin.

Seul le choc causé par un abandon définitif pourrait lui donner l'impulsion dont tout enfant a besoin pour plonger dans l'âge adulte. Elle ne pourrait rentrer chez elle que lorsque son fils aurait regagné le bitume. Il devait faire ses preuves, survivre de morceaux de pain déjà mordus et de yaourts surs pêchés dans les poubelles des grandes surfaces. Il surmonterait son dégoût, il finirait par sentir l'eau lui monter à la bouche quand il verrait un bébé jeter à terre son gâteau, ou une jeune femme lancer sa glace dans le ruisseau. Il pourrait survivre sans jamais voler ni spolier quelqu'un du moindre atome. Il aurait sur le chat l'avantage de pouvoir s'adapter à n'importe quelle situation nouvelle. Sur le rat et les insectes, de n'être pas chassé par des brigades d'exterminateurs armées jusqu'aux dents.

Dans la journée, il se laverait le visage aux fontaines Wallace, il mouillerait aussi ses cheveux et ses oreilles. Il se sécherait avec des chutes de tissu qu'il trouverait en abondance dans les poubelles des ateliers de confection du Sentier. Il attendrait la nuit noire pour se laver en entier. Il se mettrait nu devant une prise d'eau, et il aspergerait son corps. L'hiver, il transpirerait peu et il pourrait se laver moins souvent. Il apprendrait à mentir, à s'inventer une nouvelle famille à chaque fois qu'un compatissant s'intéresserait à ses origines. Il se prétendrait fils d'un commerçant de la rue Monsieur-le-Prince, puis il s'inventerait un père coureur cycliste, acteur, chanteur, propriétaire d'une chaîne de télévision. Ou alors, clochard, cambrioleur, parricide, violeur, balayeur, livreur ou représentant de commerce mort en disputant un match de football.

— Ouvre.

— Fous-le dehors.

— Si tu veux.

Elle a descendu les marches avec le gamin. J'ai entendu la porte d'entrée s'ouvrir. Je suis allée à la fenêtre. J'ai vu Christine qui traversait la largeur du trottoir d'un pas ferme. Le gamin la suivait sans qu'elle ait besoin de le tirer par la main. Il s'est assis de lui-même contre le lampadaire. Après de légers baisers, Christine a tourné les talons et elle est remontée me demander de lui ouvrir. Je lui ai dit qu'il fallait que le gamin s'éloigne, qu'il courre droit devant lui et ne s'arrête que lorsqu'il serait perdu.

— Autrement, je n'ouvrirai pas.

— Je vais chercher le double de la clé chez la gardienne.

Elle ne l'avait pas, depuis le jour où je l'avais pris, je n'avais pas cru utile de la lui rendre. Christine est remontée bredouille.

— Ouvre.

— Non.

Elle devait montrer au gamin un point à l'horizon et lui dire de le rattraper sans jamais regarder derrière lui. Il fallait qu'il courre au pas gymnastique, en économisant ses muscles et ses bronches. Il fallait qu'il courre plusieurs heures avant de s'autoriser une courte pause. Si Christine le gardait une nuit de plus, il serait presque impossible par la suite de le rendre à la rue.

— Expédie-le, dis-lui qu'il nous dérange.

Christine est descendue à nouveau. Je l'ai vue montrer au gosse un point vague en direction de l'Odéon. Le gamin a laissé passer une ambulance avant de traverser le boulevard. Il a couru le long des grilles du Luxembourg. Lorsqu'il s'est cru hors de portée de mon regard, il s'est arrêté net. Les mains dans les poches, il s'est promené sous les arbres en attendant que sa mère vienne le chercher.

Christine est remontée.

— Étienne est loin maintenant.

Je lui ai dit que je n'étais pas dupe de cette comédie.

— Quelle comédie ? II court, il court toujours.

Je savais que le gosse dormirait cette nuit dans sa chambre. Christine laisserait parler son instinct de mère. Elle deviendrait la victime de ce petit individu qui lui devait même la vie. Elle tournerait autour d'Étienne comme une bête étourdie d'amour. Elle lui pardonnerait ses erreurs, et elle admirerait sa médiocrité. Elle se flétrirait doucement auprès de lui qui mijoterait dans la fainéantise et la plus complète apathie. Il deviendrait un poids trop lourd pour son budget. Ils seraient obligés de quitter le Ve arrondissement pour cette banlieue où Christine venait de mourir.

En réalité, Christine ne voulait plus assumer ses fonctions de mère. Elle disait que le crâne de cet enfant était étroit au centre, et qu'il ne serait jamais ce fils irréprochable qu'elle avait cru porter pendant sa grossesse. Elle me montrait son travail, et me faisait remarquer les balourdises de son cru qu'il rajoutait au milieu d'un devoir recopié en fraude sur un manuel. Elle lui en voulait de s'être fait prendre par le surveillant, alors qu'au dire du gamin d'autres élèves avaient triché sans qu'on les attrape. Cet enfant était une surcharge qui la vieillissait et lui pompait sa part de bonheur.

Elle essayait de s'en défaire par tous les moyens. Le mettant dehors en pleine nuit avec un casse-croûte pour viatique. L'emmenant en métro dans un quartier reculé et le laissant là, dans le secret espoir que quelqu'un l'adopte ou l'expédie dans un pays où il vaudrait son prix. À chaque fois qu'elle entendait parler d'un couple stérile, elle essayait d'établir un contact pour leur donner son fils. Étienne était trop vieux pour s'habituer à de nouveaux parents, et d'ailleurs personne n'en voulait. Comme en ce temps-là, j'étais encore célibataire, elle essayait de me le donner le plus souvent possible pour que je finisse par m'attacher à lui.

Elle avait même poussé le gosse à installer une échelle de corde liée à la rambarde de la fenêtre de mon salon, pour qu'il n'ait qu'à grimper et frapper à ma vitre. L'été, il entrait sans prévenir par la croisée ouverte. Il gambadait dans l'appartement et sautait sur mon lit où je dormais encore. Ce n'était pas un enfant intéressant, mais à cette époque il était svelte, et c'était une joie pour les passants que de voir ce gosse en caleçon escalader la façade. Je crois que Christine espérait secrètement qu'à force de venir me voir il resterait chez moi. Elle espérait aussi qu'il tomberait et se briserait les vertèbres sur le macadam.

De toute manière, elle pensait que l'enfant ne résisterait pas à l'ouragan de la puberté. Il subirait les transformations de son corps comme autant d'affronts à son être véritable. Il ne pourrait supporter de grandir si vite, et de se voir si haut perché dans le reflet des immeubles profilés. Il serait d'abord plus grand que les vieillards, puis il dépasserait les femmes, et en définitive il surplomberait la plupart des jeunes adultes.

L'échelle de corde ne serait plus à sa taille. Il déciderait alors de tutoyer la façade à mains nues. Il grimperait comme un lézard. Brisant un carreau, il passerait la tête chez les vieux du troisième. Il monterait jusqu'aux combles, pénétrant par un œil-de-bœuf dans la chambre d'une étudiante presque nue. Il aurait peur de ses cris, il se hisserait sur le toit.

Il aurait honte d'avoir grandi, et d'être encore là. Il se déplacerait d'un immeuble à l'autre. À trois rues du boulevard, il glisserait sur un morceau de zinc éblouissant qu'on aurait posé la veille pour réparer une gouttière. Il atteindrait le sol tout près d'une petite fille que sa mère viendrait de gronder pour un gros mot et dont le manteau vert amande serait éclaboussé de sang.

On emmènerait Étienne dans un état critique. Sa mère serait prévenue, elle lui rendrait visite le lendemain. Elle n'éprouverait aucune émotion à voir ce fils mourant au milieu d'appareils et de tubes. L'interne ferait part de sa crainte d'une hémorragie cérébrale qui pouvait survenir à tout instant. Il lui proposerait de tenter l'opération de la dernière chance. Christine refuserait catégoriquement. L'interne la suivrait dans les couloirs pour essayer de l'infléchir, mais elle resterait de glace.

Elle attendrait la mort d'Étienne patiemment. À l'occasion de cet accident, le ministère lui aurait accordé une semaine de vacances et elle serait libre jusqu'au lundi suivant. Le soir, nous nous retrouverions pour dîner ensemble comme autrefois. Je serais chargée des courses, elle s'occuperait de peler les légumes et de préparer le dessert. Nous cuisinerions ensemble le plat de résistance, et nous boirions chaque soir une bouteille de bordeaux. Après le café, nous mettrions de la musique à bas bruit pour être sûres d'entendre la sonnerie du téléphone. Elle retentirait le quatrième jour, alors que nous éparpillerions de la ciboulette dans un bol de crème.

— Son encéphalogramme est plat.

Nous accorderions l'autorisation de prélever tous les organes du gamin. Ensuite, on aurait jamais su exactement à quel usage avait été destiné le reste du corps. À plusieurs reprises, l'hôpital aurait téléphoné et envoyé des lettres. Christine aurait fait la sourde oreille. Au bout d'un mois, elle aurait reçu une sommation d'huissier au terme de laquelle l'hôpital disposerait du corps si elle ne le réclamait pas avant quinze jours. Elle n'aurait pas donné suite à cette affaire.

C'est elle qui lui avait inoculé la manie de grimper le long de la façade à mains nues pour venir me voir. Car l'échelle de corde aurait pu lui servir encore quelques mois, mais dans l'espoir qu'il se fracasse elle s'en était débarrassée. Quand il redescendait, sa mère le guettait et ouvrait brusquement ses volets au moment où il allait prendre appui sur la bordure.

Il se retenait comme il pouvait, et il devait crier pour qu'elle daigne lui laisser un interstice. Quand il rentrait enfin chez lui, Christine était couchée. Il trouvait le réfrigérateur vide, les placards aussi. Tous les vivres de l'appartement étaient dans un sac isotherme attaché au chevet de sa mère. Elle espérait que la malnutrition contribuerait à l'affaiblir et à faire de lui un terrain propice au décès. Elle lui avait offert pour sa fête une anthologie des poètes morts par autolyse, et elle laissait traîner comme par mégarde son petit revolver sur la table du salon.

Malgré le dégoût qu'il m'inspirait, il nous est arrivé de dîner quelquefois avec lui. Pendant tout le repas, Christine tenait des propos désespérés sur l'avenir du monde et l'entièreté de la galaxie. Elle pensait que notre planète était dans l'œil d'un cyclone qui écraserait notre bas monde dans les années à venir. Je me souviens qu'elle racontait aussi que dans ces conditions la mort était préférable à la vie. Elle regardait son fils à la dérobée et lui laissait entendre que s'il disparaissait, elle recevrait sa mort comme une bouffée d'air frais, car elle se sentirait libre d'attenter à ses propres jours sans l'ombre d'un scrupule.

Elle se tournait vers moi, et me demandait ce que j'en pensais. J'admettais que le suicide me tentait souvent. Elle me parlait ensuite de mes parents, en me donnant un coup de pied sous la table. J'étais obligée de mentir. Je racontais au gamin comment ils étaient morts de leur plein gré en se noyant le cœur léger dans la Seine. Christine ajoutait que ses grands-parents avaient choisi l'asphyxie au gaz de ville. Elle disait que si Étienne venait à mourir, nous nous suiciderions toutes les deux sur-le-champ. Le gosse essayait de rire de ces propos extravagants, mais aussitôt elle le calottait et il quittait la table en pleurnichant.

Elle me faisait remarquer que contrairement à ce que je croyais il n'avait pas grandi, et qu'il était encore un galopin imberbe aux poches garnies de caramels. J'étais obligée d'en convenir et d'avouer que je ne comprenais rien au déroulement du temps.

Dès le lendemain, Christine reprenait sa guerre psychologique. Elle découpait des articles de presse sur les suicides d'adolescents ou même d'enfants de son âge. Elle les affichait sur les murs de sa chambre. Elle avait soin d'installer un bol rempli de gélules à côté du petit revolver. Quand elle rentrait du ministère, elle l'obligeait à lire les coupures de journaux et à répéter les passages les plus noirs jusqu'à ce qu'il soit capable de les réciter. Pendant le reste de la soirée, elle ne cessait de faire allusion à la mort. Elle inventait des suicides à son travail et sur le boulevard. Elle lui disait que la fille du pâtissier avec qui il jouait une année plus tôt, s'était fracassé la tête d'un coup sec contre l'angle de la baignoire.

Un soir, avant qu'il s'endorme, elle lui a raconté que je m'étais supprimée, ainsi que la gardienne, et qu'on nous incinérait demain matin. Elle a posé le petit revolver sur son traversin. Ensuite, elle est sortie brusquement de sa chambre, et l'a fermée à clé. Puis, elle a attendu, l'oreille collée contre la porte, le bruit d'une détonation qui n'est jamais venue.

Un jour, elle a pris tous les vêtements d'Étienne et les a donnés au teinturier. Il les lui a rendus noirs, des chemises aux pull-overs, des slips aux chaussettes, aux pantalons et aux pyjamas. Elle pensait que le moral de l'enfant boirait avidement la couleur de son apparence. Mais le gamin gardait un moral d'acier, malgré les quolibets de ses camarades d'école et l'air désolé qu'il se trouvait en se reflétant dans les vitrines des magasins. En définitive, il s'est mis à jouer de ses habits noirs comme d'une panoplie, il roulait des épaules et à la récréation plus personne n'osait se moquer de lui.

Christine était déboussolée, elle ne savait plus comment pousser son fils. Il lui semblait à présent qu'il ne prendrait jamais la moindre initiative et qu'un jour il lui survivrait. Cette pensée lui était insupportable. Elle n'admettait pas que ce gosse qu'elle avait produit puisse un jour la voir mourir, et la narguer du haut de son espérance de vie encore longue. Elle voulait qu'il parte avant elle, elle était prête à tout pour lui survivre. À plusieurs reprises, elle m'a demandé de l'aider à exécuter le gosse et à lui raboter le visage afin de rendre impossible son identification.

Pourtant naguère, elle l'avait aimé, choyé, dorloté. Mais un matin que l'enfant malade était venu vomir dans son lit, elle s'était rendu compte soudain qu'il la dégoûtait et qu'elle ne l'aimait plus. La seule idée d'un contact physique avec ce personnage lui donnait une nausée opiniâtre. Il lui est devenu difficile de l'embrasser, ou de lui tenir la main. Elle éprouvait un malaise même en le voyant de loin ou sur une photo.

Elle aurait accepté qu'on lui coupe un bras, une jambe, les quatre membres, à condition qu'on tue son enfant. Elle préférait vivre sur un fauteuil roulant jusqu'à la fin de sa vie, plutôt que de voir Étienne croître, profiter de l'existence et survivre à sa disparition. Parfois, désemparée, elle mettait le petit revolver contre sa propre tempe pour sentir par opposition à la mort si proche, une sorte de goût pour la vie. Mais elle refusait son propre suicide qui aurait sacré son fils vainqueur sans partage dans le combat qu'elle menait contre lui. Imaginer le gamin suivre son cercueil lui enlevait tout désir de mourir un jour.

Elle achetait des manuels de nosologie, et lisait à haute voix les noms et les symptômes des maladies mortelles. Elle rêvait qu'Étienne meure en quelques jours d'un cancer rare et fatal. Elle pensait même que certaines formes de tuberculose pourraient le tuer, quoique plus lentement, et à condition d'être mal soignées. Elle aurait aimé qu'il contracte une bonne appendicite. Elle aurait donné au gosse des bains chauds et des médicaments contre la douleur. Elle serait allée jusqu'à forcer son naturel et à l'abrutir de tendresse et de mots gentils pour qu'il ne crie pas et supporte la péritonite qui finirait par s'installer. Elle le câlinerait d'autant plus que la souffrance deviendrait fulgurante. Elle n'appellerait un médecin que lorsqu'il serait mort. On l'inculperait peut-être, mais on ne pourrait l'accuser de l'avoir tué. Elle écoperait d'un non-lieu ou de quelques mois de prison avec sursis.

Un soir, elle a annoncé au gosse que son orthographe étant détestable elle l'obligerait dorénavant à une dictée quotidienne. Dès le lendemain, elle lui a donné un cahier neuf et lui a intimé l'ordre d'inscrire Journal Intime sur la couverture. Le gamin a demandé pourquoi.

— Écris.

Sur la page d'ouverture, il a dû inscrire la date.

Puis, elle lui a dicté un texte qu'elle avait ruminé dans l'après-midi au ministère. À la première personne, un garçon du boulevard St-Michel confessait son désespoir d'être toujours vivant malgré sa préférence pour la mort. Il comparait son corps à un cercueil mouvant qui contenait son être prisonnier comme une petite bille dans un grelot. Il terminait en souhaitant que cette nuit il ait le courage de se tirer une balle dans la tête avec le petit revolver qu'il avait pris dans les affaires de sa maman. Étienne tremblait, mais il écrivait tout ce que Christine lui dictait.

Le lendemain soir, il a fui dans sa chambre à la seule vue du cahier grand ouvert sur la table. Sa mère l'a rattrapé et assis devant la page blanche. Il a dû écrire qu'il se trouvait lâche de n'avoir pas osé appuyer sur la détente. Il regrettait ce geste absent qui prolongeait inutilement son calvaire. Il espérait qu'il aurait bientôt la décence de quitter la vie avant de se voir contraint de quitter l'enfance. Il avait assez souffert pour refuser de supporter l'âge adulte, puis la vieillesse et la mort devenue une obligation à laquelle on ne peut plus se soustraire. Cette nuit serait l'ultime, et ces mots seraient les derniers qu'il tracerait de sa main déjà usée par les interrogations écrites et les devoirs. L'écriture d'Étienne tremblait, mais elle restait lisible.

Durant un mois, il dut écrire des pages de plus en plus sombres. Les derniers temps, il achevait chaque prestation par une même profession de foi que sa mère l'obligeait à calligraphier avec soin.

— Je jure de mourir.

Le gosse devait s'appliquer et écrire la sentence deux fois afin que son dessein ne fasse aucun doute pour l'officier de police venu enquêter sur son suicide à l'arme de poing.

Le dernier jour Christine l'a embrassé et, serrant le cahier sur sa poitrine, elle lui a dit qu'il avait fait de réels progrès et qu'elle ne voyait plus la nécessité de lui infliger ces dictées à l'avenir. Elle s'engageait en outre à ne plus jamais lui faire le moindre reproche et à lui acheter tout ce qu'il voudrait.

— Tu entends?

Elle était d'accord pour lui faire tous les cadeaux qu'elle lui avait refusés depuis Noël. Elle s'est engagée aussi à lui offrir un voyage aux États-Unis, un safari au Kenya, et le passage du Cap Horn en bateau à voile. Elle a ouvert son sac à main, et elle en a sorti une enveloppe pleine de billets. Sans les compter, elle les a enfournés dans les poches du gosse dont le visage était blanc comme neige et tout le corps figé par l'horreur.

— Et maintenant, je vais te faire un gâteau.

Elle l'a emmené à la cuisine. Il est resté immobile devant la fenêtre. Il regardait sa mère. Elle avait sorti des œufs, de la farine, du lait, du sucre et de la fleur d'oranger. Elle maniait ces ingrédients avec frénésie dans un grand saladier en verre. Elle lui disait qu'il serait le seul à en manger. S'il le voulait, il pouvait même avaler un peu de pâte.

— Ouvre la bouche.

Il l'a ouverte.

— Plus grand.

Elle l'a garnie. Elle lui a demandé de mâcher. Il a remué ses mandibules. Christine continuait à pétrir le reste de la pâte avec acharnement. Elle avait allumé le four, elle en ouvrait souvent la porte en disant qu'il était bien assez chaud. Elle était enjouée, elle avait même des petites crises de rire quand elle regardait son fils en train d'avaler stupidement sa bouchée.

Elle a mis le gâteau au four.

— Et voilà.

Elle s'est assise sur un tabouret. Elle ne quittait pas son fils des yeux. Elle se demandait si elle aurait le courage d'utiliser l'arme. Elle aurait prié le premier dieu venu s'il lui avait promis son aide. Elle serait devenue pieuse si Étienne avait succombé grâce à lui.

Le gâteau a été carbonisé. Elle a essayé de le démouler, mais il adhérait trop au récipient. Pour éviter qu'il se brûle, elle l'a entouré d'un torchon mouillé avant de le donner au gamin. Il a gratté de son mieux avec une fourchette l'épaisse couche noire qui recouvrait la pâte encore molle et à moitié crue. Il n'avait jamais eu si peu faim de sa vie, il grattait afin de gagner du temps, et reculer l'échéance. Il regardait les bords du moule, il se comparait au gâteau brûlé. Comme lui, il était cerné et il brûlerait cette nuit même. Le cercueil serait son dernier moule et le caveau son four.

— Mange, mon chéri.

Ces mots l'effrayaient, ils étaient comme une invite à monter sur le tapis roulant de l'abattoir. Il fallait qu'il mange, puis qu'il se lave les dents, qu'il se couche, qu'il s'endorme et qu'il sente dans son sommeil comme un cliquetis. Il serait déjà mort lorsque le bruit de la déflagration atteindrait le nerf auditif.

— Mange, dépêche-toi.

Il a pris une grande bouffée d'air. Il a resserré son être, puis il l'a laissé se détendre comme un ressort et il a jeté le gâteau en direction de Christine assise devant la cuisinière. Ensuite, il a couru s'enfermer dans sa chambre.

Sa mère ne l'a pas poursuivi. Elle a attendu son heure dans l'entrée, montant la garde pour l'empêcher de fuir. Il comprenait qu'il n'avait plus rien à espérer. Elle disposait de tout son temps, il valait mieux lui ouvrir tout de suite.

— Maman.

Elle lui a souri en pénétrant dans la pièce.

— Mets ton pyjama.

Il s'est assis sur le bord du lit. Il a enlevé ses chaussures, il s'est déshabillé. Il la regardait, en essayant de déchiffrer son visage.

— Couche-toi et dors.

— J'ai pas sommeil.

Elle lui a dit qu'au contraire il avait une envie incontrôlable de s'endormir. Il a prétendu qu'il était encore trop tôt.

— Je dormirai plus tard.

Christine lui a expliqué qu'il était beaucoup plus tard qu'il le pensait.

— Il est minuit.

— Il fait encore jour.

Elle lui a dit que c'était presque l'été, que les jours s'allongeaient démesurément et qu'on ne voyait pour ainsi dire plus la nuit. L'enfant essayait de lui échapper, mais Christine le plaquait contre le matelas de toutes ses forces. Il avançait sa tête pour mordre son corsage et tirer dessus jusqu'à la déstabiliser. Mais elle était plus forte que lui. Elle l'empêchait de remuer, à part les jambes qui bougeaient dans le vide comme les pattes d'un insecte.

Christine savait qu'il finirait par se calmer et s'endormir. Il suffisait de lui mettre des baisers sur le visage, de frotter doucement sa joue contre la sienne pour tromper sa méfiance et qu'il s'endorme du sommeil le plus lourd, le plus profond qui soit. Étienne luttait, mais déjà ses jambes ne bougeaient plus. Il sentait que le sommeil montait en lui, qu'il n'était plus qu'un point de conscience qui s'étiolait, qui parvenait à se gonfler à nouveau l'espace d'un instant, mais qui aussitôt après se retrouvait encore plus rétréci.

— Endors-toi, mon amour.

La voix de sa mère n'avait jamais été aussi douce, aussi chaude. Malgré lui, il savourait cette voix au goût de sucre. Il n'avait pas besoin de téter sa génitrice, elle entrait en lui, il n'avait qu'à la laisser couler. Il n'avait jamais été aussi heureux.

— Dors.

Il s'est endormi.

Le lendemain Christine m'a réveillée à sept heures du matin. Elle m'a dit que son fils était raide dans son lit.

— Raide et froid.

Elle n'avait pas osé allumer sa lampe, mais elle avait senti quelque chose de moite, de gluant sur sa tempe. Elle voulait que je vienne, que je voie par moi-même, que je puisse témoigner en connaissance de cause. Je savais que Christine était lasse de son fils et qu'elle souhaitait sa mort. J'ai compris donc à demi-mot qu'elle l'avait tué dans la nuit.

Je suis descendue chez elle, j'ai allumé la lumière. Les jambes étaient encore repliées comme celles d'un gosse assoupi. La main gauche tenait le petit revolver, la main droite le Journal Intime. Ses yeux étaient fermés, sa bouche bâillait déjà. La balle tirée à bout portant l'avait tué de justesse. Le canon avait dû glisser, sur une longueur de cinq ou six centimètres elle avait arraché un demi-cône de cuir chevelu, d'os et de cortex. Il y avait une certaine épaisseur de sang séché recouverte du sang qui avait continué à suinter après la mort de l'enfant. Dans un coin de la chambre se trouvait l'oreiller dont elle s'était servie pour amortir le bruit de la détonation.

J'avais pourtant entendu le coup partir. J'étais sortie sur le palier, mais j'avais attendu en vain qu'une autre porte s'ouvre. Les habitants de l'immeuble ont prétendu plus tard qu'ils avaient cru à un raté de moteur sur le boulevard ou à un coup de tonnerre impromptu.

J'avais une certaine réticence à dénoncer ma meilleure amie. Malgré tout, à midi elle était déjà placée en garde à vue. Elle a avoué. Loin de l'innocenter, les dictées qu'elle avait infligées à son fils, lui ont été retenues à charge.

Le jour où un enfant est mort du diabète pendant un cours d'espagnol, Étienne a été renvoyé. On a téléphoné à Christine au ministère, et on lui a demandé de venir immédiatement le chercher.

Elle a essayé de connaître la raison de cette exclusion. On lui a répondu que son fils sécrétait un venin qui contaminait toute l'école.

Elle a trouvé une excuse et quitté son bureau. Dehors, elle a été prise de vertige, la rue montait à elle comme une odeur, avec la chair et l'os des Parisiens et des touristes, le verre des pare-brise, des vitrines, des fenêtres, les pierres des immeubles et de la rue, le goudron et les lampions des feux rouges. Elle ne comprenait plus le rapport qui l'unissait à cette forme de vie qui l'encerclait. Elle aurait aimé pouvoir rester éternellement sur le point d'être, sans jamais basculer dans la réalité telle qu'elle l'appréhendait ce matin-là.

Elle laissait marcher ses jambes, battre son

cœur et son cerveau penser. Elle n'avait pas le pouvoir de se suspendre au-dessus de la journée dans laquelle elle avait pénétré au réveil. Elle devait accepter de marcher, de peser de tout son poids sur le trottoir. Elle voyait la bouche de métro. Elle était déjà sur le quai. Elle avait un changement à Montparnasse. Elle est sortie à Denfert-Rochereau. Il fallait qu'elle marche à nouveau pour arriver jusqu'à l'école.

Elle pensait à son fils. Elle l'aimait davantage que le reste du monde, mais elle n'aimait pas le reste du monde. Elle se serait passée de tout, puis de lui. Dans cet ordre, Étienne ne lui manquerait pas. Elle voulait être un point de vie sans activité, quelque chose de si peu concret qu'aucune réalité ne pourrait l'accepter. Elle voulait mourir, mais elle préférait s'inventer une porte de sortie moins effrayante que le vase clos du catafalque. Elle devait penser à son fils pour dissiper cette humeur noire dans laquelle elle flottait comme enrobée d'un nuage qui la précédait où qu'elle aille.

On guettait sa venue. On a ouvert une porte, on a fait sortir Étienne le premier. Il a rencontré sa mère au centre de la cour, elle l'a embrassé. On l'a tirée par la manche de son manteau pour qu'elle cesse ces baisers. On lui a répété que le gosse était renvoyé, on lui a donné un lourd dossier où toutes les notes qu'il avait obtenues depuis sa naissance étaient consignées.

On lui a souhaité bonne chance dans l'éducation de cet enfant. On ne les retenait pas plus longtemps, on préférait qu'ils s'en aillent tout de suite. On craignait que les élèves les regardent par les carreaux et que ce divertissement perturbe le déroulement des cours.

Elle a quitté l'établissement avec l'enfant. Elle avait l'impression d'avoir un petit amant au bout de la main. Elle aurait voulu se frotter contre lui dans l'intimité de sa chambre. Elle n'aurait pas pu avoir de rapport sexuel, mais elle aurait eu la certitude de communiquer avec quelqu'un. Il lui semblait qu'Étienne était le seul être qu'elle puisse éprouver comme un semblable. Aucun homme n'était passé en elle tout entier, Étienne était le seul à l'avoir connue de l'intérieur.

Étienne était l'homme de sa vie. Elle n'en avait jamais eu aucun autre. Elle se sentait pleine de lui. Dix ans après sa naissance, elle le portait encore. Mais elle n'en subissait plus le poids, ni l'encombrement. C'était mieux encore que l'avoir sur soi dans une poche obscure, il était là, devant elle, il marchait dans le petit soleil du jour maussade. Elle pouvait tourner autour de lui, voir sa tête nue, son corps vêtu de bleu et de vert. Elle le voyait déplié dans l'espace. Et il était déployé dans le temps, elle serait toujours plus vieille que lui, elle avait la joie de savoir qu'elle ne le verrait jamais mourir. Tant qu'elle vivrait, il ne serait jamais vieux. Il était pour elle une joie en mouvement, l'extase tangible de vivre, de se croire dans une fissure d'éternité. Elle ne doutait plus des rues et des voitures, elle acceptait le métal, les pierres, les vitres et le ciment. Elle soufflait sur le reste du monde comme si c'était une petite flamme à portée de sa bouche.

Elle a posé sa main sur le crâne du gosse. Elle tenait son cerveau entre ses doigts, comme s'il allait se laisser absorber et monter à sa tête qui le porterait dans ses cellules comme autrefois elle le portait dans son ventre.

Ils sont arrivés boulevard St-Michel. Christine est allée s'étendre sur son lit. Étienne est resté dans sa chambre, s'amusant à aiguiser la lame d'un petit couteau de cuisine qu'il avait dérobé la veille à la cantine. Il espérait qu'aucune autre école ne voudrait plus de lui, et que sa mère serait obligée de lui accorder des vacances éternelles.

Il avait tant de haine envers sa mère, qu'il aurait voulu en avoir plusieurs pour profiter du plaisir de les tuer l'une après l'autre.

Il se souvenait que ce grand corps lui avait toujours été désagréable au toucher. Cette mère sentait la savonnette, le lait, le parfum. Elle était moelleuse comme une pâtisserie, il fallait mordre dedans pour la goûter. Il l'avait mordue à plusieurs reprises, à chaque fois il lui avait trouvé un arrière-goût de sang qui l'avait déçu. À présent, il lui suffisait de toucher un morceau de peau maternelle pour éprouver un haut-le-cœur et l'envie irrépressible de la supprimer.

Il aurait voulu pénétrer dans sa chambre un matin, allumer brusquement l'électricité et lui tirer une rafale de fusil mitrailleur dont les impacts auraient produit de petites taches rondes et rouges sur les draps. Ensuite, il m'aurait appelée et nous aurions débité le corps de Christine en morceaux assez menus que nous aurions fait disparaître un à un dans les toilettes. Nous aurions attendu un quart d'heure entre les chasses d'eau, afin de ne pas intriguer les voisins par un usage trop rapproché.

Il nous faudrait plusieurs jours pour l'évacuer tout entier, mais son corps éparpillé dans les égouts serait impossible à reconstituer. Nous aurions soin de trancher son visage en long, en large et en profondeur. Nous jetterions la moitié de son nez le premier jour, ses cheveux et l'œil droit le deuxième, la lèvre supérieure le troisième, et ainsi de suite jusqu'à l'épuisement complet de sa tête. Nous viderions le tronc de ses viscères, nous pilerions l'ossature à coups de marteau. Christine quitterait l'immeuble par la conduite d'évacuation réglementaire. On la déclarerait disparue au commissariat du Ve, et les recherches seraient suspendues sans avoir abouti.

Étienne se rêvait orphelin et libre d'utiliser l'appartement à sa guise. Il enlèverait la porte d'entrée, et ce serait un flot continu d'hommes et de femmes égarés qui viendraient échouer chez lui. Quand tout le monde se serait endormi, le gamin étranglerait une fille qu'il aurait envie de déshabiller à son aise pour examiner son corps. Puis, il commencerait à mitrailler les amalgames de dormeurs mal définis dans l'obscurité à peine contredite par la lumière des lampadaires du boulevard qui s'insinuerait à travers les vitres jusqu'au plus profond des pièces.

Il aimait voir les survivants se traîner à ses pieds, il aimait achever, il trouvait que les plaies dégageaient une odeur agréable. Il aimait les agrandir, il aimait que le blessé le remercie de le torturer sans lui ôter la vie. Il jetait des grenades sur les vivants et les morts. Il aimait que les corps éclatent, qu'ils fassent sur les murs comme des fresques.

Il aimait tuer, il aimait que derrière lui rien ne respire, et que le sang n'irrigue plus que le sol. Il jetait tant de grenades dans l'appartement que les planchers cédaient, les morts tombaient jusque dans l'entrée et dans la loge de la gardienne.

J'étais déçue que ces tueries soient à ce point circonscrites. J'aurais voulu que tout le sang de Paris coule à flot dans les caniveaux, dans la Seine et les galeries du métro. J'aurais voulu d'une ville morte et bouillonnante de vies perdues. Ce serait mon enfant, ce monstre rouge fabriqué avec le sang des autres. Je pourrais entendre battre son cœur en collant mon oreille aux plaques d'égout. Je le verrais jaillir des fontaines, je pourrais m'étendre dans le bassin central et me laisser submerger.

Christine avait tout de suite oublié le renvoi de son fils. Il était à peine midi et elle ne s'en souvenait plus. Elle se sentait si bien avec lui, chez elle, pendant les heures de bureau. Il lui semblait que le quotidien était suspendu, et qu'elle vivait un moment qui n'appartenait ni aux vacances ni aux jours fériés. C'était un moment sans attaches, un moment inutile, superflu, dont elle pouvait faire un usage abusif. Elle ne comprenait pas toute sa pensée, mais elle en approuvait la moindre clause. Elle ne s'était jamais sentie si proche d'Étienne, elle glissait vers lui, en pente raide, chauffée par des années d'abstinence.

Elle éprouvait l'envie de se serrer contre son petit corps, de lui prendre son haleine en l'aspirant comme les effluves d'un parfum, de gober pour un instant son nez et ses oreilles. Elle l'aurait mouillé d'elle, son visage aurait lui d'une pellicule de salive. Elle l'aurait déshabillé avec les mêmes gestes qu'elle avait lorsqu'elle le langeait. Elle serait son éponge, sa douche, son coton. Elle le lécherait depuis le cou jusqu'à la terminaison des orteils. Puis, elle lui soufflerait dessus pour le sécher.

Elle passerait la nuit entière blottie contre lui.

Ils s'endormiraient d'un commun sommeil, traversant ensemble les mêmes rêves, débouchant dans les mêmes zones obscures, se laissant éblouir par les mêmes soleils, et puis de cycle en cycle atteignant l'heure des premiers bus, des voitures dont les moteurs trop froids refusent de démarrer avec l'entêtement des ânes. Ils se réveilleraient.

Étienne était allongé sur son lit. Il ne lâchait pas le manche de son couteau. À la moindre attaque, son bras provoquerait l'intrusion de la lame dans la chair de sa mère. Il n'avait jamais tué personne, il se demandait si tout le sang s'échappait d'un seul coup ou s'il tombait goutte à goutte de la plaie comme la fin d'un pipi de fillette.

Il ne se vanterait pas de son crime, les enfants qui tuaient devaient se taire. Ils perpétraient dans l'ombre, à l'abri de leur physionomie de gamin sage. Ils se servaient de leur apparence anodine pour commettre les assassinats les plus audacieux. Ils n'hésitaient pas à se couler par le moindre vasistas, à ramper dans des courettes infâmes, à se hisser le long de tuyaux fréquentés par les araignées, à s'agripper à des cordes à linge pour traverser le vide et pénétrer dans des chambres où dormaient des vendeuses, des domestiques, des vieilles femmes, à s'approcher d'elles pour les étrangler avec un câble, ou leur tirer une balle dans la carotide. Ensuite, le gosse redescendait tranquillement par l'escalier de service. Personne ne se souviendrait jamais avoir vu un humain aussi petit et en apparence aussi impropre à l'assassinat.

Étienne était sûr que beaucoup d'enfants de son âge avaient abordé le meurtre depuis longtemps. À l'heure où il était mollement installé sur son lit, des gosses de dix ans étaient en train de commettre leur dix-septième crime. Ils tuaient jusqu'à huit personnes pendant leurs vacances d'été. Ils n'hésitaient pas à s'en prendre aux autres enfants, à les attirer dans des criques pour les noyer, au milieu d'une forêt pour les clouer à un arbre et les flamber, dans une carrière désaffectée pour les pousser dans un trou profond et les emmurer vivants. Parfois, ils s'attaquaient à une colonie qu'ils décimaient en se promenant dans les dortoirs avec une carabine à canon scié.

Les gosses les plus doués commençaient à tuer dès l'âge de cinq ans. Ils avaient besoin des conseils d'un gamin chevronné pour accomplir leurs premiers forfaits, mais très vite ils volaient de leurs propres ailes. Ils prenaient pour cibles des êtres faibles, ils savaient d'instinct l'endroit qu'il fallait agresser pour que la vie s'interrompe. Ils passaient leurs mains minuscules le long du cou, et même parfois le long de la cuisse à la recherche de l'artère fémorale. Ils n'avaient aucune pitié, aucune haine, ils agissaient par désœuvrement. Ils laissaient derrière eux des cadavres sobrement assassinés qui ne comportaient ni fioritures ni plaies superfétatoires.

Dès l'âge de quatre ans, ils s'attaquaient aux tout petits. Ils provoquaient leur mort en s'asseyant sur leur visage le temps d'un étouffement. Ils laissaient le cadavre derrière eux, et ils retournaient à leurs jouets. Ils aimaient ces bêtises macabres, mais indécelables, qui ne seraient jamais punies. Les adultes faisaient disparaître le corps sans même leur en parler. Plus tard, ils se souvenaient vaguement des meurtres qu'ils avaient commis, mais ils ne savaient plus s'ils faisaient partie de leur passé ou de leur imagination.

Étienne aurait voulu pouvoir s'exercer sur un chien, ou n'importe quel autre animal qu'il puisse sacrifier avant de s'en prendre à l'espèce humaine. Il ne se souvenait plus si Ric était mort, ou si nous ne devions le jeter aux ordures que plusieurs mois plus tard. Il a ouvert la fenêtre, il y avait des pigeons qui roucoulaient sur la corniche. Il a fait un petit bruit entre ses dents pour attirer leur attention. Deux d'entre eux ont tourné la tête vers lui, mais aucun ne s'est approché.

Il aurait fallu qu'il répande des miettes de biscuit sur le rebord de la fenêtre. Ils se seraient pressés vers la pâture, et il aurait pu en embrocher un. Le volatile aurait battu des ailes et il serait mort sans avoir repris son envol. Étienne aurait savonné le couteau sanglant. Il aurait roulé le pigeon dans un vieux tee-shirt qu'il aurait caché dans sa chambre et qu'il aurait oublié malgré l'odeur de pourriture, dont sa mère attribuerait l'origine à la saleté du gosse qu'elle baignerait matin et soir sans parvenir à purifier l'atmosphère. Par la suite, l'odeur se mêlerait au fumet général de l'appartement et il deviendrait impossible de la distinguer.

Christine avait pris deux bains sans parvenir à calmer son ardeur de mère. Quand Étienne était bébé, elle avait l'habitude de le prendre avec elle dans la baignoire. Il riait, tirait sur ses cheveux, ses seins, ou il s'arrimait à sa jambe en poussant des cris. Le dernier bain qu'ils avaient pris ensemble remontait à plusieurs années. Et maintenant elle avait de nouveau envie de se retrouver face à lui dans l'eau chaude. Elle rêvait que le gamin nu ouvre la porte et saute dans la baignoire. Elle l'aurait grondé d'avoir surgi dans une eau qui n'était pas la sienne, puis elle l'aurait enlacé. Il aurait frotté son pénis contre sa pilosité. Ce mouvement sans malice aurait mis à dure épreuve sa conscience de mère. Il aurait fallu qu'elle laisse le temps à la honte de monter en elle et de submerger le désir qu'elle aurait de lui. Elle se serait levée, provoquant un débordement. Elle aurait enjambé la baignoire, elle aurait fui la salle de bains. Elle serait allée se coucher toute mouillée dans son lit. Elle aurait fermé les yeux et les aurait écrasés avec ses mains jusqu'à ne plus percevoir la moindre trace de lumière extérieure. Elle utiliserait en même temps ses pouces afin de se boucher les oreilles, et de ne plus entendre la voix d'Étienne l'appeler à tue-tête, nu et joyeux dans la baignoire qu'elle viendrait juste de déserter.

Elle avait vidé la baignoire, elle aurait dû la remplir à nouveau pour mettre encore en danger la pureté de ses sentiments maternels. Cette fois au bout de quelques minutes, elle se serait traînée hors de l'eau, laissant sa trace humide jusqu'à la chambre de l'enfant. Il aurait poussé un cri de terreur en voyant ce grand corps aux seins pendants, au visage comme une proue dégouttante de cheveux trempés et de rigoles de fard dissous. Il aurait eu l'impression que sa mère changeait d'espèce, et qu'une toison épaisse était en train de lui pousser sur le dos, le poitrail, les pattes et même les oreilles et la gueule.

Il l'aurait dressée à l'attaque, il s'en serait servie pour tuer les passants de minuit qui promènent en pantoufles leur caniche nain autour des kiosques, ou leur cocker devant le portail du Luxembourg. Elle sauterait à la gorge de ses victimes, elle ne les lâcherait que lorsqu'elles donneraient d'indubitables signes de mort. Elle saurait reconnaître le mourant du cadavre, et opérer la transmutation nécessaire. Elle aurait l'estomac gonflé, et le sang dégoulinerait de ses babines. Elle prendrait goût à ce genre de repas, et bientôt elle n'en voudrait plus d'autre. Elle aboierait sans fin, mordrait Étienne aux talons pour qu'il l'emmène tuer sur le boulevard. Il s'accroupirait devant elle, lui caresserait les flancs et essaierait de lui expliquer qu'il fallait attendre la nuit.

— Autrement, on nous arrêtera et la fourrière te gazera.

Mais elle ne comprenait pas. Elle donnait de grands coups de langue au visage de son maître, puis elle courait jusqu'à la porte et aboyait pour se faire ouvrir.

— Maman, tais-toi.

Mais elle continuait à ameuter la cantonade. Elle faisait de grands sauts pour essayer d'actionner la poignée et la clé à moitié tournée dans la serrure.

— Couchée.

Elle ne voulait rien entendre. Il était obligé de la frapper de toutes ses forces pour la calmer. Après chaque correction, elle restait paisible pendant un moment. Puis, elle commençait par marcher du bout des pattes vers la porte, et si Étienne ne la sanctionnait pas sur-le-champ, elle faisait à nouveau du tapage.

Il ne la descendait jamais avant vingt-trois heures. Elle se soulageait d'ordinaire dans la cuvette des toilettes, mais il lui arrivait aussi d'imiter les autres chiens et de s'exécuter pendant la promenade. Il la tenait par son collier pour l'empêcher de sauter à la gorge du premier venu, alors qu'ils se trouvaient à découvert. Il l'emmenait plus haut sur le boulevard, là où l'éclairage devient chiche. Dès qu'elle apercevait au loin la silhouette d'une victime, Christine se mettait à grogner si fort qu'Étienne était contraint de lui donner des coups de pied pour qu'elle n'effraie pas l'homme de taille moyenne aux cheveux courts qui s'avançait précédé par son chien de salon. Lorsque l'individu n'était plus qu'à deux ou trois mètres, Étienne lâchait sa mère. Au premier coup de dent, elle lui entamait la gorge et il succombait. Parfois le petit chien du passant s'interposait, et Christine lui brisait les reins.

Étienne se piquait au jeu. Il promenait Christine toute la nuit dans les avenues et les rues désertes. Avant de rentrer, l'enfant la débarbouillait de son mieux. Il craignait que le sang attire l'attention des forces de police qui depuis les premiers meurtres sillonnaient bruyamment la capitale chaque nuit. Quand il apercevait un gyrophare, il cachait sa mère entre deux voitures et il marchait d'un pas pressé en mâchonnant un petit cigare. Jamais encore on ne l'avait interpellé. Avec son imperméable taillé dans une vieille gabardine de son père et son chapeau mou volé chez un fripier, il ressemblait à un petit monsieur qui regagne son hôtel meublé après un mauvais dîner et une triste passe au fond d'un couloir. Les policiers passaient sirène hurlante sans le voir, ou alors ils ralentissaient, lui jetant des quolibets et des insultes que le gamin gobait sans y répondre de peur que sa voix de môme le trahisse.

Sitôt à la maison, il se couchait dans le grand lit de Christine et s'endormait d'un sommeil de plomb. Lourde du sang qu'elle avait bu, sa mère avait parfois du mal à sauter et à s'installer auprès de lui, la truffe contre son visage. Car elle aimait l'odeur du gamin qu'elle respirait avec délice.

Ils se réveillaient en début d'après-midi. Étienne buvait du lait et grignotait des céréales sur la petite table de la cuisine. Il lui mettait un peu de charcuterie et de viande surgelée dans son écuelle, mais elle n'y touchait jamais. Elle le regardait manger avec des yeux scintillants de tristesse. Il avait beau la caresser, la promener devant la fenêtre ouverte, ou lui parler de Ric, son coreligionnaire si peu amène qui s'était pendu dans ma salle de bains, ou même lui enfoncer dans la gueule une tranche de jambon, rien ne pouvait la sortir de sa mélancolie.

Dès que la nuit tombait, elle recouvrait soudain sa vigueur et son appétit d'exister. Elle courait dans tout l'appartement, la langue pendante, renversant les meubles et aboyant devant la porte.

Les cadavres s'accumulaient dans tous les recoins de la capitale. On commençait même à en retrouver dans la petite banlieue. Les médias ratissaient la ville, tous feux éteints, pour surprendre l'assassin dans l'ombre épaisse où il pratiquait sa manie. Ils percutaient parfois les cars de police qui bouchaient l'accès d'une rue suspecte ou d'une impasse sous haute surveillance. Aucune victime n'avait survécu à l'égorgement, on ne disposait d'aucun témoignage.

Après plus d'un mois de meurtres, à raison parfois de trois assassinats en l'espace d'une seule nuit, Étienne a commencé à trouver lassant de promener sa mère à une heure où il aurait préféré dormir seul dans le grand lit en la laissant attachée dans un coin de l'appartement. Chaque soir, il lui signifiait que cette promenade serait la dernière. Mais le lendemain il lui cédait, et il l'emmenait à nouveau tuer dans Paris. La police était omniprésente, chaque crime devenait une gageure qui faisait trembler l'enfant. Il voyait déjà sa mère abattue sur place, et lui-même enfermé jusqu'à sa majorité. Il essayait de la raisonner, mais elle ne l'écoutait pas et lui montrait même parfois les crocs.

— Maman.

Elle ne réagissait plus quand il l'appelait par son nom. Elle n'avait plus aucune affection pour lui, même pas celle qu'un animal doit à son maître. Le gosse pleurait seul dans sa chambre, il prenait conscience de l'immensité de sa solitude. Il aurait voulu se confier à une personne humaine, mais il n'en connaissait plus. Il serait venu me voir, mais il redoutait que je le donne à la police. Alors, il s'enfouissait sous une épaisseur de couvertures, et il se chuchotait des mots afin de se donner l'illusion qu'il conversait avec un être vivant, loin de sa mère et de ses victimes. Lorsqu'il avait trop chaud, il pratiquait une petite ouverture dans son nid et il l'agrandissait lentement. Il voyait Christine qui guettait ses faits et gestes en soufflant.

— Maman ? Maman ?

Mais elle continuait à le regarder impassible, sans lui témoigner le moindre signe de tendresse. Elle le surveillait, elle redoutait qu'il disparaisse comme dans une malle à secret. Elle n'avait plus qu'une intelligence de bête, son cerveau d'humaine s'était en partie résorbé et transformé en encéphale de chien qui croit à n'importe quel leurre et ne doute pas qu'on puisse se perdre à jamais sous quelques couvertures.

Un jour, Étienne lui a demandé de donner la patte.

Elle ne l'a pas donnée. Elle a reculé, de crainte que l'enfant la caresse. Étienne l'a poursuivie. Il l'a prise par la queue pour l'empêcher d'avancer. La bête s'est mise à grogner et à tourner en rond. Étienne riait de bon cœur. Mais au bout d'un moment, il a lâché prise et il est tombé par terre. Libérée, Christine a planté ses crocs dans le cou du gamin. Il a continué à rire tandis que sa mère le vidait avec le même appétit que s'il avait été un vulgaire noctambule. Puis elle a abandonné sa dépouille, et elle s'est avachie afin de cuver son sang.

Dès la nuit venue, elle s'est postée devant la porte et a aboyé pour qu'elle s'ouvre. Ensuite, elle a aboyé devant le corps de l'enfant. Elle était désorientée, il n'avait plus la même odeur. Elle lui a donné trois coups de langue sur le visage et elle ne lui a pas trouvé le même goût. Elle l'a traîné quand même devant la porte, et a attendu de nouveau qu'elle s'ouvre. Elle ne pouvait admettre que l'obscurité additionnée à Étienne et à la porte ne produise pas le miracle de toutes les autres nuits. Elle était sûre qu'elle allait sortir. Elle ne rentrerait qu'au petit matin, les yeux dans le vague, le ventre plein, heureuse de pouvoir s'endormir sur le grand lit, ivre de sang, bien à l'abri de l'averse qui tomberait peut-être à l'aube sur Paris.

Mais la porte demeurait close, et Étienne ne bougeait pas. Christine a aboyé encore pour le réveiller, et comme il ne bronchait pas davantage elle a aboyé à nouveau contre la porte. Elle était perdue. Elle a continué à s'en prendre alternativement au gosse et à la porte. Vers deux heures du matin, Étienne était dévoré, la porte était griffée, il lui manquait sa poignée, mais elle demeurait toujours fermée.

J'étais fâchée avec Christine depuis neuf semaines, et je pensais qu'elle avait acheté un chien pour tromper son ennui. J'avais signalé au syndic ces aboiements qui perturbaient mon sommeil si fragile d'ex-infirmière de nuit. Ce soir-là, les coups de boutoir du chien contre la porte et ses aboiements inextinguibles avaient fini par me faire sortir de mes gonds. J'avais d'abord frappé sur le sol pour que Christine envoie coucher son animal. Puis, j'avais pris le double de sa clé et j'étais descendue.

En arrivant sur le palier, j'avais tendu l'oreille. On n'entendait plus rien. Je percevais à peine comme des petits pas dans le salon et une respiration rapide qui me rappelait le souffle court de Ric quand il avait couru. J'ai introduit la clé, je ne suis pas arrivée à la faire tourner. J'ai insisté, mais la serrure semblait bloquée. J'ai cru que Christine luttait de l'autre côté avec sa propre clé pour m'empêcher d'ouvrir.

— Laisse-moi entrer.

J'ai entendu les petits pas qui s'approchaient et le souffle de l'animal. La clé ne tournait toujours pas, j'étais sûre à présent que Christine était là derrière et me narguait.

— Si tu n'ouvres pas, je fais défoncer la porte.

Je n'ai obtenu d'autre réponse que les aboiements du chien et ses ruades. J'ai décidé d'aller chercher un serrurier.

Je suis remontée chez moi prendre mon manteau et mon sac.

Dehors, il faisait presque doux. Il y avait un taxi à la station. J'ai préféré descendre le boulevard à pied. Je me souvenais du temps où j'occupais mes nuits de repos à marcher sans but à la recherche de la fatigue qui m'endormirait en rentrant. Je me souvenais de ce mariage qui n'aurait jamais lieu, de ces enfants qui ne prendraient jamais la peine d'exister.

J'étais heureuse d'avoir réussi à me dégager de l'emprise de mon passé, il m'obéissait à présent au doigt et à l'œil et il ne se précipitait plus sur moi à l'improviste. Je sentais l'odeur d'arbre et de terre du Luxembourg qui persistait tout au long du boulevard. J'avais conscience aussi des cœurs qui battaient derrière les façades, dans les lits chauds, comme des comptes à rebours. Je m'arrêtais sur un banc, ou je restais debout, perpendiculaire au trottoir à regarder passer les voitures. Je repartais, j'orientais à mon gré ma pensée sur mon enfance, ou sur ma dernière année d'école d'infirmières.

Je comprenais que mes parents avaient vécu toute leur vie en prévision de cet accident d'avion. Ils étaient morts par appât du gain. Ils avaient tant désiré cette explosion, que leur avarice avait envahi le tableau de bord et détraqué les appareils de navigation. Désorienté, l'avion s'était jeté sur une montagne. S'ils avaient su à l'avance que l'avion s'écraserait, ils auraient tiré au sort pour déterminer lequel d'entre eux prendrait place dans la carlingue. Ma mère aurait perdu, mon père lui aurait offert de prendre sa place. Elle n'aurait pas accepté, mon père aurait reculé dans le couloir malgré les passagers qui continueraient d'affluer en sens inverse. Puis, il se serait retourné et il serait revenu sur ses pas. Ma mère l'aurait rejoint, elle se serait dépouillée de son sac à main, de son alliance et de sa broche. Elle lui aurait donné aussi sa montre et des pièces de monnaie qu'elle avait dans une poche. Elle aurait fermé les yeux pour essayer de se rappeler un dernier objet de valeur à lui remettre. Elle se serait souvenue de la fine chaîne d'argent qu'elle avait autour du cou. Elle aurait aimé la garder, mais on ne la retrouverait jamais dans cet amas de chairs calcinées dont tous les bijoux auraient fondu. Elle ouvrirait le fermoir à deux mains, d'un petit geste habile et sûr. Elle donnerait la chaînette à papa.

— Je crois que je n'ai rien oublié.

Il aurait voulu prolonger l'adieu. Elle lui dirait qu'ils n'avaient plus rien d'utile à faire ensemble. Elle suivrait un couple retardataire qui se serait trompé d'aéroport et qui courrait avec une paire de jumeaux dans les bras. Une hôtesse arriverait essoufflée derrière mon père pour clore l'embarquement avant qu'un retard vienne bousculer le plan de vol.

— Monsieur, dépêchez-vous.

— Oui, oui.

Et mon père aurait fait demi-tour.

Les haut-parleurs de l'aéroport l'auraient demandé par deux fois. Il aurait entendu le premier appel. Puis, il se serait glissé au milieu d'un groupe qui s'entasserait dans un car. Il se serait assis par terre, au fond. Il serait passé inaperçu, on lui aurait donné des coups de godillots sans le voir. Il entendrait toutes ces voix au-dessus de lui qui parleraient fort et se mettraient à rire à chaque mot. Il sentirait le véhicule se remplir encore. Il serait compressé, l'air deviendrait rare. Pourtant, il éprouverait un certain soulagement, il penserait à l'avion qui viendrait de décoller et volerait sans lui. Il aurait préféré que maman soit toujours là, mais cet accident était une chance à saisir pour multiplier leur patrimoine qui au bout du compte serait seul à leur survivre un jour.

Mon père savait que son argent avait plus d'importance que nos vies éphémères. Il acceptait sans nostalgie la mort de sa femme, il était presque jaloux de son sort. Par son sacrifice elle allait transmuer en argent frais le peu d'années qui lui auraient resté à vivre. Il respirerait de plus en plus mal, et le car s'emplirait toujours davantage de jeunes gens braillards et agités. Il essaierait de se lever, mais il y aurait une barre chromée derrière lui et devant une haie de fessiers qui l'empêcheraient de bouger.

Il se mettrait à crier, à tirer sur les pantalons pour qu'on prête attention à lui. Les nouveaux venus obligeraient les autres à se tasser davantage et à écraser encore un peu mon père. Il souffrirait, il penserait qu'il avait une côte cassée. Il essaierait de se concentrer sur cette masse compacte d'argent qu'il avait créée avec maman et qui allait continuer à exister malgré la mort.

Il soulèverait ses épaules, rentrerait la tête dans son torse. Il lui serait impossible de faire un mouvement vers l'extérieur, il occuperait un espace qui irait à chaque seconde rétrécissant. Les coups de pied feraient éclater sa tête, il mourrait illuminé par son épargne qui continuerait à briller au fond de ses yeux.

Il circulerait à la vitesse des pièces, des billets, du flux imputrescible des bourses, des banques et des capitaux erratiques. Il possédait cet audelà, il savait que son argent lui survivrait quoi qu'il arrive. Ceux qui croiraient le posséder à sa place n'en auraient qu'une jouissance fugitive et ne l'emporteraient pas dans leur tombe. Seul mon père avait pu entrer en communion avec le fruit de son épargne. Il possédait à tel point son argent, qu'il avait pu le donner en échange de l'appartement sans éprouver le moindre pincement au cœur. Il savait que l'argent lui appartenait au-delà des ventes et des actes notariés. Il ne doutait pas que la somme qu'il avait inscrite sur le chèque continuerait à lui appartenir, à garder son empreinte, sa griffe, à le célébrer en changeant de main ou en stagnant dans l'obscurité d'un coffre.

L'argent était une connaissance en même temps qu'une vertu, et le reste du monde en découlait. Une somme était un organisme complexe qui était doué de mémoire, et gardait le souvenir de celui qui l'avait formée, placée, suivie chaque jour à la trace. Pour lui, l'argent n'oubliait jamais ceux qui l'avaient aimé. Il pensait que la plupart des riches n'étaient pas dignes de leur fortune, et que l'argent qu'ils possédaient les oubliait sitôt dépensé. Il croyait à l'économie acharnée des humbles qui connaissaient le moindre centime de leur avoir. Ceux-là seuls avaient un rapport intime avec l'argent, et pouvaient en espérer plus que des futilités matérielles. Il lui semblait que tout l'argent du monde était un fluide unique qui se morcelait pour mieux cacher sa divinité aux yeux des hommes. Il suffisait de regarder un billet ou de penser à une somme pour sentir vibrer quelque chose qui ressemblait beaucoup à un sentiment de foi, de dévotion universelle. Dans son for intérieur, il se vantait d'avoir aimé l'argent beaucoup plus que n'importe qui. Il comprenait qu'autrefois les maris vendaient leurs femmes et les pères leurs filles. Il nous aurait données sans remords, il aurait éprouvé ainsi à quel point l'argent peut équivaloir aux êtres chers et les remplacer tout en occupant moins de place.

Le car aurait enfin démarré. Il aurait roulé pendant huit heures avant de faire halte dans un petit village endormi près de la frontière italienne. On se serait aperçu de la présence d'un mort plié dans un coin de l'habitacle. On l'aurait traîné dehors sur le gravier mouillé. Il aurait fallu que plusieurs garçons prêtent main-forte pour le dérouler et lui redonner forme humaine. On aurait vu son visage, mais aucun des occupants du car ne l'aurait reconnu. La police locale aurait conclu que sa mort remontait à plusieurs heures et qu'il avait succombé sur le sol français. En attendant on le laisserait dehors, sous la pluie. Ses yeux toujours ouverts recevraient les gouttes, l'eau stagnerait dans les orbites et le trop-plein coulerait le long des tempes. Au matin, la gendarmerie française s'en serait emparée. On aurait rapatrié mon père à Paris.

Après m'avoir annoncé la nouvelle de l'accident d'avion, on m'aurait dit que par miracle mon père en avait réchappé. Quelques heures plus tard, on viendrait me chercher boulevard St-Michel pour que je veuille bien aller l'identifier à l'Institut médico-légal. On le soupçonnerait d'être à l'origine de l'accident, on me demanderait s'il en voulait à maman.

— Non.

Je ne serais pas crue. Il faudrait que je raconte la vie de mes parents au jour le jour pendant la semaine qui avait précédé le regrettable vol. Je ne me souviendrais pas de les avoir entendus se disputer, se menacer ou se battre. Je ne saurais pas s'ils avaient eu des rapports durant cette période. D'une manière générale, je ne connaîtrais rien de leur vie intime, même si j'en étais le résultat.

Le lendemain, je serais réveillée à l'heure légale par des policiers qui fouilleraient l'appartement. Ils bouleverseraient mon lit encore chaud, ils liraient un morceau de texte que j'avais écrit la veille et que j'avais eu la faiblesse de ne pas détruire immédiatement. Ils me laisseraient au milieu d'un désordre où disparaîtraient plusieurs objets que je ne reverrais jamais plus.

Mais mon père avait pris l'avion avec maman, et ils étaient morts sans l'avoir voulu. Je n'avais pas le droit d'imaginer qu'ils aient désiré la catastrophe. Au moment où l'avion avait piqué du nez, ils avaient dû se joindre à la plainte générale des passagers. Puis, ils avaient eu le courage de se tourner l'un vers l'autre et de se regarder dans le fond des yeux avant le crash. Mon père avait peut-être maudit une dernière fois la générosité imbécile du Bazar. Ma mère avait voulu le calmer, elle avait cherché sa main. Ils avaient péri à la même seconde, mais certains avaient continué à crier avant que le kérosène s'enflamme et les grille.

J'étais place St-Michel, je regardais la queue devant le comptoir du bar-tabac. J'y suis entrée. Je me souvenais de Christine et de son chien. Je n'avais plus envie de faire ouvrir sa porte. J'ai bu un verre d'alcool, puis deux demis de bière. Je suis sortie en marchant de travers. J'avais envie de traverser et d'aller tremper ma tête dans la vasque des fontaines.

Je ne comprenais pas la raison de toute cette existence. J'aurais dû servir depuis longtemps à remplacer les vies perdues de mes parents par un garçon et une fille. Je les aurais élevés dans le droit fil de mes géniteurs. Ils auraient ressemblé tête coupée aux êtres qui m'avaient faite, et je ne leur aurais jamais permis de développer une personnalité qui leur appartienne en propre.

Je m'étais assise sur un banc. J'avais envie de vomir. Il me semblait qu'il faisait froid. Quelqu'un était assis à côté de moi. Il essayait de me toucher l'épaule, le bras. Il me disait une chose que je ne comprenais pas. Je savais que je n'étais pas dans mon état habituel. Mais je préférais me sentir mal plutôt que d'aller bien. Je cherchais l'interruption, je la croyais présente en moi comme une faculté de mon corps. Il aurait suffi que ma pensée parvienne à s'incorporer à mon sang, et ainsi à polluer tout l'organisme qui s'arrêterait de fonctionner, les caillots de pensée obstruant les artères, le cœur cessant de battre, le cerveau s'arrêtant de sourdre l'angoisse.

Je me suis levée. J'avais honte de vomir devant moi. Je n'avais pas la force de me cacher derrière les poubelles ou la palissade du cinéma. Je me suis mise à marcher. Je me dépêchais, mais je ne savais plus où je voulais aller. Le type du banc me suivait, il me parlait dans une langue inconnue. Je le repoussais en vain. J'aurais voulu pouvoir tuer l'ensemble des passants, c'était la condition de ma survie. Je ne supportais l'existence que dans la solitude complète de la ville.

Je me voyais avancer dans le miroir d'un magasin de coiffure, j'admettais cette femme, je me reconnaissais. Il fallait que je sois la seule à me croiser du regard, la seule à avancer sur le boulevard. Je ne supportais plus la présence de ce type derrière moi. Je courais, je ne m'arrêtais que pour vomir contre les arbres.

Je suis parvenue à rentrer chez moi. Christine aboyait toujours. Je me trouvais une odeur, et à l'intérieur de ma bouche je me trouvais un goût insupportable. J'ai rempli la baignoire. Je voulais me déshabiller, mais je me suis allongée dans l'eau avant d'avoir commencé. Je me suis relevée aussitôt. J'ai fait le tour des pièces. Je n'avais pas l'impression d'être vivante. Je pleurais mais c'était les yeux, et seul le corps supportait ces vêtements ruisselants. La peau était mouillée, mais je n'étais pas la peau. Et je ne me sentais même pas solidaire de la présence lucide qui émanait de la personne trempée dans l'appartement du boulevard.

C'est le froid qui m'a réveillée vers dix heures du matin. J'étais allongée dans le couloir. Je me suis rendue à la salle de bains, et je me suis défaite de ce poids de vêtements lourds d'eau et tachés de vomi. Je me suis séchée, je me suis habillée d'une chemise de nuit en tournant le dos à la glace. Je voulais me coucher, bien au chaud, et dormir jusqu'au lendemain.

Mais Christine aboyait toujours. Je me suis habillée. Je suis descendue. J'ai sonné, j'ai donné des coups de pied, j'ai crié. Je suis allée à la loge. J'ai demandé à la gardienne d'intervenir. Je lui ai dit que j'avais essayé de pénétrer chez Christine, et que la clé n'avait pu débloquer la serrure. Je lui ai demandé d'appeler un serrurier. Elle m'a répondu qu'elle ne voulait pas d'histoires avec les locataires. Je suis remontée chez moi. J'ai téléphoné à la police. Les aboiements ont persisté après mon appel, mais je me suis couchée et endormie aussitôt.

Les rideaux avaient séché dans la baignoire vide. Ils conservaient malgré tout quelques traces d'humidité, ainsi que de nombreuses auréoles blanches de lessive agglutinée. Je les ai secoués, puis je les ai laissés retomber. Les parois et le fond de la baignoire étaient repoussants, il faudrait les récurer un quart d'heure entier pour parvenir à dissoudre toute cette crasse. Je regrettais de ne pas être restée chez moi à regarder la télévision ou à faire mon ménage personnel. La malpropreté de Christine ne me regardait pas, je devais la lui laisser gérer.

Un jour, elle prendrait conscience de la saleté qui enrobait le plus petit objet de sa vie. Elle éprouverait le besoin de tout abandonner, de partir sans meubles, sans bagages, sans son fils, dans un immeuble anonyme. Elle occuperait un petit logement que personne avant elle n'aurait habité. Elle refuserait de voisiner, elle n'accepterait aucune parole extérieure. Au ministère, elle n'emploierait plus que quelques phrases stéréotypées qui décourageraient l'aménité de ses collègues. Elle mangerait seule, posant son plateau sur ses genoux plutôt que de le voir côte à côte avec ceux des autres employés.

Elle se méfierait des contacts humains, et des relations qu'elle entretiendrait avec son corps. Elle essaierait de régler parfaitement sa digestion, afin d'évacuer ses matières à heures fixes, chez elle, dans des conditions expéditives. Elle ne mangerait que des aliments cuits ou désinfectés dans du vinaigre. Elle dormirait dans un drap blanc, à même le sol lavé et rincé chaque jour à l'eau bouillante.

Elle mettrait des voiles de mousseline aux fenêtres pour filtrer continuellement l'air destiné à sa respiration. Elle filtrerait même ses pensées, s'interdisant le souvenir et le projet. Elle saurait demeurer enkystée dans le présent dont elle ferait la forteresse de sa nouvelle vie. Elle refuserait de voir plus loin que cet instant où elle serait debout au milieu de sa cuisine, une éponge dans la main droite, avec un état d'esprit vide et propre comme un sou neuf.

Un des pavés de la salle de bains bougeait lorsqu'on marchait dessus. Je l'ai pris entre mes ongles, et il s'est laissé arracher sans difficulté. Avec un couteau, je me suis attaquée aux carreaux circonvoisins. Ils résistaient davantage, j'en ai extirpé un autre, mais la lame s'est tordue sans venir à bout du troisième. En revanche, j'ai décollé aisément les carreaux de faïence qui entouraient le lavabo. Je les ai posés sur les rideaux. Christine choisirait de les remettre en place, ou elle en achèterait d'autres plus gais. Je préférais m'abstenir de les briser avec un marteau, je ne voulais pas qu'on puisse me reprocher des destructions inutiles. Les graffitis seraient attribués à Étienne, et la mise aux ordures du matelas lui reviendrait aussi.

Je me sentais fatiguée, j'aurais aimé qu'il rentre tout de suite de l'école pour que nous nous expliquions. Je lui donnerais de l'argent et il endosserait l'ensemble des dégradations. Il emporterait Ric, et à son retour sa mère pourrait passer ses nerfs sur lui. Il serait giflé, enguirlandé, mais il sentirait au fond de sa poche le craquement des billets dont je l'aurais pourvu. D'ailleurs, il n'aurait qu'à feindre d'avoir été victime d'une crise d'épilepsie, je lui en expliquerais les symptômes. Christine m'appellerait, j'examinerais l'enfant et je corroborerais sa thèse. Je lui dirais que l'épilepsie rend fou.

Elle n'en croirait rien, elle serait convaincue que nous étions de connivence. Je comprendrais qu'elle n'accepterait jamais d'être notre dupe. Je viderais les lieux, je monterais m'enfermer chez moi. Elle se vengerait sur Étienne qui resterait prisonnier de sa colère. Je mettrais la radio à fond, et je n'entendrais rien de leur règlement de comptes.

Le lendemain matin, je me pencherais à la fenêtre pour voir Christine quitter l'immeuble avec le gosse. Il aurait une démarche bizarre, irrégulière, comme s'il avait passé la nuit sur une planche à clous. Le soir, je lui donnerais un supplément d'argent, et je le féliciterais pour son courage.

Je suis retournée sur le palier. J'ai allumé la minuterie. Ric était toujours dans le matelas. Il ne sentait pas plus fort que tout à l'heure. J'entendais la gardienne parler au rez-de-chaussée avec un garçon qui distribuait des prospectus dans les boîtes aux lettres. Elle ne voulait pas de lui dans l'immeuble.

— D'ailleurs, ici il n'y a pas de boîtes aux lettres.

— Je les glisserai sous les portes.

Il l'a bousculée, il a emprunté l'escalier. Je me suis renfoncée dans l'appartement. Je l'ai vu par le judas se baisser et tirer légèrement le paillasson pour introduire sa publicité. Il a reniflé, puis il a regardé à l'intérieur du matelas replié. Il a vu la truffe du chien, ou ses crocs mis à nu par la mâchoire ouverte. Il a abandonné une liasse de prospectus en prenant la fuite. J'ai entendu la gardienne crier quand il est passé devant la loge.

J'ai jeté les prospectus par-dessus la rampe.

J'aurais voulu que la gardienne accoure. Nous nous serions disputées, et je l'aurais attirée dans l'appartement. Je lui aurais montré le résultat de l'éducation que Christine donnait à son fils. Elle douterait de ma parole, elle dirait que j'étais devenue folle. Elle serait au bord des larmes en voyant les dessins du gosse roulés en boule dans la poubelle. Elle s'énerverait contre moi, me poussant contre un mur, prête à griffer.

Afin de l'apaiser, je lui dirais que j'étais l'unique coupable. Je lui prendrais la main. Elle devait comprendre que j'avais agi sous l'empire de l'ennui que générait la solitude dans laquelle je vivais. Je venais de détruire un peu de l'intérieur de Christine pour obtenir une réaction susceptible de m'occuper l'esprit quelque temps. J'acceptais d'être condamnée à payer des dommages et intérêts, et je n'en verserais pas la moindre partie afin que la procédure s'éternise. Chaque sommation d'huissier sonnerait comme un bruit joyeux dans ma vie de célibataire sans amis.

Je réussirais à l'émouvoir. Elle me parlerait de sa propre tristesse et de la solitude dont elle souffrait. Elle s'assoirait sur un siège encore valide, elle ferait remonter son passé par grandes phrases trop lourdes d'émotion pour être menées à terme. Elle reviendrait petit à petit vers sa jeunesse et son enfance malheureuse dont elle ne s'était jamais remise. Elle trousserait sa jupe en nylon pour me montrer la marque d'une brûlure qu'elle avait toujours en haut de la cuisse. Elle ne regrettait pas d'avoir vieilli, elle préférait encore sa solitude actuelle aux années de coups et blessures que ses parents lui avaient infligées en guise de jeunesse.

— Je vous comprends.

— Merci.

Pour me faire plaisir, elle s'intéresserait à ma propre histoire. Elle se rappellerait le visage de mon père qui passait devant elle sans dire un mot. Elle me plaindrait de l'avoir eu, elle me souhaiterait un mari moins brutal. Elle me dirait qu'il avait l'habitude de me battre, et que j'avais souvent des bleus sur le visage et des marques suspectes sur les jambes. Je ne me souviendrais pourtant de rien.

— Je vous entendais crier du rez-de-chaussée.

— Oui, c'est vrai.

Je lui dirais qu'il m'attachait avec Ric, et qu'il nous jetait de la vieille viande pour toute nourriture. Il chargeait maman de nous asperger d'eau froide toutes les demi-heures pour que nous ne puissions pas nous endormir.

— À cette époque, vous n'aviez pas de chien ?

— Non.

La gardienne croirait que je tournais en ridicule sa compassion. Je me mettrais à sangloter, je lui dirais que je ne me souvenais plus de rien. Ma mémoire était en désordre, je n'y retrouvais jamais le souvenir que j'y cherchais. Depuis quelques mois, mon passé ne fonctionnait plus.

C'était une masse opaque, capricieuse, à laquelle je n'étais plus rattachée que par des liens de plus en plus lâches. Je devrais sangloter à nouveau pour l'assurer du sérieux de ma confession.

Elle essuierait mes joues avec un mouchoir. Je me laisserais consoler sans dire un mot. Nous finirions par pleurer ensemble. Elle me serrerait dans ses bras. Nous glisserions lentement dans le vestibule, je l'orienterais vers la chambre d'Étienne. Je m'arracherais à son étreinte, je la jetterais dedans. Je m'en irais, l'enfermant dans l'appartement à double tour.

Je descendrais le matelas, je le pousserais dans la loge. Je sortirais sur le boulevard. Je croiserais les bébés emmitouflés comme des petites momies dans les landaus qui fendraient la foule. Je gagnerais le Luxembourg, je contournerais le bassin sans même regarder le jet d'eau, ni le vieillard de l'autre jour qui ferait une lente promenade devant les rangées de tulipes et de pétunias.

Je sortirais par le portail du Sénat, je rejoindrais le boulevard par la rue de Médicis. Je ferais des courses au petit supermarché, je n'aurais plus à porter les lourdes boîtes dont j'étais obligée de me charger pour Ric. Je me sentirais jeune et libre. Je m'assiérais sur un banc, je verrais les nuages faire clignoter le soleil couchant loin au-dessus des arbres. Je me lèverais, je me presserais de rentrer. Au premier étage, j'entendrais la gardienne crier. Je passerais sans lui répondre.

Je rangerais mes provisions. Je m'allongerais sur le divan, je regarderais n'importe quel programme à la télévision. Je me concentrerais sur les images, elles prendraient la place de Ric dans ma mémoire. Mon après-midi chez Christine reculerait dans le fond de ma conscience, j'oublierais même d'entendre les protestations intermittentes de la gardienne. Quand Étienne rentrerait de l'école, je suivrais de loin les échos de la discussion qu'il aurait avec elle. Il ne voudrait rien savoir, il trépignerait et tenterait de la battre pour la châtier d'avoir saccagé sa chambre. Quand Christine arriverait, le gosse laisserait les deux femmes se disputer et il ferait ses devoirs sur la table du salon.

Vers huit heures, la gardienne réussirait à quitter l'appartement. Le gosse serait alors pris à partie par sa mère. Il lui jurerait en vain qu'il n'avait pas tracé le moindre graffiti. Elle le prendrait par l'oreille et le tirerait vers le haut pour qu'il dise où était le matelas. Malgré la douleur, il ne pourrait apporter aucune réponse. Christine conclurait à son innocence. Elle le lâcherait. Elle se mettrait à pleurer.

La gardienne découvrirait le cadavre de Ric dans le matelas plié en deux. Elle sonnerait pour demander à Étienne de l'aider à le mettre sur le trottoir. Le gamin la suivrait. Il ferait une grimace en voyant la charogne de cet animal avec qui il se souvenait avoir plusieurs fois joué. La gardienne serrerait bien le cordon de peur qu'il tombe pendant le transport. Elle aiderait Étienne à le traîner jusqu'au trottoir. Puis, il s'en irait seul le déposer dans une cour ou devant la façade d'un immeuble lointain. Christine l'attendrait toute la nuit.

Je suis allée dans la chambre de Christine, je me suis allongée sur le sommier. La lumière qui entrait malgré les persiennes et les rideaux était plus faible que tout à l'heure. Les voitures klaxonnaient davantage, il y avait des goulots d'étranglement où elles s'emballaient sans parvenir à se disperser. Le bruit du boulevard m'enveloppait, il atténuait mon angoisse. Je redoutais moins le retour du gamin. Il me semblait que je saurais trouver un terrain d'entente. Je ne lui donnerais pas d'argent, mais nous remettrions de l'ordre et nous jetterions Ric dans la poubelle de l'immeuble de façon à pouvoir reposer rapidement le matelas à sa place.

Quand Christine rentrerait, le gosse s'inventerait un exploit scolaire et il se jetterait sur elle pour obtenir un câlin de félicitations. Le visage de l'enfant lui cacherait l'appartement. Je me posterais légèrement derrière elle, je lui dirais de monter chez moi sabler le champagne. Elle accepterait. Nous la pousserions dehors et nous la tirerions jusqu'au second.

Nous l'installerions sur un fauteuil. Je mettrais ma main dans la sienne, je lui parlerais sans lui laisser le temps de me poser la moindre question. Pendant ce temps, Étienne entrechoquerait des verres dans le placard pour la faire patienter. Quand elle commencerait à donner des signes d'exaspération, je lui servirais un whisky. Je le renouvellerais à discrétion, jusqu'à l'ivresse. Et puis je la regarderais dans le fond des yeux, je lui parlerais du champagne qu'en ce moment même Étienne rafraîchissait. Elle tomberait peu à peu dans un état de léthargie propice au sommeil. Je l'aiderais à boire une dernière dose d'alcool. Ensuite, avec son fils nous la descendrions dans sa chambre. J'arroserais ses draps de whisky ainsi que ses vêtements répandus à la volée dans la pièce. Nous appellerions un médecin qui constaterait son ébriété. Par précaution, il la ferait hospitaliser.

Le lendemain, elle rentrerait chez elle trop perturbée pour se rappeler la nuit précédente. Le gamin la bouderait, lui faisant sentir par son silence combien il la méprisait d'avoir bu et délabré sa maison. Elle comprendrait sans qu'on lui dise un mot, elle aurait honte de chaque inscription, de la moindre déchirure. Il lui faudrait plusieurs mois de cadeaux, de permissions, de sourires et de conduite exemplaire pour obtenir le pardon tacite de l'enfant.

Je me suis levée. Je ne voulais pas regarder l'heure. Étienne allait rentrer bientôt, mais je préférais ne pas savoir quand. Je me suis approchée de la fenêtre, j'ai regardé dehors entre les lattes des volets. Il me semblait reconnaître chacun des passants. Je les avais croisés dans une autre foule, sur un autre boulevard. Les mêmes éléments semblaient servir au peuplement des rues. Il me suffirait de sortir pour reprendre ma place dans la cohue. Je ne pouvais pas m'échapper, l'extérieur était encore plus plein, plus compact, plus infranchissable que le dedans. Je préférais me rétracter, réduire ma surface à l'intérieur du cerveau, ne plus être qu'un point qui s'amenuise au fond de l'organe. Mais les passants occupaient toute leur tête. Ils ne faisaient qu'un avec leur corps et ils avançaient tout entier avec lui.

J'ai marché vers le salon. Je me suis immobilisée dans le couloir. Je n'arrivais plus à lire les inscriptions que j'avais tracées sur le mur. J'ai allumé la télévision. Je me suis assise en tailleur sur la moquette. J'attendais que la présentatrice soit foudroyée et s'écroule avec le studio. Il m'aurait suffi alors de fermer les yeux et de me laisser emporter en même temps que le reste de la ville. Je voulais d'un cataclysme qui nettoie jusqu'aux moindres traces de mon existence. Un cataclysme qui ne laisse même pas de cendres. La preuve de mon passage à cet endroit serait impossible à faire.

Le tracé du boulevard et du Jardin serait perdu à jamais. Les reproches de Christine ne seraient ni prononcés ni conçus. La mort effacerait toute la haine que nous étions susceptibles de nous vouer l'une à l'autre. Notre absolue inexistence nous préserverait de l'amitié, comme de la brouille et de l'amour, comme de l'abandon. Soudain, ma progéniture vaudrait la sienne et son mari serait aussi improbable que le mien. J'aspirais à cette forme d'ataraxie, mais la présentatrice continuait à sourire, à parler, et à faire des gestes avec ses doigts pour marteler certaines phrases. Je continuais à vivre, j'avais peur que ça ne s'arrête jamais.

J'ai soulevé le poste. Je l'aurais jeté par terre, mais j'avais peur qu'il prenne feu et me brûle. J'ai ouvert la fenêtre, guettant une éclaircie dans la foule. Il n'y en avait pas d'assez grande pour contenir le téléviseur et son onde de choc. Il aurait fallu que je prévienne les gens avant de le laisser tomber. Ou alors, je le lâcherais au hasard, il écraserait tout un bouquet de têtes avant d'atteindre le bitume. Il n'éclaterait pas, les victimes amortiraient sa chute. Il se poserait en douceur, intact et taché de sang. Une bonne âme le remonterait au premier étage pour le seul plaisir de rendre service.

Je serais parvenue à quitter l'appartement avant l'arrivée de la police. Plus tard dans la soirée, Christine me demanderait de venir lui tenir compagnie pendant qu'Étienne serait interrogé à la brigade des mineurs. Je défendrais l'enfant, je lui dirais que les dégradations qu'il avait fait subir à cet appartement étaient à mettre sur le compte de la mort de son père qui l'avait bouleversé au plus profond de son jeune cerveau.

— Mais il est mort depuis cinq ans.

N'empêche qu'Étienne vivait toujours dans le deuil. Il avait ressenti le besoin de communiquer la mort de son père aux meubles et aux objets.

— En jetant ce poste, il aurait pu tuer quelqu'un.

Mais il n'avait tué personne, porté par le vent le téléviseur était tombé comme une feuille morte sur le trottoir. Christine devait comprendre cet enfant au lieu de l'accabler. Elle ferait mieux de préparer des crêpes pour fêter son retour.

Elle refuserait de passer l'éponge. Quand il rentrerait, elle le gronderait pendant une heure entière. Il devrait rester debout et l'écouter en retenant son souffle pour ne faire aucun bruit. Elle lui parlerait d'une voix sévère, presque rauque. Elle répéterait les mêmes phrases dans un ordre dispersé. Il serait forcé de les retenir, de les garder dans sa mémoire jusqu'à la fin de ses jours.

Mais la faute du gamin dépassait toute possibilité de réprimande, Christine se demanderait si elle ne ferait pas mieux de l'abandonner après l'avoir battu. Elle le coincerait dans un coin du couloir, et à coups de griffes, de pieds, de dents, elle vengerait ses meubles et ses habits. Puis, elle le mettrait dehors avec pour consigne de marcher droit devant lui et d'oublier à jamais le quartier où sa mère continuait à vivre en pansant les plaies de son appartement dévasté.

J'ai coupé le téléviseur. Je suis restée debout au milieu de la pièce. Je n'arrivais pas à comprendre ce qui avait lieu, que ce soit à l'intérieur ou à l'extérieur de moi. Je n'expliquais pas ma présence ici, je n'expliquais pas non plus pourquoi je persistais à exister sous cette forme de conscience inquiète. J'aurais voulu qu'elle s'éteigne enfin.

Christine saurait un jour que son fils n'était pas sa propriété exclusive. Elle comprendrait que je puisse faire valoir les droits que j'avais sur lui. Je l'avais assez aimé depuis son arrivée dans l'immeuble, elle ne pouvait pas me refuser un ou deux après-midi par mois d'intimité absolue avec lui. Je me proposais de passer ce temps à lui apprendre des rudiments d'anatomie, afin qu'il se pique au jeu et décide de devenir médecin. Quand il saurait répéter dans l'ordre les os ou les organes que je lui aurais cités, je le récompenserais en l'emmenant au cinéma avec un camarade de son choix.

Quand il commettrait trop d'erreurs, je me moquerais de son intelligence mal venue et de son physique. Certains jours, je le laisserais pleurer durant des heures entières. Dès que les sanglots s'espaceraient, je saurais trouver les mots pour qu'ils redoublent et le vident de toute sa paresse. Avec moi, il prendrait la mesure de la dureté du monde dans lequel les adultes se débattent. Il saurait que seule la haine pourrait lui servir d'armure quand il aurait rompu la dernière amarre qui le retenait encore au cocon de l'enfance. Il souffrirait des insultes dont je l'accablerais, mais il sentirait sa personnalité se forger sous la mitraille. Le soir, il refuserait les caresses de sa mère pour mieux profiter de la douleur intérieure qui continuerait à la meurtrir.

Je me suis assise dans la chambre du gosse. J'ai gravé ses initiales sur le bois de son bureau. Il croirait les avoir inscrites lors d'une crise de somnambulisme. Il poserait dessus une boîte de feutres pour les cacher aux yeux fureteurs de

Christine. Elle les découvrirait malgré tout, elle refuserait de croire sa version des faits. Elle l'obligerait à remplacer le bureau avec son argent de poche. Étienne s'emporterait en vain contre l'injustice de la sanction.

J'ai gravé le nom du gamin en grosses majuscules. J'ai crayonné ensuite chacune des lettres à l'encre bleue. Il devrait justifier auprès de sa mère cet acharnement à gâcher un matériel qui lui avait été donné neuf. Il devrait apprendre à aimer les objets dont la peau méritait autant de respect que celle des hommes pour qui on les avait faits. Christine lui intimerait l'ordre d'aimer même les meubles abîmés, les vêtements usés et la vaisselle ébréchée. Il devrait ranger les chemisiers et les bas filés dans le placard. Ici et là, il donnerait un coup de fer pour chasser les faux plis. Il parfumerait les robes qui sentiraient le renfermé ou la transpiration refroidie. Il éprouverait même un sentiment de connivence avec ces fibres qui avaient connu sa mère de si près.

Mais certains soirs, il serait jaloux d'elles. Il ne supporterait pas les rapports intimes et incessants qu'elles entretiendraient avec l'épiderme maternel. Il aurait préféré que certaines zones d'elle n'existent pas, afin que rien ne puisse jamais les atteindre. Quand Christine le verrait rêvasser, elle lui assènerait un cri perçant dans le tuyau de l'oreille. Il se remettrait au travail aussitôt.

Il rangerait les gilets par couleur et par degré d'usure. Il essaierait de raccommoder les plus déchirés, il connaîtrait par cœur le jeu d'aiguilles de la boîte à ouvrage. Avec deux vêtements éculés, il parviendrait à en créer un troisième que sa mère porterait sous un manteau pour faire ses courses. Elle rétribuerait son zèle en lui découpant des beefsteaks plus épais et en doublant sa portion de frites. Le jour où il réussirait à enlever une tache qu'elle croyait incrustée, elle lui donnerait une somme d'argent équivalente au huitième de ce que valait le vêtement qu'il aurait sauvé. Il serait fier et se croirait assez de talent pour devenir plus tard chimiste.

Je me suis postée dans le couloir, à l'endroit même où Étienne allait surgir. Il sera mécontent de me voir, il voudra que je remonte chez moi. Je le pousserai vers le palier, mais il m'échappera des mains et courra se cacher sous le sommier de sa mère. J'exigerai qu'il s'en extirpe et qu'il me présente des excuses. Il n'obéira pas, je serai obligée de le dénicher. Je le prendrai par le cou, je le rudoierai assez fort pour qu'il me cède.

Il acceptera de me faire des confidences sur Christine. Il me dira les secrets du petit ménage qu'il formait avec elle depuis la mort de son père. Il me dira à quel point sa mère s'était effilochée à ses yeux au cours des semaines, des mois et des années qu'il avait été contraint de vivre seul auprès d'elle. Il me dira les petites horreurs qu'il l'avait vue commettre en l'espionnant par la porte fendue de la salle de bains ou celle entrebâillée de sa chambre à coucher. Il n'en était pas revenu d'avoir une mère aussi sale, aussi libidineuse, aussi éloignée de l'image qu'il avait d'elle jusqu'alors. Il regrettait qu'elle ne soit pas morte d'un cancer ou dans un accident, plutôt qu'elle ait perdu son aura.

À présent, il ne l'approchait plus qu'avec répugnance, et il reniflait nerveusement quand il se trouvait avec elle dans un ascenseur ou une pièce étroite. Il la soupçonnait d'émettre une odeur continue qu'elle pouvait braquer comme une arme sur ses victimes. Elle profitait des endroits confinés pour attaquer tous azimuts, pour envahir la totalité de l'espace. Il soupçonnait cette femme de n'être qu'un nœud de glandes dont les effluves traduisaient exactement son être. Il en était réduit à s'empêcher de respirer par peur de capter les senteurs délétères qui constituaient le reflet trop fidèle de sa génitrice.

Il avait pris l'habitude de lutter contre elle en évitant les ablutions afin que son odeur personnelle s'accentue et constitue une protection. Mais Christine alors le lavait de force. Il redoutait d'être nu en présence d'elle vêtue, chaussée, la main dépassant de la manche du chemisier pour faire mousser le savon sur sa peau hérissée de chair de poule. Quand elle avait fini de le nettoyer, elle le serrait sur son buste dont il était obligé de respirer les émanations qui le torturaient mieux que des sbires.

Je le secouerais encore, et il accepterait de se rappeler la manière dont il l'avait vue se conduire sur le siège des toilettes, quand à plusieurs reprises elle avait laissé la porte entrouverte. Il me dirait son chagrin devant le pitoyable spectacle que lui donnait cette mère incapable de réprimer les besoins de son organisme. Il lui en voudrait toujours d'être tombée aussi bas devant lui sans que la jupe rabattue ait pu jeter un doute sur la teneur des activités auxquelles elle se livrait. Il aurait admis qu'elle puisse se soulager prestement, avec une moue de dégoût au bord des lèvres provoquée par la honte qui l'aurait secouée de haut en bas, rendant son équilibre instable sur le trône. Mais il n'excuserait jamais cette mère au visage épanoui, aux gestes amples, qui semblait aussi à l'aise avec les parties basses de son corps qu'avec celles juchées en haut, tels les yeux et les cheveux qu'il l'avait vue si souvent maquiller ou coiffer. Il me donnerait sa parole que depuis sa découverte il n'aimait plus cette mère, et qu'il était prêt à m'aider pour que sa garde lui soit retirée afin qu'on me le confie jusqu'à ses dixhuit ans.

Nous clouerions la porte de l'intérieur pour contrarier le retour de Christine. Tandis qu'elle irait chercher de l'aide, nous grimperions chez moi par la fenêtre. Nous nous blottirions l'un contre l'autre au fond de mon lit. Nous laisserions sa mère sonner et nous jeter des imprécations. Le lendemain, Étienne regagnerait son logement avant le lever du jour. L'inspecteur de police venu pour constater sa disparition accuserait Christine d'outrage. Elle n'aurait pas le temps d'interroger l'enfant, il serait déjà parti pour l'école sans demander son reste.

Le soir, j'irais le chercher à la sortie des cours. Nous déciderions de dîner tous les deux chez sa mère. Nous l'obligerions à cuisiner seule, et à nous servir. Au cours du repas, Étienne lui annoncerait qu'il préférait dorénavant vivre avec moi. Christine protesterait, elle poserait même une main tremblante sur son garçon pour essayer de l'émouvoir. Je lui rappellerais qu'il avait presque onze ans, et qu'à son âge il était assez grand pour se choisir un nouveau foyer. Sa maturité lui permettait dès à présent de juger la femme qui l'avait mis au monde et de lui préférer une voisine plus cultivée et aux habitudes moins frustes.

Étienne rougirait un peu, mais il m'approuverait en battant des paupières. Sa mère discuterait, elle monterait sur ses grands chevaux et prétendrait user de ses droits parentaux pour le retenir chez elle par la contrainte. Je lui donnerais un billet pour aller boire quelque chose dans un café du boulevard. Elle voudrait me gifler, je la pousserais sur le canapé. Je hausserais le ton, elle se calmerait. Je demanderais alors à Étienne de venir lui chuchoter à l'oreille les griefs qu'il avait accumulés contre elle au cours de sa vie. Il aurait honte de parler, il se retournerait vers moi pour me supplier de lui épargner ce douloureux exposé.

Mais cette femme devait savoir que son fils avait percé à jour la poche sale de son intimité. Il fallait qu'elle se sache vue, sentie, respirée dans la mémoire du gosse comme une odeur fétide, qui l'humiliait comme s'il en était l'origine. Elle saurait que ses gestes obscènes faisaient partie de l'expérience du gosse, qu'ils avaient marqué profondément sa personnalité, et constitué un traumatisme certain. C'est par sa faute qu'il était devenu si méfiant à l'égard des êtres, et qu'il redoutait leur contact. Avant d'accepter que quelqu'un l'effleure, il lui fallait la certitude que sa mère était tout à fait absente de cet individu. Il craignait que la main de sa mère s'agite au bout du bras d'un autre. Il n'avait plus confiance en personne. L'humanité n'était plus qu'un cloaque peuplé d'elle.

Il n'osait pas articuler suffisamment pour qu'elle comprenne. J'étais obligée de traduire à haute et intelligible voix ses propos. Je la maintenais plaquée contre les coussins. Je voulais qu'elle s'excuse et qu'elle embrasse les doigts du gamin en lui jurant de ne plus rendre aux toilettes que de rares, furtives et discrètes visites. À l'avenir elle devrait offrir une image reconstruite et propre à son fils. Il faudrait qu'il puisse la surprendre n'importe où sans courir le risque d'être traumatisé.

Elle niait sa participation aux scènes dont l'enfant gardait le souvenir. Étienne m'a demandé la permission d'interrompre son témoignage, mais je lui ai caressé la joue pour qu'il continue. Sa mère ouvrait la bouche et la refermait en se mordant les lèvres. Tout son visage se contractait, devenait rouge. Les mots simples du gosse parvenaient à lui faire revivre ce qu'elle croyait avoir oublié. Elle se revoyait assise sur le siège, et surveillée des deux yeux par son fils. Elle avait honte à présent d'avoir participé de si près aux expulsions, d'en avoir suivi les hoquets avec sympathie, d'en avoir même ralenti le processus pour en profiter davantage.

Des larmes coulaient sur son visage. Puis elle s'est mise à sangloter. Je la tenais toujours, j'ai demandé à Étienne d'essuyer sa figure avec un mouchoir. Elle balbutiait quelque chose d'inaudible entre ses lèvres pâles. Nous avons fini par comprendre qu'elle demandait pardon. Étienne voulait l'embrasser, je le lui ai interdit. Christine était en proie à une honte si forte qu'elle souhaitait mourir. Il fallait la maintenir immobile pour permettre à la douleur de la corroder comme un acide.

Je lui dirai de se lever. Elle fera quelques pas dans la pièce. Je tamponnerai son visage avec une serviette mouillée. Elle aura honte de nous regarder. Elle marchera de long en large, l'air préoccupé. Elle nous demandera dans un mur-

mure de l'excuser. Elle quittera la pièce en se pressant. Elle reviendra presque aussitôt. Je la féliciterai à voix basse pour la rapidité de son passage sur le siège. Elle nous fera un large sourire, nous le lui rendrons. Nous nous embrasserons, nous resterons ensemble sans dire un mot, sans éprouver ni la faim ni la soif ni le désir de rien. Il sera deux heures du matin quand nous prendrons congé d'elle. Nous nous mettrons au lit sitôt à la maison.

Les jours suivants, nous la rencontrerons irrégulièrement dans l'escalier. Étienne aura encore un léger hoquet à son passage, mais je lui parlerai de ses efforts méritoires pour regagner son estime. Il me dira qu'il faisait quant à lui tout son possible pour oublier ce qu'il avait vu. Dans six ou huit mois, il pourrait peut-être vivre à nouveau chez elle. Il faudrait alors qu'elle escamote sa composante physiologique, qu'elle ne lui présente plus en fait de corps que quelque chose de sec, aux organes invisibles et muets. Il aurait souhaité que sa mère parvienne à se priver tout à fait de l'emploi des toilettes du boulevard St-Michel. En semaine, elle se contenterait de celles du ministère. Le week-end, elle irait dans les W-C des grands magasins et ceux des bars du quartier. Elle finirait par acquérir une maîtrise absolue de son organisme. Elle pourrait le brimer des heures entières sans qu'il se venge et passe outre.

Le gamin mettrait des marques sur le siège pour voir si elle ne cédait pas à la tentation de s'en servir pendant qu'il dormait. Mais il ne pourrait que constater à quel point sa mère avait renoncé à ses habitudes malpropres. Il inspecterait son linge, mais il n'y découvrirait aucune trace et n'y sentirait d'autre odeur que celle de la lessive. Chaque semaine, il lui dirait à quel point il était satisfait de sa nouvelle conduite. Elle sourirait en lui murmurant des mercis.

Un jour, il lui permettrait de retourner à son gré aux toilettes de l'appartement. Elle aurait peur d'abuser de ses nouveaux droits, elle s'y rendrait en chattemite, feignant de se diriger vers la salle de bains ou d'y pénétrer simplement pour jeter un vieux papier dans la cuvette. Étienne la surveillerait du coin de l'œil, il se plaquerait contre la porte et il resterait jusqu'à l'instant de la chasse d'eau. Il serait fier d'avoir désormais cette mère silencieuse et rapide. Elle rougirait quand il ferait son éloge devant des tiers.

Mais ses mœurs anciennes reviendraient au galop. À nouveau elle y resterait des après-midi entiers. Elle y retournerait dans la soirée et au milieu de la nuit. Elle s'y rendrait à l'occasion des repas et lorsque le gamin aurait des camarades à goûter. Elle prendrait aussi la détestable habitude d'en parler et de le questionner sur son propre transit. Il essaierait de lui faire honte en la décrivant à nouveau telle qu'il l'avait vue, mais elle le ferait taire et le consignerait dans sa chambre. Il n'aurait le droit d'en sortir que deux fois par jour pour se soulager rapidement, et Christine laisserait la porte ouverte pour se moquer de lui pendant qu'il ferait son possible pour lui cacher la nature exacte de ses activités. Il pleurerait quand son ventre impétueux le trahirait.

Quelques semaines plus tard, elle ferait poser une serrure à la porte des toilettes, et son fils devrait lui réclamer la clé à chaque fois qu'il voudrait s'en servir. Elle la lui refuserait souvent, il se verrait contraint d'aller chez moi ou chez les vieux du troisième. Il lui arriverait aussi de s'épancher dans le local des poubelles.

Étienne pleurerait sur mon épaule. Il me réclamerait l'affection que sa mère ne lui prodiguait plus. Il me demanderait de lui donner son bain, de le sécher, de le frotter avec du talc. Il voudrait que je le nourrisse à la cuillère, que j'essuie sa bouche avec une serviette, que je lui fasse faire la sieste dans mes bras. Il sucerait son pouce et le mien, il téterait désespérément n'importe quel objet pour essayer de retrouver le goût d'un temps où il était heureux et libre de se mouvoir à quatre pattes dans l'appartement qui lui semblait immense.

À présent, elle lui fermait les pièces l'une après l'autre. Il n'avait plus accès au salon, à la cuisine et à la salle de bains. La chambre de sa mère lui était interdite aussi. La sienne avait été réduite de moitié par une cloison en aggloméré solidement fixée par un menuisier. Elle voulait qu'il s'habitue à se contenter de moins en moins d'espace afin qu'il apprenne la vie carcérale qu'il subirait peut-être un jour. Elle craignait qu'il n'ait jamais un métier très rémunérateur et que sa femme le pousse à monter une escroquerie qui le mènerait tout droit en correctionnelle. Grâce à l'éducation qu'elle lui donnait, il serait déjà familiarisé avec le cubage restreint des cellules. Elle prétendait qu'il serait donc plus à même de profiter de sa réclusion pour entreprendre des études. Il sortirait de prison avec un diplôme. Il se remarierait avec une fille saine qui lui donnerait plusieurs enfants des deux sexes. Il ferait carrière dans une entreprise de construction. Il gagnerait assez pour offrir à sa famille une vie décente.

Elle rattrapait Étienne par l'encolure quand il se faufilait hors de l'appartement. Elle voulait qu'il vive loin des commodités et de l'affection des voisins. Il subirait une discipline proche de celle des droits communs. Il aurait cependant l'avantage d'être seul et donc de n'être en butte ni à la promiscuité ni aux menaces des autres détenus. Elle lui accorderait régulièrement des marques de tendresse afin qu'il ne perde pas contact avec l'enfance. Elle ferait en sorte de centraliser toutes ses caresses et tous ses baisers, afin de les lui donner d'un seul coup en quelques brefs instants de rapprochement qui ne seraient pas sans rappeler le parloir.

Étienne essaierait de s'évader du logement. Christine le retrouverait caché au fond de la loge, ou grelottant dans une épave sans pare-brise devant l'épicerie de la rue Gay-Lussac. À moins qu'elle ne le découvre chez moi, dissimulé dans l'armoire à linge de mes parents. Alors, elle prendrait l'habitude de l'attacher, même le jour. Il écouterait avec soumission sa mère quand elle tenterait de lui faire comprendre qu'elle agissait de la sorte pour faire de lui plus tard un prisonnier courageux et gagneur.

Il lui jurerait qu'il n'enfreindrait jamais la loi. Si elle le libérait, il s'engageait à passer le reste de son temps à étudier pour devenir enfin un élève acceptable. Elle lui accorderait une semaine de liberté, mais il n'aurait pas le temps de faire ses preuves. Elle ne voudrait pas entendre ses excuses, et elle le renfermerait dès l'expiration du sursis. Le gamin s'endormirait chaque soir en rêvant à l'école dont il aimerait à présent jusqu'aux contraintes et aux brimades des pions.

Il lui faudrait des mois entiers de supplications et de demandes écrites pour que sa mère lui accorde à nouveau une chance de s'amender. Avant d'avoir le droit de sortir, il devrait d'abord tenir impeccablement la maison pendant un mois. Les chevilles et les mains entravées, il passerait l'aspirateur, nettoierait les vitres, ferait même la lessive à la place de la machine à laver. Qu'il frotte mal ou abîme un objet, sa mère le verrouillerait dans sa chambre, le priverait de nourriture et ne lui accorderait plus la selle que de façon discontinue.

Qu'il réussisse à tenir la maison sans commettre d'erreur, et il lui serait accordé trois jours d'école. Christine l'accompagnerait le matin et reviendrait le chercher le soir. Elle préférerait écourter sa journée au ministère plutôt que de courir le risque qu'il se dissipe en chemin et aille traîner avec ses camarades au Luxembourg. Sitôt à la maison, il se précipiterait à son bureau et il bûcherait aussi longtemps que sa mère ne lui couperait pas la lumière. Le lendemain quand on l'interrogerait il ne se souviendrait plus de rien. Christine s'apercevrait que l'enfant surestimait ses possibilités. Pour éviter qu'il soit à chaque fois déçu, elle ne lui accorderait plus aucune permission.

Étienne se souvenait des taches qui couvraient le matelas qu'il avait dû s'en aller perdre à l'autre bout de Paris. Place d'Italie, il avait dénoué le cordon et il l'avait déplié sur le trottoir. Il s'était étendu à côté de Ric, il aurait voulu s'endormir. Mais plus encore que celle du chien, l'épouvantable odeur dont sa mère avait imprégné la toile lui avait donné une irrépressible envie de rendre. Il s'était relevé d'un bond, il avait couru au caniveau pour y vomir. Un passant lui avait proposé de le reconduire à sa maison en voiture. Il avait dit non d'un coup de tête et il s'était mis à renouer le cordon de son mieux. Le passant avait tiré le matelas à sa place pendant près d'un quart d'heure. N'ayant plus que son corps à porter, Étienne se reposait, marchant à pas lents et jouissant de ses bras libres qu'il pouvait lancer en l'air ou garder le long du corps comme deux matraques.

L'homme l'avait laissé au coin d'une rue populeuse. Il lui avait donné de l'argent, puis il lui avait conseillé de téléphoner à son père.

— Il viendra te chercher avec ton matelas.

Étienne avait eu honte de lui dire qu'il n'avait plus de père. Il avait repris sa route sans au revoir ni merci. Il avait attendu que l'homme soit plus loin, il avait compté les pièces qu'il venait de lui donner, et sans savoir pourquoi il les avait jetées comme une poignée de cailloux sur une moto qui sortait en trombe d'une impasse. Il avait atteint la visière du casque, mais le motard ne s'était pas arrêté.

Étienne crachait par terre en avançant, il canalisait ainsi le dégoût que lui inspirait sa mère. Quand il tournait autour d'elle le matin, il lui trouvait une odeur de nuit sale. Il ne savait pas ce qu'elle avait fait, mais il en déduisait qu'elle avait passé son temps au-dessus de la cuvette, flattant ses déjections du bout des doigts et les regardant chuter avec délice entre ses cuisses ouvertes. Il pensait qu'il était descendu ainsi, et que d'autres pourraient descendre à sa suite si sa mère continuait à stimuler du regard et du geste des zones aussi proches, aux fonctions qui pour lui se ressemblaient comme deux gouttes d'eau, et dont les produits finissaient par se confondre dans sa tête d'enfant immature.

Il imaginait une descente future de frères et sœurs tombés comme des crottes la nuit dans l'eau des cabinets. Il leur voyait un teint bistre, des traits informes, sans bras, sans jambes, juste un buste oblong et puant. Sa mère lui imposerait cette famille, il devrait les aimer et les héberger dans sa chambre. Ils seraient à sa charge, il les nourrirait, les habillerait, ils dormiraient dans son lit pendant qu'il serait à l'école. À son retour, il les mettrait sur une carriole de sa fabrication et il les promènerait en les tirant de toutes ses forces avec son vélo. Il les ferait rire en renversant des vieilles dames et en les faisant tourner comme des derviches autour d'un platane. Quand il les remonterait à la maison, il faudrait encore qu'il les douche l'un après l'autre d'un coup de chasse, qu'il les lange avec du papier rose, qu'il les berce jusqu'à ce qu'ils s'endorment dans la grande bassine rectangulaire où ils passeraient leur nuit. Étienne essaierait de surveiller sa mère afin qu'elle ne procrée plus. Mais elle continuerait à donner le jour indéfiniment à des bébés d'anus.

Le gamin s'imaginait submergé, noyé dans la

marmaille, périssant étouffé dans son sommeil par cette envahissante famille. Il était obligé de se forcer à penser à autre chose pour ne pas lâcher le matelas et partir en hurlant droit devant lui comme un fou.

Il rêvait d'échanger Christine contre une mère absolument propre, aux voies basses condamnées, suturées par des points. Il l'aurait aimée, il se serait frotté contre elle, se serait enivré de son odeur absente. Il aurait pu l'épier sans la moindre appréhension, il se serait réjoui de constater que son organisme était capable de vivre en autarcie.

Mais le gamin finirait par s'apercevoir que sa mère n'avait pas changé, et qu'elle dépendait toujours de la même mécanique intérieure. Un jour, il la surprendrait très occupée, courbée sur le siège, le regard chaviré par le plaisir d'expulser. Il l'appellerait.

— Maman.

Elle ne lui répondrait pas. Il la saisirait par le bras pour qu'elle s'interrompe. Il la frapperait et lui grifferait les joues. Il cracherait sur elle, puis il pleurerait toutes les larmes de son corps.

Nous attraperions Christine et l'introduirions chez moi afin qu'elle continue à entendre la relation de ses dégoûtantes prouesses. Elle résistait. Elle donnait des coups de reins pour tenter de nous échapper. Elle faisait des bruits avec sa bouche et chantait en alternance pour s'assourdir et ne rien entendre des récits que lui faisait Étienne. Quand je la claquais à toute volée, elle se taisait un peu. Je demandais au gamin de profiter de son calme pour parler vite et fort afin qu'un maximum d'informations pénètre son cerveau.

Parfois elle se mettait à rire, elle accusait son fils d'avoir fait bien pire lorsqu'il était petit. Elle ne s'était jamais plainte à personne de l'état de ses couches, et aujourd'hui elle n'inspectait pas ses fonds de slips avant de les jeter dans sa lessive.

Mais lui, il inspectait les siens, et sa mère tombait un peu plus dans son estime à chaque fois qu'il découvrait les mosaïques et les pastels qu'elle laissait sur son linge. Elle a continué à rire, pourtant son front est devenu rouge et suant. J'ai dit au gamin de peser de tout son poids sur elle, et j'ai entrepris de la déculotter. Elle a poussé un hurlement, elle a croisé les jambes. Je suis allée prendre une paire de ciseaux dans la salle de bains pour découper sa jupe et accéder au corps du délit. Elle a profité de mon absence pour se libérer et frapper Étienne

— Retourne sur le divan.

Elle a continué à s'acharner sur le gamin. Je me suis postée derrière elle. Je lui ai enfoncé la paire de ciseaux entre deux côtes. Elle s'est immobilisée, elle a fait un pas avant de tomber par terre. Elle perdait son sang par sa bouche entrouverte.

Avant qu'elle meure, j'ai voulu lui montrer que j'accomplirais mon dessein jusqu'au bout. J'ai pris les ciseaux ensanglantés, j'ai découpé la jupe, et j'ai dégagé le bas-ventre vêtu d'une culotte vert pâle bordée d'un galon blanc. J'ai appelé Étienne pour qu'il la baisse lui-même avant qu'elle perde conscience. Sa main tremblait en la faisant glisser le long des cuisses et en l'installant sous une lampe afin de pouvoir examiner en pleine lumière la palette que lui laissait sa mère en décédant.

Pour justifier ma présence ici, il valait mieux qu'Étienne me trouve en plein travail de rangement, penchée sur un tas de vieux habits. Dans l'étroite penderie de bois blanc qui se trouvait dans sa chambre, j'ai trouvé un carton rempli de vêtements trop petits pour lui que Christine avait oubliés là. Je les ai déchirés afin qu'ils prennent moins de place dans la poubelle. Il y avait aussi des affaires d'été, mais il avait trop grandi, il ne les mettrait plus.

L'appartement serait vidé de toute sa pulpe comme une dent malade. Il serait nettoyé, gratté avec acharnement jusqu'à la pierre. Quand il serait enfin net, j'emprunterais pour l'acheter. Christine deviendrait alors ma locataire, et elle me respecterait de crainte que je cesse de lui consentir le loyer ridicule qu'elle acquittait depuis son entrée dans l'immeuble. Elle accepterait qu'Étienne devienne mon fils dévoué, elle ne serait plus que sa gouvernante soumise.

Mais il vaudrait mieux que je m'installe au

premier étage avec Étienne. Christine habiterait chez moi quelque temps, puis elle serait expulsée et vivrait sous les toits dans une chambre de service rue de la Harpe. Nous irions la voir chaque dimanche avec du gin et des sucreries. Étienne aurait le droit de se laisser prendre par le cou, et il lui donnerait des nouvelles de sa scolarité. Elle dirait que nous lui manquons et qu'elle pense à nous toute la semaine. Elle voudrait que le gamin reste dormir avec elle, mais Étienne aurait ses devoirs à faire et il ne pourrait accéder à sa demande. Je lui promettrais que la prochaine fois nous irions dîner ensemble dans une rôtisserie du quartier.

— On passera une bonne soirée.

— Ne partez pas tout de suite.

Mais Étienne me tirera par le bras. Nous partirons. Elle nous regardera par-dessus la rampe descendre l'escalier, elle nous courra après, et nous cavalcaderons pour la semer.

Ces visites pèseront à Étienne, car il n'aura plus d'affection que pour moi. Je lui tiendrai lieu de mère, mais nous vivrons en communauté comme des amis. Notre différence d'âge s'estompera à mesure que la puberté le grandira et durcira ses traits. On me prendra pour une étudiante attardée, et lui pour un petit prodige qui fréquente déjà la faculté. Nous organiserons des fêtes, nous danserons tous deux comme un petit couple. Nos enfants ne voudront pas nous croire quand nous leur raconterons notre jeunesse. Ils refuseront de nous voir autrement qu'avec notre air sévère et notre bouche prompte à les réprimander. Nous aurons été heureux en les voyant grandir, peu nous importera qu'ils nous haïssent à l'âge adulte. Leur haine resserrera notre amour, et nous deviendrons un couple de vieillards passionnés l'un pour l'autre, aux yeux rayonnants de tendresse.

J'avais peur qu'Étienne crie en me voyant. Il s'accrochera à moi, ruant comme une bête. Il hurlera, m'arrachera des touffes de cheveux. Je serai obligée de me défendre, de le frapper, de le soulever et de le balancer à terre. Il se relèvera, l'œil poché. Il se jettera sur moi comme un projectile, je ne réussirai pas à l'éviter, sa tête heurtera mon ventre. J'aurai du mal à respirer, je tituberai dans le couloir. Je chercherai la porte, mais j'y verrai trouble et je passerai devant elle sans la voir.

Il se postera devant moi, il me couvrira d'injures. Je parviendrai à l'attraper, à lui serrer le cou, à enfoncer mes ongles dans sa chair. Il criera, je serai obligée de l'étrangler pour qu'il se taise. Quand il aura perdu la vie, son corps deviendra plus lourd, je le laisserai s'affaisser. Je boirai un verre d'eau à la cuisine, je remonterai chez moi. Je prendrai plusieurs comprimés pour être sûre de ne pas me réveiller avant quelques jours. On conclurait peut-être à ma culpabilité, mais je serais plus apte à me défendre après avoir longtemps dormi.

À l'audience, je parviendrais à semer le doute dans l'esprit des jurés, à les émouvoir au point qu'ils me pardonnent d'avoir tué l'enfant. Un peu de prison me permettrait de mettre de l'ordre dans mes idées, et à ma sortie j'aborderais la quarantaine avec un esprit serein. Quand on m'interviewerait, je répondrais que ce meurtre m'avait bouleversée et que je regrettais la mort du petit. Jamais je ne recommencerais, même en état de légitime défense.

Je me cacherais de Christine qui voudrait appliquer la loi du talion. Je lui proposerais par lettre de me faire enlever un rein pour finir de la venger de la perte qu'elle avait subie par ma faute. Mon repentir et ma proposition seraient sincères, mais elle n'en voudrait pas. Je déménagerais plusieurs fois par an pour lui échapper, et la nuit je tremblerais jusque dans mon sommeil. Afin de l'apaiser, je lui offrirais mon suicide en échange de son pardon. Elle refuserait, préférant m'étrangler de ses propres mains. J'accepterais, nous conviendrions d'un rendez-vous chez elle.

Je porterais des lunettes noires, elle voudrait me les enlever. Je refuserais de mourir les yeux nus. Nous nous disputerions, nous nous battrions. À un moment, je la tiendrais sous ma coupe et il me suffira d'abattre sur son front un lourd cendrier en verre pour qu'elle pousse un râle et meure. Personne ne m'aurait vue pénétrer chez elle. Avant de partir, je fouillerais ses tiroirs et je reprendrais toutes les lettres que je lui aurais écrites.

J'avais peur, je voulais qu'il y ait du bruit et de la lumière. J'ai allumé les lampes du salon, la radio et la télévision. J'aimais ce vacarme, et il me semblait que j'aimerais aussi les hurlements de Christine quand elle verrait son appartement dévasté. Je me laisserais insulter, et j'aimerais ses mains si elle prenait la peine de me frapper. Quand elle aurait fini, je remonterais chez moi. Malgré la douleur des coups, je parviendrais à ressentir la joie d'être cette ligne droite partie trente et un ans plus tôt du lit de mes parents et qui se prolongeait à chaque instant, tendue vers le lit où elle en déclencherait d'autres à son tour. Mes enfants nés et élevés, je n'aurais plus à me retenir de toutes mes forces à la vie. Je resterais assise jour et nuit sur mon fauteuil en attendant docilement que mon cœur s'arrête de battre. J'aimais d'avance ma vie entière, j'étais contente qu'elle soit à moi et qu'aucune autre ne me soit destinée.

J'ai éteint radio et télévision, et je me suis installée en chien-de-fusil sur la carcasse du canapé. Je ne regrettais pas le ménage vigoureux auquel j'avais soumis l'appartement de Christine. Elle protesterait, puis ce serait le début de nouvelles relations plus profondes avec elle. S'il le fallait, j'étais prête à lui rembourser une partie de sa garde-robe et la moitié des frais de peinture occasionnés par les graffitis. Je lui permettrais même de monter chez moi avec Étienne afin de se venger. Le gamin serait content de crayonner mes murs, de rayer mon plancher ou de jeter mes robes aux ordures. Christine l'encouragerait de la voix et lui montrerait les objets à dégrader.

Je serais d'abord inquiète, craignant que la vengeance finisse par me coûter trop cher. Puis, je serais amusée par la gaieté du gosse devenu au fil des dégâts un parfait petit vandale. Je me joindrais à sa mère pour l'exhorter à continuer son labeur. Nous ririons comme deux enfants en le voyant déchirer l'étoffe avec ses dents et briser les assiettes sur un coin de la cheminée. Je lui demanderais de me laisser assez de vaisselle pour mes repas quotidiens. Mais emporté par son ardeur, il briserait jusqu'à la dernière soucoupe.

Je ne pouvais pas regarder l'heure de près. J'avais peur de m'apercevoir qu'en ce moment même Étienne était sur le chemin du retour. Il ne serait pas en retard, il courrait dans le hall d'entrée, il grimperait les marches en heurtant les barreaux de la rampe avec son cartable. Il me trouverait dans le salon, il me demanderait qui j'étais.

— Tu le sais très bien.

— Qu'est-ce que tu fais ici ?

— File dans ta chambre.

Il n'obéira pas, il me demandera pourquoi tout est en désordre. Je lui dirai que j'avais procédé à certains nettoyages. Je le prendrai par la main et je l'emmènerai dans la chambre de sa mère. Il regardera ébahi le placard et les tiroirs vidés. Il touchera le sommier.

— Tu sais que Ric est mort ?

Il ne répondra pas.

— Son cadavre est dans le matelas de ta maman.

Je l'embrasserai sur la joue, je lui rappellerai les bons moments qu'il avait eus avec ce chien. Je lui demanderai s'il n'éprouvait pas de chagrin et s'il ne voulait pas le voir.

— Le matelas est sur le palier, tu ne l'as pas remarqué en arrivant ?

Je le tirerai dans le couloir, je lui dirai que les graffitis s'en iraient avec un détergent et que Christine ne voudrait jamais le croire s'il niait les avoir tracés lui-même. Je lui dirai d'arrêter de pleurer comme un bébé qui n'a encore aucune maîtrise de soi. À cause des graffitis, il aurait indubitablement des démêlés avec sa mère, mais il ne tiendrait qu'à lui de profiter de l'occasion pour refuser de plier devant son autorité. Il était assez robuste pour lui résister et affirmer son indépendance. À son âge, il n'avait plus à justifier ses gestes et il avait le droit de modifier la décoration du couloir comme il l'entendait.

Ce logement lui appartenait tout autant qu'à Christine, car le mobilier avait été acheté par son père. Sa mère l'avait choisi, mais c'était lui qui avait signé le chèque. À l'époque, Christine n'avait pas d'emploi, il la logeait, la nourrissait, et subvenait à tous ses besoins. À sa mort, elle avait continué à se servir du mobilier et elle avait dépensé l'argent de son compte jusqu'au dernier liard. Ce petit capital aurait dû revenir au gamin, ainsi que les meubles qu'elle avait usés d'année en année. Il ne se laisserait ni gronder ni punir, il lui dirait de refaire les peintures avec l'argent qu'elle lui devait et de s'abstenir de critiquer l'état des meubles qui lui appartenaient en propre depuis qu'il était orphelin.

J'entrouvrirai le matelas.

— Regarde-le une dernière fois.

Mais il détournait la tête en frémissant des narines. Il voulait que je jette Ric dans un sac, et que je désinfecte la toile du matelas avant de le remettre à sa place. Il voulait que je me dépêche avant que sa mère revienne. Il voulait aussi que je l'aide à ranger et à camoufler les dégradations. La gardienne nous prêterait main-forte, il monterait chercher aussi les vieux du troisième et peut-être un autre locataire s'il en trouvait un qui soit chez lui. Il pouvait téléphoner à des camarades de classe qui viendraient déblayer sous ses ordres. Il voulait que cet appartement devienne une ruche qui répare en une heure ou deux les dégâts de la journée. Il croyait pouvoir pallier le manque de temps et de moyens par la multiplication des bras en mouvement. Il était sûr qu'en rentrant sa mère ne remarquerait rien. C'est à peine si elle le féliciterait du bout des lèvres d'avoir débarrassé l'évier et donné un coup d'aspirateur à la moquette.

— Tu rêves.

— On n'a qu'à s'y mettre.

Il parlait de plus en plus vite. Il essayait de se convaincre que nous serions assez nombreux pour que chacun prenne en charge un morceau minuscule du problème, et le rende résolu cinquante minutes plus tard. Je lui ai dit que de toute façon personne ne viendrait l'aider. J'ouvrirais à nouveau le matelas.

— Tu veux voir le chien ?

— Je veux qu'on range.

J'ai ri. Il a voulu descendre chercher la gardienne, mais je l'ai retenu. J'en avais assez de son obstination sans issue. Je l'ai étendu au milieu du couloir. Je l'ai maintenu à plat sur le sol en l'étranglant du bout des doigts. Je lui ai dit de prendre le matelas à pleines mains et de le descendre sur le trottoir. Il faisait presque nuit, personne ne le remarquerait.

— Moins tu traîneras, plus tu auras de chances de passer inaperçu.

Il valait mieux qu'il aille perdre Ric loin d'ici. Sitôt devant l'immeuble, il l'extrairait du matelas et des journaux qui l'emmaillotaient. Il le poserait sur le bitume, il le prendrait par son collier. Il le tirerait sur quelques mètres en trébuchant à chaque pas, puis il s'habituerait à la charge et il entamerait son périple à travers les rues. Il se glisserait comme une anguille entre les groupes de passants aux destinations divergentes. Il traverserait en dehors des feux, on le klaxonnerait mais il continuerait sa course comme si de rien n'était.

À l'angle de la rue des Ursulines, il trouverait peut-être une vieille voiture d'enfant qu'on viendrait de jeter aux ordures. Il demanderait à un petit gamin parti chercher du pain pour sa mère de l'aider. Le gosse aurait une exclamation de dégoût en voyant la dépouille de l'animal. Il devrait le menacer pour qu'il obéisse. D'abord, Ric leur glisserait des mains et Étienne aurait peur qu'il éclate en frappant le sol. Ils finiraient par réussir à le faire grimper dans la nacelle, mais sous son poids un des montants se tordrait et la voiture pencherait vers la droite, Étienne démarrerait quand même, heureux de pouvoir courir en le poussant devant lui.

J'ai lâché son cou, je lui ai dit qu'il pouvait se relever. Il ne m'a pas répondu. Je l'ai remis debout. Je lui ai demandé de se presser et de descendre le matelas avant le retour de sa mère. Il pouvait se contenter de le mettre dans le local à poubelles, la gardienne se chargerait de le tirer dehors.

— Ensuite, tu te laveras les mains et tu apprendras tes leçons.

— Je veux ranger.

Il s'est jeté sur les sacs que j'avais remplis de vieilles robes. Il a étalé les frusques sur le tapis de la chambre, puis il a pris des cintres pour pouvoir les pendre dans le placard. Pendant qu'il s'affairait, j'ai découpé en deux son anorak qu'il avait toujours sur le dos. Il ne s'est rendu compte de rien, et il n'a pas voulu me croire quand je le lui ai dit. J'ai déchiré une partie du vêtement, et je la lui ai donnée. Les larmes lui sont aussitôt montées aux yeux, et il s'est jeté sur moi en me frappant avec ses petits poings. Ça ne me faisait pas très mal, je me suis laissé faire croyant qu'il allait se calmer.

— Maintenant, arrête.

Il continuait malgré tout. Je l'ai égratigné, je lui ai tenu les mains. Il s'est mis à crier, je l'ai menacé. Il a continué, j'ai cogné son front doucement contre le marbre de la commode. J'ai recommencé plusieurs fois, jusqu'à ce qu'il se taise tout à fait. Je l'ai allongé sur le sommier, et je me suis rendu compte qu'il était mort.

Étienne avait sa clé. Pour l'empêcher d'entrer, j'accumulerais quelques meubles devant la porte. Il n'arriverait pas à l'ouvrir, il alerterait la gardienne qui l'aiderait vigoureusement à pousser. Christine les trouverait en plein effort, suant malgré l'hiver, leurs lainages posés sur le matelas où Ric continuerait à se décomposer. Elle serait incommodée par l'odeur qu'elle attribuerait à la transpiration de son fils.

La gardienne profiterait de son retour pour regagner sa loge. Christine enlèverait la clé d'Étienne de la serrure, elle l'accuserait de l'avoir faussée en jouant avec dans la cour de l'école. Il protesterait, il lèverait le bras pour mieux jurer qu'il ne l'avait jamais utilisée à d'autre fin qu'à ouvrir et à fermer la porte.

— Tais-toi.

Elle prendrait sa propre clé. Elle l'introduirait dans le canon de la serrure et sourirait en constatant qu'elle tournait parfaitement dans les deux sens. D'un quart de tour, elle maintiendrait le pêne hors de la gâche, et elle s'apprêterait à donner une légère secousse vers l'avant. Le gamin se mettrait à rire en voyant sa mère pousser de toutes ses forces et ne pas faire davantage avancer la porte que s'il s'agissait d'un trompe-l'œil.

Christine comprendrait vite que quelqu'un l'empêchait d'ouvrir. Elle penserait à des cambrioleurs surpris par le retour du gosse qui se seraient barricadés plutôt que d'être découverts. Elle parlerait d'appeler la police. Par crainte d'une nuit au commissariat, je préférerais me rendre à elle.

— C'est moi, n'aie pas peur.

Elle ne reconnaîtrait pas ma voix, il faudrait que je me nomme.

— Mais qu'est-ce que tu fais ici ?

— Rien, je t'assure.

Elle voudrait que je dégage immédiatement l'entrée.

— Après, tu me laisseras remonter sans rien me dire ?

— Oui.

Mais elle ne tiendra pas parole. J'essaierai de quitter l'appartement en même temps qu'elle y pénétrera, et elle coincera mes bras entre ses mains comme dans un étau. Une autre fois j'aurais pu peut-être lui échapper, mais cette journée m'avait vidée de toute mon énergie. Je me suis laissé conduire jusqu'au salon. Je me suis débattue pour qu'elle me lâche avant qu'elle puisse voir les transformations qu'avait subies la pièce. Je lui ai dit que je n'étais pas responsable. J'avais monté cette mise en scène avec la porte pour rendre service à Étienne.

— C'est lui qui a tout saccagé.

— J'ai rien fait.

Christine éprouvera envers moi une haine absolue qui l'empêchera de parler ou de prendre un instrument dans la cuisine pour m'égorger. Elle restera immobile, aux prises avec Étienne qui la harcèlera de serments d'innocence.

— Je vous laisse.

J'ai couru vers le palier. Je suis montée chez moi. Je me suis enfermée à double tour. J'ai marché dans le corridor en appuyant chacun de mes pas, afin qu'elle m'entende et sache que j'étais à l'abri, loin des problèmes qui ne concernaient que son intérieur circonscrit dans la superficie provisoire qu'elle occupait dans l'immeuble. Ce n'était qu'une fraction dans l'espace et dans la durée, elle avait eu tort de s'y attacher. On l'enterrerait sans son canapé, sans ses murs, et sans ce lit où son mari l'avait rendue mère. De la vie laborieuse qu'elle menait elle n'obtiendrait qu'un cercueil verni.

Le désastre qui l'entourait était la preuve irréfutable qu'elle était en vie. Elle devait se contenter de ce plaisir. Je martelais de plus en plus fort le plancher, comme si ma pensée se laissait charrier le long de mon ossature et gagnait la structure de la maison. Je voulais priver Christine de son libre arbitre. De gré ou de force elle accepterait de bûcher pour obtenir un diplôme d'infirmière et retourner à ma place à la clinique. Quant à moi, je conduirais chaque matin Étienne à l'école et je me rendrais au ministère d'un pas preste.

Après quelques semaines, plus personne n'osera nous interroger sur notre échange de vies.

Étienne m'aimera, et il regardera Christine d'un œil presque froid. Nous aurons déjà tous les deux un passé commun et plusieurs bons souvenirs. Ils lui suffiront à se situer dans le temps, et il n'éprouvera pas le besoin d'évoquer les années où Christine était encore sa mère. Il m'embrassera souvent, et le dimanche il viendra dans mon lit se presser contre moi. Nous prendrons un petit déjeuner qui s'éternisera jusqu'à midi. Puis, nous nous doucherons, nous nous préparerons en vitesse et nous prendrons le train pour la campagne. Nous chercherons une maison à louer, et nous finirons par en trouver une qui nous conviendra.

Je donnerai à Étienne l'autorisation de manquer un trimestre d'école. Il pourra ainsi décaper les poutres et replanter le jardin. Le soir je contrôlerai son travail, et je le tancerai s'il a détérioré le bois avec sa raclette ou si je le soupçonne d'avoir bâclé la besogne afin de pouvoir flemmarder le reste de la journée. Pour que nos travaux ne prennent aucun retard, il rattrapera le temps perdu pendant la nuit. Si la lune est pleine et le ciel clair, il ratissera ou taillera les haies sans lumière d'appoint. Autrement, j'installerai une lampe sur la rampe du perron et il jardinera à sa lueur.

Je serai exigeante, je voudrai que notre maison soit parfaite et qu'il devienne un modèle de fils. Chacune de ses fautes m'humiliera et me blessera comme si c'était moi qui l'avais commise. Je ne ferai aucune différence entre nous, son esprit sera comme une idée supplémentaire noyée dans mon cerveau et son corps comme des globules étrangers en fraude dans mon sang. Je ne serai pas plus dure avec Étienne qu'avec moi, je lui éviterai même les mauvais traitements que d'autres mères lui auraient infligés. Je l'aimerai trop pour le voir souffrir. Je le regarderai s'affairer dans le jardin en espérant qu'il ait fini son travail avant que le froid de la nuit le saisisse. Quand il rentrera, je verserai un bol de lait brûlant entre ses lèvres blanchies. Avant de se coucher, il pourra jouer à sa guise et je lui servirai même de partenaire s'il veut utiliser le Monopoly. Il s'endormira au milieu de la partie. Je le poserai sur son lit, je le déshabillerai et je le borderai.

Nous serons exaspérés par les visites incessantes de Christine, qui profitera du moindre jour férié pour venir nous voir. Elle apportera à chaque fois un cadeau ou des victuailles pour se faire pardonner sa venue. Étienne sera content pendant quelques minutes, mais aussitôt le paquet déballé ou les aliments grignotés, il deviendra taciturne et ne l'écoutera même pas raconter les potins du boulevard St-Michel. Il produira même des bruits avec sa bouche quand elle lui adressera la parole. Je serai obligée de l'envoyer faire le tour du jardin au pas de course pour lui apprendre à se montrer poli. En revenant, il répondra à la question que Christine lui avait posée tout à l'heure, mais elle ne s'en souviendra plus.

Elle lui prendrait la main pour l'attirer et qu'il pose la tête sur son corsage. Il se laisserait faire, il piquerait du nez entre les seins et il reniflerait pour signifier que l'odeur de sa poitrine l'insupportait. Je l'enverrais à nouveau tourner dans le jardin afin de montrer à Christine que je ne permettais pas à mon fils de se moquer de mes amies. J'essaierais cependant de lui faire comprendre que cet enfant était aux portes de l'adolescence et qu'il avait besoin d'une intimité accrue avec sa mère. La présence d'une autre femme était un obstacle à sa maturation et au dialogue que nous poursuivions tous deux lorsque nous étions seuls.

Étienne était mon fils et je resterai sa mère jusqu'au bout. Je serai toujours là pour le mettre au monde, à n'importe quel moment de son histoire. Il pourra tomber autant de fois qu'il voudra, il pourra se fracasser et mourir, être malade et disparaître, manquer un virage et brûler vif. Il pourra s'éteindre autant de fois qu'il lui plaira, je le ranimerai, et je l'accoucherai encore s'il le faut. Étienne était libre, je lui donnais la vie éternelle. Les lits d'hôpitaux, les cimetières ne seraient jamais pour lui.

Je l'ai regardé par la fenêtre. Il transpirait, il butait contre les anfractuosités, mais il forçait l'allure avec un courage de petit guerrier.

— Dis-lui de rentrer.

— Il vaudrait mieux que tu partes.

Étienne est revenu en même temps que Christine s'en allait. Je lui ai demandé de lui dire au revoir et de l'embrasser.

— Non.

Il m'a semblé que ma joue était en feu après l'avoir giflé. Il est monté dans sa chambre en criant qu'il se vengerait. J'ai dit à Christine que j'étais aussi révoltée que le gamin par la gifle qu'il avait reçue. J'avais le plus grand mépris pour elle d'être venue jusqu'ici pour m'obliger à affliger mon fils.

— Je ne suis pas venue pour ça.

— Ne mets plus jamais les pieds ici.

Les dimanches suivants, Étienne l'a suivie dès sa sortie de la gare et lui a jeté de vieilles canettes de bière pour la dissuader de rejoindre la maison. Mais elle courait en riant comme s'il s'agissait d'une plaisanterie. Une fois chez nous, elle se mettait en tête de m'aider à coudre et elle restait jusqu'à neuf heures passées. Un soir, elle s'est attardée si longtemps que nous avons été contraints de la garder à coucher. Je lui ai donné la chambre d'Étienne, et le gamin a dormi dans mon lit.

Le lendemain matin, je lui ai servi une tasse de café sur la table de chevet. Je lui ai montré l'heure au petit réveil d'Étienne. Je lui ai dit de se presser si elle ne voulait pas arriver en retard à la clinique qui venait de l'embaucher comme infirmière de jour. Elle n'avait pas le loisir de regarder son café en attendant qu'il tiédisse, elle devait le boire tout de suite. Je n'avais pas fait griller de pain, car des tartines l'auraient trop retardée. Elle mangerait mieux à la cantine. D'ailleurs, elle n'avait pas vraiment le ventre vide, la digestion du dîner d'hier se prolongeait sans doute encore dans ses entrailles.

— Bois, dépêche-toi.

Mais elle a continué à s'enfoncer sous les couvertures. Elle a émis un grognement si sonore qu'il aurait pu réveiller Étienne toujours endormi dans ma chambre. Quand j'ai insisté pour qu'elle s'en aille, elle a sorti une main des draps et elle a déséquilibré la tasse de café qui s'est répandue sur le parquet. Elle a ri, elle s'est retournée vers le mur et elle s'est rendormie. Je l'ai secouée, je lui ai dit que si elle ne se dépêchait pas l'infirmière major ferait un rapport sur elle auprès du directeur.

— Je ne travaille pas aujourd'hui.

Elle avait fait une nuit la semaine passée, et on lui avait accordé cette journée de congé. Ce n'était pas une raison pour rester ici. Étienne ne la supporterait pas un jour de plus entre nous.

— Tu t'en vas ?

Elle m'a répondu qu'elle partirait dans la soirée. D'ici là, elle garderait le gamin pendant que je serais au ministère. Elle me conseillait de bâcler ma toilette si je ne voulais pas arriver en retard à mon bureau. Il était impossible que j'abandonne Étienne entre ses griffes. Je lui ai dit que je téléphonerais vers neuf heures pour prévenir que j'étais souffrante et que je ne reprendrais mon travail que demain.

Elle a voulu que je m'allonge à côté d'elle dans le petit lit. Elle m'a tirée par l'épaule, elle a couvert de baisers chacun de mes doigts. Elle m'a dit qu'Étienne avait un besoin énorme de tendresse, et que nous ne serions pas trop de deux pour l'assouvir. Nous le prendrions entre nous et nous le comprimerions jusqu'à l'écraser d'amour. Il sentirait que ses mères ne l'abandonneraient jamais, et qu'il pourrait compter sur elles à jamais.

Nous saurions le maintenir en vie, l'empêcher à chaque instant de prendre des risques et de glisser dans le premier cercueil venu. Elle se refusait à le remettre au monde à tout bout de champ, il faudrait qu'il prenne un soin extrême de l'étincelle qui l'habitait. Nous le soignerions comme un malade de peur qu'elle ne s'éteigne dans ce corps trop occupé à marcher dans un couloir d'école, à écrire sur un cahier austère et à courir le dimanche autour de la maison. Nous le gaverions de tous les médicaments que nous pourrions trouver, afin que les maladies se trouvent éradiquées avant même d'apparaître. Nous le prendrions en sandwich comme les deux branches d'un casse-noisettes, et il ne pourrait fuir notre amour.

Elle voulait même que nous jetions le doute dans son cerveau et que nous lui laissions croire parfois que nous ne savions pas de l'une ou de l'autre qui l'avait mis au monde. Certains jours il m'appellerait maman, mais certains autres ce serait le tour de Christine. Son caractère deviendrait plus souple, il apprendrait à se contenter de la mère qui lui serait provisoirement concédée. Il n'aurait plus cette impression de propriété, de donation perpétuelle, de mère inaliénable comme un bien matériel.

— Viens te coucher près de moi.

— Va-t'en.

Elle a ouvert le drap pour que je m'installe à côté d'elle. Je l'ai menacée d'aller réveiller Étienne pour qu'il m'aide à la jeter dehors à demi-nue sur la terre encore dure de la gelée de la nuit. Elle m'a dit qu'Étienne était notre fils commun, et qu'il refuserait d'obéir à un ordre pareil. C'était moi qui l'avais accouché, mais ce n'était pas une raison pour m'en croire l'unique génitrice. Elle l'avait peut-être porté dans son ventre plusieurs mois avant de m'accorder le privilège de l'expulser. D'ailleurs, il n'avait jamais su de quel ventre il était sorti.

Il n'avait même pas gardé mémoire de l'odeur, du granuleux de cette chair qu'il avait franchie en souffrant mille morts comme un petit vieux qu'on étouffe entre deux matelas. Il ne se souvenait plus de moi, il ne se souvenait plus de rien. Il était tout entier tourné vers l'avenir. Il était prêt à aimer d'amour filial n'importe quelle femme affectueuse qui ressemblerait à une mère. Christine était une mère aussi plausible que moi, le gamin la choisirait peut-être. Elle partirait avec lui, et elle l'installerait à demeure boulevard St-Michel.

Je ferais de fréquentes visites pour essayer de l'émouvoir en lui portant un vieux jouet ou la casquette en tweed qu'il portait l'hiver de ses sept ans. Mais ces objets le laisseraient froid, et il ferait une grimace de dédain. Je lui chanterais d'une voix douce la chanson qui l'endormait chaque soir, même quand il avait le nez bouché ou qu'il avait mal aux dents. Mais il reprendrait cette mélopée en la hurlant comme une marche militaire.

Christine ne permettrait pas que mes visites

excèdent une petite heure, et le moment venu elle me donnerait mon manteau et me pousserait vers la porte. Elle me demanderait de ne pas revenir avant trois ou quatre mois. J'acquiescerais. Je rentrerais à la campagne le cœur gros, avec une lourde barre sur l'estomac. Je pleurerais dans la maison vide où les poutres à moitié grattées me rappelleraient mon enfant. Je taperais sur la table et contre la brique de la cheminée sans trouver d'exutoire à ma peine. Je sentirais que tout était en deuil autour de moi et que je me trouvais seule dans l'univers. Je marcherais à travers la maison, je verrais dans un miroir une petite femme pleurant son fils dans un présent étroit comme un conduit. Elle me ferait pitié.

— Étienne m'appartient.
— C'est ce qu'on verra.
— Il est à moi.

Je l'ai griffée pour essayer de la tirer hors du lit. Au lieu de crier, elle riait afin de mieux m'exaspérer. J'enfonçais mes ongles davantage, et elle riait encore plus fort. Je l'ai lâchée, je lui ai dit qu'elle n'était qu'une vieille fille qui n'aurait jamais d'enfant de personne. Elle porterait son ventre vide comme un tabernacle désaffecté. Elle se situait à la fin d'une lignée qui remontait à la nuit des temps, elle en était le chaînon stérile qui l'empêcherait de sauter jusqu'aux siècles prochains et de laisser sa trace sur les états civils des temps futurs. Elle pouvait essayer de supporter encore un peu son existence, mais il était préférable qu'elle rentre boulevard St-Michel, s'assoit dans sa cuisine, mette sa tête dans ses mains et réfléchisse dans le calme à la forme de suicide qu'elle pratiquerait avec le moins de répulsion. Ensuite, elle se tuerait.

— Si tu veux, je demanderai à Étienne de t'aider.

Je l'avais vexée. Elle était allongée sur le dos, elle regardait fixement les lambris. Son visage n'avait plus rien de celui d'une fille encore dans la trentaine, on aurait dit que le désenchantement avait posé à sa surface les jalons des rides qui ne feraient que s'étaler et se creuser tant qu'elle trouverait utile de continuer à vivre. Son regard aussi avait vieilli, la déception et l'aigreur semblaient recouvrir l'œil comme une cataracte précoce.

Seule la maternité aurait pu lui rendre sa fraîcheur et sa curiosité de connaître la suite de sa vie. Elle aurait accepté un enfant menteur, voleur et plein de haine. Elle l'aurait aimé assassin, elle aurait même eu une toute petite partie du cœur en fête quand on lui aurait rendu son corps, après qu'il ait été abattu par un gardien lors d'une tentative d'évasion. Elle embrasserait ce mort, elle tremperait sa chair froide de ses sanglots. Dans son chagrin, elle garderait malgré tout une place pour la joie de l'avoir conçu, aimé, de l'avoir vu grandir, et même de l'avoir imaginé dormant comme un bébé malgré les hauts murs et les miradors qui veillaient sur lui. Elle le remercierait d'avoir souffert et de lui avoir permis de souffrir pour lui, au lieu de ressentir une douleur continuelle qui tourne à vide et pour personne jusqu'au tombeau. C'était justement cette douleur stupide, sans objet, qui rendait ses yeux vitreux et fripait sa peau.

Elle s'est levée. Elle s'est habillée. Elle a peigné ses cheveux avec ses doigts. Elle m'a posé la main sur l'épaule.

— Je l'emmène avec moi.

— Si tu veux.

Je croyais qu'elle parlait du livre de cuisine que je lui avais prêté la veille.

— Au revoir.

Elle a quitté la pièce. Je l'ai entendue marcher jusqu'à ma chambre. Je l'ai rattrapée, je me suis collée derrière elle, ma poitrine touchant son dos. Elle a ouvert la porte, le gamin était toujours endormi. Je lui ai demandé de ne pas l'embrasser, le contact de ses lèvres suffirait à le réveiller.

— Il faudra bien pourtant qu'il se réveille.

— Parle moins fort.

Il avait sursauté en entendant sa voix. Je ne voulais pas qu'il se réveille avant d'avoir épuisé son sommeil jusqu'à la dernière goutte. Mais Christine se penchait pour le toucher et lui parler à l'oreille. Je lui ai mis les mains dans le cou pour l'étrangler. Je n'ai fait d'abord que la menacer, mais elle m'a dit qu'Étienne était son fils et qu'elle me l'avait prêté pour me distraire de mon célibat. J'ai compris qu'elle devenait folle.

Pour la calmer, je lui ai proposé d'emmener Étienne l'été prochain visiter le musée du Louvre ou le château de Versailles. Dans un an ou deux, ils pourraient partir en week-end à Dieppe et se promener en criant sur la falaise. Quand il serait plus âgé, nous pourrions même envisager une garde alternée. Il resterait une semaine à la campagne et une autre à Paris. Dès à présent, je ne voyais pas d'inconvénient à ce qu'il nous appelle maman toutes les deux et qu'elle lui soutire des câlins de temps en temps. Étienne serait notre bien commun, nous nous le partagerions sans jamais nous le disputer, et nos affections conjuguées l'aideraient à devenir un homme.

Plus tard, lorsque les catastrophes de l'âge mûr fondraient sur lui, c'est vers nous qu'il se tournerait. Nous serions obligées de lui dire qu'un adulte doit se battre seul, et que deux vieilles femmes comme nous n'étions plus aptes à aucun combat. Nous aurions aimé être des fées et pouvoir rembourrer chaque obstacle avant qu'il le rencontre, mais sa vie nous échappait. Nous ne pourrions plus rien contre elle, il fallait qu'il se laisse marteler et bosseler comme un malheureux bidon vide qui dévale une pente pleine de cailloux et de rochers.

Christine s'est à nouveau penchée sur lui. Je lui ai demandé de reculer, de s'écarter du lit. J'ai recommencé à serrer son cou. Elle a essayé de me repousser d'une main et de me pincer de l'autre pour que je lâche prise. J'ai supporté la douleur, et je l'ai prévenue que si elle ne quittait pas immédiatement cette chambre j'irais jusqu'au bout de la strangulation. Elle a continué à lutter contre moi, puis elle s'est laissée tomber par terre.

Je lui ai proposé de partir en échange d'une lettre que j'obligerais Étienne à lui écrire chaque semaine. Il lui raconterait sa vie dans les moindres détails. Il serait tenu de ne rien omettre de son histoire intime et de la maturation de son corps. Il joindrait à sa lettre une photo prise la veille, une mèche de cheveux, ou un morceau de devoir d'anglais.

Elle s'est relevée, encore groggy. Elle m'a empoignée, elle m'a repoussée. Elle a murmuré que je devais lui rendre son fils. Elle voulait le ramener dès ce matin à l'école pour qu'il reprenne au plus tôt ses cours. Elle savait pourtant que j'avais agi en plein accord avec le directeur qui avait approuvé ce petit trimestre de travaux manuels. Étienne était assez intelligent pour remonter trois malheureux mois d'absence.

— Il n'y arrivera jamais.

Je savais qu'il y parviendrait. Son cerveau reposé prendrait un nouvel essor, il avalerait les données à une vitesse redoublée.

— Je le ramène à Paris.

Je lui ai dit que je préférais les tuer tous les deux, plutôt que de les voir partir ensemble. Je ne serais jamais rien d'autre qu'une mère, et si elle m'enlevait Étienne je ne serais plus rien. Depuis la mort de mon mari, cet enfant était tout ce qui me restait. Sans lui, je n'avais plus aucune raison de continuer à exister. C'était lui qui me reliait au reste du monde, je l'utilisais comme une sonde, un hameçon qui me rapportait des bribes de l'univers. Il me servait en ce moment à rafraîchir la maison, mais après je le renverrais à Paris toute la journée. Il courrait les rues, le métro, les paysages urbains. Il me donnerait la température exacte de la foule et des piétons solitaires qui s'en détachent. Étienne était sorti de mon ventre comme un appendice, il continuait à me servir de bras articulé. Ses jambes le rendaient apte à se déplacer dans un rayon de plusieurs kilomètres. Le cordon ombilical était toujours là, qui me reliait fermement à lui. Mais il avait perdu sa matérialité, il était pareil à un faisceau ou à une simple pensée insoupçonnable et pourtant plus robuste qu'un câble.

Je ne pouvais pas lui donner cet enfant. Sans lui, je me mettrais à tomber à chaque pas comme un volatile qui reçoit un coup de fusil.

— Ne le réveille pas.

Elle m'a échappé, elle s'est penchée. Elle a serré Étienne contre sa poitrine, elle l'a arraché aux draps. Il ne s'est pas réveillé tout à fait, il ouvrait les yeux et les refermait sans rien croire de ce qu'il avait vu. Elle m'a bousculée, elle est parvenue à passer le seuil de la chambre, à descendre l'escalier, à quitter la maison et à marcher vers la gare sous la pluie avec le gosse dans les bras.

Je courais derrière elle, mais une crampe m'obligeait à m'arrêter parfois et je prenais du retard. Le froid et l'humidité avaient réveillé Étienne tout à fait. De temps en temps, elle le posait par terre malgré ses pieds nus, et il trottait à côté d'elle en lui donnant la main. Je lui criais de quitter cette femme qui ne lui était rien. Il ne se retournait même pas, et il allait de plus en plus vite pour avoir moins froid dans son pyjama mouillé qui se collait à lui comme une seconde peau.

En passant devant un café, il est tombé dans une saillie que des ouvriers avaient ménagée pour poser des tuyaux. Christine a essayé en vain de le tirer de là. Quand je suis arrivée, il était jaune de boue et sa bouche tordue trahissait une douleur digne d'une entorse ou d'un tibia fracturé. J'ai dit à Christine de le laisser et de rentrer à Paris. Elle était décontenancée par l'accident et elle m'a obéi. Des badauds la regardaient avec réprobation, elle a accéléré l'allure de peur d'être molestée.

Un couple m'a aidée. Quand l'ambulance est arrivée, nous avions déjà extrait Étienne et nous l'avions couché dans le café sur une banquette. Il est resté trois jours en clinique, et on me l'a rendu avec un mollet plâtré.

Le dimanche suivant, Christine est revenue à la maison. Elle était chargée de sucreries et de jouets. Je lui ai dit de laisser tous ces paquets dehors.

— Étienne n'a besoin de rien.

Puis, je l'ai avertie qu'elle n'aurait pas le droit de le toucher ni de le voir de près. Il ne faudrait pas non plus qu'elle lui pose des questions ou qu'elle lui parle. Elle ne devrait pas lui faire de signes avec la main, ni avec la bouche, ou avec n'importe quelle autre partie du corps. Elle devrait se tenir droite, immobile, s'abstenant de tousser, d'éternuer ou de se gratter négligemment. Je voulais réduire au minimum le contact qu'elle aurait avec lui. L'entrevue ne pourrait excéder dix minutes.

— Tu as compris ?

Elle a acquiescé. Je lui ai demandé d'attendre dans l'entrée.

— Je viendrai te chercher dans un moment.

— Je pourrai quand même lui donner des bonbons ?

Je lui ai demandé d'ouvrir tous les paquets qu'elle avait apportés, d'en répandre le contenu sur les graviers du chemin qui séparait le portail du perron, et de les piétiner afin que les jouets se brisent et que les friandises s'enfoncent dans la terre. Elle a souri, elle a plaisanté pour essayer de me faire changer d'avis. Je lui ai dit que si elle n'exécutait pas au détail près l'ordre que je venais de lui donner, elle ne verrait plus jamais Étienne de sa vie.

— Pourquoi ?

Elle devait cesser de discuter les conditions d'une rencontre qui n'était pas une prérogative. J'allais prévenir Étienne de sa présence, et si à mon retour je ne voyais pas ses cadeaux réduits en miettes dans le jardin, je me permettrais de la jeter dehors avec le fusil de chasse que je venais d'acheter pour assurer notre sécurité. Je prendrais un certain plaisir à trouer son manteau bleu et la cage thoracique qui se trouvait dessous. Elle a encore souri. Je lui ai dit que lors de l'entrevue elle n'aurait pas le droit d'étirer ainsi ses lèvres en laissant apparaître ses dents. Je me posterais armée dans son dos, et au moindre sourire de connivence je la ferais passer *ad patres*. Elle pouvait partir tout de suite si elle préférait éviter de prendre des risques. Mais si elle restait, je lui serais gré de bien vouloir me remercier dès maintenant d'accepter de lui laisser voir l'enfant.

— Merci.

Je suis allée prévenir Étienne. Il s'était assoupi sur un cahier de dessin. Son plâtre faisait saillie sous la couverture. Je n'ai pas voulu le réveiller, et du reste il était préférable qu'il ne se rende pas compte de la visite.

Les yeux de Christine allaient se poser sur cet enfant, et produire une image de lui que sa mémoire de femme frustrée conserverait peut-être jusqu'à la fin de ses jours. Je n'avais pas le droit de le donner en pâture à ce regard. Il valait mieux qu'elle rentre chez elle bredouille. J'ai remonté la couverture. À présent, elle lui couvrait le visage jusqu'à hauteur du front, laissant à l'air la pointe de ses oreilles et ses cheveux emmêlés. Je suis descendue. J'ai dit à Christine qu'elle n'avait plus qu'à partir.

— Mais j'ai fait tout ce que tu m'as dit.

Elle voulait que je regarde par la fenêtre. Elle avait brisé les jouets et enfoncé les bonbons sous le gravier. Elle n'aurait pas dû m'écouter, par sa faute je devrais déblayer le jardin trois quarts d'heure durant, au lieu de faire la sieste ou de regarder dans un fauteuil les nuages changer le ciel.

Quand nous vivions encore boulevard St-Michel, il ne se passait pas de jour sans qu'elle vienne sonner pour me soutirer des secondes, et même des dizaines de minutes de conversation auxquelles elle n'avait aucun droit. Elle venait nous voler notre temps, elle le buvait à longs traits sans nous fournir aucune contrepartie. Le dimanche soir, elle jouissait d'Étienne, de son entrain, de ses reparties, de son désir de jouer malgré l'heure tardive. Elle en jouissait parfois pendant vingt-cinq minutes, et ensuite elle m'avait toute la soirée durant. Je lui parlais, je lui racontais mon voyage de noces, mes premières semaines en ménage avec mon mari. Elle avait accès à tout mon passé, et même à mon adolescence dont je ne lui cachais pas les quelques flirts qui s'étaient concrétisés par un coït.

Elle absorbait ma substance sans retenue. Elle dévorait tout, se repaissant de mes bonheurs comme de mes peines et de mes déconvenues. Elle faisait son miel de la moindre anecdote touchant mon entrée en troisième, et de la plus banale des paires de chaussures que ma mère avait refusé de m'acheter car elle trouvait que le lamé argent n'était pas convenable pour une fillette de treize ans. Elle tétait ma vie, elle l'aspirait comme si elle avait voulu s'en rendre obèse et m'en vider tout à fait. Le dîner s'éternisait, elle me poussait à boire de l'alcool pour que je jette encore des indiscrétions sur la table et qu'elle puisse les déglutir avec le gâteau du dessert.

Ensuite, elle me suivait dans la salle de bains. Elle me réclamait un compte rendu de la dernière nuit que je me souvenais avoir passée avec mon mari. J'étais ivre, mais je protestais quand même avant de lui céder et de lui donner à mâcher un nouveau morceau de ma vie amoureuse. Il fallait que je la mette dehors pour qu'elle consente à me laisser dormir. Parfois, elle parvenait à s'incruster jusque dans mon lit. J'étais obligée de lui tourner fermement le dos pour échapper à ses effusions. Une nuit, elle a même profité de mon sommeil pour tenter de reproduire une scène que j'avais vécue à dix-sept ans avec une femme, et dont j'avais eu l'imprudence de lui donner le récit quelques mois plus tôt.

Elle aurait voulu que ma chair elle-même se confesse à elle, et que crûment elle s'avoue. Nous nous étions repliés ici pour la fuir, il n'était pas question qu'elle prenne cette funeste habitude de venir nous débusquer chaque week-end.

— Je le verrai ?

— Il est trop fatigué pour supporter ta visite.

Je l'ai poussée hors de la maison. Elle était abasourdie et se laissait faire. J'ai ouvert le portillon du jardin et je l'ai abandonnée sur la voie publique.

Je suis rentrée à la maison. Il faisait froid, j'ai monté le chauffage et j'ai mis de l'eau à bouillir pour le thé. Là-haut, Étienne dormirait jusqu'au soir. Puis je l'aiderais à s'asseoir sur le bord du lit, et il mangerait sur le petit guéridon où je servirais son repas. J'accepterais de lui monter le téléviseur et de le laisser regarder un film. Bien avant la fin, il se sera endormi d'un profond sommeil qui se poursuivra sans heurts jusqu'au lendemain. J'aimais qu'il dorme, il me semblait que le sommeil l'empêchait de s'user et qu'il lui permettait même de se charger d'années de vie potentielles qui prendraient le relais de son existence quand elle donnerait des signes inquiétants de faiblesse et d'épuisement. Grâce au repos accumulé, il sauterait plusieurs fois pardessus la mort qu'il n'atteindrait qu'à un âge merveilleusement avancé.

Je buvais mon thé en regardant la cheminée. Il fallait que je la gratte si je voulais faire une flambée avant l'été. J'enroulerais un vieux collant sur ma tête pour protéger mes cheveux de la suie. Je m'habillerais d'un vieux pull, de bottes et de gants de cuir usagés. Je continuerais à gratter pendant une partie de la nuit. J'irais me coucher comme un zombie. Demain, je tituberais de fatigue dans les couloirs du ministère, mais j'aurais la satisfaction du devoir accompli.

Les vitres auraient besoin d'un sérieux nettoyage. Elles portaient plusieurs années de crasse, en outre Étienne avait laissé baver son pinceau en peignant les huisseries. J'ai tiré un mouchoir en papier de la poche de ma robe, et j'ai frotté pour ménager une lucarne dans la vitre de la porte-fenêtre. À travers, je voyais nettement la nuit tomber avec ses fines lanières de lumière rouge et son obscurité d'un bleu qui fonçait lentement. Je voyais aussi la maison d'en face avec ses pièces déjà allumées, et ses enfants qui sautaient dans les chambres comme des bestioles. Ils étaient nombreux et semblaient du même âge, comme si leurs géniteurs les avaient eus d'un seul coup. J'ai baissé mon regard vers le salon du rez-de-chaussée où des adultes buvaient un liquide transparent dans des verres blancs. Puis, j'ai regardé mon jardin. C'était un espace banlieusard, pourvu d'un seul arbre. Il faudrait y planter des buissons et des fleurs. À la place des hortensias que j'aurais voulu mettre en terre au printemps, se trouvait Christine accroupie dans le froid. Je ne voulais pas qu'elle passe la nuit ici, et qu'on la retrouve demain matin raide morte.

Je suis sortie, je me suis approchée d'elle. Elle claquait des dents comme un enfant qui a joué trop longtemps dans la neige. Je l'ai aidée à se relever. Je lui ai dit de marcher devant la maison pour rétablir sa circulation sanguine.

— Après, tu courras jusqu'à la gare et tu te coucheras en arrivant chez toi.

— Je resterai là tant que je ne l'aurai pas vu.

— Tu ne le verras pas.

Elle a fait quelques pas et elle s'est accroupie de nouveau. Je suis rentrée. J'ai pris le fusil. Je l'ai menacée depuis la fenêtre de la cuisine. Comme elle ne bougeait pas, je suis ressortie et je lui ai appliqué le canon à bout portant. Elle m'a demandé de tirer. Je lui ai dit que je voulais juste qu'elle s'en aille. Elle a répété qu'elle ne partirait pas sans l'avoir vu.

— Tu ne le reverras plus jamais.

Je suis rentrée dans la maison. Étienne venait de se réveiller, il m'a appelée. Je suis montée, il voulait savoir ce qui se passait dehors. Avec son plâtre, il n'avait pas pu se traîner jusqu'à la fenêtre. Je lui ai dit que j'avais eu maille à partir avec un vagabond qui s'incrustait dans le jardin avec son litron. Il s'est redressé dans son lit et il a imité un clochard qu'il avait vu passer devant les grilles du Luxembourg. Je l'ai menacé de le priver de télévision pour qu'il s'arrête.

Je lui ai dit de dessiner sur son cahier pendant que je préparais son dîner. Tandis que je descendais l'escalier, il s'est mis à entamer une chanson dont il ne savait pas la moitié des paroles et dont il perdait la mélodie à chaque vers. J'étais contente qu'il ne soit pas doué pour la musique, mais il n'était pas à l'aise non plus avec les chiffres. En revanche, rien ne prouvait qu'il n'aurait pas des dispositions pour le droit, ou qu'il ne se révélerait pas plus tard un excellent vendeur. Je l'aimais assez pour supporter qu'il ne soit qu'un petit représentant sans avenir. Plus il serait humble, moins il serait tenté de me regarder de haut et de mépriser ma carrière d'employée. Il me semblait que si ses revenus étaient minces, il se montrerait affectueux, dans l'espoir que je lui donne un billet pour arrondir son mois.

En faisant frire le steak du gamin, je voyais Christine dans le jardin. Elle s'était assise sur une vieille lessiveuse rouillée. Elle avait le buste droit, et le regard braqué sur la fenêtre de la chambre du gosse. Elle espérait qu'Étienne se lève dans son lit et s'amuse à sauter sur une jambe. Elle verrait alors sa tête complète, avec le visage, les cheveux, les oreilles et le cou. Mais son plâtre était bien trop lourd pour lui permettre ce genre d'excentricité. Elle n'avait aucune chance de l'apercevoir, même en se dressant sur la lessiveuse elle ne verrait que le bas du lit. Et en se hissant sur la pointe des pieds, c'est à peine si elle verrait les boutons de sa veste de pyjama.

J'ai épluché une pomme que j'ai arrosée de yaourt battu, et je l'ai apportée au gamin avec le steak. Pendant qu'il commençait son repas, j'ai monté le téléviseur. Les publicités se terminaient et les films débutaient sur toutes les chaînes à la fois. Étienne avait une préférence pour celui où l'on voyait des voitures noires et des hommes à chapeaux gris. La réception était mauvaise, je remuais l'antenne sans parvenir à épurer l'image de la neige et le son du souffle.

— Arrête, tu dérègles tout.

Je n'ai plus touché à rien. Quand il a eu fini de manger, je lui ai enlevé le plateau avant qu'il le laisse tomber par terre. Je suis descendue au rez-de-chaussée. J'ai fait la vaisselle. Je savais que Christine était toujours là, mais je ne voulais pas la voir. Il me semblait qu'elle finirait par s'en aller d'elle-même si je ne lui prêtais plus aucune attention.

Elle finirait par aller se réfugier aux alentours de la gare en attendant le premier train du matin. Elle s'assiérait dans une cabine téléphonique, et elle parviendrait à dormir par petites vagues d'une demi-heure. Elle se lèverait engourdie et ankylosée, mais revenue boulevard St-Michel elle prendrait un bain chaud qui lui ferait oublier sa nuit de plein air.

Elle s'allongerait quelques minutes sur son lit, elle entendrait le bruit de la circulation s'amplifier sur le boulevard et peut-être les pantoufles des vieux du troisième qui à petits pas se dirigeraient vers leur cuisine. Elle regarderait l'heure et sursauterait, son retard lui donnerait le vertige, puis elle se dirait qu'elle trouverait un autre poste, dans une autre clinique, un autre jour. Elle déciderait alors de s'endormir et de ne se réveiller qu'au début de l'après-midi. Elle mettrait un oreiller sur sa tête pour atténuer la lumière et le bruit. Mais le jour se lèverait et la lumière deviendrait vive malgré volets et rideaux. Quant aux voitures et aux bus, leur bruit passerait facilement à travers les plumes. Elle voudrait descendre à la pharmacie acheter des boules pour les oreilles et un bandeau noir. Mais une fois revenue elle n'aurait plus sommeil et ses achats ne lui serviraient à rien.

Elle se lèverait, s'habillerait et descendrait l'escalier en courant. Elle traverserait le boulevard, marcherait dans le Luxembourg, tournerait autour du bassin central. Il n'y aurait personne sur les chaises, le vent et la pluie inciteraient les gens à éviter de s'attarder dehors. Elle rentrerait chez elle un peu mouillée, elle s'allongerait à plat ventre sur le lit. Elle ne dormirait pas, elle ne somnolerait pas davantage. Elle aurait des pensées désagréables qui lui viendraient sans cesse à l'esprit. Elle remuerait la tête de droite à gauche et l'enfoncerait dans le matelas sans parvenir à les chasser. Elle finirait par se relever et se dire qu'elle ne désirait plus rien d'autre que la mort. Le suicide de mon oncle lui paraîtrait exemplaire.

On sonnerait à la porte. Elle irait ouvrir. Elle introduirait dans la cuisine une jeune fille vêtue d'une peau de mouton qui ferait un sondage. Elle lui préparerait un café, elle lui offrirait des gaufrettes à la noisette. Elle répondrait aux questions, mais elle justifierait toujours ses réponses en la prenant à partie pour tenter d'engager une conversation avec elle. Parvenue à la fin du questionnaire, la fille se lèverait et la remercierait pour son accueil. Christine lui parlerait de sa peau de mouton, elle lui dirait qu'elle n'en avait jamais vu d'aussi veloutée. Elle la complimenterait aussi sur ses cheveux raides serrés par un catogan en velours. La fille prendrait congé, elle descendrait l'escalier d'un pas décidé sans écouter Christine qui dans son dos lui conseillerait de monter sonder le reste de l'immeuble.

Elle refermerait sa porte à contrecœur. Elle retournerait à la cuisine boire le café qui resterait dans le pot. Puis, elle tournoierait dans l'appartement comme une démente. Elle s'arrêterait devant chaque fenêtre pour essayer de reconnaître quelqu'un sur le trottoir. Mais à part Étienne et moi, elle ne connaissait guère que la gardienne et quelques voisins qui ne la saluaient pas toujours. Elle irait de plus en plus vite, faisant le tour des pièces par enjambées immenses.

Elle souffrirait des pensées qui continueraient à s'imposer à elle. Rien ne les chasserait, pas même cet incessant changement de place qu'elle s'imposerait en vain. Elle aurait voulu pouvoir répéter son suicide avant de s'y livrer pour de bon, afin d'être sûre qu'elle en avait envie. Elle craignait qu'il lui reste quelque chose à espérer dont elle ne prendrait conscience que lorsqu'il serait trop tard pour éviter la mort. Elle aurait aimé passer le reste de son existence dans un coma prodigieux, long et large comme un panorama. Mais la seule issue réaliste lui semblait le suicide. Elle redoutait de se rater, de s'en sortir avec un bras cassé ou une paralysie des membres inférieurs. Cet échec aurait représenté pour elle une raison de plus de désespérer. Elle n'aurait jamais osé recommencer. Elle aurait continué à vivre avec pour seul horizon sa mort naturelle qui ne surviendrait peut-être que cinq ou six décennies plus tard.

Mais elle ne commettrait pas d'erreur, son suicide serait une réussite qui laisserait les pompiers admiratifs. L'arme à feu ne lui semblerait pas un moyen sûr. Par goût, elle aurait préféré tomber d'un toit ou de n'importe quel point élevé du boulevard. Mais pour être certaine de sa mort, il valait mieux qu'elle se prépare un mélange de médicaments dont l'effet sur son organisme serait rapide et sûr. Elle s'installerait sur son fauteuil. Elle aurait une bouteille d'eau dans la main gauche. Elle avalerait les pilules en buvant de temps à autre une gorgée à la régalade. Elle regarderait sa montre. Il serait vingt-trois heures vingt. Il ne lui resterait plus que trente ou quarante secondes avant de sombrer dans l'inconscience. Elle sourirait une dernière fois en songeant qu'à deux heures et demie du matin son cœur aurait cessé de battre. Cette mort indubitable était pour elle une joie, la seule joie tangible qu'elle ait connue depuis sa naissance.

Je m'étais assise au salon. Je tournais le dos à la fenêtre pour ne pas avoir la tentation de chercher Christine des yeux dans le jardin obscur.

Elle périrait si le thermomètre descendait en dessous de zéro. Heureusement le gamin était immobilisé dans son lit, il ne la verrait pas quand on l'emporterait. Il entendrait à peine la sirène de l'ambulance, et je lui raconterais que notre voisin avait été transporté à l'hôpital pour une colique.

Je suis montée à l'étage. Il s'endormait graduellement devant le téléviseur. J'ai passé la main sous sa veste de pyjama. Il avait des épaules toujours aussi étroites, un torse maigre. Après sa rééducation, je l'inscrirais à un club de judo pour qu'il gagne en muscle et en agressivité. Je ne lui permettrais pas de laisser son naturel malingre prendre le dessus, je lutterais contre ses bras trop grêles et ses jambes minces comme des pattes d'insecte.

Il dormait. J'ai éteint. Je suis redescendue au rez-de-chaussée. Je me suis approchée de la porte-fenêtre, je l'ai ouverte. J'ai cherché des yeux Christine. J'ai cru qu'elle se cachait dans un coin sombre à côté d'un buisson. Elle a surgi soudain dans mon champ de vision sans que je puisse déterminer exactement d'où elle venait. J'ai eu le réflexe de rentrer aussitôt et de m'enfermer. Elle est réapparue derrière la vitre. Elle avait le visage rougi par le froid, mais elle ne semblait pas encore épuisée. Elle me parlait, je lui faisais signe avec la main de partir et de nous laisser dormir.

Puis, je lui ai tourné le dos et je suis montée me coucher. J'entendais les voitures passer parfois dans les rues et sur la route nationale. J'entendais aussi les aboiements d'un chien qui gardait un pavillon lointain. Christine essayait de me parler à intervalles réguliers. Elle criait une phrase courte qu'elle répétait dans l'air glacé.

Je faisais des bonds dans le lit pour essayer de trouver le sommeil, mais je devenais de plus en plus nerveuse. Je désirais la mort de Christine. J'aurais aimé qu'elle quitte mon jardin pour aller crever de froid trois maisons plus loin. Je me suis levée, je l'ai regardée par la fenêtre. Elle n'avait pas changé de place depuis tout à l'heure. Elle avait pris l'habitude de faire bouger ses quatre membres et de balancer ses hanches pour lutter contre l'engourdissement. De toute évidence, elle s'accrochait à la vie et elle ne comptait pas se laisser mourir dans un avenir immédiat. Si je l'autorisais à voir Étienne, elle rentrerait chez elle sans échafauder le moindre projet de suicide.

Je me suis recouchée, je pensais qu'elle s'en irait d'elle-même avant l'aube. Je préférais qu'elle mette fin à ses jours. Elle n'était pas si loin de la quarantaine, elle ne devait plus tergiverser devant l'obstacle. Elle devait accomplir sa destinée. En lui montrant Étienne, j'aurais prolongé sa douloureuse existence dont le déroulement encombrait l'espace.

Une fois vidé et rafraîchi, son appartement logerait une famille. Son emploi permettrait à une femme divorcée ou une mère célibataire de remonter la pente et d'accéder enfin à une certaine tranquillité matérielle. Si elle avait eu un peu d'argent de côté, son héritage aurait contribué à irriguer le budget de l'Éducation nationale ou celui des Transports. On lui devrait peut-être un bureau neuf pour un instituteur, ou un morceau de pale d'hélicoptère de la Protection civile. Mais elle n'avait rien. Je me suis endormie.

À mon réveil, il était à peine deux heures du matin. Je ne me souvenais plus d'elle. J'ai allumé et j'ai regardé les photos d'un magazine qui traînait sur ma table de nuit. Peu à peu, elle m'est revenue en mémoire. J'ai tourné la tête vers la fenêtre et j'ai hésité à me lever pour aller la voir.

J'avais presque envie de lui faire passer le fusil, et d'attendre en me bouchant les oreilles le bruit de la détonation. Mais elle tirerait peut-être sur la maison avant de retourner l'arme contre elle. Le gamin pourrait être blessé par un plomb.

J'ai ouvert la fenêtre. Elle a demandé à le voir. Je ne lui ai pas répondu. Elle a réitéré sa demande. Je lui ai dit qu'Étienne n'était pas à voir. Elle voulait téléphoner. Je lui ai dit qu'il n'était pas à entendre non plus.

Mais pour m'en débarrasser, je lui ai promis que si elle s'en allait dans le calme, je lui organiserais bientôt une rencontre avec Étienne qui durerait toute une nuit. Elle le regarderait d'abord à la lumière de la lampe de chevet, puis elle allumerait le petit projecteur qui éclaire le plan de travail de son bureau et elle le braquerait sur son visage. Elle verrait ses yeux au repos sous les paupières closes. Elle les entrouvrirait pour voir le brillant de la pupille et du cristallin. Il continuerait à dormir, ignorant qu'il était vu. Elle n'éprouverait pas le besoin de se coller à lui. La certitude qu'il était là, à sa portée, lui suffirait.

Dès que le premier rayon de soleil pénétrerait dans la pièce, elle craindrait qu'il se pose sur le visage du gamin, et le réveille. Elle redouterait d'avoir à supporter son regard. Elle aurait peur qu'il la débusque, qu'il la tire de son terrier mental. Il pouvait l'extraire d'un seul coup d'œil de ses neurones, et l'incorporer encore toute gigotante à son cerveau d'enfant. Elle avait la sotte angoisse de se voir emmurée dans la tête d'Étienne, et réduite peu à peu à l'état de souvenir désuet qui se dissoudrait en quelques mois pour laisser place à de la mémoire fraîche.

Elle s'en irait.

Elle a prétendu qu'Étienne était à elle, elle me l'avait laissé en dépôt pour que je lui donne quelques leçons de français. Je lui ai répondu qu'il était mon fils, et que j'avais dans mon album une photo qui le montrait nu sur ma poitrine avec le cordon ombilical tout juste sectionné par l'infirmière. Christine m'a demandé à voir le cliché. Je lui ai dit que je ne montrais jamais mon album à des personnes étrangères. Elle s'est mise à rire dans le froid, chaque éclat provoquait un nuage de buée qui montait vers moi avant d'être résorbé par l'atmosphère.

Elle s'arrêtait parfois de rire afin de me signifier qu'elle allait demander l'aide des voisins pour m'arracher Étienne et le rendre à son appartement du boulevard St-Michel. Après, il ne quitterait plus Paris jusqu'à sa majorité. Il faudrait que je me poste dans l'escalier pour avoir une chance de le voir descendre à toute vitesse, son cartable sous le bras, quand il irait à l'école. Il ne s'arrêterait pas pour m'embrasser, je devrais me contenter de cette vision expéditive.

Au lieu de courir après ce gosse, elle n'avait qu'à prendre la hache qui rouillait près de la lessiveuse, faire sauter la porte et monter l'assassiner dans son sommeil. Qu'elle n'ait pas de scrupule, cet enfant n'avait aucune raison de s'éterniser, de rester au monde à gogo jusqu'à devenir un vieillard grabataire dont l'entretien serait un poids pour la société. Il fallait que son existence ait un terme, et celui-ci en valait un autre. L'âge adulte ne lui réserverait que des échecs, mieux valait qu'il ne quitte jamais l'enfance et qu'il meure.

D'ailleurs, au fond de lui-même Étienne voulait mourir. Il détestait d'avance toute forme d'avenir et de destin. Il préférait un coup de hache au futur qui bouillonnait dans son dos. Depuis plus d'un an, il sentait qu'il aimait de moins en moins la vie. Chaque seconde lui semblait un crochet prêt à lui injecter son venin. Il avait peur des ballons qu'il trouvait sournois à force d'être ronds. Il n'aimait plus ses anciens camarades de classe, ils lui semblaient hypocrites et il leur vouait la même haine qu'aux professeurs et aux surveillants. Il m'assimilait à eux, et ne m'aimait pas davantage. Il me trouvait laide et triste comme le pavillon que nous habitions. Il n'avait d'affection que pour les gens morts ou les choses hors d'usage depuis longtemps. Il chérissait son père et plusieurs anciens ministres dont on avait appris la mort ces derniers mois. Il aimait aussi une vieille plaque de tôle dans le fond du jardin à côté de laquelle il se plaçait souvent par temps de pluie pour entendre le bruit que faisaient les gouttes en s'écrasant sur elle.

Elle m'a suppliée de la laisser entrer. Je lui ai dit que cette nuit je me sentais d'humeur à faire plaisir au gamin, et à le tuer. Ensuite, j'irais en prison au lieu d'abréger mes souffrances d'un coup de fusil. Les années de réclusion me permettraient de revivre tout ce temps passé auprès de lui, ce bonheur.

Je ne regretterai jamais cette femme. Elle n'avait fait que me nuire et me jalouser. Je l'avais accueillie et aimée. Je l'avais introduite dans mon foyer, je lui avais même permis de donner des marques de tendresse à mon fils. Elle m'avait raconté sa petite vie, son enfance triste, ses parents morts, ses nuits d'infirmière et son célibat qui s'éternisait. Elle avait essayé de tout me dire d'elle, comme pour se déposer en moi. Elle s'imaginait que j'allais la faire éclore, que je saurais lui inculquer l'amour, et provoquer une rencontre qui l'amènerait au mariage.

Elle ne faisait pas le plus petit effort pour attirer les hommes. Elle croyait qu'un mari lui tomberait sans l'avoir cherché, comme un cancer ou un accident. Sa vie se développerait alors à toute vitesse, des enfants lui venant avec l'argent et une sorte d'ivresse en qui elle reconnaîtrait ce qu'elle appelait le bonheur. Remplie d'espoir, elle attendait percluse dans sa routine que l'avenir daigne se déclencher.

Afin de s'entraîner à la vie familiale, elle essayait de venir le plus souvent possible à la maison et d'espionner nos allées et venues. Elle aurait aimé que je lui prête Étienne pendant les vacances, ou même que je le lui donne pour une année ou deux. Elle aurait pu de la sorte s'exercer à l'éducation d'un fils, et voir si les réactions du gosse étaient conformes à ses idées. Elle ne voulait pas seulement d'un rapport affectif avec Étienne, elle désirait exercer sur lui une autorité qui lui permette de se sentir mère quelque peu.

Elle n'admettait pas que le gosse ne baisse pas les yeux quand elle élevait la voix, et elle souffrait que je ne la tienne pas au courant de ses notes de classe et de sa conduite à la maison. Elle aurait souhaité que je monte la chercher à chaque fois qu'il devait être grondé, afin que nous le morigénions en chœur pour lui faire une plus forte impression. En secret, elle désirait le battre et le blesser. Elle n'aimait pas Étienne, mais elle était obsédée par lui.

Je n'aurais jamais dû la rencontrer dans l'escalier, ni lui offrir de venir prendre le thé chez moi. Je n'avais aucun besoin d'elle, son amitié était en trop dans ma vie. Je pouvais avoir d'autres relations que cette fille en forme d'impasse. Elle multipliait par deux ma solitude, au lieu de lui porter remède. À sa place, j'aurais préféré connaître un homme, ou même un couple dont j'aurais pu provoquer le divorce et épouser le mari. Mais elle voulait un mari pour elle, et m'absorber avec Étienne dans son jeune ménage. J'aurais eu un rôle de confidente, Étienne lui aurait servi de descendance provisoire, puis de petit domestique lorsqu'elle aurait eu son premier rejeton. Elle me racontait souvent que nous ferions partie de sa famille, et que son mari serait assez riche pour que j'arrête de travailler.

Elle n'avait aucune ambition pour mon fils. Elle pensait qu'il aurait un petit emploi sans prestige ni fortes rémunérations. Elle avait un sourire ironique à chaque fois que je disais en riant qu'il pourrait devenir juge d'instruction comme son arrière-grand-père paternel.

Je le faisais travailler comme je pouvais. Chaque dimanche matin, je m'efforçais de me lever tôt pour lui expliquer des règles de grammaire et lui faire apprendre par cœur des paragraphes entiers de son livre de mathématique. Je savais que malgré sa lenteur il avait des possibilités que les enseignants ne prenaient pas la peine d'exploiter. Il avait une bonne mémoire et ce qu'il ne comprenait pas il fallait qu'il le sache malgré tout. En redoublant, il finirait par arriver. Je n'étais pas pressée, cet enfant avait mis sept heures à sortir de mon ventre et j'aurais la patience d'attendre qu'il se fasse, qu'il devienne.

Elle critiquait sa figure tout en longueur qui ne souriait pas suffisamment à son goût. Avec les jouets dont il disposait, il aurait dû être gai et ne jamais bouder en collant son nez contre le dossier de sa chaise. Elle aurait voulu qu'il manifeste son bonheur de vivre en me remerciant de l'avoir soigné, aimé et choyé depuis sa venue au monde. Quand j'avais le dos tourné, elle lui tirait le lobe de l'oreille en le menaçant d'une claque si d'aventure il se mettait à pleurer.

Elle lui disait qu'il ne méritait pas de vivre cette vie-là, et que dès que je serais morte il se retrouverait seul. Elle serait alors sa seule planche de salut, et il serait obligé de subir toutes les contraintes qu'elle lui imposerait. Il n'aurait plus aucun loisir, il travaillerait tout son saoul et il ne dormirait que six heures par nuit. Été comme hiver, il ne porterait qu'une chemise sans manche et un short. Il attraperait des rhumes, des angines et la grippe. Elle ne lui donnerait aucun remède, et il devrait continuer à travailler malgré la fièvre. Elle se faisait un plaisir d'avance de l'imaginer toussant des journées entières dans le Luxembourg qu'elle l'obligerait à arpenter, livre à la main, en tenue légère malgré le gel.

Elle lui triturait le lobe de l'oreille jusqu'au sang, et elle lui demandait de l'aimer de tout son cœur.

— Je suis ta prochaine maman.

Dans un an, dans six mois, dès demain peut-être, je ne serais plus qu'un corps inerte. La mort sillonnait en moi, se frayant un chemin à travers organes et vaisseaux, à tout instant elle posait les repères de mon trépas. C'était une mort sourde qui me travaillait, sourde et indécelable. Aucune auscultation, aucun appareillage d'aucune sorte ne pourrait la détecter et faire apparaître son spectre. De toute façon, il était trop tard pour en guérir, elle avait déjà envahi l'organisme tout entier. Elle ne faisait plus qu'attendre le moment propice pour déclencher l'arrêt immédiat des fonctions vitales de ma personne qui s'écroulerait à l'instant.

Elle lui disait de se garder de m'embrasser et de se serrer contre moi, ces manifestations de tendresse risquaient de hâter ma fin. Il ne la croyait pas tout à fait, mais il avait sans cesse peur que je meure. Quand j'étais immobile sur le canapé, il passait près de moi et me touchait pour être sûre que j'étais toujours tiède. La nuit, il se levait plusieurs fois et approchait son oreille de mon visage pour entendre mon souffle.

Elle lui disait que la mort n'avait que trop tardé, et qu'elle allait s'abattre sur moi aujourd'hui ou demain. Alors il ne me quittait plus d'une semelle, et il me faisait des scènes pour que je n'aille pas au ministère et que nous passions la journée à la maison.

Deux jours plus tard, elle le coinçait dans l'escalier et lui disait qu'en définitive j'allais passer sous les roues d'une voiture. Ce serait un accident de la circulation très banal, mais affreux. Je n'aurais plus que de la bouillie sanglante à la place du visage.

— Tu ne la reconnaîtras pas.

Il ne voulait plus que je quitte l'appartement. Il se réveillait la nuit en larmes quand un accrochage se produisait au carrefour.

Dès que sa peur tombait un peu, Clémence l'interceptait à nouveau. Elle lui disait que je lui avais fait part de mon intention de me suicider. Elle le suppliait de me surveiller à chaque minute afin de m'empêcher de passer à l'acte. Il fallait qu'il ne me quitte pas des yeux une seule seconde, qu'il goûte les aliments dans mon assiette pour vérifier qu'ils n'avaient pas le goût amer du poison. Il devait faire l'inventaire précis des ceintures, des courroies et des vieilles cravates de son père, afin de connaître leurs emplacements exacts dans l'appartement et pouvoir les cacher quand il me verrait prête à flancher.

Il ferait l'école buissonnière afin de me prendre en filature et m'empêcher le cas échéant de commettre une bêtise durant mes trajets entre le boulevard St-Michel et le ministère. La nuit, il apprendrait à ne dormir que d'un œil, et même à se passer de sommeil pour mieux me surveiller. Il suivrait point par point les étapes de mon démaquillage et de ma toilette. Il se posterait derrière la porte afin de surveiller les bruits de lavabo, ceux des bouchons des pots de crème posés sur la tablette, et même celui de la brosse dans mes cheveux. Il devait vérifier qu'aucun bruit étranger ne venait s'intercaler à ceux-là, car ce serait sûrement celui des comprimés qu'on extirpe de leur emballage avant d'en avaler une poignée mortelle.

Il devait écouter le bruit de mes boucles d'oreilles quand je les enlevais et les déposais dans la coupe de champagne qui me servait de vide-poches. Le cliquetis des clips pouvait fort bien masquer celui d'une lame de rasoir que j'aurais sortie du paquet et glissée dans la manche de ma chemise pour me taillader les veines une fois au lit.

Il devait s'ôter prestement de derrière la porte lorsque ma toilette serait finie, et se cacher dans ma chambre, que ce soit dans le fond du placard ou à plat ventre dans l'angle opposé à la commode que la lumière de la lampe de chevet n'atteignait pas. Il devait m'attendre, me regarder pénétrer dans les draps et lire une revue avant d'éteindre. Il devrait être attentif à mon visage, pour voir si le masque du désespoir ne transparaissait pas sous ma crème de nuit. Quand j'éteindrais la lampe, il devrait remplacer l'œil par l'ouïe et interpréter chacun de mes soupirs, chacune de mes respirations. Je pouvais fort bien m'être empoisonnée quelques heures plus tôt à son insu, et être en train de mourir devant lui. À la moindre irrégularité de mon souffle, au plus petit frémissement anormal du corps dans le lit, il faudrait allumer, me secouer, me gifler pour m'empêcher de sombrer dans le coma. Il serait bon aussi de m'enfoncer deux doigts dans la gorge afin de me faire vomir les toxiques que j'avais ingérés. Dès que le plus gros du danger serait passé, il pourrait m'abandonner quelques secondes pour appeler les secours.

Chaque nuit, Étienne monterait la garde jusqu'au matin. Il s'abstiendrait de dormir, de manger et de boire. Il ne quitterait pas une seule seconde son poste d'observation, c'est à ce prix qu'il me conserverait encore quelque temps. À mon réveil, il se glisserait dans sa chambre et ferait semblant d'en sortir ensommeillé. Il m'embrasserait pour s'assurer en respirant un peu mon haleine que je n'avais avalé aucun poison dans la minute qui viendrait de s'écouler.

Puis, il prendrait son petit déjeuner en face de moi et boirait distraitement son chocolat en observant mes tartines et mon café noir. Il sursauterait à chaque fois qu'il me verrait prendre le couteau à beurre, car elle redoutait que je le porte à mon cou et m'égorge.

De si près qu'il me surveille, il ne pourrait empêcher longtemps que je m'exécute. Une femme de ma sorte, obstinée, volontaire et plus intelligente que lui, finirait par tromper sa vigilance. Elle mourrait empoisonnée, défenestrée, pendue, ou même astucieusement noyée dans la baignoire en se servant de quelques dragées de somnifère comme d'un lest. Pour mourir en paix, je n'hésiterais pas à le droguer avant de me droguer moi-même. À moins que je le bâillonne et l'attache sur une chaise. Je ne lui mettrais pas de bandeau sur les yeux, afin qu'il puisse me voir hoqueter, blêmir, devenir bleue, et qu'il garde dans sa mémoire cette dernière image de moi. Je préférais vivre dans sa mémoire plutôt que de continuer à marcher dans les rues, à avoir chaud, froid, à monter et à descendre des marches que mes pieds auraient été incapables de reconnaître l'une de l'autre.

Je préférais que mon fils reste là, vivace et optimiste, tendu vers un avenir qu'il désirait. Il n'hériterait pas de mes idées noires, et dès que je serais morte il perdrait l'air mélancolique qu'il affichait depuis l'infarctus de son père. Il aurait la joie intarissable des orphelins, aux racines arrachées, qui n'ont pas d'obligations familiales lors des fêtes de fin d'année.

Il valait mieux qu'il me laisse mourir comme je l'entendais. Mon suicide ne le regardait pas, et il serait plus heureux sans mère. Au début, il aurait de la peine et il souffrirait. Il serait triste un an ou deux, peut-être trois. Mais il finirait par comprendre que sa mère n'était qu'un épisode dans sa vie et qu'elle n'avait pas plus d'importance que l'immeuble dans lequel ils avaient vécu ensemble boulevard St-Michel et qu'on avait démoli pour aérer le quartier. Sa mère faisait partie du décor de ses années d'enfance, il n'avait pas à la pleurer davantage que le goût des cerises qu'elle lui achetait rue Gay-Lussac et qu'il n'arrivait plus à retrouver malgré ses incursions répétées chez le même marchand.

Clémence était sûre qu'il ne m'aimait pas autant qu'il se l'imaginait. Dès le lendemain du deuil, il oublierait de me pleurer et il recommencerait à passer des heures entières devant la télévision. Il se fabriquerait des casse-croûte avec les restes du réfrigérateur, et il volerait de l'argent dans mon sac pour aller s'acheter des bonbons et des boissons fraîches chez l'épicier. Il prendrait aussi des pizzas, des gâteaux, des petits jouets et des lots de bandes dessinées vendus en solde. Il serait tellement chargé qu'il se casserait la figure dans l'escalier. Il poserait ses achats sur la table du salon. Il éternuerait, il viendrait chercher un mouchoir en papier dans ma chambre.

Il me verrait étendue sur le lit, avec ma bière à côté, posée sur des tréteaux. Il s'approcherait de moi, il toucherait mon front. Il aurait la sensation de toucher la couleuvre qu'on leur avait montrée en classe de sciences naturelles. La chair n'était pas froide, elle était à la température de la pièce, comme le bois de la commode ou le cuir des bottines que j'avais achetées le mois dernier et qui trônaient près de la fenêtre. Il toucherait ma joue, il la tapoterait avec son doigt. Elle était souple comme celle d'une vivante. Il passerait sa main sur la mienne, il essaierait de la soulever. Il tirerait de toutes ses forces sans y parvenir.

Il monterait sur le lit, il s'amuserait à sauter sur mon cadavre. Il s'assiérait sur ma poitrine. Il mettrait sa main dans mon corsage. Il palperait mes seins, mon estomac et mon nombril. Sa main descendrait encore, mais elle s'arrêterait net aux premiers poils qu'il rencontrerait. Il sauterait hors du lit, il s'apercevrait que j'avais dérivé et qu'à présent je n'étais plus tout à fait dans l'axe du matelas. Il essaierait de me remettre en place, mais il ne parviendrait pas à me remuer. Il éprouverait un certain soulagement en s'apercevant que j'étais hors d'état de le réprimander, et il quitterait la chambre.

Clémence le poussait contre le mur, elle baissait la tête vers lui et enfonçait son regard dans ses petits yeux prêts à pleurer. Elle lui disait qu'il ne jouerait pas longtemps avec mon cadavre, et que deux jours après ma mort je l'abandonnerais complètement pour aller me décomposer à la fosse commune. La cérémonie terminée, il se retrouverait seul dans l'appartement. Il allumerait le téléviseur, mais il sangloterait devant l'écran sans parvenir à se distraire. Il s'écroulerait sur la moquette pour entendre ses larmes couler en repliant ses bras autour de son front.

Il n'en reviendrait pas du nombre de larmes qu'il serait capable de produire sans reprendre haleine. Il finirait par se relever, par aller une dernière fois dans ma chambre. Il continuerait à pleurer sur mon lit. Puis il prendrait dans le placard une de mes robes, et il la reniflerait accroupi contre la table de chevet. Il mouillerait plusieurs robes, ainsi que des bas, des pulls, des manteaux et d'autres vêtements dont il pomperait goulûment l'odeur. Il marcherait hagard sur le sol jonché. Il se baisserait parfois pour prendre un corsage et le humer en lâchant un sanglot avant de le jeter d'un geste de désespoir. Il pleurerait tant, que ses yeux auraient des cernes bleus et que ses traits seraient marqués comme ceux d'un adolescent épuisé par l'onanisme.

Il sortirait de ma chambre. Il ne trouverait rien à manger dans la cuisine. Il chercherait mon sac, il ne trouverait plus rien dans mon porte-monnaie. Il entendrait Clémence au-dessus donner des coups de souliers contre le plancher pour lui montrer qu'elle l'attendait. Dès la semaine suivante, Étienne serait placé dans un centre spécialisé, mais d'ici là elle aurait promis de le prendre en charge. Elle voudrait que le gosse vienne de lui-même réclamer ses bons offices, et elle ne détesterait pas qu'il pleure tout seul pendant une partie de la journée au domicile de sa défunte mère.

Quand il monterait se livrer à elle, il serait assoupli, maté par ces cataractes de pleurs qui auraient éteint les dernières flammèches de sa fierté. Il l'embrasserait sur les joues, le cou, il déposerait même sur sa bouche des petits baisers secs autant de fois qu'elle le voudrait. Il mangerait tout ce qu'elle lui donnerait. Il débarrasserait la table, et laverait les assiettes sales. Il accepterait qu'elle dise du mal de moi et lui demande de reproduire ma façon de marcher. Il devrait parfaire son imitation en portant un vieux manteau et des chaussures à talons qu'elle irait chercher au fond de sa garde-robe. Il ne verserait pas une seule larme. Elle rirait de son sketch, et pour le récompenser elle lui ferait boire un petit verre de calvados. La boisson le rendrait bizarre, mais il aimerait cet état nouveau qui repousserait sa tristesse. Elle lui en offrirait un autre, qu'il boirait volontiers. Pour en avoir un troisième, il devrait marcher en remuant ses hanches comme une femme. Elle le trouverait encore plus drôle à présent qu'il tombait à chaque pas. À deux heures du matin, elle l'enverrait vomir son alcool dans la baignoire.

L'institution où il allait être placé, lui accorderait sans doute un jour de sortie par semaine. Il viendrait tout de suite boulevard St-Michel. Il monterait en courant jusqu'au deuxième étage. Elle lui ouvrirait sans un mot, et le laisserait seul dans l'appartement. Il irait dans la salle de bains. Il se déshabillerait. Il trouverait une de mes robes, des bas, et des sous-vêtements. Il se dépêcherait de les mettre et de se maquiller devant la glace. À force de grandir, mes habits seraient presque à sa taille et l'habitude lui permettrait de les porter avec la même féminité un peu brusque qui était la mienne autrefois. Il entrerait dans le salon. Malgré l'heure matinale, les volets seraient fermés et les rideaux tirés. La table serait dressée, Étienne devrait tourner autour en déplaçant les couverts. La sonnette de la porte retentirait. Il irait ouvrir. Clémence serait là, avec son imperméable sur le dos et son sac à main sous le bras. Il la remercierait d'être venue, il lui dirait de se débarrasser sur une chaise.

— Étienne est déjà couché ?

Il répondrait oui.

— Mais il est à peine sept heures et demie.

Il lui dirait que le gamin s'était montré insupportable toute la journée et qu'il l'avait envoyé au lit plus tôt. Elle l'approuverait et lui conseillerait même de le brimer plus souvent. Il lui dirait qu'il l'avait attendue pour réaliser leur plat de résistance. Elle sortirait de son sac une recette découpée dans un magazine. Ils se rendraient à la cuisine. Tous les ingrédients nécessaires seraient posés sur la table. Elle lirait la recette à haute voix, lui donnant des ordres qu'il exécuterait au fur et à mesure. Quand le plat serait confectionné et mis au four, ils iraient au salon prendre l'apéritif en attendant le moment de se mettre à table.

Clémence toucherait souvent le bras d'Étienne, elle passerait aussi une main molle comme un linge sur son visage. Elle le féliciterait d'un clin d'œil d'imiter de mieux en mieux l'aspect et la texture de sa mère. Puis, elle poursuivrait une conversation qu'elle se rappellerait avoir eue avec moi trois ans plus tôt. Elle ferait même certaines objections, mais Étienne qui n'aurait pas assisté au débat lui donnerait mal la réplique. Elle parlerait à sa place, déformant parfois les méandres d'une dispute qu'elle ressusciterait à plaisir.

Pendant le repas, ils devraient vider leur bouteille de bordeaux. Elle forcerait Étienne à avaler chacun des verres qu'elle lui remplirait. Quand ils sortiraient de table, ce serait pour s'asseoir sur le canapé et siroter un verre de liqueur d'orange. Ensuite, ils danseraient ensemble. Elle exigerait qu'il lui parle dans l'oreille en m'imitant. Il se souviendrait de plus en plus mal du son de ma voix, mais elle aussi l'aurait oubliée, et elle prendrait la voix maniérée du gamin pour la mienne. Elle serait heureuse de sentir que le temps n'avait pas bougé depuis l'époque où nous dînions en tête à tête. Elle assisterait, les yeux fermés, au démaquillage d'Étienne par la porte entrebâillée de la salle de bains.

Puis elle frapperait dans ses mains pour lui faire savoir qu'il devait se changer et disparaître le plus vite possible de cet immeuble où il n'avait plus rien à faire depuis longtemps.

Quand elle se retrouvait seule, Clémence souriait en regardant les bus qui longeaient le boulevard dans les deux sens. Elle se disait que la circulation actuelle ressemblait tellement à celle d'avant ma mort, qu'on aurait pu les confondre et inverser le regard qu'elle jetait à travers son carreau, avec celui que je jetais sans doute à travers le mien quand je vivais encore. Elle éprouvait une sensation de grande solidité du temps qui restait toujours disponible et fidèle. De même que l'argent, le temps ne filait qu'entre les doigts de ceux qui le gaspillaient. Il suffisait d'épargner chaque instant, d'en garder le souvenir rigoureux, pour pouvoir à sa guise et n'importe quand, le reproduire avec une exactitude et une vérité presque supérieures à sa prestation originelle.

La fatalité n'existait pas, elle venait de le prouver en me ressuscitant sous les traits d'Étienne. Elle avait réussi à faire revivre un épisode de notre passé de dîneuses, et elle avait si bien su reproduire chaque parcelle de notre conversation d'alors, que le temps lui semblait battu à plates coutures et la mort vaincue.

Elle voyait un motard glisser sur une flaque, et elle se souvenait que le même incident avait eu lieu de mon vivant. C'était au printemps, vers dix-neuf heures. J'étais rentrée du ministère, je l'avais sûrement vu de ma fenêtre. Aujourd'hui, elle était seule à le voir, mais elle se faisait un plaisir de le voir à ma place. À ma place elle allait ensuite se rendre aux toilettes, se doucher, boire un verre de lait, lire dans son lit et dormir.

Le lendemain, elle se lèverait et continuerait à vivre à ma place sans que j'aie à me soucier de quoi que ce soit. Elle me porterait en elle comme un léger souci. J'étais beaucoup moins lourde qu'à l'état d'humaine. Elle se mettrait à la fenêtre, reconnaissant chacun des nuages qu'elle avait vus dix ans plus tôt se déchirer pareillement au-dessus du Luxembourg. Elle découperait le réel avec le regard, le débitant sous forme de petits cubes numérotés, répertoriés, rangés dans sa mémoire comme des sucres dans une boîte. Puis, elle ne comprendrait plus sa joie. Elle serait triste, elle s'allongerait. Elle regretterait que mon appartement ne soit toujours occupé par personne, elle aurait aimé contaminer de nouveaux voisins.

Étienne voyait bien que je ne me suicidais ni ne mourais de maladie ou d'accident. Quand elle l'attrapait pour lui parler de mon destin tragique, il se bouchait les oreilles. Elle attendait une semaine ou deux avant de recommencer à lui suggérer ma mort prochaine. Elle déployait une telle énergie, qu'elle arrivait de nouveau à le convaincre. Il perdait immédiatement sa joie de vivre, il mangeait mal, son sommeil était perturbé, il quittait l'école pour venir au ministère s'assurer par lui-même que j'étais encore vivante.

À plusieurs reprises, il s'est glissé dans mon bureau comme une souris et il m'a regardée fixement sans oser m'approcher. Je le grondais, il pleurait. Je le prenais dans mes bras, il se laissait caresser mais il refusait de me dire pourquoi il était venu jusque-là.

— Et comment tu as fait pour entrer ?

Il devait se dissimuler entre deux adultes pour pénétrer dans l'enceinte, puis il se précipitait dans le bâtiment où je travaillais. Il évitait les ascenseurs, courait dans l'escalier, se faufilait dans les couloirs. J'étais obligée de lui dire de ressortir comme il était entré, et de m'attendre devant le magasin de chaussures d'à côté. Je prétextais un début de bronchite, je prenais ma journée. J'aurais aimé flâner avec lui et faire quelques courses. Mais j'avais le sens de mes devoirs de mère. Je le raccompagnais à l'école, et je refusais de lui donner un mot pour excuser son escapade.

— Tu n'auras qu'à t'expliquer avec la directrice.

Il était au bord des larmes quand je l'abandonnais devant le portail. Je savais que seule Clémence était responsable de sa conduite, mais je voulais qu'il supporte malgré tout les conséquences de ses actes. À dix ans, il était déjà la maquette de l'adulte qu'il serait peu d'années plus tard, et il devait apprendre que la vie comportait des êtres nuisibles qu'il fallait fuir.

Le soir, je le choyais. Le lendemain, je lui donnais de l'argent avant de partir à l'école. Je voulais qu'il sente que mon amour pour lui était concret, et qu'il excuse ma sévérité de la veille. J'aurais dû monter chez Clémence pour lui dire qu'elle n'avait pas le droit de mettre Étienne dans un état pareil en lui faisant croire que j'allais mourir avant Noël.

J'étais montée souvent la voir, et nous n'avions

fait qu'échanger des insultes. Elle vivait recluse, sans autres relations que ses malades et son chien. La haine lui servait d'organe de perception, et elle lui permettait de mieux nous appréhender que par les cinq sens habituels. Quand j'étais chez elle, je sentais cette haine que l'accumulation rendait presque physique et qui piquait les yeux comme une fumée.

Elle avait remplacé son désir de maternité par une prédilection pour Étienne à qui elle vouait une haine particulière. Si elle avait pu le faire impunément, elle l'aurait tué de ses mains. Je sais que parfois elle lui donnait une tape sur le cuir chevelu afin de ne laisser aucune trace. Elle agissait vite, et le temps que le gamin vienne se plaindre à moi, elle s'était déjà claquemurée. Il ne servait à rien que je monte, elle n'ouvrait pas et insultait Étienne à travers la porte. Elle voulait de toutes ses forces que mon enfant soit bête, qu'il échoue plus tard à tous ses examens et qu'il finisse clochard ou petit employé.

Elle croyait me faire de la peine en me disant que mon fils avait un cerveau de mauvaise qualité, alors que je trouvais son assertion plutôt drôle. Je la répétais au gamin en riant, et il secouait sa tête à deux mains en faisant une sorte de bruit d'eau avec sa bouche. Par contre quand c'était elle qui le traitait d'idiot, il me fallait plusieurs jours pour le convaincre qu'elle avait menti. Il n'avait aucune confiance en lui, il vivait la perte de son père comme un complexe.

Il était fragile, le moindre coup lui faisait mal. Je n'arrivais pas à l'aimer assez. Mais il fallait aussi qu'il soit éduqué, qu'il apprenne, qu'il ne devienne pas un adulte ignare et veule. J'aurais aimé qu'il s'élève tout seul devant mes yeux comme une plante. Mais il ne suffisait pas de le nourrir et de l'embrasser, il fallait que je le contraigne, que je le torde afin qu'il pousse dans le sens le plus favorable à son avenir.

Du temps de notre amitié, Clémence me donnait des conseils épouvantables. Elle imaginait de véritables tortures pour venir à bout des pauvres défauts du gamin. Elle prétendait qu'à force de contraintes et de punitions, l'intelligence finirait par surgir dans son crâne comme une source dans le désert, et qu'il pourrait prétendre alors devenir un homme de premier plan. Elle était obnubilée par le cerveau. Elle se réduisait elle-même au contenu de son crâne, et s'imaginait qu'elle passait des jours entiers dedans, fermant toutes les voies de communication qui auraient pu l'informer sur l'extérieur ou le reste de son corps. Elle voulait que mon fils monte s'enfermer dans sa propre tête, au lieu de se dissiper en jouant.

Elle disait qu'il fallait qu'il s'enferme plusieurs semaines dans le donjon de son crâne, qu'il apprenne à comprendre le fonctionnement de sa cervelle pataude, qu'il fasse le tour de ses maigres possibilités, et qu'il en connaisse exactement les limites. Ensuite, il faudrait qu'il prenne en main cet organe et qu'il l'entraîne jour et nuit comme un sportif peu doué mais courageux et bûcheur. Il le musclerait tout aussi aisément que des biceps ou des abdominaux. Il lui faudrait soulever ces poids mentaux que sont les chiffres quand on les multiplie entre eux, et ces haltères que sont les problèmes de géométrie qui musclent d'autant plus quand on n'y comprend rien et que le cerveau saute littéralement dans le crâne pendant des jours avant d'avoir enfin trouvé une solution boiteuse et absolument fausse.

Elle savait que toutes ses théories relevaient du délire, mais elle aurait voulu rendre Étienne fou à force de manipulations sur sa substance. Elle disait que le gamin était assez vieux pour apprendre à se dissocier de sa conscience et à se regarder d'un œil critique lorsque ni ses professeurs ni moi-même n'étions là pour le surveiller. Il aurait pu ainsi s'empêcher de faire des bêtises ou de s'enfoncer un crayon dans l'oreille. Il aurait pu se pousser jusqu'à son petit bureau, s'installer de force devant ses cahiers, se gronder sans l'aide de personne pour la carte de géographie qu'il avait si mal exécutée lundi, s'obliger à la déchirer, à la redessiner entièrement, puis à apprendre ses leçons, à ranger la cuisine, préparer le repas, attendre mon retour sourire aux lèvres, avec l'air modeste des enfants sages. Il aurait un pouvoir absolu sur sa petite personne.

Je protégeais Étienne contre ces idées, et je l'envoyais faire des courses lorsqu'elle abordait ce sujet en sa présence. Elle attendait son retour pour le prendre par les avant-bras, lui demander de fermer les yeux et d'essayer de retrouver son père dans sa tête. Il me regardait, bouche bée.

— Va dans ta chambre.

Elle le retenait. Elle lui couvrait les yeux avec ses doigts. Elle lui disait que son père était présent dans sa tête sous forme de milliers de décalcomanies dispersées et amputées d'une partie du visage ou d'un morceau de corps. Il devait apprendre à le reconstituer, à lui donner suffisamment de réalité pour qu'il se mette à exister dans son esprit et reprenne une place pleine et entière à l'intérieur de sa vie. Son père ne pourrait pas avoir de contacts physiques avec lui, mais il aurait assez d'autorité pour lui donner des directives, et l'aider à s'adresser des reproches en cas de désobéissance. Il avait assez connu son géniteur pour en reconstruire une idée viable à l'aide des souvenirs qui lui restaient. Quand il serait parvenu à lui redonner forme, père et fils pourraient se mettre ensemble à la restructuration de son cerveau. En quelques mois de labeur, ils parviendraient à sortir l'intelligence du gosse de la gangue de sottise dans laquelle elle était ensablée depuis sa naissance.

L'intelligence serait petite, mais brillante, efficace, pointue et fine. Avec elle, il pourrait devenir un élève moyen, et plus tard, un professionnel sans aucun problème de survie. Il ne serait jamais riche, mais il éviterait la pauvreté et mourrait sans avoir jamais manqué du nécessaire. Cette intelligence toute neuve lui permettrait aussi d'avoir une vision plus fouillée du petit monde dans lequel il vivait. Il me poserait des questions banales, et grâce aux réponses que je lui donnerais son intelligence dresserait une topographie précise de la mienne. Elle me connaîtrait si parfaitement qu'elle saurait me déclencher ou me désactiver à sa guise. Quand Étienne voudrait que je quitte la pièce où il se trouverait, elle lui fabriquerait une courte phrase qu'il n'aurait qu'à me dire d'une voix neutre pour que j'aille aussitôt, bouleversée, m'enfermer dans ma chambre jusqu'au lendemain. Quand il aurait besoin d'argent, elle lui donnerait des arguments qui gonfleraient tant mon sentiment de culpabilité que je ne pourrais faire autrement qu'accéder à sa demande, et même surenchérir au-delà de mes moyens financiers. Quand Étienne déciderait de me faire rire, elle lui concocterait une plaisanterie adaptée à mon intellect et j'éclaterais d'un rire tonitruant qui durerait si longtemps que j'en sortirais trempée de sueur.

Il y aurait entre eux une complicité totale. Quand il aurait vingt ans, sa petite intelligence serait sa seule véritable amie, et il regretterait souvent qu'elle n'ait pas une apparence corporelle qui la rende épousable comme n'importe quelle autre fille de son âge.

Quand Clémence était partie, je prenais Étienne sur mes genoux pour remettre les choses à leur place. Je lui expliquais qu'il lui était impossible de ressusciter son père, même en superposant les uns aux autres les souvenirs qu'il avait de lui. Tant que je vivrais, je compenserais de mon mieux son absence, quand j'aurais disparu, il serait un adulte vieillissant qui n'aurait nul besoin d'ascendants d'aucune sorte. Je lui disais aussi qu'il ne devait pas s'attendre à la poussée d'une intelligence supplémentaire dans son crâne d'enfant paresseux. Il faudrait qu'il se contente de celle qu'il avait aujourd'hui, s'il travaillait sérieusement elle lui suffirait à devenir quelqu'un.

Il est vrai qu'il pouvait en augmenter un peu le pouvoir en développant sa mémoire par des exercices, et sa faculté de déduction par l'habitude de raisonner à tout propos de façon mécanique. Quand il allait vers la fenêtre, il pouvait se dire intérieurement que puisqu'il la voyait de plus en plus grande, il en était de plus en plus près. De la sorte il pourrait déduire quelque chose de tout, et faire ainsi travailler son esprit.

Je le connaissais assez pour savoir que Clémence avait tort de le trouver bête, mais je savais aussi qu'il ne serait jamais un cador. Il ne ferait jamais l'objet de l'admiration des foules, il ne serait ni savant, ni artiste, ni homme d'État. Il faudrait qu'il travaille dur, avec une obstination presque idiote, pour décrocher le diplôme salvateur qui ferait de lui autre chose que rien. Il trouverait une situation, et à force de zèle il parviendrait à faire une petite carrière qui lui donnerait un salaire égal au double du mien.

— Et si j'étais plus intelligent que ça ?

Il se tenait la tête et la tapait doucement contre les meubles en soufflant de l'air par le nez. Il disait qu'il était si futé qu'il comprenait tout, il lui suffisait de poser son front sur le dossier d'un fauteuil pour savoir immédiatement de combien de clous et de ressorts il était fait. Il voulait taper sa tête contre la mienne pour que mon savoir et mes souvenirs pénètrent dans la sienne. Le lendemain il l'aurait entrechoquée contre celle de son professeur d'anglais, et il serait devenu à l'instant bilingue.

Il s'excitait, je lui ai dit que s'il ne se calmait pas j'appellerais Clémence pour qu'elle le couche. Il est allé au lit sans tarder.

Pendant plusieurs mois, je ne voyais Clémence que de façon sporadique. Il fallait que nous nous croisions sur le trottoir pour que je lui propose de venir passer la soirée avec moi. Depuis la mort de mon mari, Étienne avait pris l'habitude de ne plus me partager avec quiconque et il souffrait de l'intrusion d'une tierce personne dans notre foyer. Quand il savait qu'elle allait venir, il devenait maladroit et cassait tous les objets qui tombaient sous sa main. Dès qu'elle sonnait, il allait s'enfermer dans sa chambre. Si je l'appelais, il se mettait sous les couvertures et d'une voix ensommeillée il me disait qu'il dormait. À trois heures du matin, j'étais réveillée par ses pleurs d'enfant mouillé. Je devais changer ses draps et lui remettre un pyjama propre. Le lendemain, il ne se souvenait de rien et la vue des draps tachés ne rafraîchissait même pas sa mémoire. Mais quand les visites de Clémence devenaient plus fréquentes et plus régulières, Étienne cessait peu à peu de manifester sa réprobation. Je crois qu'au fond de lui-même il préférait que j'aie une amie, plutôt qu'un amant susceptible de s'installer à demeure et de le supplanter dans cette maison où il était le seul mâle.

Mais Clémence n'était pas une amie. Dans un cas grave, je me serais sentie moins solidaire de cette femme que de n'importe qui pris au hasard dans une foule. J'aimais trop Étienne pour avoir encore la force de vouer affection ou amitié à quiconque. Au début de nos relations, je m'amusais à l'écouter parler. Je lui laissais dire les pires absurdités, et je l'approuvais quand elle me demandait mon avis. Alors, elle continuait à dévider son sujet de conversation sans jamais atteindre l'extrémité de la bobine. Elle s'échauffait, s'indignait, réclamait toujours la plus grande fermeté envers les hommes, les femmes, les murs, les mers, les arbres ou même la terre et les autres planètes. Elle pensait que tout devait plier, être laminé et percé s'il le fallait pour devenir conforme à ses vœux.

Elle n'aurait accepté la réalité qu'à condition qu'elle soit sérieusement modifiée. Elle ne supportait pas de vivre une vie mal conçue, et si mal adaptée à son exigence de perfection. Elle voulait une vie parfaite, mais aussi une vie certaine, dont l'écoulement ne fasse aucun doute. Elle avait une haine viscérale de la liberté qui était pour elle le contraire du bonheur.

Elle m'amusait, car elle était un peu mon

contraire. J'avais connu vraiment le bonheur, alors qu'elle n'avait fait qu'en entendre parler. J'avais été épousée, j'avais mis au monde puis élevé un enfant que j'aimais. Elle n'avait rien connu d'autre que les contacts avec la peau des malades et l'espérance vide d'un mariage qui lui donnerait la progéniture qu'elle exigeait, faisant d'elle la mère qu'elle croyait être depuis toujours. J'éprouvais un plaisir pervers à la faire parler de ses futurs enfants. Elle savait déjà leur sexe, leur taille lorsqu'ils seraient adultes, ainsi que leur profession et leur poids salarial sur le marché du travail.

Elle ne voulait que des garçons. Pour elle, faire une fille aurait représenté un échec cuisant qui l'aurait humilié presque autant que la stérilité. Elle n'aurait même pas pris la peine d'élever un enfant de sexe féminin. Elle l'aurait envoyée à l'école, mais le reste du temps elle l'aurait cachée dans le fond de l'appartement comme une enfant anormale dont on a honte. Quand je lui citais des exemples de femmes qui mettaient au monde six ou huit filles à la queue leu leu, elle me parlait d'une coutume chinoise qui consistait à noyer les fillettes.

— Mais alors, nous aurions été noyées toutes les deux ?

— Oui.

Elle prenait un air apaisé, comme si cette perspective d'avoir été noyée à sa naissance la soulageait. Elle aurait préféré être morte il y a longtemps, elle regrettait son absence dans l'avion où ses parents avaient trouvé la mort. Elle enviait les accidentés, les assassinés, et d'une façon générale elle enviait la masse infinie des morts. Il suffisait qu'elle voie une photo d'ossements préhistoriques dans un journal pour qu'elle envie la personne dont ils soutenaient le corps autrefois et qui depuis si longtemps ne subissait plus l'existence. Elle aurait voulu être à la place des défunts dans les cercueils des convois mortuaires qu'elle voyait passer furtivement dans Paris. Elle prenait la vie pour une punition dont peu de gens étaient frappés à la fois, et qui leur peine purgée allaient grossir le nombre des morts qu'aucune autre sanction n'atteindrait jamais plus.

— Tu peux te suicider.

Mais elle préférait aller jusqu'au bout. La vie serait supportable quand elle aurait des enfants qui subiraient le même sort. Elle n'aurait pas souffert pour rien, elle saurait qu'après elle sa souffrance continuerait à être vaillamment portée par d'autres, de génération en génération, peut-être aussi longtemps que durerait l'espèce. Vivre seule, c'était pour elle tuer son temps dans une cellule étroite où elle n'avait pas la place de se retourner. Chaque naissance reculerait les murs et lui donnerait l'espace qui lui manquait.

Elle voyait ses enfants avec autant de précision que s'ils étaient là. Elle me les vantait durant des heures, louant leurs qualités et même certains de leurs défauts qu'elle jugeait indispensables dans la société où nous vivions. Quand nous regardions ensemble la télévision, elle les intégrait à l'actualité, les opposant avec vigueur aux indécis et aux mous. Il me semblait même que si elle osait se promener si tard dans Paris, c'était parce qu'elle se sentait protégée par ses fils comme par une milice armée jusqu'aux dents. Elle savait qu'ils n'étaient pas encore nés, mais elle avait la certitude qu'ils étaient en chemin. Cette conviction leur conférait à ses yeux un certain degré d'existence qui suffisait à les rendre réels. Ils occupaient déjà une place importante dans sa vie. Souvent elle devait même faire un effort pour oublier qu'ils n'avaient pas encore été conçus. Quand Étienne se montrait indiscipliné, elle lui disait qu'à son âge aucun de ses enfants n'aurait désobéi de la sorte.

— Tu as pas d'enfant.

Il fallait que je protège Étienne contre sa colère. Je le bouclais dans sa chambre, et j'essayais de la calmer. D'abord elle était agressive, elle avait le visage convulsé et elle était prête à frapper. Puis elle s'effondrait, s'asseyant par terre et murmurant entre deux coulées de larmes qu'elle voulait mourir. Quand je ne la mettais pas dehors tout de suite, elle restait là indéfiniment.

Si je me couchais, elle se déshabillait et venait me rejoindre dans mon lit. Je détestais la sentir si près de moi respirer régulièrement comme une copie mal synchronisée de mon propre corps. Je détestais aussi son odeur qui me choquait, car depuis la mort de mon mari je n'étais guère habituée qu'à la mienne et celle de mon fils. Et puis, elle posait la main sur mon épaule, elle la laissait descendre pour tester ma réaction. Je n'en avais aucune, mais elle continuait à me malaxer en soupirant comme si j'étais l'objet de son envie. Quand je n'en pouvais plus, j'allumais la lumière et je lui jetais l'un après l'autre ses vêtements à la figure.

— Remonte chez toi.

Elle avait le visage rouge, je crois qu'elle avait honte. Elle se rhabillait le plus vite possible, elle s'en allait avec ses chaussures à la main.

Je ne la voyais plus d'une quinzaine de jours. Lorsque nous nous rencontrions, elle piquait du nez dans son imperméable et faisait semblant de ne pas me voir. Je la trouvais drôle et ridicule, je donnais des coups de coude à Étienne pour qu'il la regarde bien. Dès que nous étions chez nous, nous pouvions rire d'elle avec plaisir pendant de longues minutes. Elle devait coller son oreille contre le parquet de son appartement, et elle nous entendait nous moquer. Pour se venger, elle me réveillait au milieu de la nuit en projetant par terre une vieille chaise juste au-dessus de ma chambre à coucher. Elle recommençait au matin, et je n'avais pas le temps de me rendormir avant que le réveil sonne.

À chacune de ses nuits de repos, elle me persécutait ainsi. Puis elle se calmait soudain, et un dimanche elle sonnait à ma porte à sept heures et demie précises avec un gâteau et une bouteille de bordeaux. Elle m'embrassait comme si rien ne s'était passé, puis elle s'installait au salon et posait des questions de mathématique à Étienne. Elle le félicitait, même lorsqu'il commettait une erreur. J'étais obligée de la prévenir que je ne l'attendais pas et que je n'avais rien prévu pour le dîner. Nous avions décidé avec le gamin de prendre un café au lait avec des biscottes beurrées. Elle me faisait remarquer que le gâteau qu'elle avait apporté remplacerait avantageusement les biscottes.

— Et le bordeaux, le café au lait.

Nous vidions la bouteille, tandis qu'Étienne mangeait une grande part de gâteau en oubliant son café au lait qui refroidissait sur le coin de la table. Quand nous n'avions plus de vin, nous buvions de la liqueur ou un alcool sec que Clémence montait chercher dans sa réserve.

J'avais du mal à envoyer le gamin au lit, elle le retenait en lui demandant de bander au maximum ses biceps pour qu'elle puisse se rendre compte s'il serait plus tard musclé ou flasque comme le gâteau qu'il venait de manger. Elle le déshabillait petit à petit pour mieux se faire une idée de son gabarit. Il se sentait flatté, il restait là devant elle à se tourner et à se retourner comme un mannequin. Il perdait peu à peu ses derniers vêtements. Il finissait tout nu, marchant ou courant autour de la pièce selon le bon vouloir de Clémence. Je lui disais va au lit immédiatement. Mais il ne m'écoutait pas, et l'alcool que j'avais absorbé m'empêchait de faire montre de l'autorité nécessaire. Clémence lui demandait d'aller chercher l'escabeau, de l'installer au milieu du salon, de grimper sur la plus haute marche et de se laisser tomber dans le vide.

Étienne m'a raconté que Clémence était arrivée plusieurs fois à le convaincre de monter sur l'escabeau et de se jeter. Elle le rattrapait, mais elle s'arrangeait pour lui faire mal en le recevant. Il m'a montré des égratignures sur ses bras, ses cuisses et même une bosse sur le front, un soir qu'elle l'avait laissé cahoter par terre. Je le grondais de n'avoir pas su lui résister, mais il m'accusait de m'être endormie durant sa chute.

En principe, dès la fin de l'apéritif j'envoyais Étienne au lit. Nous pouvions manger en paix et dialoguer loin de son oreille d'enfant curieux. Puis, nous mettions un disque et nous chantions par-dessus l'orchestre. Ensuite, nous dansions pieds nus des danses que nous inventions sans tenir compte du rythme de la musique. C'était pour moi une détente, la seule occasion de me laisser aller sans retenue depuis mon veuvage. Pendant que je me démaquillais, nous discutions par la porte entrouverte de la salle de bains. Je regrettais de laisser Clémence partir, nous aurions pu discuter encore toute la nuit. Je cherchais le sommeil en frottant ma tête sur l'oreiller. Mais le lendemain matin, je l'avais déjà oubliée et je ne pensais plus à elle d'ici le prochain dimanche.

Je ne connaissais pas assez Clémence pour qu'elle occupe une réelle place dans ma vie. Nous avons passé quinze soirées ensemble, peut-être vingt. Nous nous croisions une ou deux fois par semaine, et la moitié du temps nous n'échangions que quelques mots qui ne nous laissaient aucun souvenir. Nous n'étions pas intimes, elle ne savait presque rien de moi et je refusais de partager sa solitude.

J'acceptais de la voir, mais je ne voulais pas qu'elle me confie les petits secrets sordides qui servaient de ressorts à sa personnalité. Ses confidences m'auraient salie, il me semble même que je serais devenue sa complice, chacune de ses actions futures aurait pu m'être en partie imputée. Elle ne valait rien. Elle allait droit sur un obstacle où elle se briserait. Elle ne transigeait pas avec sa petite existence, elle lui réclamait un dû énorme qu'elle ne pourrait jamais lui donner. Je ne l'écoutais pas quand elle me parlait de son avenir, j'avais trop le sentiment qu'elle évoquait un univers effrayant où tout le monde souffrait bien plus que ne l'exigeait son appartenance à la race humaine.

Je me rappelle Clémence comme d'un imperméable que je voyais parfois marcher sur le trottoir quand je fermais les volets du salon. Elle se précipitait, pourtant l'arrêt de bus était à quelques pas de l'immeuble. Je ne lui lançais jamais de bonjour, je m'arrangeais même pour ne pas faire de bruit et éviter qu'elle se retourne. Je la plaignais d'être obligée de rester debout jusqu'au matin, mais pas au point de lui souhaiter bon courage. Je ne comprenais pas qu'on puisse laisser des malades entre ses mains, elle n'avait pas le goût de soigner et elle ne souhaitait la guérison de personne.

Il était impossible d'empêcher Clémence de se suicider. Je crois qu'elle avait fait plusieurs tentatives, mais elle les cachait. Après la mort de ses parents, elle avait pris un certain nombre de comprimés. Puis elle avait appelé au secours. On l'avait sauvée, et trois jours plus tard elle était de retour chez elle. Une autre fois, à la clinique elle avait tenté de se provoquer une embolie en s'injectant de l'air dans une veine. Elle avait aussi voulu s'ouvrir l'artère fémorale avec un scalpel.

La vie l'ennuyait, elle y trépignait comme dans une salle d'attente. Dans ses conversations, elle me parlait de la mort sans que je puisse savoir si elle évoquait un loisir ou une qualité particulière de silence et d'obscurité. Aucune villégiature ne pouvait se comparer au vide qui se substituait à notre conscience évaporée sitôt que nous expirions. Elle n'était pas croyante, mais la mort était sa divinité. L'instant impalpable qui séparait l'existence du néant et de la putréfaction, lui semblait un havre délicieux dont elle ne pourrait jamais connaître l'équivalent au cours de sa vie.

Je crois qu'elle aurait voulu que nous ne menions toutes les deux qu'une seule et unique existence. Nos attributs auraient pu se ranger sous une identité unique. Elle se serait volontiers effacée, je l'aurais remplacée à la clinique et je me serais arrangée pour que ses souvenirs s'emmêlent aux miens et forment un passé cohérent dont je serais la propriétaire exclusive. Elle avait la conviction absurde qu'entre le suicide et sa vie il existait cette troisième voie. Elle croyait pouvoir se dévider à mon oreille. Une fois qu'elle se serait entièrement dite, elle estimait qu'elle existerait dans mon cerveau tout autant que moi-même. Elle n'aurait plus alors qu'à me donner ses biens et disparaître dans un coin de la France où elle se suiciderait sans porter sur elle de papiers qui puissent permettre qu'on l'identifie. Dissoute en moi, elle continuerait à vivre tant qu'elle n'aurait pas perdu son intensité dans ma mémoire.

Elle ne se rendait pas compte que je l'aurais oubliée tout de suite.

Souvent, elle me sortait de l'esprit. Il suffisait que je ne la voie pas de huit jours pour que je ne la reconnaisse pas tout de suite quand je la rencontrais dans le hall d'entrée ou à l'épicerie. Il m'arrivait même de la contourner sans mot dire pour attraper un bocal de confiture ou un paquet de biscuits. Elle me posait la main sur l'épaule, mais je continuais mes courses en essayant de ne pas oublier les céréales pour le petit déjeuner d'Étienne. Elle me suivait jusqu'à la maison. Elle se collait à moi dans l'escalier et mettait son visage à vingt centimètres du mien pour que je sois obligée d'en enregistrer la forme générale et le relief. Il me fallait quelques secondes pour la reconnaître et me souvenir des derniers moments que nous avions passés ensemble une ou deux semaines plus tôt.

Un jour, elle a persuadé Étienne que j'avais un amant. Il m'a demandé des comptes, et mes explications ne l'ont convaincu qu'à moitié. J'aurais voulu que Clémence se rétracte, mais elle arborait un sourire ironique à chaque fois que je l'abordais pour essayer de lui en parler.

Je lui ai longtemps tenu rigueur de cette calomnie, et j'ai coupé les ponts. Elle me disait parfois bonjour quand nous nous croisions dans l'escalier, mais je ne lui répondais pas. Quant à

Étienne, il se sauvait en dissimulant sa tête dans l'encolure de son anorak lorsqu'elle essayait de lui parler.

Elle a profité d'un jour férié où le temps était triste pour venir nous inviter à manger une glace à St-Germain-des-Prés. J'aurais dû refuser, mais Étienne cachait mal son désir d'une coupe remplie de trois boules de glace, de coulis de framboise, surmontée de chantilly, d'amandes effilées et de cacao. Je lui refusais toujours ce plaisir trop dispendieux, il devait se contenter d'un simple cornet. Je ne me suis pas sentie le courage de le priver du bénéfice de la manœuvre de réconciliation à laquelle Clémence se livrait. Moi-même, je redoutais cet après-midi de congé sans autre interlocuteur que ce gosse avec qui je ne pouvais entamer aucune conversation divertissante.

— Entre.

Je lui ai dit de s'asseoir dans le salon pendant que je me maquillais. Quand je suis revenue, elle avait enlevé son imperméable et s'était installée confortablement sur le canapé. Elle regardait la télévision, menaçant de mort le présentateur et les artistes. Je lui ai fait remarquer qu'il était déjà cinq heures.

— Bientôt, il fera nuit.

— Oui.

J'ai dit à Étienne de ne pas oublier de mettre son écharpe.

— Et dépêche-toi, autrement tu n'auras pas

de glace. Il a obéi. Clémence ne bougeait pas du canapé.

— On y va.

Je suis retournée au salon, j'ai éteint le téléviseur et je lui ai donné son imperméable qu'elle avait entreposé sur une chaise. Elle m'a demandé pourquoi j'étais si pressée, je lui ai répondu que le petit avait faim. Elle m'a dit qu'elle était contre cette habitude de faire goûter les enfants.

Elle a pourtant fini par quitter le salon et sortir de l'appartement. Elle trottait devant nous, elle allait de plus en plus vite et j'avais du mal à la suivre. Elle s'est arrêtée tout à coup devant une pâtisserie, elle a demandé à Étienne s'il préférait une glace ou un gâteau.

— Une glace.

Elle lui a acheté un esquimau minuscule, elle a voulu qu'il lui dise merci. Elle m'a demandé si je voulais continuer à me promener avec elle ou si je préférais rentrer. J'avais trop peur de m'ennuyer, je lui ai dit que j'avais besoin d'exercice. Elle a démarré, marchant plus vite encore que tout à l'heure. J'étais obligée de tirer Étienne qui me retardait en mordant son esquimau sans se préoccuper de ses jambes qui avançaient à peine. Au carrefour de l'Odéon, elle m'a proposé de nous arrêter pour prendre un verre.

— Oui.

Nous nous sommes assis dehors. Étienne avait choisi une coupe à la banane et à la noix de coco dans le dépliant plastifié que le serveur avait posé devant lui. Mais Clémence refusa d'entériner son choix. Comme il avait déjà mangé une crème glacée, elle estimait qu'il n'avait plus droit à rien. Il se contenterait de nous regarder boire nos thés, et s'il ne faisait pas de caprice nous lui donnerions des sucres trempés dans du lait arrosés de quelques gouttes de citron. Il était sur le point de pleurer, j'ai dit à Clémence qu'il avait sûrement soif et qu'une boisson lui ferait du bien.

— Tu n'as qu'à lui prendre une carafe d'eau.

J'ai commandé au serveur une limonade et deux thés. Elle m'a dit que j'étais folle de gâter cet enfant, et qu'il deviendrait plus tard un marginal. Je lui ai répondu en riant que ce n'était pas sûr, et que malgré sa mauvaise mère il s'en sortirait.

— Non.

On nous a apporté notre commande. Étienne a bu sa consommation d'un trait, à la bouteille, comme s'il redoutait que Clémence la lui confisque. Avant de verser un peu de thé au fond de sa tasse, elle lui a fait les gros yeux et il a baissé les siens prudemment.

Puis, elle m'a dit qu'on allait bientôt ravaler l'immeuble et que durant trois mois la façade serait bâchée et les fenêtres étanches à la lumière. Travaillant de jour comme de nuit, des ouvriers se promèneraient librement sur des échafaudages, et ils auraient une vue parfaite sur la vie que nous menons dans nos appartements. Ils nous verraient nous lever, nous asseoir, nous diriger vers la cuisine ou la salle de bains. Ils sauraient l'instant précis que nous choisissons pour fermer une enveloppe, essuyer la table ou enlever nos chaussures.

Ils observeraient Clémence avec autant de rigueur que nous. Ils la regarderaient manger des biscottes beurrées et boire du lait en évoluant sans logique et sans but d'un point à l'autre de l'appartement. Ils la verraient se poser à intervalles irréguliers sur son lit, puis se catapulter brusquement hors des draps comme une pierre qui recommencerait à rouler sur le parquet jusqu'à l'aube. Au matin, ils l'examineraient avec attention quand elle s'endormirait enfin et pénétrerait aussitôt dans un cauchemar qui la ferait gigoter sur le matelas comme sur un grill. Ils la verraient émerger vers onze heures et recommencer sa course quotidienne à travers les mètres carrés de son logement.

Les travaux terminés, d'après Clémence les ouvriers nous auraient tellement vus que nous existerions avec plus d'intensité et de précision dans leur mémoire que dans la réalité où nous continuerions à nous débattre. Mais je savais que la façade de notre immeuble avait été rénovée cinq années auparavant, et qu'on ne risquait pas la ravaler de sitôt.

Étienne a demandé à Clémence pourquoi elle n'avait pas emmené Ric.

— Il est puni.

— Qu'est-ce qu'il a fait ?

— Il a troué une paire de chaussures vernies.

Étienne a pris la défense du chien, prétendant qu'il avait simplement voulu jouer. Pour Clémence, des chaussures de ce prix-là valaient bien une semaine de réclusion. D'ailleurs, l'animal comprenait qu'il avait fauté car à chaque fois qu'elle allumait la lumière de la salle de bains il avait le museau entre les pattes et des yeux penauds qui s'entrouvraient à peine. Étienne aurait voulu monter jouer avec lui en rentrant. Clémence préférait prolonger la punition jusqu'au lendemain, mais rien ne l'empêcherait mercredi prochain de l'emmener courir au Luxembourg.

Le gosse était déçu de ne pas avoir le droit de s'amuser avec lui tout de suite. Il aurait voulu aller chercher le chien et longer avec lui les oiselleries des quais. Clémence lui a répondu que Ric avait sûrement mieux à faire que d'aboyer après des canaris qui ne lui avaient rien fait. Je commençais à en avoir assez d'être assise, j'ai proposé à Clémence que nous y allions.

— Si tu veux.

Mais au lieu de régler les consommations, elle a poussé le ticket de caisse vers moi. Elle m'a dit qu'elle avait déjà offert une glace au gamin, et que plusieurs mois plus tôt c'est elle qui avait réglé les consommations que nous avions prises dans une brasserie de la rue des Écoles. J'ai payé. Elle a demandé à Étienne de la remercier pour la glace de tout à l'heure.

— J'ai déjà dit merci.

— Je ne m'en souviens pas.

J'ai dit à Étienne que nous allions rentrer à la maison. Nous avons fait quelques pas sur le trottoir. Pendant que je regardais les adolescents assis au pied de la statue à côté du kiosque à journaux, Clémence agaçait Étienne pour qu'il accepte de lui dire un second merci.

— Si tu me dis merci, je te prêterai Ric pendant trois jours.

— Quand ?

— À partir de ce soir.

Étienne a dit merci. Clémence m'a demandé si je n'avais pas envie de marcher jusqu'à la Seine. J'ai été d'accord. Elle a ouvert la voie, mais l'épaisseur de la foule ne lui permettait pas d'aller aussi vite que tout à l'heure. Je tenais

Étienne par la main, il était très excité à l'idée de pouvoir disposer soixante-douze heures d'affilée d'un chien aussi grand que Ric. Il se promettait de le dresser avec une vieille panoplie de shérif qu'il ne mettait plus depuis un an ou deux. Il voulait lui apprendre à mordiller les chevilles des gens qu'il lui montrerait du doigt, et même à les jeter à terre en cas de rébellion. Le soir, il mettrait des grains de café dans sa soupe pour le rendre plus agressif.

Nous avons rejoint Clémence qui était bloquée par un couple dont l'homme poussait péniblement une voiture d'enfant mal engagée sur une passerelle de chantier. Je lui ai demandé si elle cherchait toujours un père pour ses gosses. Elle m'a répondu qu'elle avait eu tort de ne se donner que quelques années pour se reproduire. Aujourd'hui, une femme pouvait être mère jusqu'à un âge avancé. Du reste, elle n'était pas pressée de matérialiser cette progéniture qu'elle sentait si vivante au fond d'elle. Son corps leur suffisait, ils n'avaient pas besoin d'une enveloppe individuelle qui ne pourrait que perturber les relations parfaites qu'elle entretenait avec eux.

Jamais elle ne serait plus heureuse qu'à présent, et sa vie de célibataire leur convenait pleinement. Ils auraient détesté qu'elle partage la vie d'un homme qui les aurait privés d'un peu de son amour pour eux. La naissance aurait constitué un événement encore plus dommageable qu'un simple mariage, et ils l'envisageaient comme une réelle catastrophe. En venant au monde, ils deviendraient les enfants de cet homme qui les aurait provoqués par sa semence. Ils auraient perdu à jamais cette liberté absolue dont ils jouissaient en elle. Afin de prolonger leur bonheur, elle refuserait peut-être jusqu'au bout de les concevoir. Elle leur épargnerait ainsi les égratignures aux genoux et les ampoules attrapées dans des chaussures neuves. La forme de vie qu'ils connaissaient n'était pas inférieure à celle des autres enfants, qui étaient tristes ou pleurnichards durant un tiers de la journée.

— Tu crois ?

— Regarde comme Étienne est malheureux.

— Qu'est-ce que tu en sais ?

Elle m'a répondu que c'était un miracle qu'il n'ait pas encore mis fin à ses jours. Je lui ai dit que mon fils était épanoui, et qu'il détestait la mort autant que moi. Elle a ri, et elle a profité que le trottoir était soudain désert pour se mettre à courir jusqu'au bout de la rue. Étienne regardait les petits jouets anciens dans les vitrines des antiquaires, et il n'avait rien entendu. Mais j'avais peur que Clémence le questionne sur la mort et lui mette des idées en tête dont jusqu'alors il ne soupçonnait même pas l'existence. Je l'ai pris par le bras et nous avons fait demi-tour.

Je lui ai dit de se presser. Quand nous serions

à la maison, je lui préparerais un café au lait et des tartines.

— J'aime mieux les biscuits.

Je lui ai promis d'en prendre en passant à l'épicerie de la rue Gay-Lussac. La foule était plus clairsemée, nous avancions vite. Étienne voulait aussi que j'achète des boîtes de viande pour nourrir Ric et des tranches de salami pour le gâter quand il aurait obéi à ses ordres.

Clémence nous a rattrapés sur le boulevard St-Germain. Elle m'a dit qu'en prenant la rue St-Jacques et le pont d'Arcole, nous arriverions place de l'Hôtel-de-Ville. Elle montrerait au gamin l'édifice où son père avait travaillé une grande partie de sa vie. Je lui ai fait observer que nous étions dimanche et que le Bazar devait être fermé.

— On verra quand même les moulures et les verrières.

Elle allait souvent là-bas avec Ric. Le chien aimait cette promenade, il était attiré par ce grand bâtiment comme par un aimant. On aurait dit qu'il reniflait le souvenir de tous ces employés qui avaient donné à ce magasin quarante années de leur existence qu'il avait avalées comme une bouchée de secondes. Le chien voyait ces générations qui se succédaient à la direction de chaque rayon, sur les fauteuils des caissières ou des simples vendeuses. Il sentait que ces gens vieillissaient, périssaient, mais qu'ils se renouvelaient sans cesse afin que personne ne manque jamais.

Je lui ai dit que je doutais beaucoup que Ric soit capable de sentir autre chose que sa pâtée et l'odeur du cuir de sa muselière. Étienne a demandé si elle la lui enlevait pour dormir. Elle lui a répondu que les enfants ne devaient jamais poser de questions aux adultes.

Nous sommes arrivés place de l'Hôtel-de-Ville. J'ai grondé Étienne qui voulait boire l'eau des jets d'eau. Clémence a regardé le Bazar, elle m'a demandé si je le trouvais émouvant.

— Je ne me rends pas compte.

Elle m'a dit que son père aurait aimé ne jamais quitter son poste de travail et pouvoir se passer de manger et de dormir. Elle serait allée le voir de temps en temps avec sa mère, et il les aurait saluées distraitement tout en continuant à gérer ses stocks. Elles auraient vécu loin de lui, mais il aurait touché une paie double ou triple qui leur aurait permis d'épargner davantage. Par son labeur continu, il aurait multiplié son existence comme un chiffre. S'il lui était impossible d'échapper à la mort, il aurait voulu au moins vivre extrêmement vieux et cumuler sa retraite avec le gros salaire que son travail acharné continuerait à lui valoir si le Bazar l'autorisait à conserver son poste. En l'espace d'une vie, il aurait généré une somme d'argent cinq ou six fois supérieure à celle que ses parents auraient pu espérer qu'il récolte en le mettant au monde. Et quand Clémence serait morte, elle aurait laissé à l'État un patrimoine conséquent.

Clémence s'excitait, elle croyait le voir s'agiter derrière les vitres obstruées du premier étage. Il jetait à terre tout ce qui passait à sa portée pour se venger du cadeau empoisonné que le comité d'entreprise lui avait infligé pour son départ à la retraite. Depuis dix ans, il n'avait toujours pas compris pourquoi on avait refusé de lui donner l'argent du voyage. Malgré les indemnités que la compagnie aérienne avait versées, il était incapable d'oublier cet affront. Je lui ai dit que son père reposait en paix loin d'ici, pulvérisé avec sa mère entre la France et l'Espagne. Elle m'a répondu que ses parents étaient morts pleins de haine envers le Bazar et qu'elle regrettait de ne pas avoir su les venger.

Quelques jours après leur mort, elle avait tenté de mettre le feu au magasin. Elle avait répandu une petite bouteille d'essence sur un rouleau de tissu d'ameublement, mais elle tremblait trop pour frotter l'allumette contre le grattoir de la boîte. Elle s'était enfuie, baissant la tête de crainte d'être reconnue par un ancien collègue de son père. Elle était revenue une fois dans l'espoir de se laisser enfermer à l'intérieur, de mettre le feu et de flamber avec la marchandise. Elle avait essayé de se dissimuler sous un lit de démonstration. Mais la voyant accroupie, une vendeuse lui avait demandé si elle avait un malaise.

— Je suis enceinte.

La femme lui a proposé quelques gouttes d'alcool de menthe. Clémence a refusé et s'est éloignée. Jusqu'à l'heure de la fermeture, elle a cherché des yeux d'autres cachettes. Elle aurait pu s'engager furtivement dans la partie du magasin interdite au public et attendre la nuit dans un des bureaux désertés à cette heure par les cadres du Bazar. Mais elle avait trop peur d'être surprise, ou même bousculée par un directeur attardé. Quand les haut-parleurs ont annoncé que le magasin fermait ses portes, elle s'est en allée avec le reste de la clientèle. Durant deux ou trois mois, elle a haï le Bazar d'une haine toujours croissante. Elle rêvait d'un attentat magnifique qui le fasse exploser comme un gros gâteau de plâtre qui volerait en éclats avec ses articles, ses caisses enregistreuses, ses vendeuses, et sa verrière. En miettes d'humains, en bribes de verre, réduit en poudre impalpable, le Bazar tomberait dans la Seine qui le charrierait inexorablement hors de la ville.

Un jour pourtant, elle s'est réveillée sans plus éprouver aucune haine envers lui. Les semaines suivantes, elle a même ressenti un certain respect pour cette grande construction qui avait donné à son père salaire et dignité pendant les vingt années où il avait travaillé dans ses murs. Elle a peu à peu reporté sur le Bazar l'affection qu'elle avait pour ses parents disparus. La découverte de son oncle avait complété la reconstruction de son univers affectif. Le Bazar était devenu le tombeau de ses parents, et c'était le plus grand tombeau de Paris.

— On s'en va maman ?

Étienne avait froid. J'ai proposé à Clémence de rentrer.

Nous marchions ensemble, la nuit tombait. Elle voulait dîner chez moi. Je n'avais rien prévu pour un troisième convive. Elle achèterait du jambon cru, du crabe et du bordeaux.

— J'ai peut-être envie de dîner seule avec Étienne.

Elle a fait semblant de ne pas m'entendre. Elle a dit que nous allions reprendre la tradition de nos dîners du dimanche. Nous parlerions jusqu'à minuit au salon, ensuite nous poursuivrions la conversation entamée pendant que je ferais ma toilette. Vers une heure du matin, elle remonterait chez elle s'étendre et revivre par la seule force de sa mémoire toute la soirée qu'elle venait de passer. Avant le défilé des premiers bus du lundi matin, elle prendrait Ric et descendrait le boulevard. Elle longerait les quais, contournerait Notre-Dame et stationnerait quelques minutes devant le Bazar. Elle rentrerait sans se presser, Ric humant l'air humide et cherchant des odeurs nouvelles sur le trottoir. Quand elle s'endormirait, je serais déjà au ministère et Étienne devant son devoir de français qu'on viendrait juste de lui rendre agrémenté d'un zéro.

Au moment où elle se réveillerait, le gamin serait en train de tomber sur le gravier de la cour en poursuivant un camarade, et moi je raccrocherais au même instant mon téléphone en disant à ma collègue que je commençais à en avoir assez des sautes d'humeur continuelles de mon chef de service. Elle se préparerait une tasse de café. Elle regarderait la télévision du coin de l'œil en prenant un bain. Elle s'habillerait, il serait déjà quatre heures. Elle irait faire quelques courses d'alimentation. À son retour, il ferait de nouveau nuit. Elle donnerait sa pâtée au chien. Elle ferait son ménage. Elle casserait deux œufs dans une poêle, elle les mangerait avec une tomate crue et du vinaigre. Elle se brosserait les dents, Ric essaierait de se frotter contre ses jambes. Elle lui dirait au revoir avant d'éteindre la lumière et de fermer la porte de la salle de bains.

Elle quitterait son appartement, elle sonnerait chez nous en passant. Étienne lui dirait que j'étais en train de me teindre les cheveux au-dessus du lavabo. Elle entrerait quand même. Je la recevrais mal et elle s'en irait. Elle serait en retard, elle se rendrait à la clinique dans un taxi qu'elle attraperait au vol devant l'immeuble. Elle prendrait son service à vingt heures quinze. Ce serait une nuit calme où elle s'ennuierait. Elle rentrerait chez elle au matin, et le reste de la journée s'écoulerait comme la veille et le lendemain. Notre dîner de dimanche prochain réunirait nos solitudes, durant plusieurs heures nous aurions l'impression qu'elles s'étaient désagrégées et que nous les digérions avec les mets.

Nous sommes entrés dans le magasin. Clémence est allée vers le fond choisir le vin. Étienne m'a échappé, il a rapporté un panier rempli de nourriture pour chien. Je lui ai dit de reposer toutes ces boîtes.

— C'est pour Ric.

Je lui ai dit que je ne comptais pas nourrir cet animal.

— Qu'est-ce qu'il mangera ?

— Je ne veux pas le savoir.

Je l'ai senti sur le point de faire une crise de nerfs. Je lui ai offert du chocolat et des petits bonbons à la menthe. Pendant qu'il avait les mains occupées, j'ai poussé le panier derrière un carton de pommes de terre. Clémence est arrivée à la caisse, elle m'a demandé si je n'avais pas besoin de lait pour demain. Je lui ai proposé de payer la moitié de la bouteille.

— Achète plutôt un gâteau pour le dessert.

Je lui ai dit que je préférais une salade de fruits, et que je pourrais en faire une avec les oranges que j'avais à la maison. Étienne voulait des biscuits.

— Tu me l'as promis.

J'ai essayé de lui faire comprendre que les bonbons et le chocolat annulaient cette promesse. Il s'est mis à pleurer, Clémence a souri. J'ai pris le premier paquet de biscuits venu et je l'ai mis dans la poche de son anorak. Je lui ai dit que s'il n'arrêtait pas de pleurer immédiatement, il n'aurait pour Noël que la moitié de ses cadeaux. Il a ravalé ses larmes.

Quand nous sommes arrivés à la maison, Clémence m'a demandé si Étienne pouvait dîner tout de suite et filer au lit.

— On serait plus tranquilles pour bavarder.

— Il est à peine six heures.

Elle était prête à donner une pièce au gosse s'il acceptait de s'endormir quelques heures plus tôt. Je lui ai dit qu'il dînerait avec nous, et qu'il irait se coucher sitôt son dessert mangé. Clémence est allée dans la chambre d'Étienne pour lui demander d'accepter de se mettre au lit tout de suite.

— Autrement, je ne te prêterai pas Ric.

Quand je suis arrivée, il était déjà en pyjama. Je l'ai envoyé se doucher et se rhabiller de la tête aux pieds. Clémence a boudé dans la cuisine en mixant indéfiniment des fines herbes avec un jaune d'œuf. Le bruit assourdissant de l'appareil empêchait toute conversation. J'ai enlevé la prise, elle a été obligée de m'écouter. Je lui ai dit que pour lui faire plaisir Étienne prendrait son repas avant nous, et qu'il disparaîtrait dans sa chambre à partir de huit heures. Notre dîner se déroulerait sans lui, nous pourrions parler sans frein. Du reste, Étienne serait bientôt en âge de tout entendre et de tout discuter. Dans peu d'années, c'est lui qui nous remettrait à notre place quand nous dirions des inepties. Il saurait ridiculiser nos idées et nos convictions, il les retournerait comme des peaux de lapin et nous les jetterait tout ensanglantées au visage.

— Je ne dînerai jamais avec lui.

— Pourquoi ?

— Il se mouche en mangeant.

Peut-être que notre dîner de ce soir lui serait une bonne occasion de se dégourdir l'esprit. Je voulais qu'il réfléchisse aux questions que nous nous posions si souvent, qu'il pense si fort qu'il croie son crâne prêt à se fendiller, et lui-même prêt à sauter hors de sa tête comme un pantin au bout d'un ressort.

— Je ne mangerai pas avec lui.

Je lui avais déjà dit qu'il prendrait son repas avant nous, je la taquinais pour me venger des consommations qu'elle m'avait obligée à régler tout à l'heure. Quand elle a compris que je plaisantais, elle a pris ma main et elle l'a serrée. J'ai senti qu'elle allait m'embrasser sur la joue. Je lui ai dit que nous devions nous occuper du repas.

J'ai mis une laitue à tremper. Elle a dû laver le mixer avant de pouvoir l'utiliser pour monter la mayonnaise. Elle a ouvert le vin afin qu'il s'oxygène.

Je suis allée voir ce que devenait Étienne. Il était assis à son bureau, il jouait avec une petite voiture autour de son cahier de grammaire. J'ai reniflé son bras pour savoir s'il avait pris sa douche. Il sentait la savonnette et l'eau de Cologne. Je lui ai dit qu'il allait bientôt manger.

— J'ai pas faim.

Il voulait que Clémence lui donne Ric tout de suite. Il jouerait avec lui dans sa chambre pendant notre dîner. Il serrerait sa muselière, ils ne feraient aucun bruit. Il prendrait l'escabeau, il lui apprendrait à grimper aux barreaux. Le plus difficile, serait de lui enseigner comment se retourner et redescendre sans avoir le vertige, ni se laisser entraîner dans le vide par le poids de son museau. Je lui ai dit d'oublier un peu cette bête et de réviser ses leçons du lendemain.

— Pense aussi à ton interrogation écrite de mardi.

— Je sais tout.

J'ai pris son cahier d'histoire. Il n'a su répondre à aucune des questions que je lui ai posées. Clémence m'appelait de la cuisine, elle voulait que je prépare la salade de fruits. Elle craignait que je la fasse au dernier moment et qu'elle n'ait pas le temps de rafraîchir. Je lui ai dit que les oranges étaient déjà au réfrigérateur depuis trois jours. Mais elle prétendait qu'il fallait deux bonnes heures avant que les fruits s'imprègnent du sucre et de l'alcool.

— J'arrive.

Clémence avait déjà organisé la salade de crabe sur une grande assiette en faïence. Elle avait mis une petite casserole sur le feu avec des tomates et du basilic. Elle avait acheté des pâtes fraîches et du parmesan. J'ai pelé les oranges, je les ai coupées en rondelles et saupoudrées de sucre. Je me suis aperçue que je n'avais pas la moindre goutte d'alcool dans toute la maison. J'ai demandé à Clémence si elle pouvait monter en prendre un peu chez elle. Elle m'a répondu que le mieux était d'envoyer Étienne acheter du rhum. Je lui ai dit que ce serait quand même plus simple qu'elle aille prélever un fond de verre dans sa bouteille d'alcool de poire ou son flacon de kirsch. Elle a ri, et moi-même j'ai fait semblant d'avoir voulu plaisanter. J'ai dit à Étienne de prendre mon porte-monnaie, et d'aller acheter une flasque de rhum à l'épicerie.

— J'ai pas envie d'y aller.

Clémence lui a dit que dans ces conditions elle ne lui prêterait pas son chien. Le gamin a filé, il est revenu essoufflé avec quelques gouttes de pluie sur son anorak et le rhum que je lui avais demandé. J'ai pu arroser mes oranges et déclarer mon dessert terminé. Clémence m'a dit qu'elle jetterait les pâtes au dernier moment dans l'eau bouillante. Il n'y avait plus qu'à faire manger le gosse, le coucher et dresser la table.

— Tu veux une escalope avec du maïs ?

— J'ai pas faim.

— Je ne te demande pas ton avis.

Il est allé au salon regarder la télévision. Clémence m'a dit qu'il mangerait plus volontiers un sandwich au fromage, et que l'important était qu'il se couche tôt. Du reste, s'il n'avait pas faim il pouvait très bien se mettre au lit sans avoir rien pris.

J'ai ouvert la boîte de maïs, et j'ai déposé la viande sur la poêle. Elle s'est éloignée de la cuisinière pour bien signifier son désaccord.

J'ai appelé Étienne, il n'a pas voulu venir. Je lui ai apporté son assiette sur un plateau, et je lui ai conseillé de manger s'il ne voulait pas avoir d'ennuis. Il a mis sa viande en charpie, il a picoré des grains de maïs avec ses doigts. Il regardait fixement l'écran du téléviseur, je l'ai éteint. Il a regardé son assiette, il a enfourné toute la viande dans sa bouche sans la mâcher ni la déglutir. Il m'a rendu le plateau, il a rallumé le téléviseur. Je l'ai entendu se précipiter aux toilettes pour recracher la viande. Je n'avais pas envie de le gronder devant Clémence, j'ai préféré me laisser duper.

Je regardais par la fenêtre de la cuisine une petite femme qui courait sur le trottoir avec son sac sur la tête. J'éprouvais du plaisir à ne pas être à sa place, à remuer les verres et les couverts loin de la pluie du boulevard. Nous étions distinctes l'une de l'autre, et j'étais contente qu'il soit impossible de nous permuter. Je ne voulais pas quitter la vie que je menais avec mon fils sous l'appartement de cette amie qui dînait ce soir à la maison. Je refusais que ce bonheur m'échappe, je m'accrochais à l'évier comme s'il était relié de proche en proche au couloir, au salon, à mon fils, à Clémence, à la fin d'après-midi, au mois de décembre, au nouvel an et aux années qui nous restaient encore.

Il m'a semblé que la petite femme se faisait renverser, mais elle avait seulement trébuché en traversant.

Clémence est venue me dire qu'Étienne était endormi sur le canapé du salon. Elle voulait que je le transporte dans son lit, et que je ferme soigneusement sa porte afin que nous soyons tranquilles toutes les deux. Elle pouvait s'en charger, si je préférais continuer à faire briller les verres avec mon torchon. Je lui ai dit que je ne m'intéressais pas du tout aux verres. Je lui ai montré par la fenêtre une silhouette d'homme qui courait sans parapluie devant les grilles du Luxembourg. Je lui ai dit que je venais de voir une femme qui elle non plus n'avait rien pour se garantir des gouttes et qui avait mis son sac sur sa tête. Je lui ai expliqué que je m'étais enviée d'être au sec. Puis, j'avais saisi l'évier à deux mains comme pour m'atteler à un objet indubitable et solidaire du reste de mon existence actuelle. J'avais ressenti une impression de joie intense, qui maintenant s'était dissipée. Je n'avais pas été aussi heureuse depuis mon enfance, et à présent j'étais encore sous le choc.

— Qu'est-ce qui s'est passé ?

Je lui ai montré à nouveau le boulevard sous la pluie. Je lui ai dit que je n'enviais pas les déshérités et les passants qui habitaient loin d'ici. Je lui ai montré un groupe d'enfants que des monitrices faisaient patienter en attendant l'arrivée du car. Ils rentreraient mouillés, certains seraient malades et demain ils n'iraient pas à l'école. Il y avait d'autres gens que nous ne voyions pas et que cette pluie trempait jusqu'aux os. Nous devions nous estimer heureuses d'être sèches, au chaud, et sûres de passer une bonne nuit sous des plafonds solides.

— Tu te sens fatiguée ?

— Pas du tout.

Je lui ai dit que j'avais pris en pitié cette petite femme, mais que maintenant elle devait être chez elle. J'avais un radis noir dans le bac à légumes, j'allais le couper en bâtonnets pour le mettre dans la salade de crabe. Elle voulait toujours que je couche Étienne, mais il n'était même pas huit heures. Elle voulait me faire croire qu'il dormait, pourtant je l'entendais changer de chaîne dans le salon. Elle m'a dit qu'elle l'avait vu gâcher sa viande, et qu'à ma place elle aurait réagi. Je lui ai répondu que pour ma part je n'avais rien vu, et que de toute manière je lui pardonnais volontiers cet enfantillage. J'aimais Étienne comme il était, et d'ailleurs je n'avais pas le choix. À partir d'un certain âge, les gosses étaient comme de vieux animaux têtus, au caractère affirmé et définitif. Il ne servait plus à rien de les éduquer, il valait mieux se borner à leur manifester notre affection par des baisers, des caresses et de l'argent.

— Tu pourrais au moins lui faire une réflexion.

— C'était ma faute, il n'avait pas faim.

Elle m'a dit qu'elle éduquerait ses enfants jusqu'au bout. Elle ne les laisserait pas en rade à l'âge de dix ans, encore mal dégrossis et irresponsables. Elle avait su dresser Ric qui avait des crocs et des pattes griffues pour se défendre, elle saurait bien discipliner des gamins.

— Je crois que la mayonnaise est un peu molle.

Elle a trempé son petit doigt dans le bol.

— Non, je vais simplement rajouter de la moutarde et du citron.

Elle m'a demandé de frapper dans mes mains et d'ordonner à Étienne d'aller au lit. Je lui ai répondu qu'il était assez grand pour savoir ce qu'il avait à faire.

Elle en avait fini avec la mayonnaise. Elle voulait que j'aille dire à Étienne de préparer son cartable pour le lendemain et de se coucher. Tant qu'il serait entre nos jambes, nous aurions toujours peur qu'il nous écoute ou qu'il se mêle soudain à notre conversation. Il pouvait aussi perturber notre dîner en demandant un verre d'eau rougie, ou en piquant un morceau de crabe dans notre assiette. Il avait recraché sa viande, mais il n'en aurait que plus d'appétit pour nos plats. S'il devait souiller notre nourriture avec ses mains sales, elle refusait de dîner ici.

— Tu peux t'en aller.

Elle a quitté la cuisine, puis elle a claqué derrière elle la porte de l'appartement. Elle a sonné, Étienne est allé lui rouvrir. Elle avait oublié son sac et son imperméable. Elle est rentrée chez elle, je l'ai entendue marcher au-dessus de ma tête. Elle a pris la gamelle de Ric, elle est allée la remplir. Démuselé, le chien a pu manger et boire. Puis, il s'est mis à aboyer et elle l'a battu. Il s'est tu, elle lui a remis sa muselière et l'a rejeté dans l'obscurité de la salle de bains. Je l'ai entendue descendre l'escalier, et à nouveau sonner. Elle a dit à Étienne que Ric avait eu sa soupe et qu'il se reposait. Elle le lui amènerait dans la nuit, et demain matin il pourrait lui donner des morceaux de tartine pendant le petit déjeuner.

— Tu peux pas aller le chercher tout de suite ?

— Il ne faut jamais le déranger pendant sa digestion.

Étienne voulait le transporter dans une couverture et le déposer au pied de son lit. De cette façon, il ne se rendrait même pas compte du transfert. Mais Clémence redoutait qu'il se blesse en sautant inopinément. Le gamin ne se doutait pas à quel point les bêtes étaient fragiles, pour une simple patte cassée on était obligé de les liquider.

— Pourquoi on les plâtre pas ?

Elle lui a répondu qu'il valait mieux les tuer pour leur épargner des souffrances inutiles. Si Ric se brisait un membre, elle se ferait un devoir de le supprimer avant même qu'il ait pris conscience de son état. D'ailleurs, si un de ses enfants risquait l'amputation ou la paralysie, elle agirait de la même façon. En cas de force majeure, nous avions le droit de tuer notre progéniture comme nous avions eu celui de l'accoucher au lieu de la garder indéfiniment en nous.

— Mais quand on est enceinte, on est obligé d'accoucher ?

— Non.

Il devait me remercier d'avoir bien voulu lui donner le jour. Ses frères et sœurs n'avaient pas eu cette chance, il ne les verrait jamais et je les emporterais avec moi dans la tombe.

— Je te crois pas.

Elle lui a fait remarquer qu'elle était libre de ne pas lui prêter le chien si elle jugeait préférable de le laisser toute la semaine attaché. Elle lui a demandé d'aller se coucher tout de suite.

— Sinon, pas de Ric.

Elle a exigé qu'il lui dise bonsoir et l'embrasse sur chaque joue. Je l'ai appelé. Il m'a crié de loin qu'il allait se coucher. Il a couru dans sa chambre. Il a sauté dans son lit. Je ne l'ai plus entendu. Clémence était dans le salon. Je la soupçonnais de lire la carte postale d'un ami d'enfance de mon mari qui le croyait toujours vivant, et qu'on m'avait fait suivre avant-hier. J'en avais assez de nettoyer cette cuisine, il fallait que nous dînions et que Clémence remonte chez elle avant minuit.

Je me suis approchée de la chambre d'Étienne, elle était silencieuse. Je suis entrée, j'ai allumé sa lampe de chevet. Il s'était couché tout habillé. J'ai pris son pyjama qui traînait par terre, je lui ai dit de le mettre. Il faisait celui qui dort, je l'ai obligé à s'asseoir dans le lit et à m'obéir. Je ne voulais plus qu'il exécute les ordres de Clémence, il devait s'en tenir aux miens. Il savait qu'elle était dérangée, nuisible, et mentait à profusion. Elle nous avait déjà fait beaucoup de mal, surtout à lui qu'elle avait sûrement traumatisé à plusieurs reprises. Quand elle viendrait à la maison, j'exigerais dorénavant qu'il se tienne à distance d'elle et qu'il coupe court à toute tentative de conversation.

— Tu crois qu'elle va me donner Ric pour toujours ?

Je ne voulais pas que cette bête s'incruste ici. Jeudi matin au plus tard, il faudrait qu'elle ait regagné l'appartement de Clémence. D'ailleurs, ce chien était stupide et il ne méritait pas l'attention qu'il lui portait.

— Tu me réveilleras quand il arrivera ?

— Certainement pas.

Il est allé s'asseoir à son petit bureau. Il m'a dit qu'il attendrait Ric en faisant du bruit pour ne pas s'endormir. Il a jeté la petite voiture contre le mur où elle a éclaté. Je lui ai dit que s'il continuait sur cette lancée je le donnerais à Clémence en échange du chien que j'emmènerais courir sans lui au Luxembourg. Elle l'empêcherait d'accéder aux fenêtres, il ne pourrait même pas nous voir de loin tourner autour des arbres.

— Je te crois pas.

— Tu veux que je l'appelle ?

II s'est recouché. Il m'a demandé de laisser sa porte entrouverte pour que Ric puisse entrer et attendre le matin à côté de lui. Je l'ai embrassé.

— Dors.

J'ai éteint la lumière, j'ai laissé la porte entrebâillée. Je suis allée rejoindre Clémence au salon. Elle m'a demandé si Étienne était définitivement couché. Je lui ai dit que nous pouvions dîner sans crainte. Elle avait mis le couvert et posé la salade de crabe sur la table. J'ai tourné le téléviseur pour que nous puissions regarder le film pendant que nous mangions. Elle m'a fait remarquer que d'habitude nous écoutions de la musique et que nous discutions de choses et d'autres. Je lui ai dit que j'avais déjà mal à la tête et que la musique allait m'achever. Elle m'a versé un verre de vin, je lui ai dit que je préférais ne pas boire d'alcool. Elle m'a demandé pourquoi j'étais de mauvaise humeur. Elle m'a dit qu'Étienne finirait bien un jour par me donner des satisfactions. J'ai bu le verre, elle m'en a servi un autre. Je n'ai rien dit quand elle a mis de la musique.

J'ai picoré un peu de crabe en l'écoutant malgré moi parler d'Étienne. Elle pensait qu'il avait au fond de lui une caractéristique qui se développerait au grand jour à la faveur de la puberté. Il deviendrait peut-être aveugle, à moins qu'il perde une jambe ou les testicules. En tout cas, il ne ressemblerait pas à l'image que je me faisais de lui aujourd'hui. Elle me servait sans cesse du vin, et quand la bouteille a été vide elle est montée chez elle prendre de la liqueur. Elle a continué à me faire boire.

Elle disait que si Étienne devenait paralytique, je le promènerais dans sa petite voiture avec autant de plaisir que je le poussais autrefois dans son landau. Il redeviendrait mon bébé au lieu de se perdre dans la vie adulte.

Elle est allée préparer les pâtes à la cuisine, mais elle est revenue avec la salade d'oranges.

— Je n'ai plus faim, on mange le dessert?

Je n'ai pas répondu. Elle pensait qu'Étienne était pareil à un abcès. Il était apparu à l'intérieur de moi sous une forme microscopique, mais quand je l'avais expulsé il avait déjà une taille monstrueuse. Depuis, il ne faisait que croître et réduire mon espace. Il occupait une chambre dont j'aurais pu faire une buanderie. Il prenait une grande partie de mon cerveau dont j'aurais pu me servir pour passer des concours.

— Je ne comprends pas ce que tu racontes.

Je n'avais plus envie de boire, mais elle a rempli encore mon verre. Je suis allée le vider dans l'évier. Je me suis mouillé le front et les joues. Elle est venue me prendre par l'épaule, elle a passé sa main dans mon corsage. Elle m'a dit que je transpirais et qu'il valait mieux que j'enlève mon chemisier. Je me sentais moite, je me suis laissé déboutonner. Je suis allée m'asseoir sur le canapé, elle a dégrafé mon soutien-gorge. Elle m'a dit que j'avais un peu grossi et que je devais faire attention. Je ne me sentais pas bien. Je lui ai dit qu'il valait mieux que j'aille me coucher.

— Je t'accompagne jusqu'à ton lit.

— Non.

Elle m'a suivie dans ma chambre. Je me suis étendue dans la pénombre. J'avais mal au cœur, ma tête tournait. Clémence m'a enlevé ma jupe et mon collant. Elle a pris dans l'armoire une chemise de nuit et elle a essayé de me l'enfiler. J'étais inerte, le moindre mouvement me répugnait. Elle s'est allongée à mon côté, elle m'a dit qu'elle allait se serrer un peu contre moi.

— Pour te tenir chaud.

— J'ai déjà trop chaud.

Je me suis levée, j'ai mis ma robe de chambre et je suis allée m'enfermer dans la salle de bains. Assise sur le bord de la baignoire, j'ai attendu qu'elle quitte l'appartement. Mais elle est retournée au salon et elle a mis de la musique si fort que j'ai été obligée de quitter ma retraite. Elle était sur le canapé, les bras autour de ses jambes repliées. J'ai baissé la musique.

— Tu ne veux pas danser ?

— Tu ne veux pas remonter chez toi ?

— Je vais rester là toute la nuit.

Je lui ai dit que depuis la mort de mon mari je ne supportais personne dans mon lit. Elle croyait se souvenir pourtant avoir passé une partie de la nuit contre mon corps cinq ou six mois plus tôt.

— Je ne me rappelle pas.

Elle exigeait que je la croie, et que je lui fasse au moins une petite place dans ma chambre. Elle accepterait de coucher par terre sur un vieil édredon, ou sur un fauteuil, drapée dans une couverture. Mais le plus simple serait qu'elle s'allonge discrètement sur le lit, habillée et séparée de moi par plusieurs dizaines de centimètres de vide. Elle me tiendrait compagnie jusqu'à cinq heures du matin, puis elle irait finir la nuit chez elle.

— Tu t'en vas tout de suite.

Je l'ai prise par les mains, je l'ai poussée dans le couloir. Elle m'a demandé de la laisser partir toute seule, je l'ai lâchée.

— On dînera ensemble dimanche ?

— Bonsoir.

J'ai fermé la porte sur elle. Je l'ai entendue

monter, puis détacher Ric et le promener comme presque chaque soir devant la fenêtre de sa cuisine. J'ai débarrassé la table, j'ai jeté ce qui restait de crabe et j'ai mis au réfrigérateur la salade d'oranges.

J'étais en train de me démaquiller lorsque Clémence est revenue. Elle a maintenu son doigt sur la sonnette tant que je ne suis pas allée lui ouvrir. Étienne s'est réveillé, et il s'est levé volontiers, croyant que Clémence lui amenait le chien. Il ne m'a pas laissé le temps de vitupérer contre elle, il s'est glissé dans l'entrebâillement et lui a demandé où se cachait Ric. Elle lui a répondu qu'il avait pris l'air, et qu'il dormait à présent dans la salle de bains.

— Tu vas me le descendre quand ?

Elle lui a dit qu'il n'était pas question qu'elle aille réveiller cette bête au milieu de la nuit pour la mettre dans un endroit où rien n'était prévu pour son confort. J'ai demandé à Étienne de retourner se coucher, mais il ne m'a même pas entendue. Il a dit à Clémence qu'il installerait Ric dans notre salle de bains afin qu'il ne se sente pas du tout dépaysé. Il lui laisserait sa muselière, il l'attacherait et il se croirait toujours chez elle.

Il jurait de ne pas le gâter, de le libérer quelques minutes à peine chaque jour et de s'abstenir de le caresser. Quand il regimberait, il lui donnerait des coups de raquette de ping-pong sur les flancs. Il serait un maître affectueux, mais sévère. Elle pouvait le lui prêter sans crainte. Elle lui a répondu qu'un animal n'était pas un objet et qu'il n'était pas question qu'elle lui prête Ric.

— Tu me l'as promis.

— Ta mère ne te prête pas, pourquoi tu voudrais que je te prête mon chien ?

Ric était un être vivant, il méritait un respect voisin de celui qu'on devait à un enfant.

— Je pourrai monter le voir demain ?

— Non.

Il n'aurait plus jamais aucun rapport avec Ric. Cette bête n'aimait pas les enfants, et d'une manière générale les contacts humains la désorientaient. Elle avait besoin de vivre dans la solitude, le calme et l'isolement. Ric était pareil aux vieux prisonniers qui finissent par préférer leur cellule à la liberté. Ric avait passé toute sa vie attaché, et dès qu'elle le libérait il faisait une bêtise qui lui valait d'être ficelé de nouveau. Elle aurait pu le faire piquer plutôt que de le laisser continuer cette vie absurde, mais elle pensait que même captif, avec le cou et les mâchoires entravés, Ric était heureux. Ce n'était certainement pas Étienne qui allait s'emparer de la destinée de cet animal et en faire un vieux robot fatigué qui grimperait aux échelles.

— Tu es une menteuse.

Elle l'a giflé, il a éclaté en sanglots et s'est collé contre moi. Clémence a reculé, elle avait peur que je lui rende sa claque. Je lui ai seulement dit que nous étions définitivement fâchées. J'ai refermé la porte en douceur, j'étais calme et déterminée. Étienne pleurait trop fort pour que je puisse le remettre au lit. Je l'ai pris avec moi sur le canapé. Pour le consoler, je lui ai dit que je l'emmènerais mardi soir au cinéma. Il m'a demandé que je lui achète un chien encore plus gros que Ric. Je lui ai dit que les bêtes qui vivaient en appartement étaient malheureuses. Il valait mieux les voir dans un zoo, ou dans un reportage sur l'Afrique. En revanche, à la place d'un chien je voulais bien lui faire cadeau d'un couple de poissons rouges avec qui il pourrait communiquer en frappant du bout de l'ongle le verre de leur bocal.

— Je veux un chien.

— Mais non.

Il a pleuré encore plus fort. J'avais du mal à le retenir tellement il était agité. Je lui ai dit que je lui achèterais peut-être un chien à condition qu'il se calme et qu'il travaille bien à l'école jusqu'à la fin du deuxième trimestre. Il criait qu'il voulait un chien tout de suite. Il était tellement énervé que j'avais peur d'être obligée d'appeler un médecin de nuit.

Puis, j'ai pensé qu'il ne se souviendrait plus demain matin de la promesse que j'allais lui faire. Alors, je lui ai dit que j'allais lui offrir un bébé chien loup qu'il élèverait lui-même au biberon et à la viande crue.

— C'est pas vrai.

— Je te jure que c'est vrai.

Il avait toujours des larmes sur ses joues, mais il ne pleurait plus. Il était quand même incrédule, il n'osait pas encore sourire. Je lui ai dit que nous irions le choisir demain en fin d'après-midi dans un élevage que je connaissais derrière le Jardin des Plantes. Il aurait le choix entre des dizaines de chiots. Il pourrait les faire sortir l'un après l'autre des cages, les prendre dans ses bras, les écouter japper et choisir celui qui lui paraîtrait le plus sympathique.

— Tu auras l'argent pour payer ?

Je lui ai dit que j'avais prévu depuis longtemps cet achat, et que l'argent de son petit chien était au ministère dans un des tiroirs de mon bureau. Je l'ai emmené à la cuisine, je lui ai montré sous l'évier un vieux panier à fruit rempli de brosses et de boîtes à cirage.

— Tu n'auras qu'à le vider et en faire un berceau pour ton chien.

Il m'a demandé la permission de le préparer tout de suite.

— Dépêche-toi.

— J'en ai pour deux minutes.

Il ne doutait plus de ma promesse. Il posait les

brosses et le cirage sur une assiette, il secouait la corbeille par la fenêtre, et l'essuyait avec un torchon imbibé d'eau chaude. Il a mis au fond du panier un pull bleu de grosse laine qu'il portait les jours de froid. Je lui ai dit que son chien serait bien au chaud, mais qu'il devait dormir s'il voulait être en forme demain pour aller le chercher au chenil.

— Oui, maman.

Je l'ai embrassé, il est allé se coucher.

Lorsque je suis revenue le voir un peu plus tard, il dormait d'un profond sommeil. Il ne m'a pas entendue remettre le pull-over à sa place dans l'armoire, ni rapporter la corbeille à la cuisine. Je l'ai remise sous l'évier avec le cirage et les brosses. Dans le cas où la nuit n'aurait pas tout effacé de sa mémoire, j'espérais qu'il n'ajouterait pas foi à cette histoire de chien promis et qu'il s'imaginerait l'avoir inventée en dormant.

Le lendemain matin, il s'est réveillé avant moi. Je l'ai trouvé dans la cuisine en train de faire griller du pain. Il m'a embrassée, il m'a dit qu'il n'irait pas à l'école aujourd'hui afin de préparer la maison à recevoir son chien. J'avais eu raison d'enlever son pull de cette vieille corbeille, il irait acheter une petite niche rembourrée chez le droguiste. Il mettrait des photos sur les murs, à hauteur des plinthes pour qu'il puisse en profiter. Il monterait dans sa chambre un petit mur avec des pierres volées sur un chantier, et il l'aspergerait d'urine pour lui apprendre à lever la patte. Il savait déjà son nom, mais il voulait lui en réserver la primeur.

— Ne dis pas de bêtises.

— Pourquoi ?

— Tu n'auras pas de chien.

J'ai préféré le décevoir tout de suite, plutôt que de le laisser manquer l'école et attendre fébrilement mon retour du ministère dans l'espoir chimérique que je concrétiserais ma promesse. Je lui ai dit qu'il était cruel de vouloir un animal lorsqu'on ne disposait pas d'un jardin. Mais si nous déménagions pour un quartier pavillonnaire de grande banlieue, je lui promettais de lui acheter la bête qu'il voudrait.

— Tu verras.

Je le suivais d'une pièce à l'autre. Il ne m'écoutait pas, il serrait les dents et jetait de temps en temps un objet sur le sol où il se brisait. Il s'est habillé. il a passé un gant humide sur son visage, un coup de brosse dans ses cheveux. Je lui prenais la main, j'insistais sur la laideur de Paris et l'exiguïté de l'espace que nous occupions ici. J'aimais plus les animaux que lui, c'est pour cette raison que je n'en voulais pas.

Il avait une demi-heure d'avance. Il est parti sans son cartable. Je suis sortie sur le palier en chemise de nuit.

— Étienne.

Mais il a filé. J'ai entendu la porte de Clémence s'ouvrir. Je suis rentrée chez moi.

Il a fait une petite fugue. Il est revenu à minuit. Je n'ai jamais su ce qu'il avait fait depuis le matin. Durant trois jours, il ne m'a pas adressé la parole et il n'a répondu à aucune de mes questions. Pour qu'il me pardonne, je lui ai offert plusieurs vêtements dont il avait envie depuis la rentrée. Il a d'abord refusé d'ouvrir les paquets, mais la tentation a fini par l'emporter, et nous nous sommes réconciliés. Je l'ai emmené souvent au cinéma, il a mangé des glaces, des crêpes, et je crois qu'il a complètement oublié cette histoire de chien.

Je voulais que Clémence n'apparaisse plus dans ma vie. Le dimanche, je parlais avec Étienne et je me passais de sa conversation. Je l'entendais aller et venir au-dessus de chez moi, je commençais à oublier qui marchait. Je me souvenais parfois du mal qu'elle avait fait à mon fils, mais je n'éprouvais aucune nostalgie pour nos dîners. Quand je me sentais trop seule, j'envisageais la possibilité de m'inscrire à un club de couture pour échanger des idées avec d'autres femmes, mais je ne m'inscrivais nulle part.

Afin de m'ennuyer moins, je prenais l'habitude de me coucher tôt. Il arrivait à Clémence de sonner pendant mon sommeil. Malgré mes instructions, Étienne allait entrouvrir la porte. Avant qu'il la referme, elle avait le temps de lui dire que j'allais me suicider dans la nuit. Il lui arrivait aussi de se montrer pateline, de lui offrir des pièces pour qu'il la laisse pénétrer à l'intérieur. Un soir que je dormais déjà, elle est descendue avec Ric. Pour le tenter, elle lui a promis qu'il pourrait le garder jusqu'au lendemain. Il l'a laissée entrer. Je me suis réveillée par hasard vers vingt-trois heures. J'ai surpris Clémence dans mon salon, elle dépouillait le dossier vert où je classe mes feuilles d'impôt. Étienne était dans sa chambre avec le chien, il essayait sans succès de le faire grimper sur la chaise de son bureau.

— Qu'est-ce qui se passe ?

Il m'a répondu que Ric était ankylosé. Je lui ai dit qu'il n'avait pas à laisser entrer Clémence à la maison.

— C'est à cause de Ric.

Je l'ai pris par le collier et je l'ai traîné dans le couloir. Il était trop amorphe pour marcher, il rayait le parquet avec ses pattes. Je l'ai mis dehors, il s'est couché sur le paillasson. Puis, je suis allée dire à Clémence de s'en aller si elle ne voulait pas que j'appelle la police. Elle a refermé le dossier, et elle m'a dit que j'avais de la chance de payer si peu d'impôts. Elle s'est levée, elle a traversé le salon et le couloir à pas lents. Elle est remontée chez elle avec le chien.

Elle a pris l'habitude de s'infiltrer chez moi. Elle inventait des incendies pour que la concierge vienne lui ouvrir, ou elle prenait ma clé dans sa loge. Un soir, j'ai retrouvé mon appartement saccagé et Étienne qui pleurait enfermé à double tour dans sa chambre. Je la croyais partie, mais elle est sortie de la salle de bains en accusant le gosse d'avoir organisé le sac de mon domicile avec trois garçons plus âgés que lui qu'elle avait vus s'enfuir sur le boulevard. Elle m'a montré les graffitis qui bariolaient les murs. Étienne les avait écrits par haine de moi, cette haine qui couvait en lui depuis la mort de son père et à laquelle il avait lâché la bonde aujourd'hui. Elle avait réussi à le consigner dans sa chambre, autrement je l'aurais trouvé occupé à casser mes derniers verres ou à jeter par la fenêtre les coussins de mon canapé désossé. Elle parlait vite et fort, couvrant les protestations qu'Étienne lançait du fond de sa prison.

Je l'ai libéré. Il m'a sauté au cou.

— J'ai rien fait.

Il avait un peu de sang à la commissure des lèvres. Il disait qu'elle l'avait frappé pour qu'il accepte d'endosser le carnage qu'il avait trouvé en revenant de l'école.

— Il ment.

Elle m'a dit qu'Étienne était venu la chercher afin qu'elle le protège contre moi.

— J'appelle les flics.

Elle m'a juré que tout était bien arrivé par la faute du gamin. Je lui ai dit qu'elle serait bientôt examinée par des experts qui la feraient interner. Elle devrait aussi me payer l'intégralité des dégâts qu'elle avait causés, ainsi qu'une somme pour dédommager Étienne des coups qu'elle lui avait portés. La vente de son appartement suffirait sans doute à régler ses dettes, et à sa sortie d'hôpital il lui resterait assez pour louer un studio durant quelques mois. Elle referait sans doute sa vie, mais peut-être n'en aurait-elle pas le courage et on la verrait dans peu d'années passer comme un météore dans les avis de décès d'une feuille de chou qui lui servirait de faire-part.

— En attendant, tu peux remonter chez toi.

— Je voudrais t'aider.

Elle pensait que tout était réparable, et ce qui ne l'était pas elle voulait bien le remplacer. Elle admettait qu'elle avait retourné des tiroirs, déchiré des vêtements et même souillé les murs de graffitis. Mais elle avait agi sous le coup de la souffrance que lui avait causée la mort de Ric. Elle avait frappé Étienne parce qu'il s'était moqué de la charogne qu'elle lui avait montrée pour qu'il se recueille une dernière fois avant d'aller l'abandonner sur un trottoir voisin.

— C'est pas vrai.

Elle était prête à me signer un chèque afin de me permettre d'acheter un canapé et des vêtements. Demain, elle m'apporterait de l'argent liquide et tous les petits bijoux qu'elle possédait.

— Je te serai plus utile en liberté.

Elle retrouverait du travail et chaque mois elle me verserait une partie de son salaire. Quant à son appartement, elle voulait bien le vendre au plus tôt et m'en apporter le produit dans une mallette. Mais le mieux serait que j'accepte de l'occuper le temps qu'elle remette le nôtre à neuf. Nous serions libres d'abîmer son logement et de le lui rendre délabré lorsque nous réintégrerions le nôtre. Nous aurions aussi le droit par la suite de venir chez elle prendre n'importe quel objet sans avoir à lui fournir la moindre explication.

— Va-t'en.

Elle a arraché une page dans un cahier d'Étienne. Elle a fait son testament, lui léguant la totalité de ses biens. Elle l'a signé, l'a plié en deux et me l'a remis.

— Demain matin j'irai à la banque vider mon compte.

Elle m'apporterait l'argent au ministère.

— Tiens.

Elle m'a donné sa petite bague.

— Regarde un peu ta chambre.

Elle m'a montré le sommier nu et mes habits déchirés sur le sol.

— Tu ne peux pas coucher là.

Elle nous a pris par la main avec Étienne. Nous nous sommes laissé propulser jusque chez elle. Elle a dit au gamin que le salon était à lui.

— Tu dormiras sur le divan.

Pour me venger, il pouvait détruire le mobilier et crever les carreaux des fenêtres. Il avait également le droit de fouiller les armoires, et de donner des coups de ciseaux dans les vêtements ou les papiers personnels qu'il découvrirait cachés au milieu du linge. J'ai dit à Clémence qu'elle passerait aisément pour folle.

Elle s'est assise devant son secrétaire. Elle m'a signé un chèque important. Elle m'a assuré que ce n'était qu'une avance. Elle m'a donné quelques billets de banque qui étaient dans son sac, ainsi que des napoléons pris au domicile de son oncle quand il était devenu gâteux. Je lui ai dit que j'en avais assez qu'elle vienne chez moi en mon absence et qu'elle s'attaque à Étienne qui n'avait pas encore la force de lui résister.

Nous sommes redescendus chez nous. J'ai dit au gamin de monter chercher un matelas pour remplacer le mien. Clémence a donné celui de son propre lit, elle a aidé à le descendre. Il était plus étroit que mon sommier, mais j'avais assez de place pour dormir. Je lui ai demandé de m'apporter aussi des draps, des serviettes et de la vaisselle. Elle a fait plusieurs voyages, et elle a tenu à me donner aussi deux collants et un gilet de laine qu'elle n'avait encore jamais portés.

Je suis allée dîner avec Étienne dans un restaurant du quartier. Il m'a posé des questions pendant tout le repas. Il voulait savoir pourquoi en définitive je n'avais pas appelé la police.

— Je crois que je la dénoncerai demain.

— Et Ric, qu'est-ce qu'on va en faire ?

Clémence se chargerait de le transporter loin de chez nous.

— Pourquoi elle a cassé mes voitures ?

— Je t'en achèterai d'autres.

Dès samedi prochain, je lui ferais aussi un beau cadeau pour le consoler des coups qu'elle lui avait donnés. Il m'aiderait à choisir de nouveaux meubles, de nouvelles assiettes et de grands cadres pour cacher les graffitis en attendant que nous fassions repeindre la maison. Nous irions aussi nous habiller de la tête au pied et nous jetterions les vestiges de notre ancienne garde-robe.

Quand nous sommes rentrés, Clémence balayait la cuisine. Elle m'a dit que la salle de bains était à présent impeccable, et que pendant que nous dormirions elle continuerait à remettre de l'ordre. Demain matin, tout serait déblayé et je n'aurais plus qu'à remplir les vides. Elle ne ferait aucun bruit, et elle attendrait que nous soyons réveillés pour évacuer les objets les plus lourds.

Avant d'aller à l'école, Étienne l'aiderait à descendre la table et le canapé. Mais on ne pouvait pas attendre pour se débarrasser du chien, elle voulait que nous l'emportions toutes les deux au fond d'une cour. Comme je refusais, elle a promis au gamin une récompense s'il acceptait de me remplacer.

— C'est hors de question.

Étienne m'a désobéi. Ils sont partis tout de suite, laissant filer derrière eux le matelas sur l'arrête des marches et le pavé du hall d'entrée. Je les ai regardés disparaître à l'angle de la rue.

Clémence est rentrée la première. Elle m'a expliqué qu'elle avait laissé le gosse emporter Ric un peu plus loin. Elle était revenue pour continuer à nettoyer et être en mesure de me rendre à l'aube un appartement d'une propreté absolue. Je lui ai dit que si elle ne ramenait pas Étienne d'ici un quart d'heure, je lui faisais le serment de l'équarrir. Je l'ai poussée dehors.

Elle est rentrée avec Étienne à minuit. Elle l'avait retrouvé au Val-de-Grâce. Elle n'avait pas voulu qu'il abandonne le chien sur le trottoir. Ils l'avaient ramené boulevard St-Michel, ils l'avaient entreposé dans le couloir des caves. Clémence préférait réfléchir quelques heures encore avant de prendre une décision à son sujet. Je lui ai dit que je ne voulais plus qu'Étienne s'occupe de ce chien, et qu'à l'avenir elle se débrouillerait sans lui pour le trimbaler.

Le lendemain, j'ai trouvé l'appartement plus abîmé encore que la veille. Il y avait du verre pilé et de l'huile sur le parquet comme sur la moquette du salon. Il y avait des traits de feutre et des insultes sur la totalité des murs. Le lavabo était fendu, la baignoire avait des éclats d'émail. Le hublot du four était cassé, elle avait même essayé d'arracher celui du lave-linge. Lorsque j'ai voulu me rendre aux toilettes, j'ai trouvé le cadavre de Ric planté dans la cuvette.

Elle s'est à nouveau excusée, et elle m'a donné assez d'argent pour rénover l'appartement. Pendant les travaux, nous avons vécu chez elle. J'ai refusé que nous cohabitions, elle a dû vivre au premier malgré la poussière et les odeurs de peinture. À certains moments, elle montait nous voir pour essayer de s'imposer le temps d'une soirée ou d'un après-midi de week-end. Mais nous la mettions dehors.

Quand les travaux ont été achevés, on nous a livré les meubles que nous avions choisis deux mois plus tôt et nous avons pu revenir chez nous. J'étais contente d'occuper un intérieur impeccable, d'être entourée d'objets modernes que je trouvais beaux. La chambre d'Étienne comprenait un grand bureau bien éclairé, des rangements vissés aux murs et un lit dissimulé derrière une vitrine où il exposait les nouvelles voitures que je lui avais offertes. J'aimais surtout la table à manger octogonale et la petite commode étroite et basse qui me servait de chevet.

Pendant plusieurs semaines, j'ai été parfaitement heureuse. Il me semblait qu'on avait rafraîchi mes cellules nerveuses en même temps que les peintures. Étienne aussi était content, il avait de nouveaux amis et son travail scolaire s'améliorait un peu. Je pensais que depuis le décès de son père nous avions traversé une période noire et qu'à présent nous émergions enfin.

Puis, un jour j'ai trouvé une chaise cassée en revenant du ministère. Le lendemain, apparaissait le premier graffiti. Étienne se prétendait innocent. Je suis montée chez Clémence. Elle ne m'a pas laissée entrer. Elle m'a dit à travers la porte que je lui avais coûté assez cher et qu'elle ne m'offrirait plus jamais rien. Je n'avais aucune preuve contre elle, j'ai battu en retraite.

J'ai annoncé à Étienne que je paierais la réparation de la chaise avec l'argent de ses vacances. Je l'ai laissé pleurer dans sa chambre, et j'ai essayé d'enlever le graffiti avec de l'alcool. Je me suis rendu compte que mon fils n'employait jamais le mot que j'étais en train de frotter. C'était un vocable du langage de Clémence, qui voulait dire imbécile et dont son père l'avait sûrement accablée toute son enfance. Je suis allée consoler le gamin, et comme il faisait un temps agréable je l'ai emmené manger une part de tarte à une terrasse de café.

La semaine suivante, j'ai fait changer ma vieille serrure contre une autre plus perfectionnée.

Pendant trois mois elle n'a plus tenté de me nuire. Je savais par la gardienne qu'elle ne cherchait plus de travail. Elle avait vendu son appartement, elle n'en était plus que locataire. Elle ne sortait de chez elle que pour acheter de la nourriture et du bordeaux. Elle appelait chaque nuit le vieillard du troisième qui venait de perdre sa femme. Elle l'accusait de l'avoir tuée. Au lieu de raccrocher, il engageait avec elle une conversation pour occuper son insomnie.

En rentrant du ministère, j'ai trouvé un jour Étienne sur le palier. Il était pâle, ses yeux étaient révulsés.

— Qu'est-ce que tu fais là ?

II parlait avec difficulté, mais j'ai fini par comprendre que Clémence était à l'intérieur. Je suis entrée, furieuse. Je me suis mise à hurler que cette fois j'allais appeler la police et la faire enfermer. Le mobilier du salon était à remplacer, celui des chambres aussi. Elle avait brisé tout ce qui était en verre, déchiré le cuir et le tissu, cassé les pattes des fauteuils, des tables et des tabourets, et elle avait fait en sorte que tout le reste soit gâché.

Je suis entrée dans la salle de bains. J'ai vu Clémence pendue le long du mur par une ceinture de skaï rouge au tuyau d'évacuation qui descendait de chez elle et qui faisait un coude au-dessous du plafond. On nous a dit plus tard qu'à cet instant-là elle n'était pas encore morte. Mais nous ne pouvions pas le savoir. J'ai préféré prendre le temps de consoler Étienne avant de prévenir les secours.

Elle est morte pendant qu'on essayait de la ranimer. Elle avait cru qu'on la sauverait et qu'on l'aimerait davantage de s'être approchée si près de l'irréparable.

C'était un couple d'une quarantaine d'années qui avait acheté l'appartement de Clémence quelques mois avant son décès. Quand elle était morte, ils avaient décidé d'y faire quelques travaux et de l'habiter. Pendant un trimestre entier, ils sont venus presque tous les jours surveiller le travail des ouvriers. Je leur disais qu'ils étaient plus sympathiques que la vieille fille qu'ils remplaçaient. Ils me parlaient de ses yeux de démente qui les avaient frappés lorsqu'ils avaient signé chez le notaire, mais ils ne pensaient pas qu'elle allait se suicider aussi vite.

J'étais contente de les avoir prochainement comme voisins. Ils étaient gais et le mari travaillait dans le même ministère que moi. Je ne l'avais jamais vu auparavant, car il occupait un poste haut placé. Ils avaient une fille de dix-neuf ans qui vivait encore avec eux et qui habiterait l'ancienne chambre de Clémence. Elle était étudiante et elle pourrait donner des leçons à Étienne s'il en avait besoin. J'étais certaine que leur arrivée dans l'immeuble nous serait bénéfique.

Les premiers temps, je montais souvent les voir à l'improviste. Je venais leur emprunter du sucre, le journal du jour, ou simplement entamer une conversation avant le repas. Ils m'offraient un verre et je leur racontais ma journée ou un incident dont j'avais été témoin dans le bus. Je les invitais à dîner, mais ils refusaient toujours, prétextant un refroidissement ou un week-end à la campagne.

À leur ton devenu un peu cassant, j'ai compris que mes visites les importunaient. Je les ai espacées. Je ne montais plus les voir que lorsque j'avais une raison sérieuse de les déranger. Il arrivait que leur fille fasse du bruit en dansant seule dans sa chambre. J'allais leur signaler que je n'étais pas décidée à supporter ce vacarme toute la soirée. Mais on ne me laissait même pas entrer et leur fille continuait à se trémousser comme si je n'avais rien dit. Je leur téléphonais, mais ils raccrochaient et ensuite leur ligne ne répondait plus. Il n'était pas rare que le même manège se produise chaque soir durant une semaine entière. Quand je rencontrais la gamine dans l'escalier, je lui demandais gentiment de danser dorénavant sur un tapis. Elle ouvrait la bouche et étirait son chewing-gum pour me montrer le peu d'importance qu'elle accordait à ma requête. Ses parents ne me saluaient plus, et ils donnaient de l'argent à la gardienne pour qu'elle ne me monte plus mes lettres qu'une ou deux fois par semaine.

Quand mon bail est arrivé à expiration, le propriétaire a refusé de le renouveler. Au même moment, j'ai été muté à mon corps défendant dans le sud-ouest. J'ai toujours pensé que mon voisin avait fait pression sur le propriétaire pour qu'il reprenne l'appartement, et qu'il avait obtenu mon départ du ministère en rédigeant une simple note à l'adresse d'un collègue décisionnaire. Avant de partir, j'aurais voulu lui dire ce que je pensais de ses méthodes, mais j'ai craint qu'il ne tente de me nuire encore davantage.

Ce déménagement m'a humiliée. On enlevait mes meubles comme des vêtements qu'on arrache d'un corps qu'on va violer. Je voyais les marques blanches qu'ils laissaient sur les murs déjà jaunis par la lumière. J'ai poussé un cri dans le salon vide, comme pour lutter contre tout cet espace qui me niait, qui m'expulsait avec toutes les années que j'y avais vécues. J'aurais aimé pouvoir arracher l'étage et le précipiter sur le boulevard afin que plus personne ne puisse l'habiter.

Le camion klaxonnait, il avait chargé toutes mes affaires. Je suis descendue. J'ai dit au revoir à la gardienne. Je lui ai donné ma nouvelle adresse. Elle m'a promis de me faire suivre mon courrier. Elle s'attendait sans doute à des étrennes. Le camion a klaxonné encore. Je lui ai dit que je passerais la voir bientôt.

— Si j'ai l'occasion de monter à Paris.

Je lui ai tourné le dos, j'ai traversé le hall et je suis sortie. Je suis montée dans la cabine, à côté du chauffeur. Il a démarré tout de suite. Le voyage a été long, chaud et ponctué d'incidents mécaniques qui l'ont rendu interminable. Heureusement, j'avais pris la précaution de faire descendre Étienne la veille par le train.

Mon nouveau logement avait contenu la même famille pendant cinquante ans. L'agence ne m'avait pas caché que malgré les nettoyages fréquents des anciens locataires, un demi-siècle d'occupation avait encrassé et usé les lieux et qu'il conviendrait que je les fasse rénover avant de m'y installer. Je n'avais pas l'argent pour faire exécuter ces travaux, je pensais repeindre l'appartement moi-même. Mais quand j'ai vu tout ce gras qui enrobait la cuisine, ces lézardes qui zébraient les plafonds, ces taches vertes sur les vieux papiers, je n'ai pas eu le courage de m'attaquer à si forte partie. Nous ne sommes restés qu'un mois dans cette ruine. L'agence nous a trouvé un petit deux-pièces neuf.

Étienne grandissait vite, il me dépassait de plusieurs centimètres. Il avait quatorze ans, et quand nous avons fêté son dix-septième anniversaire, j'ai eu l'impression qu'il en aurait bientôt quarante et qu'il me poussait sans le vouloir vers la vieillesse et l'au-delà. Il m'a versé encore un peu de champagne et j'ai oublié ce pressentiment. Je me suis dit que j'avais de la chance de l'entendre parler et de le voir aussi nettement sous la lumière de la lampe. Il avait peut-être une relation sexuelle avec une fille de sa classe, il aurait pu aller la rejoindre au lieu de boire et de manger dans notre salon étriqué qui me servait de chambre. D'ailleurs, le jour de ses vingt ans il est resté avec elle et quelques autres pour fêter son anniversaire sans moi. Il m'avait invitée, mais j'avais eu peur de toute cette jeunesse dont j'aurais été le point de mire à cause de mon âge déjà mûr. L'hiver suivant, il s'est installé chez son amie. Il continuait d'aller à la faculté, mais il travaillait six heures par jour dans un restaurant de la vieille ville. Ils avaient vingt-cinq ans tous les deux lorsqu'ils ont eu leur premier enfant.

Je suis allée le voir à la maternité. Quand je suis rentrée, j'ai ressenti une douleur vive dans le dos. J'ai pris un médicament et un verre de gin. Je suis allée me coucher sans prendre de nourriture. Le lendemain, je suis allée au bureau. Je ne souffrais pas, et j'étais contente de parler à mes collègues de mon petit-fils. À seize heures, la douleur m'a empêchée de me lever de mon siège. Un médecin est venu, il m'a fait une piqûre et j'ai pu rentrer chez moi par mes propres moyens.

Quand je me suis réveillée après ma première

opération, Étienne était là avec une photo de son bébé prise le matin même. J'étais trop fatiguée, j'ai fait semblant de la regarder dans la demi-clarté de la chambre. Quand on m'a endormie pour m'opérer à nouveau, le bébé avait déjà quatre ans. Il me disait des phrases entières et il savait ranger ses jouets dans le coffre en bois que je lui avais offert pour sa fête. Mon fils venait d'être nommé numéro trois de la petite entreprise où il travaillait, il gagnait davantage.

Je suis sortie de l'hôpital en ambulance. À la maison, je me déplaçais en fauteuil roulant. J'avais droit à une aide ménagère qui faisait ma toilette, s'occupait des courses, du linge et du ménage. Je regardais par la fenêtre le marchand de légumes qui empilait ses cageots vides dans son break. Je ne souffrais pas, et le soir je m'endormais en feuilletant un magazine.

Ma belle-fille m'amenait chaque mercredi le gamin. Je lui donnais un gâteau et parfois des soldats ou un jouet lumineux. Il me racontait de longues histoires intergalactiques auxquelles je ne comprenais rien. Vers dix-neuf heures, Étienne faisait une apparition. Ils m'embrassaient, puis ils s'en allaient tous.

Je suis retournée à l'hôpital, mais ils ne m'ont pas opérée. Je suis rentrée à la maison trois jours plus tard. À présent, une petite infirmière passe toutes les quatre heures changer ma perfusion et me demander si je n'ai pas mal. Puisque je ne quitte plus mon lit, j'ai demandé qu'on le pousse près de la fenêtre pour que je puisse voir dehors. Le soleil à travers les vitres ne me dérange pas, j'aime être éblouie et avoir trop chaud. Je ne mange plus rien, j'ai assez mangé tout au long de ma vie. Je prends un ou deux morceaux dans ma bouche, et je les rends quand ils n'ont plus de goût.

Étienne vient me voir en fin d'après-midi, quand il fait déjà nuit. Sa voix me fatigue presque autant que celle de l'infirmière. Je préférerais ne plus entendre que le bruit de l'eau dans les canalisations et celui lointain des pas dans l'escalier. Je suis définitivement fatiguée, je n'aurais jamais plus la force de me rappeler de Clémence.

Maman est morte mardi matin. On l'a enterrée jeudi. Durant le week-end, nous avons fait le tri dans son appartement. Nous n'avons gardé qu'une table et un petit placard de cuisine. Nous avons vendu le reste à un brocanteur qui s'est chargé de tout emporter. Nous avons rendu le logement à l'agence avant la fin du mois. Nous sommes partis en voyage quelques jours avec le petit. Ma femme était enceinte, elle voulait que je roule lentement et que je laisse la vitre ouverte. Nous avons eu une fille, à trois ans elle étudiait déjà le piano. Mon fils a toujours préféré le ski aux études, il est devenu moniteur. Ma fille donnait un récital le jour où il a péri sous une avalanche. Quand ma fille a eu son premier garçon, ma femme a juré qu'il était le portrait de notre fils perdu.

Ma fille vit à Paris. Après la mort de mon épouse, elle m'a demandé de la rejoindre. Les enfants frappent avant d'entrer dans ma chambre. Je les vois mal, je pose la main sur eux pour être sûr qu'ils sont là. Ils n'écoutent pas mes histoires, ils ne mangent pas les bonbons que je leur donne. Je ne sais pas pourquoi ils viennent jusqu'à mon fauteuil. Pour leur faire peur, je pourrais leur parler de Clémence Picot.

Christine ne me pardonnerait pas. Quand elle verrait son appartement dévasté, elle n'écouterait aucune de mes explications. Elle opposerait un cœur de pierre aux confidences que je lui ferais. Je la supplierais de se mettre à ma place, de comprendre qu'il pouvait m'arriver de nuire sans l'avoir voulu. D'ailleurs, jamais auparavant je ne lui avais abîmé le moindre objet.

Mais il ne me servirait à rien de lui parler du passé. Je ne pourrais pas la calmer, il vaudrait mieux que je monte faire ma valise et que j'aille vivre à l'hôtel quelques semaines. À mon retour, elle aurait peut-être d'autres ennuis dont la gravité lui ferait oublier la destruction de son appartement. Il suffirait qu'Étienne meure pour que ses griefs envers moi se trouvent ensevelis sous son chagrin. Elle me parlerait du gamin, et je pleurerais avec elle. Nous passerions en revue les menus exploits de sa courte vie. Elle me parlerait de ses premiers pas dans la véranda du pavillon qu'ils occupaient alors avec son mari. Je lui rappellerais avec quelle autorité il savait mater Ric quand il aboyait en sa présence. Elle me dirait combien il était affectueux.

— Il était turbulent aussi.

Comme tous les enfants solides et gais. Elle en conviendrait, et je profiterais de la confusion de sa mémoire pour accréditer peu à peu l'idée qu'avant de mourir Étienne avait saccagé l'appartement et que de peur d'être puni il s'était tué. Christine finirait par jurer que ces dégâts matériels n'avaient aucune importance, et qu'ils ne méritaient ni un suicide ni la moindre sanction. Je pourrais alors passer des aveux complets.

Étienne avait dû sortir de l'école depuis vingt minutes. Il lui fallait moins d'un quart d'heure pour rentrer. Il était en train de s'amuser à jeter son cartable sur le pare-brise des voitures en stationnement. À moins qu'il coure dans le caniveau afin de tremper ses souliers et attraper l'angine qui le dispenserait demain d'aller en classe.

J'ai commencé à remettre de l'ordre dans le salon. Je me suis vite rendu compte que je n'arriverais à aucun résultat. J'ai ouvert un coussin, et j'en ai répandu le kapok à travers la pièce. J'ai déchiré les autres, et je les ai vidés en vrac près de la porte. J'ai renversé la table de la salle à manger. Je me suis appuyée sur chaque pied, et je les ai détachés l'un après l'autre du plateau. Je me suis servie de l'un d'eux pour casser les carreaux des fenêtres. Certains éclats de verre sont restés au bord de la corniche, mais beaucoup sont tombés sur le trottoir. Les gens ne les sentaient pas crisser sous leur semelle, ils continuaient à avancer sans lever la tête. Je n'aurais pas eu la force de prendre le plateau de la table et de le projeter sur eux.

J'ai frappé un petit miroir au-dessus de la carcasse du canapé, et une gravure fade encadrée d'une baguette argentée qu'elle avait reçue en cadeau pour son troisième anniversaire de mariage. Le mur résistait, j'arrivais à peine à entamer la couche d'enduit. Christine saurait à l'avenir qu'une existence doit se démonter souvent et se nettoyer avec soin. Elle m'aiderait à détruire ce qui resterait encore debout. Elle voudrait avoir la peau du dernier objet qu'elle apercevrait encore intact sous les décombres. Elle essaierait même de fracasser Étienne, puis de se supprimer. Elle voudrait avoir la certitude de ne rien laisser derrière elle de toute cette existence qu'elle avait menée trente-sept ans et qui lui donnait à présent l'envie de se jeter par-dessus bord.

Elle n'accepterait pas de sacrifier Étienne. Elle casserait peut-être une assiette ou deux, mais elle ne tarderait pas à prendre conscience de l'inutilité de ce sacrifice. Elle m'empêcherait d'achever de fendre les rideaux du gamin et de piétiner une voiture téléguidée qui s'obstinait à fonctionner malgré les coups. Elle me demanderait de lui fournir des explications.

— Aide-moi au lieu de jacasser.

Je l'emmènerais à la cuisine, je lui montrerais

ces verres dépareillés et ce compotier en pâte de verre qui seraient mieux en miettes sur le carrelage que poussiéreux au fond de ce placard qui n'avait jamais vu d'éponge depuis sa construction. J'ouvrirais le réfrigérateur, je lui ferais respirer le fumet des produits périmés qu'elle gardait des mois durant. Je jetterais sur le mur ce vieux pot de confiture mal fermé qui coulerait lentement avec ses fruits ratatinés et ses moisissures encore visibles sous l'épais sirop translucide. Une à une, je m'en prendrais aux clayettes. Elle verrait le sachet qui contenait la viande de son repas du soir, éclater contre la plinthe. Les salades flétries, les carottes molles, et le beurre souillé d'éclats de biscottes et de miel, seraient arrosés du jus de fruit déjà aigre, du lait oublié depuis quinze jours derrière le pot de cornichons, ainsi que de la moutarde et de la sauce tomate rance. Ces aliments seraient mieux par terre que dans ce frigo, alignés comme des macchabées dans une morgue.

Elle ne partagerait pas mon dégoût. Elle jugerait appétissant et sain le contenu de son réfrigérateur. Toutes ces denrées étaient imprégnées de son humus et de celui de son fils. Les restes de nourriture étaient pareils aux vêtements entreposés dans les tiroirs après avoir été portés. Ils conservaient le poinçon de leur propriétaire, qui était pourtant le seul à ne pouvoir le déceler, alors que les autres suffoquaient.

Les clayettes étaient aussi occupées par des

récipients aux senteurs plus particulières, plus intimes encore, qui soulevaient le cœur des étrangers mais qui ravissaient Christine et son rejeton. Il y avait des bocaux remplis de préparations culinaires et des ramequins pleins de sauces issues de recettes inconnues. Ils avaient réussi à mêler leur substance aux aliments, comme à tout le reste de l'appartement. On aurait dit qu'ils s'étaient frottés au contenu du frigo tout autant qu'aux chaises, au canapé, à la baignoire, aux draps, au tissu qui garnissait l'entrejambe de leurs sous-vêtements déjà usés d'avoir supporté trop longtemps leur contact.

Ils s'étaient déposés couche après couche, ils avaient enrobé les parois intérieures de leur coquille. Ils avaient transformé leur logement en boyau, en organe presque aussi sensible et vivant qu'eux. Ils s'y enfermaient pour mieux s'entendre vivre et s'enivrer de leurs exhalaisons. Les objets leur semblaient tièdes et recouverts d'une peau rassurante, ridée par les années de vie commune. Quand ils étaient tristes, ils pouvaient appuyer leur joue contre une porte et sentir une sorte de tendresse émaner du plus profond du bois.

Il leur suffisait d'inspirer l'air confiné des pièces, chaque bouffée leur renvoyait une image détaillée de leur personne. Cette odeur les rassurait, comme l'odeur de la mère fait taire les cris d'un bébé. Leur crasse recouvrait tout d'une pellicule qui reliait entre eux les habits, les meubles, les sanitaires, les papiers peints et même certaines pierres à moitié dénudées qui de proche en proche étaient en contact avec les fondations, le boulevard, Paris et le reste du monde. Leur crasse était devenue pour eux un être à part entière, ils le voyaient s'étendre, ils le sentaient devenir plus intense, plus âcre, plus délicieux. Ils l'aimaient, c'était l'enfant qu'ils avaient fait tous les deux et qui ne devait rien à l'inceste. Il me semblait que j'aurais pu entendre sa respiration, une sorte de va-et-vient d'air chargé de poussière et de particules organiques invisibles à l'œil. Ce vent imperceptible léchait tout sur son passage, il montait jusqu'à la tête, la bouche, jusqu'au nez, pour se laisser respirer et se déposer à l'intérieur des bronches. Ils aimaient cette caresse grimpante qui pénétrait en eux, qui les obligeait à s'asseoir pour ne pas s'effondrer sous la joie de pouvoir se constater ainsi par le goût, l'odorat et la fonction respiratoire tout entière.

J'ai cassé les vitres de la cuisine, celles de la salle de bains et des deux chambres. Quelqu'un a entendu un morceau de verre tomber à côté de lui. Il a levé la tête, mais il ne m'a pas vue. Il faisait froid, une brise glacée arrivait en direction de Montparnasse. Il neigerait cette nuit, et le thermomètre tomberait à moins dix. J'ai éteint tous les radiateurs, puis j'ai fermé le robinet qui alimentait l'installation. J'ai trouvé un marteau et un tournevis sous l'évier. J'ai percé deux trous dans le radiateur du salon. J'ai percé facilement tous les autres, à l'exception de celui de la salle de bains qui a résisté à toutes mes tentatives. L'eau a coulé des trous, provoquant de grandes flaques ovales. Elles gèleraient sûrement dans la soirée. Demain matin, Étienne devrait prendre garde à ne pas se casser une jambe en essayant de sauter sur ces petites patinoires improvisées. De la buée sortait de ma bouche à chacune de mes respirations. Je sentais de moins en moins l'odeur que le froid figeait. Bientôt une rafale de vent glacé balaierait les derniers miasmes et irait les perdre au-dessus du Luxembourg où ils rebondiraient sur la terre rendue impénétrable par le gel.

J'avais envie de remonter chez moi pour y passer la soirée et la nuit. Je n'avais aucune raison de grelotter ici en attendant que cette odeur se dissipe tout à fait. Vers deux heures du matin, Étienne pousserait un cri à cause de l'onglée et de son nez pris dans un glaçon de morve. Christine le prendrait dans ses bras, elle monterait me demander une place au chaud. J'aurais un sommeil lourd, les coups de sonnette glisseraient sur moi. Le gosse voudrait camper dans la cage d'escalier, elle lui semblerait chaude comparée à sa chambre. Christine refuserait par peur de voisiner avec le cadavre de Ric toujours en souffrance sur son palier.

En attendant qu'Étienne revienne de l'école, il valait mieux que je rentre le matelas à l'intérieur de l'appartement. La température était plus basse et plus propice à la conservation du corps. La lumière de l'escalier était allumée, j'ai attendu qu'elle s'éteigne. J'ai vérifié longtemps par l'œilleton que la voie soit libre, et j'ai ouvert la porte. J'ai pris le matelas à deux mains, il ne laissait derrière lui aucune trace. Je l'ai installé sous la fenêtre d'Étienne. Il pourrait s'amuser à le veiller cette nuit, et demain il se déciderait enfin à l'évacuer vers le local des poubelles. La gardienne l'aiderait à enfourner le matelas dans un grand sac en plastique qu'elle pourrait facilement mettre sur le trottoir avec le reste des ordures.

J'ai rassemblé sur le lit du gamin toutes les couvertures que j'ai pu trouver, il dormirait tout habillé sous ce monceau. Il souffrirait du froid le lendemain en faisant sa toilette, il finirait par s'ébouillanter à force de s'asperger d'eau chaude. Le chauffe-eau était à la cuisine. J'en ai dévissé le couvercle avec un couteau. J'ai provoqué une gerbe d'étincelles, puis il y a eu de la fumée noire. J'ai attendu qu'elle se dissipe et j'ai ouvert tous les robinets d'eau chaude. Le chauffe-eau s'est vidé jusqu'à la dernière goutte. Christine le remplacerait peut-être. De toute façon, depuis son arrivée boulevard St-Michel elle avait déposé partout sa crasse. Le savon et l'eau chaude ne lui avaient servi qu'à distiller sa saleté pour mieux la pulvériser sur la matière sans défense des murs, des meubles, des vêtements et des denrées qui se croyaient bien à l'abri au réfrigérateur.

Je regardais ma montre, le retard du gamin s'accentuait. Il allait arriver amoché de s'être querellé avec plus fort que lui. Je l'emmènerais chez moi le tamponner de mercurochrome. Je lui ferais apprendre ses leçons, puis je lui expliquerais le fonctionnement du pied ou de la main. Je le laisserais même feuilleter un de mes livres d'anatomie, et je répondrais à toutes ses questions. Quand j'entendrais la clé de sa mère pénétrer la serrure du premier, je lui dirais d'aller la rejoindre. Je lui mettrais son cartable et son anorak dans les bras, et je le pousserais dehors. Je l'entendrais descendre, entrer dans l'appartement et tousser dans le courant d'air.

J'entendrais sa mère l'accuser. Il se défendrait mal. Elle le menacerait. Il lui répondrait et s'en irait à toutes jambes se réfugier dans les toilettes. Elle hurlerait comme pour défoncer la porte avec sa voix. Il ouvrirait. Elle le prendrait à bras-le-corps, elle le corrigerait des quatre membres. Il se mettrait à gigoter, et il se défendrait à tort et à travers. Il m'accuserait, mais elle ne le croirait pas. Il pousserait une plainte, puis il se tairait quand elle se servirait de lui comme d'un bélier contre le mur maître. Il aurait le crâne ouvert, la chevelure sanglante, et il serait mort. Elle le ramasserait, marcherait dans tout l'appartement en embrassant son enfant inerte comme si à présent elle le jugeait trop puni.

Plus tard, elle le monterait chez moi pour que je le soigne. Je lui expliquerais que le cœur ne battait pas, et les pouls du poignet et de la cuisse non plus. Je lui ferais une petite injection de sérum physiologique, et je lui montrerais que le liquide n'était pas absorbé. Je prendrais un miroir de poche afin qu'elle puisse constater de visu qu'aucun souffle ne le troublait lorsqu'on le mettait devant sa bouche.

— Il est vraiment mort.

Mais elle voudrait que je panse sa tête et que je l'aide à lui faire avaler un bol de soupe instantanée. Je descendrais le corps chez elle, je l'empêcherais de mettre de l'eau à chauffer. J'ouvrirais le matelas, je poserais Étienne à côté de Ric. Elle prendrait le gamin dans ses bras, et elle le gronderait doucement pour tous les meubles qu'il avait cassés.

Elle le veillerait, résistant au froid et au vent qui apporterait quelques flocons de neige vers le matin. Quand elle accepterait de comprendre enfin qu'il était mort, elle chercherait son petit revolver afin de se suicider. Mais elle se souviendrait qu'elle l'avait vendu le mois dernier pour changer sa montre.

Je donnais trop d'importance aux secondes, le temps ne passait pas si vite. Étienne creusait son retard avec lenteur, comme si son intelligence limitée l'empêchait d'accélérer la cadence. Il ne se battait pas, il se disputait tout au plus avec un camarade à propos d'une pièce de monnaie qu'ils venaient de dénicher ensemble sous une voiture de livraison. Ils finiraient par l'investir dans quelques bonbons qu'ils se partageraient en jetant les papiers n'importe où. Étienne arrivait peu à peu, il arrivait de plus en plus. Inexorablement, il se rapprochait de l'instant où il allait être là. Il en était de même pour Christine, elle était déjà beaucoup plus ici que tout à l'heure, et dès qu'Étienne entrerait elle serait presque là. Il me suffisait d'attendre qu'ils soient là tous les deux, puis qu'ils finissent par s'éloigner, par se tasser, par s'écrouler dans ma mémoire qui saura se faire infiniment courte afin de les oublier plus vite. Du reste, pour qu'elle en souffre moins, je conseillerais à Christine de s'efforcer d'oublier le plus rapidement possible les dommages causés à son habitation.

Il ne lui servirait à rien de regretter ce passé de crasse que j'avais réduit en poudre pour qu'il crache toute son odeur d'un seul coup. Elle pourrait la respirer une dernière fois en écrasant contre ses narines une vieille robe ou une blouse tachée au cou de maquillage et de sueur. Mais la mélancolie était un luxe qu'elle ne pourrait se permettre longtemps. Elle clouerait des morceaux de cartons à la place des vitres de la chambre d'Étienne. Elle dormirait avec lui, calfeutrée dans son petit lit noyé de couvertures. Le lendemain, elle refuserait d'examiner la situation à la lumière du jour. Elle s'habillerait et se coifferait en fermant les yeux.

Elle refuserait aussi d'entendre les commentaires que ferait Étienne sur l'absence d'eau chaude et l'impossibilité de trouver une paire de chaussettes. Elle l'emmènerait prendre son petit déjeuner dans un café. Le gamin lui poserait des questions sur les événements de la veille, elle lui répondrait qu'ils étaient déjà lointains dans sa mémoire et que ce soir elle ne s'en souviendrait plus. Il insisterait sur les pertes matérielles qu'il avait subies personnellement. Elle lui ferait remarquer qu'à son âge il ne possédait rien en propre, et que donc les affaires que j'avais endommagées ou dispersées m'appartenaient presque autant qu'à lui. Il essaierait de discuter, mais Christine réglerait les consommations et lui enjoindrait de se taire et de courir vers l'école s'il ne voulait pas rater le premier cours.

Quand il rentrerait après la classe, je lui donnerais un billet pour l'indemniser de façon symbolique. Il me dirait un pâle merci à peine audible. Pour le distraire, je lui parlerais de Ric avec qui sans le savoir il avait passé la nuit. Il ne me croirait pas. Il faudrait que je lui montre le matelas plié en deux. Je dénouerais le cordon, il verrait Ric apparaître. Je prendrais sa main, je la rapprocherais du museau glacé.

— Non, je veux pas le toucher.

Je n'insisterais pas, je refermerais le matelas. Je lui dirais qu'il ne pouvait pas continuer à dormir avec sa mère en présence de ce chien qui allait se décomposer malgré le froid. Il aurait fallu l'emporter à quelques maisons de la nôtre, suffisamment loin pour qu'on ne puisse jamais faire de rapprochement entre lui et nous.

Il abandonnerait le chien sous un arrêt de bus, et il s'en irait en courant. Il ferait une chute en sautant par-dessus un carton vide traîné par le vent. Il ne pourrait plus courir. Il boiterait jusqu'à l'immeuble. Sa mère lui reprocherait de rentrer tard.

— Je viens de jeter Ric.

Elle ne le croirait pas. Elle lui mettrait des pansements. Ils dîneraient à la cuisine sur des chaises et une table qu'elle aurait pu reconstituer à l'aide de débris. Elle aurait acheté des rouleaux de plastique transparent dont elle aurait obturé toutes les fenêtres avec une agrafeuse. Étienne lui parlerait du billet que je lui aurais donné cet après-midi.

— Montre-le-moi.

Elle le lui prendrait. Dorénavant, elle ne lui verserait plus d'argent de poche et il devrait lui remettre la moindre pièce dont il se trouverait détenteur. Elle-même investirait tout son salaire dans l'appartement qu'il faudrait réparer, meubler de neuf, ainsi que dans leur garde-robe mal en point qu'elle devrait remonter petit à petit. Cette épreuve servirait au gamin d'apprentissage à la vie.

Je voulais remonter chez moi, mais je n'osais pas sortir. Je préférais me trouver là quand le gamin allait rentrer. Je l'empêcherais d'aller chercher la gardienne et ameuter les voisins. Je lui expliquerais calmement ce qui s'était passé. Je le saoulerais de paroles jusqu'à ce qu'il soit habitué à la nouvelle configuration des lieux. Je le prendrais par la main, je le promènerais d'une pièce à l'autre. Nous ferions le point sur notre relation, il admettrait qu'il ne m'aimait pas et moi que je préférais Christine. Il regretterait ses jouets cassés et le manque de chauffage qui commencerait à se faire sentir à mesure que tomberait la nuit. Je ferais disjoncter le compteur électrique, je lui dirais que les lumières du boulevard suffiraient maintenant à les éclairer, puisqu'elles n'étaient plus occultées par les rideaux et les vitres.

Je suis sortie sur le palier. Je voulais quitter l'immeuble, et partir pendant quelques mois. Lorsque je reviendrais, Christine ferait la paix. Elle me recevrait dans son intérieur à peine rafraîchi, aux meubles recollés, aux fenêtres rendues opaques par de la cellophane usagée et ridée. Étienne aurait grandi, il rougirait quand je me moquerais de ses bras longs et maigres comme des cordes.

J'entendais une chasse d'eau tomber du troisième étage dans la canalisation qui se trouvait derrière moi. J'aurais aimé rentrer, passer une nuit tranquille et réfléchir au problème demain matin à tête reposée. Mais l'arrivée du gamin était imminente. Il y aurait d'abord le bruit de la porte d'entrée, puis celui de ses pas dans le hall et dans l'escalier. Sans l'avoir voulu, il déboucherait sur moi et je serais obligée de lui appliquer ma main sur la bouche afin de repousser le cri de surprise qui s'apprêterait à en sortir. Pour l'empêcher d'émettre le moindre son, je lui enfoncerais mon foulard au fond de la gorge. Il s'étoufferait, je l'entraînerais à l'intérieur. Avant même qu'il soit mort, je le mettrais dans le matelas avec Ric.

J'avais sans cesse l'impression d'entendre la porte d'en bas s'ouvrir et le gamin courir dans le hall. Je me suis repliée vers le deuxième étage. Je me suis arrêtée à mi-chemin. J'ai fait halte sur une marche. Je me suis bouché les oreilles. J'ai enfoui mon visage entre mes cuisses. J'étais bien, je ne me souvenais plus du logement de Christine.

Quand je me suis redressée, le gamin claquait derrière lui la porte de l'appartement. Je reconnaissais son odeur de chewing-gum et de transpiration. Il avait sûrement traversé le couloir sans allumer la lumière. En pénétrant dans sa chambre, il s'était rendu compte de la disparition des vitres. Il s'était approché de la fenêtre, il avait buté contre le matelas. Il s'était retourné dans la pénombre et il avait distingué ses affaires dispersées. Il avait pleuré un instant, puis il avait reniflé en essuyant ses larmes d'un revers de main. Il avait ramassé une petite voiture, comme elle était fendue il l'avait jetée sur un tas de vêtements froissés. Il avait tourné dans sa chambre pleine de vent. Il avait relevé son petit bureau, puis il l'avait laissé tomber quand il s'était rendu compte qu'il avait une patte cassée. Ensuite, il s'était accroupi, comme pour trier les débris.

J'ai retrouvé la clé que j'avais laissée tomber

sur le palier en sortant. Je suis rentrée sans faire le moindre bruit. Le gamin était toujours dans sa chambre, je l'entendais remuer des feuilles de papier. Je me suis avancée au milieu du couloir. Je l'ai vu par l'embrasure agenouillé devant son lit, s'amusant à tourner les pages d'un livre de blagues avec la petite lampe qu'il venait de sortir de sa poche. Il ne pleurait plus sur le sort de sa chambre, il devait même sourire bêtement à certains épisodes de sa lecture. Il n'avait rien compris au bouleversement qui avait eu lieu en son absence, il préférait se replier dans cet univers minuscule et drôle plutôt que de se poser des questions auxquelles il ne trouverait pas de réponse. Il avait froid, il a remonté la fermeture de son anorak jusqu'au cou.

Je ne bougeais pas. Je craignais qu'il s'aperçoive de ma présence. Je voulais le surprendre, me jeter sur lui, l'attraper par une poignée de cheveux et commencer à lui parler avant qu'il ait eu le temps de pousser un cri. Pour le figer sur place, je pourrais allumer soudain le plafonnier et accroître encore son ahurissement par l'ouverture du matelas et l'exhibition du cadavre de Ric. J'essaierais de lui parler, mais il fuirait hors de l'appartement et il irait se réfugier chez la gardienne.

En voyant sa chambre dévastée, il n'avait pas établi de corrélation avec moi. Il s'était cru la victime d'un cataclysme très localisé ou d'une guerre inconnue dont il était la mystérieuse cible. Il demanderait à sa mère de le laisser seul avec la lueur de sa petite lampe. Il ne voulait pas l'exposer aux bombardements qui allaient pilonner son lit tout au long de la nuit. Elle pourrait lui préparer un plateau avec du café et des sandwichs. Il recevrait une gifle, et il ne parviendrait jamais à convaincre Christine de son innocence. Même quand il serait adulte, elle aurait du mal à lui pardonner de s'être à ce point acharné sur des meubles et des vêtements qui étaient tout leur avoir. Son cœur de mère marquerait le pas, il battrait toujours pour lui, mais un peu moins vite qu'auparavant.

Sans le bruit incessant du boulevard, Étienne m'aurait entendue ouvrir la porte de l'appartement. Maintenant que j'étais dans le couloir, il aurait perçu ma respiration et les grincements de mes chaussures. Il aurait braqué le faisceau de sa lampe vers moi, et il m'aurait questionnée en essayant de prendre une voix d'inspecteur. Il aurait voulu que j'approche, que je me laisse éblouir par son lumignon. Il m'aurait demandé si j'avais vu l'appareil qui avait tiré sur sa chambre. Je lui aurais annoncé que tout l'appartement avait été touché, que seuls quelques objets sans importance avaient échappé à la destruction.

Il y avait quelqu'un qui montait l'escalier. Il s'est arrêté au premier, il a sonné. Il était trop tôt pour que Christine rentre du ministère. Je me suis cachée dans le salon. Le gosse avait éteint sa lampe. Je crois qu'il ne comptait pas bouger. On a sonné à nouveau, puis encore et de plus en plus vite. Étienne s'est levé, il a demandé qui était là.

— Moi.

C'était une voix d'enfant. Il a regardé par le judas. Il ne voulait pas ouvrir.

— On se verra demain.

L'autre a recommencé à sonner.

— Arrête, sinon la gardienne va monter.

Il a continué. Étienne a ouvert la porte pour lui crier de s'en aller. L'autre a profité de cette imprudence pour donner un coup d'épaule et se faufiler dedans.

— Tu vas pas rester ici ?

— Tu fais quoi dans le noir ?

Un peu de lumière parvenait de l'escalier. La minuterie s'est éteinte.

— Pourquoi tu allumes pas la lumière ?

— Je sais pas.

— On y voit rien.

Il voulait lui tirer des buts avec la balle qu'il avait apportée. Il était pressé, sa mère l'attendait à la maison.

— Il faut qu'on se dépêche de jouer.

Il ne comprenait pas pourquoi Étienne n'allumait pas, il en avait assez de ne rien y voir. Je devinais vaguement leurs silhouettes, mais Étienne a poussé l'autre gamin hors de mon champ de vision. Il a braqué le faisceau de sa petite lampe vers sa chambre, de l'autre côté du couloir. Le faisceau était faible, on devait distinguer quand même une inquiétante accumulation de jouets cassés, de blousons lacérés, et de couvertures sur le lit. Quand il éclairait les graffitis, sa main tremblait sans doute un peu. Je l'entendais chuchoter à son camarade des phrases que je ne comprenais pas. Il devait donner une dimension tragique à ce qu'il lui montrait, car l'autre n'osait dire un mot.

Ils ont évolué lentement dans le couloir. Je ne savais pas où ils allaient. Le faisceau de la lampe a décrit un arc de cercle sur le parquet, puis il s'est approché de moi et s'est immobilisé sur le bout de mon pied. J'étais prête à me découvrir, à leur reprocher de se cacher dans l'obscurité au lieu de ranger les débris de l'appartement. Mais ils ont pris mon pied pour une chaussure égarée, et ils ont braqué le faisceau sur le canapé. Étienne croyait que la fenêtre était ouverte, d'un coup de lampe il s'est aperçu que les vitres manquaient.

Il découvrait que le salon était aussi amoché que sa chambre. Son camarade lui a demandé si on avait bombardé tout l'appartement, puis il s'est saisi d'un bibelot encore intact pour le faire exploser contre un mur. Étienne l'en a empêché, et ils se sont battus. Dans la bagarre, il a perdu sa lampe qui n'a plus éclairé qu'une étroite zone de moquette, à ras des fibres.

Ils se battaient au corps à corps, en roulant dans la pièce malgré les moignons de meubles. Quand un camion freinait sur le boulevard, je profitais du vacarme pour prendre le large et m'éloigner d'eux. Ils avaient des fous rires, ils se donnaient des coups de poing dans le ventre. Ils se sont réconciliés sans aucune raison. Étienne s'est relevé le premier, il a pris la lampe et l'autre l'a suivi. Ils se sont dirigés vers la chambre d'Étienne. Je les ai entendus parler très bas, mais le bruit de la circulation m'empêchait de comprendre ce qu'ils disaient. Je me suis engagée de quelques pas timides dans le couloir. Je voyais des ombres sur le mur, comme s'ils s'amusaient à faire des signes avec leurs doigts devant le faisceau de la lampe. Ils chuchotaient et parfois ils riaient, mais moins que tout à l'heure.

Ils se sont tus, Étienne a éteint la petite lampe. Ils remuaient, ils avaient des gestes brusques et d'autres presque réguliers. Soudain, ils ont échangé des insultes et j'ai entendu des bruits de lutte. Puis le calme est revenu et juste après ils se sont mis à rire, d'un rire qui les étranglait. Une accalmie a succédé. S'il y avait eu de la lumière, j'aurais pu voir s'ils dormaient ou s'ils jouaient à faire les morts.

Ils ont quitté leur torpeur pour se demander si Christine ne risquait pas de rentrer d'un instant à l'autre. Étienne a allumé sa lampe pour voir l'heure à sa montre. Il a dit qu'il était beaucoup trop tôt. J'ai vu le nombril d'Étienne et une partie de son ventre nu dont les contours se perdaient dans l'obscurité de la pièce. Je voyais aussi les contours luisants de certains débris, et un crochet en acier qui brillait dans le mur audessus du lit. Puis, il a éteint la petite lampe et je n'ai plus rien vu.

Ils étaient dans un coin de la chambre, à l'abri de la lumière diffuse qui venait du boulevard. Je distinguais des ombres de têtes, de bras, celle d'un buste dressé, celle d'un corps étendu. Je voyais si peu, que je n'étais pas certaine de voir ce que je voyais. Je me fabriquais peut-être une image d'eux qui n'existait que de façon approximative dans la réalité. J'aurais voulu la vérifier, allumer la lumière pour avoir enfin une vision absolument exacte. J'aurais pu alors intervenir, leur ordonner de se réciter mutuellement leurs leçons du lendemain, au lieu de se vautrer dans le noir. Mais mieux valait qu'ils ignorent ma présence, et que le camarade d'Étienne ne m'ait jamais vue. Si Christine les surprenait en train de jouer au milieu des décombres, elle acquerrait la certitude qu'ils étaient les seuls coupables de la destruction de son appartement. Elle monterait me chercher pour l'aider à retenir l'ami d'Étienne, tandis qu'elle appellerait ses parents afin qu'ils viennent constater les dégâts commis par leur fils.

Ils se sont encore mis à rire. Je crois qu'Étienne s'est levé et qu'il s'est mis à tourner sur lui-même comme une ballerine au pas chaotique. Son pantalon était tombé en dessous des genoux, les pans de son anorak se balançaient le long de ses cuisses. Il se penchait vers l'avant et levait les bras en ondulant. L'autre gamin s'est levé à son tour, je le voyais de dos. Ils ont dansé sur des rythmes changeants et grotesques. Au hasard des voitures qui passaient sur le boulevard, une partie de leur ombre apparaissait sur le plafond de la chambre. Je ne voyais pas du tout leurs visages, mais lorsqu'ils ouvraient grand la bouche pour rire, je voyais leurs dents.

Ils ne riaient plus, ils faisaient simplement des petits bruits de gorge en se rapprochant de plus en plus l'un de l'autre. Ils ont fini par se rejoindre et par recommencer à se bagarrer. Ils riaient à nouveau beaucoup. Ensuite, ils se sont recroquevillés dans ce petit coin où je les distinguais à peine.

Ils ont rallumé la petite lampe. J'ai vu la bouche aux lèvres épaisses de l'ami d'Étienne. J'ai vu aussi sa verge dont il s'amusait à projeter l'ombre sur la porte. Étienne a fait des acrobaties pour rapprocher la sienne et les mettre toutes les deux à la fois devant le faisceau. Il y est parvenu, ils s'en servaient aussi comme des marionnettes susceptibles de se saluer, de s'embrasser ou de se donner des coups de bâton. Je me suis demandé s'il s'agissait d'un jeu, je ne me souvenais pas que des phénomènes semblables se soient produits durant mon enfance.

Je parlerais à Christine de ce que j'avais vu. Je lui dirais que l'événement avait eu lieu dans l'escalier, et que je les avais surpris en revenant de faire mes courses. Étienne avait besoin d'un long séjour loin de sa mère. Deux années dans un internat contribueraient à durcir son caractère et serrer les vis de sa personnalité distendue.

Le jeu a cessé de les distraire. Étienne a posé la lampe par terre. Ils se sont levés, et je les ai vus se rhabiller en se donnant des coups de poing amortis qui les faisaient crier comme des vrais. L'ami d'Étienne voulait allumer l'électricité.

— Non.

Ils devaient garder toutes les pièces éteintes en prévision des tirs dont l'appartement allait être victime dans les prochaines heures. On pouvait même s'attendre à une attaque surprise avant le retour de sa mère. Elle traverserait le salon sous les coups de boutoir des batteries adverses qui feraient exploser l'armature du canapé et réduiraient en sciure les chaises et le plateau de la table de la salle à manger. Elle se baisserait pour éviter la mitraille, elle aurait la chevelure rognée jusqu'au crâne par le frôlement des balles. Étienne lui crierait de ne pas aller plus loin, de se replier dans le couloir ou dans sa chambre sous les couvertures accumulées sur son lit.

Mais elle voudrait fermer les volets pour opposer une barrière aux projectiles. Elle mettrait la main sur l'espagnolette, elle ouvrirait la fenêtre sans vitres. Pour attraper le volet, elle sortirait à demi son corps de l'immeuble. Atteinte à l'épaule, elle tomberait en arrière dans le salon. Elle se viderait lentement de son sang. Étienne ramperait, il la tirerait jusqu'au couloir. À la lueur de sa petite lampe, il localiserait la balle, et du bout des lèvres il l'aspirerait au cœur de la plaie. Sa mère pousserait un hurlement presque bestial, mais elle serait sauvée. Avec un bandage indiscernable sous ses vêtements, elle pourrait se rendre le lendemain au ministère comme si de rien n'était.

L'ami d'Étienne voulait partir, il en avait assez d'être dans le noir. Il allait rentrer chez lui et goûter avant de dîner. Il faudrait aussi qu'il jette un coup d'œil à son cahier de géométrie et à son livre de français. Étienne le tirait par son blouson pour qu'il reste, mais l'autre avançait quand même vers la sortie. Il disait qu'il était en retard, qu'on l'attendait à sa maison. Il n'aurait pas dû venir, il regrettait qu'Étienne lui ait ouvert la porte. Il ne savait pas qu'il habitait un pareil trou, il le dirait à toute la classe. Sa mère devait être une blatte pour accepter de vivre là-dedans.

— Et ton père c'est un cafard mort les jambes en l'air sous le frigo.

Ils avaient dû inviter toute leur famille à déjeuner. Ils avaient mangé les vitres en hors-d'œuvre, les meubles à la place de la viande et les vêtements comme dessert. Ils devaient se tapir dans les fentes, et dès qu'il serait parti ils attaqueraient les restes de midi. Après, ils gratteraient le plâtre des murs et le plancher. Ils finiraient par le faire effondrer, et par creuser une galerie jusqu'au collecteur d'égout où ils se mêleraient à leurs congénères et à la population des rats. Étienne était un des leurs, ils le forceraient à bouffer sa part de chaise et de tesson de vitres avant de les suivre dans leur exode.

Étienne a voulu lui donner une gifle, mais l'autre l'a évitée. Il ne voulait pas rester une minute de plus avec un insecte aussi méchant, qui donnait des coups d'antenne au lieu de le remercier de ne pas le doucher avec une bombe insecticide. Étienne trépignait, il essayait de l'éblouir avec sa lampe en lui plantant tour à tour le faisceau dans chaque œil, mais il n'arrivait pas à lui clouer le bec.

Il lui disait que sa mère allait rentrer en rampant par le soupirail des toilettes, et qu'il allait être obligé de l'embrasser sur la carapace avant de la suivre dans une anfractuosité où ils étaient attendus pour manger du bois par des cousins termites. Ils coucheraient chez eux, les uns sur les autres, en mélangeant leurs pattes. Demain matin, Étienne arriverait à l'école avec sa mère dans une boîte d'allumettes et il la ferait grimper sur un arbre pendant la récréation. D'ailleurs, il l'avait peut-être déjà sur lui dans la poche de sa chemise ou de son pantalon. Il allait le fouiller, sortir sa mère de là et l'écraser avec sa chaussure avant qu'elle fasse d'autres petits. Étienne s'énervait de plus en plus, il lui donnait des coups de lampe sur le front.

Il était certain qu'elle y était, il se faisait fort de la déloger. Il attrapait à pleine main le pantalon d'Étienne, il essayait de le déboutonner afin de mettre à jour cet insecte. Étienne avait perdu sa lampe, il le tapait avec ses poings sans parvenir à le faire lâcher prise.

L'autre le secouait par la ceinture, il lui disait qu'il entendait sa mère brailler de frousse. Il suffirait qu'il ouvre un peu la braguette pour qu'elle sorte en panique et se rende. Il suffirait d'une chiquenaude pour la précipiter par terre et l'achever. Elle geindrait sous la semelle, puis elle s'écraserait en purée jaune sur le parquet.

Étienne luttait encore, mais l'autre prenait le dessus. Il l'a renversé dans un coin.

Je ne les voyais plus. Étienne poussait un gémissement, et l'autre ne disait rien. Je me suis approchée d'eux. La lumière du boulevard me permettait de supposer ce qu'ils étaient en train de faire, mais je ne pouvais avoir aucune certitude. Je me serais contentée d'un éclair, celui d'un orage sur Paris illuminant le coin de la chambre où ils manigançaient m'aurait convenu. Ils étaient trop occupés pour réagir à une lumière d'une durée aussi courte, ils n'auraient pas même ouvert les yeux et ils ne m'auraient pas vue. Mais le froid intense rendait impossibles les orages.

Ils se sont à nouveau disputés. Étienne s'est levé, il a arrangé son pantalon. L'autre a essayé de le déséquilibrer en tirant sur sa jambe. Étienne a résisté, il lui a donné un coup de pied. Ils se sont battus par terre en poussant des petits râles de lutteurs. Étienne criait le plus fort, mais c'est l'autre qui a fini par l'immobiliser contre le mur.

— Dis que ta mère est une blatte.

Comme il refusait, il lui a serré le cou. Étienne a juré qu'il dirait tout ce qu'il voudrait dès qu'il l'aurait lâché. L'autre ne l'a pas cru, il a serré encore plus fort et il lui a promis de le tuer s'il refusait de parler. D'une voix très faible, Étienne a obéi. Mais l'autre l'a obligé à hausser le ton et à ajouter que son père était un vieux criquet qui vivait dans le conduit d'aération d'une station de métro. Étienne a obéi, mais l'autre a continué à serrer. Il le serrait tellement fort, que j'avais peur qu'il finisse par lui faire mal. Il pouvait le tuer, s'échapper et me laisser seule avec le corps. J'essaierais en vain de le ranimer, puis je le cacherais sous son lit. Je dirais à Christine qu'il avait disparu après avoir saccagé l'appartement. Elle ne me croirait pas, elle fouillerait sa chambre et découvrirait le pot aux roses. Ensuite, je ne pourrais jamais prouver mon innocence.

Étienne a reconnu qu'il était issu d'un couple d'insectes, et que lui-même était un cafard. L'autre l'a libéré. Il a pu frotter son cou endolori et reprendre lentement son souffle. Le gamin se moquait de lui, il lui disait qu'un vrai cafard n'était jamais essoufflé. Étienne allait et venait dans la chambre, il se baissait pour se saisir d'un vieux vêtement ou d'un morceau de jouet qu'il lui jetait dessus avec une injure.

— Va-t'en, et ne reviens jamais.

Le gamin lui a dit qu'il reviendrait dès cette nuit pulvériser de l'insecticide à travers la serrure. Si demain il n'était pas à l'école, ce serait la preuve qu'il était mort avec les autres et qu'il était bien un petit cafard sous ses faux airs de cancre peureux qui essayait de se faire passer pour un garçon.

Jeudi, on disséquerait son cadavre sur une plaque de verre pendant le cours de sciences naturelles. Il n'aurait plus de chemise pour cacher son torse crénelé, il n'aurait même plus de pantalon pour cacher son appareil urinaire. Toute la classe pourrait le voir, le détailler à la loupe binoculaire et le titiller du bout du scalpel. À côté de lui, l'enseignant disposerait le corps de sa mère. Avec soin, il la dépiauterait de sa carapace et de ses membres, afin de mettre à nu son système digestif. Il établirait une corrélation entre la mère et le fils. Il dirait qu'ils appartenaient à la même famille de parasites qui dévoraient les appartements inhabités et les maisons occupées par des vieillards trop faibles pour trouver la force de les piétiner.

L'enseignant poursuivrait son cours, il poserait sur la paillasse une petite cage où se trouverait un grillon mal en point. Le père aurait mieux résisté que sa femme et son fils, il émettrait encore un petit bruit quand on le piquerait avec une aiguille. L'enseignant expliquerait que l'insecticide employé convenait mal à l'extermination des cigales et des grillons. Il dirait que chaque espèce réclamait un produit spécifique et que certaines pouvaient faire leur miel d'un insecticide dont la seule apparition suffisait à occire des races voisines. Ce grillon avait été capturé grâce au courage d'un élève présent dans cette classe, qui l'avait poursuivi dans le sous-sol parisien alors qu'il tentait de regagner en claudiquant la bouche du métro où il avait ses habitudes.

— Et c'est à celui qui l'a capturé que revient l'honneur de l'achever.

Il se lèverait, s'approcherait de la cage. L'enseignant l'aiderait à transvaser l'insecte dans un flacon vide, puis il le laisserait verser seul de l'acide sur le père d'Étienne qui ferait des petits sauts et chanterait encore pendant que son corps fumerait et se dissoudrait peu à peu. Le professeur lèverait la bouteille pour que tous les enfants puissent voir le travail prodigieux de l'acide. Mort et disséqué, Étienne ne pourrait pas lui dire le moindre mot d'adieu. L'enseignant reposerait délicatement la bouteille sur la paillasse émaillée.

J'ai profité du démarrage simultané d'un camion et d'un bus pour reculer et regagner le salon sans qu'ils puissent entendre le bruit de mes pas. Ils ont continué à se disputer. Étienne a dit que son père était déjà mort depuis cinq ans. L'autre a répété que c'était un grillon et qu'il avait dû servir d'appât à un pêcheur du pont de l'Alma. Étienne a pleurniché, il a juré que son père était un vrai homme et que s'il voulait il l'emmènerait à l'endroit où il était enterré. D'après le bruit, je crois que l'autre lui a donné une grande tape dans le dos avant de courir dans le couloir et d'ouvrir la porte. Étienne l'a rattrapé.

— Je veux plus que tu t'en ailles.

— Pourquoi ?

— J'ai peur.

Il avait peur de cette maison sens dessus dessous, de ces meubles en morceaux, de ces vêtements qui n'étaient plus rangés dans les placards. Sa mère allait rentrer, et il ne savait pas ce qui se passerait.

— Tu lui diras qu'il y a eu un bombardement.

Il ne croyait plus beaucoup à cette histoire, en tout cas sa mère n'y croirait pas du tout. Il devait rester là pour lui expliquer qu'ils s'étaient amusés à se battre et qu'ils avaient mis du désordre sans le faire exprès. Si elle s'énervait, ils témoigneraient ensemble qu'avant leur arrivée la maison était déjà bousculée, et qu'en réalité ils avaient joué sans rien casser. Si elle commençait à gronder Étienne, l'autre la pousserait par-derrière et ils quitteraient la maison avant qu'elle ait le temps de se relever. Il l'hébergerait dans le grenier de ses parents, le temps de se faire oublier. Il le nourrirait de restes et de gâteaux volés chez la pâtissière presque aveugle qu'ils avaient repérée rue St-Jacques.

— Je mettrai jamais un cafard dans mon grenier.

De toute manière, il n'avait pas de grenier.

— Tu me mettras dans le garage.

Ses parents avaient bien un garage, mais leur voiture y passait ses nuits. Étienne comptait dormir sur la banquette arrière. Le matin, il s'extirperait de l'habitacle pour se dissimuler sous de vieux pneus. Il ne resterait pas longtemps dans cette cache. Chaque jour son ami irait espionner sa mère quand elle sortirait de l'immeuble. Dès qu'il la verrait plus détendue, avec un début de sourire au bord des lèvres, Étienne pourrait faire sa rentrée boulevard St-Michel. Il sonnerait un soir vers vingt heures. Elle l'embrasserait, elle lui dirait merci d'être revenu. En son absence elle aurait remis de l'ordre, remplacé les vitres et les radiateurs. Elle lui aurait même acheté toute une panoplie de nouveaux vêtements. Comme il aurait grandi, elle passerait tout un dimanche à les démonter et à les recoudre à ses nouvelles mensurations.

Mais en attendant il ne pouvait pas rester ici, sinon il risquait de graves ennuis.

— Tu as qu'à te cacher dans ta chaussette.

Le gamin a ouvert la porte. Étienne l'a retenu par le bras. Il lui a offert sa lampe de poche, et tous les jouets qu'il pourrait récupérer dans sa chambre s'il acceptait de le loger dans son garage.

— Je veux pas de cafard à la maison.

Étienne le suppliait de ne pas le laisser seul. Il commençait à avoir vraiment peur de sa mère. Elle détestait le gaspillage, elle était dure avec lui quand il cassait un verre ou qu'il tachait un vêtement avec de l'encre. Elle rentrerait, elle verrait tous ces décombres, elle marcherait, elle tournerait en rond dans les chambres. Elle ne comprendrait rien à ce qu'elle verrait, elle se souviendrait de ces meubles qu'elle avait laissés ce matin impeccables sur leurs pieds et qu'elle retrouvait à présent disséminés aux quatre coins des pièces. Elle se baisserait pour prendre une jupe et en caresser l'étoffe en lambeaux.

Elle s'étonnerait de ne pas le voir. Elle le chercherait partout. Elle finirait par avoir un doute, puis elle aurait la certitude qu'il était coupable. Elle sentirait s'aigrir son amour maternel, et pour la première fois elle éprouverait un sentiment de haine envers lui. L'espace d'un instant, elle l'imaginerait sous forme de peau tannée clouée aux fenêtres pour remplacer les vitres qu'il avait brisées. Elle verrait ses os bouillis et séchés servir de pieds aux meubles culs-de-jatte ou boiteux. Sa chair serait battue avec un fouet de cuisine pour qu'elle monte en neige rouge, elle finirait sous forme de gâteau croûteux et fourré de sang comme une grosse écorchure.

— Et elle le donnera à manger au chien de la voisine.

— Je te crois pas.

— En tout cas, elle va me tuer.

Il était sûr qu'elle ne l'épargnerait pas. Malgré ses hurlements, elle le mordrait à la base du cou, et arracherait sa tête du buste d'un coup de mâchoire. Il serait mort, il n'aurait plus aucune possibilité de se défendre. Elle enverrait la tête valser de l'autre côté des grilles du Luxembourg, puis elle frapperait le reste du corps avec la courroie de son sac à main.

— Et elle me mangera quand les coups m'auront cuit.

— C'est pas vrai.

— Si, et puis même.

Même si elle ne le tuait pas, elle le punirait de

toutes ses forces. Elle ne trouverait rien d'assez cruel pour se venger de lui. Elle l'attacherait, elle lui frotterait les yeux avec un produit pour déboucher les lavabos. Elle lui enfoncerait des clous sur le front, et elle ne se gênerait pas pour lui faire éclater le bas du ventre avec un marteau. S'il ouvrait la bouche pour se plaindre, elle lui coudrait les lèvres avec du fil de pêche. Elle le fixerait à une chaise, et elle le balancerait à la fenêtre comme un pendule. Il finirait par se couvrir d'une épaisse couche de glace. Quand elle le rentrerait, il lui faudrait une semaine entière pour dégivrer. Il aurait le temps de mourir de faim et de froid avant de perdre son armure de verglas et de pouvoir aller se coucher avec un repas dans le ventre.

Mais sa mère refuserait de le détacher de la chaise. Sitôt que la glace aurait fondu, elle entamerait un interrogatoire. Elle lui demanderait depuis combien de temps il complotait contre l'appartement, quels étaient ses mobiles, ses complices. Il devrait inventer des réponses, car la plus petite hésitation serait sanctionnée par une série de balancements de la chaise dans le blizzard qui soufflerait dehors et ferait tomber la température d'un degré toutes les heures. Pour échapper au supplice, il dénoncerait son camarade.

Elle irait le chercher, elle l'arracherait à ses parents par la ruse. Elle le mettrait tout nu malgré le froid qui entrerait à flots par les fenêtres.

Elle lui attacherait les mains et les pieds, et les pieds aux mains. Elle lui enfoncerait des fils électriques dans tous ses trous, et dans d'autres qu'elle fabriquerait avec la pointe d'un couteau. Quand elle mettrait le gamin sous tension, il illuminerait la pièce et le boulevard jusqu'au Palais du Sénat. Son cerveau, ses veines, ses intestins, serviraient de filament incandescent dans le corps devenu ampoule humaine. Il donnerait une lumière à dominante rouge, à peine troublée par la présence pâle du squelette, et celle brune ou jaune d'or des excréments en souffrance dans le système digestif. Il ne fonctionnerait qu'une dizaine de secondes, puis on le verrait brûler de l'intérieur. Il aurait la tête remplie de petites flammes piquées dans la cervelle comme les bougies d'un gâteau d'anniversaire, le reste du corps serait une flamme unique dont le siège se situerait sous le thorax et qui coulerait jusqu'à l'extrémité des doigts et des orteils. Pour finir, certains organes saturés de gaz exploseraient au contact du feu. Ils laisseraient des cratères qui continueraient à fumer bien après que la carcasse du gamin ait fini de se consumer.

— Ta mère a pas intérêt à me toucher.

— Tu verras.

— Ça m'étonnerait.

Il a ouvert à nouveau la porte. Il est sorti. Étienne l'a rejoint dans l'escalier. Ils chuchotaient, je me suis approchée de l'embrasure. Ils n'avaient pas appuyé sur le bouton de la minuterie, ils se cachaient dans l'obscurité comme des coupables. Étienne disait qu'il n'avait rien fait, et que toutes les vitres étaient encore aux fenêtres ce matin quand il était parti pour l'école. Il était innocent, il pouvait le jurer. Un phénomène s'était déroulé dans l'appartement en son absence, un phénomène météorologique qui s'était introduit sans qu'il y soit pour rien.

— Il est entré par la lucarne de la salle de bains.

Il s'était répandu dans toutes les pièces et avait cassé les meubles, déchiré les vêtements, avant de faire éclater les vitres par son souffle. Ensuite, il s'était dispersé dans l'atmosphère sous forme d'un petit vent frigorifiant qui leur avait rougi le nez et le bout des doigts quand ils étaient sortis de classe.

— Mais ma mère me croira pas, il faut que tu restes.

À eux deux, ils sauraient la convaincre qu'un pareil phénomène était possible. Ils lui conseilleraient d'aller dormir ailleurs. Ils resteraient là pour monter la garde, tandis qu'elle passerait la nuit bien au chaud. S'ils avaient trop froid, ils en profiteraient pour recoller les meubles et colmater les fenêtres avec des draps et des vieilles chemises. Ils travailleraient comme des bêtes de somme, et ils finiraient par rendre l'appartement habitable. Le lendemain, elle serait contente de retrouver sa maison rafistolée. Elle ferait semblant de ne pas s'apercevoir que les chaises n'étaient plus assez robustes pour qu'on s'asseoie sur elles et que le tissu des fenêtres n'avait rien de la transparence des vitres. Pour les remercier, elle les embrasserait et leur donnerait une petite récompense à chacun.

— Allez, reste avec moi.
— Je suis trop en retard.
— Reste.

Quand elle arriverait, il pourrait s'en aller immédiatement. Il filerait si vite, qu'elle serait incapable de le reconnaître par la suite et qu'elle n'aurait jamais la certitude d'avoir senti un corps d'enfant la bousculer.

— Et après ?
— Après, je lui expliquerai.

Si elle n'était pas convaincue par ses explications, il lui dirait d'en trouver d'autres. Si elle commençait à élever la voix, il monterait passer la soirée chez les vieux du troisième. On lui donnerait à manger tout ce qu'il voudrait, et on lui préparerait un lit avec vue sur le téléviseur pour qu'il oublie cette dure journée. Si les jours suivants sa mère s'obstinait à vouloir le houspiller, il viendrait prendre quelques affaires encore en bon état et il s'installerait définitivement chez les vieux.

— Pourquoi tu vas pas chez eux tout de suite ?
— Je préfère lui parler d'abord.

Il voulait lui donner une chance de le croire.

Si elle le croyait, il ferait vraiment le maximum pour l'aider. Il monterait un camp retranché dans le fond du couloir, et il passerait la nuit collé contre elle pour remplacer le chauffage qui ne marchait plus. Le lendemain, il irait à la police et au bureau d'aide sociale. Il remuerait ciel et terre pour que l'appartement soit restauré. On verrait la maison s'emplir de volontaires, qu'ils soient artisans à la retraite ou ouvriers en exercice. Ils se partageraient les murs et attaqueraient la réparation des meubles. Des couturières raccommoderaient le petit linge et tailleraient des vêtements neufs dans des rouleaux d'étoffe achetés avec de l'argent collecté sur le boulevard, exactement sous les fenêtres où s'était déroulé le sinistre. On viendrait de loin tourner des reportages sur la solidarité des Parisiens. Il accorderait des interviews, et sa mère serait filmée en train de préparer un flan dans sa nouvelle cuisine chromée comme les pare-chocs des automobiles d'autrefois. Elle sourirait à la caméra en mélangeant les œufs au lait, puis en déposant le moule dans le bain-marie. Elle demanderait à Étienne de s'approcher, et elle lui donnerait à boire un peu du lait de poule qu'elle aurait subtilisé à l'entremets. Il laperait la friandise, on ferait des gros plans de son regard reconnaissant et de la main de Christine ébouriffant ses cheveux.

— Tes cheveux, elle va te les tirer.

— Je la laisserai pas faire.

Il a essayé de le convaincre de sa supériorité physique qui le mettait à l'abri des violences maternelles. Son camarade a éclaté de rire et il a dévalé l'escalier. Étienne a tenté de le rattraper, mais il descendait à peine les premières marches que l'autre avait déjà franchi la porte de l'immeuble et qu'il courait sur le boulevard en riant toujours.

Je me suis repliée dans la chambre de Christine. Je commençais à souffrir du froid. Étienne avait abandonné tout espoir de rejoindre son ami, je l'entendais remonter l'escalier. J'ai cherché une veste en renard mité que j'avais jetée dans un sac-poubelle avec d'autres frusques. Elle avait les manches nouées, et l'intérieur était bourré de sous-vêtements qui débordaient par le col. Je l'ai vidée dans un tiroir de la commode, et je l'ai enfilée malgré mon dégoût pour ce pelage mou de bête morte. Il me semblait que de la même façon Ric aurait pu devenir un habit. Il aurait duré encore plusieurs dizaines d'années sous forme d'étole ou de manteau d'enfant. Mais je ne voulais rien garder de lui, même pas son collier qu'Étienne abandonnerait avec le cadavre.

Je ne me souviendrai pas longtemps de Ric. Les images successives de mon premier bébé recouvriront les pâles croquis de cet animal qui pourraient me rester dans le néocortex. Mon enfant détruira peu à peu mon ancienne mémoire, que sa naissance aura définitivement périmée. Il m'en fera une nouvelle, qui ne contiendra plus rien d'autre que lui. Quand ses frères naîtront, il faudra qu'ils luttent pour éclipser certains exploits de leur aîné et faire leur trou. Mais j'entraînerai mon cerveau, il deviendra capable de retenir chacune de leur enfance en particulier. Ils pourront me poser n'importe quelle question, je me souviendrai de la plus insignifiante anecdote et même des innombrables journées où il ne se sera rien passé du tout.

Étienne est rentré dans l'appartement. Il a allumé l'électricité, mais il l'a éteinte aussitôt. Il préférait ne rien savoir de ce qui l'entourait. Sans lumière, il pouvait faire semblant de croire que le réel n'était pas certain. Maintenant qu'il était seul, il lui était plus difficile d'ajouter foi aux féeries qu'il avait inventées tout à l'heure pour justifier le désordre. Il doutait de pouvoir maîtriser sa mère et l'empêcher de se venger. Elle ne lui saurait aucun gré de sa prétendue innocence, et s'il avait l'audace de se défendre il ne ferait que l'énerver davantage.

Je mettais la tête dans le corridor, je le voyais en face dans sa chambre. Il allait et venait du lit à la fenêtre. Il lui arrivait de se baisser, de prendre entre ses doigts un éclat de verre ou une pièce de monnaie qui scintillait quand le reflet d'un lampadaire dans les vitres d'un bus jetait une lumière plus vive dans la pièce. Il rangeait ses trouvailles sur la dernière étagère encore en place. Il s'occupait parfois à balayer le sol avec ses mains, et à faire des tas de vêtements et de jouets cassés contre le mur. Il s'attardait sur certaines zones du plancher qu'il frottait avec sa paume et sur lesquelles il posait parfois sa joue. Puis, il continuait à marcher de la fenêtre au lit.

Il aurait pu divaguer dans l'appartement tout entier, regarder un feuilleton à la télévision ou se cloîtrer dans la salle de bains sous la protection du petit verrou. Il aurait pu aussi faire de sa chambre une place forte dont on n'aurait pu le déloger avant plusieurs heures. Mais il était plus simple qu'il s'arme d'un marteau, grimpe sur un tabouret et s'embusque derrière la porte. Sa mère recevrait un coup sec qui crèverait son crâne et mouillerait ses cheveux de sang. Elle tomberait devant lui, il lâcherait le marteau qui ferait plus de bruit que le corps. Il descendrait du tabouret, il s'approcherait d'elle. Il lui demanderait pardon, il chercherait sa joue pour l'embrasser. Il s'endormirait à son côté, et si la nuit était vraiment glacée on le retrouverait mort de froid contre sa victime.

Étienne était trop obnubilé par le retour de Christine pour organiser sa défense. Il ne comprenait pas pourquoi il avait abîmé la maison, mais depuis que l'autre gamin était parti, il doutait de moins en moins de sa culpabilité. Il n'avait plus qu'à se demander quelle punition serait à la mesure de sa faute. Il ne croyait pas que sa mère lui infligerait le supplice de la chaise, ni qu'elle ferait de lui une ampoule. Elle ne serait pas cruelle, elle se bornerait à le dégager de l'existence. Elle l'emmènerait chez un médecin qui lui ferait une piqûre intramusculaire. Il aurait le loisir de se rhabiller, et de rentrer boulevard St-Michel. Il voudrait jouer, mais sa mère lui dirait de se coucher tout de suite. Il aurait à peine le temps de s'étendre avant de mourir. Plus tard, Christine raconterait à qui voudrait l'entendre que son petit avait été courageux, qu'il avait payé sa dette sans un cri, et qu'elle lui pardonnait ses bêtises du fond du cœur.

Si j'avais pu lui parler, je lui aurais dit d'emporter Ric et de me laisser expliquer sa conduite à Christine. Je saurais atténuer son degré de responsabilité en prétendant qu'il faisait une dépression liée à l'adolescence qui pointait son nez. Il avait cassé, sali et déchiré pour exprimer sa terreur. Il avait voulu traiter la réalité comme un rêve où on peut massacrer n'importe qui et briser n'importe quoi. Pour qu'il puisse se défouler, elle aurait dû lui abandonner régulièrement des objets hors d'usage afin qu'il achève de les réduire en miettes ou d'en faire de la charpie.

Mais elle l'empêchait de déchirer les vêtements qu'il ne pouvait plus mettre, et il n'avait même pas le droit de vie ou de mort sur ses propres jouets. Elle connaissait le nombre exact des petites voitures qu'il possédait, et elle les comptait à chaque fois qu'elle faisait le ménage.

Elle l'obligeait à les entretenir, à les nettoyer comme si elles faisaient partie de son corps. Une fois par semaine, il devait les dépoussiérer avec un pinceau et les effleurer avec un coton humide pour les décharger de leur électricité statique. Elle exigeait qu'il les entoure de tant d'égards, qu'il avait fini par en être jaloux. Il ne comprenait pas pourquoi sa mère les aimait à ce point et les respectait plus que lui. Parfois elle en attrapait une entre ses doigts et elle la caressait comme un fétiche. Il aurait aimé se trouver aligné au milieu d'elles. Elle l'aurait choisi, elle l'aurait pris dans sa main et touché du bout de son ongle rouge sang.

Il aurait eu une valeur pour elle, il serait devenu fragile et précieux. Elle ne porterait plus que de longues et amples robes, elle le coudrait chaque matin dans un ourlet avant de partir au ministère. Il resterait contre elle toute la journée, à l'abri des regards et des dangers. Il l'entendrait parler avec d'autres gens, mais il ne suivrait pas les conversations. Il aurait plus d'affinités avec les bruits du ventre de sa mère et ceux de ses articulations qui craqueraient quand elle se lèverait de son siège. De temps en temps, elle lui caresserait discrètement la tête à travers l'étoffe, comme pour s'assurer qu'il était toujours là.

À la cantine, elle subtiliserait une pomme et une part de fromage qu'elle lui distribuerait par petits morceaux tout au long de l'après-midi. Quand elle se rendrait aux toilettes, elle le sortirait à moitié afin qu'il accomplisse ses besoins. En sortant de son bureau, elle irait marcher boulevard St-Germain. Protégé par la robe et le manteau, Étienne se sentirait à tout jamais guéri du froid. Il se laisserait balancer contre cette peau douillette dont il respirerait la bonne odeur de mère. Ils rentreraient sans se presser. Boulevard St-Michel, ils prendraient un bain et ils iraient se coucher ensemble dans un lit à couvercle qu'ils garderaient fermé jusqu'au matin.

En réalité, Christine était très exigeante envers lui. Elle n'admettait pas qu'il se relâche, qu'il crache dans son assiette ou qu'il jette un livre de classe à travers sa chambre. À force d'être trop tenu, le gosse avait fini par ruer dans les brancards. Elle pouvait le gronder, mais il valait mieux qu'elle fasse comme si la maison était sortie indemne de cette journée de fin d'automne. Elle ferait semblant de ne rien voir des meubles cassés et des vêtements déchirés.

Elle s'arrangerait pour composer un repas dans la cuisine délabrée. Ils mangeraient par terre. Étienne se plaindrait du froid et du vent chargé de neige qui pénétrerait par les fenêtres. Elle ne lui reprocherait pas d'avoir brisé les vitres et crevé les radiateurs. Elle resterait stoïque, les bras nus, faisant mine de rire quand elle éternuerait. Vers neuf heures, elle exigerait que le gamin prenne une douche et qu'il se brosse les dents. Elle le sécherait à peine, et elle le coucherait grelottant dans son lit. Il s'enfoncerait sous les couvertures, elle l'embrasserait. Il voudrait lui avouer sa faute, mais il aurait peur de ne pas être cru. Il ne comprendrait pas pourquoi sa mère faisait comme si elle continuait à vivre dans un appartement chaud et confortable, alors qu'il se gelait dans cette maison dévastée.

Les jours suivants, elle ferait subrepticement remplacer les carreaux, réparer le chauffe-eau et les radiateurs. Plus tard, au gré de ses possibilités financières, elle rachèterait vêtements et meubles. Étienne verrait cet appartement se redresser de façon inéluctable, malgré les déprédations définitives qu'il croyait lui avoir infligées. Il se demanderait s'il pouvait vraiment produire une action durable sur les choses qui l'entouraient. Alors, il dégraderait l'appartement une deuxième fois. Mais le miracle se reproduirait, lent et irrésistible. Sa mère semblerait ne se rendre compte de rien, et peu à peu l'appartement se régénérerait sans présenter la moindre cicatrice. Il aurait ainsi la preuve de son impuissance à modifier la réalité.

Quand elle se rendrait compte de l'ampleur des dégâts, Christine sentirait un sentiment de rage monter en elle et il lui serait difficile de ne pas l'extérioriser. J'aurais beau lui dire qu'Étienne avait eu besoin de se défouler, jamais elle n'accepterait de se taire et de remettre petit à petit l'appartement en ordre. Il faudrait qu'il subisse sa colère, qu'il entende ses cris, qu'il n'esquive pas ses claques et qu'il accepte d'être traîné le long du couloir et dans le salon envahi par le vent. Il se laisserait porter par les coups, il n'opposerait pas plus de résistance que l'ours en peluche qu'il s'amusait à boxer quand il était petit. La douleur le ferait pleurer, mais il finirait par s'y habituer. Quand sa mère l'abandonnerait sur la carcasse du canapé, il aurait l'impression que la souffrance reprenait soudain. Son squelette serait comme chauffé à blanc, et il lui semblerait que sa chair rôtissait par-dessus comme une volaille.

Elle l'aurait rossé au-delà de ses forces, elle

n'aurait même plus l'énergie de se lamenter. Elle resterait assise sur le sommier de son lit. Elle garderait les yeux ouverts, sa mâchoire inférieure tomberait légèrement. À deux heures du matin, elle se couvrirait d'un édredon et s'endormirait. Étienne viendrait se poser à côté d'elle.

À son réveil, elle prendrait en pitié cet enfant. Puis, elle verrait le désastre dans la lumière grise du petit jour. Elle aurait une montée de haine contre lui, elle le malmènerait à nouveau avant de retourner gagner tristement sa vie au ministère.

Elle finirait par oublier ses griefs envers lui, mais elle garderait une certaine réticence à le considérer comme son fils. Elle se persuaderait que ce garçon qui vivait sous son toit était un enfant adopté auquel elle ne devait rien.

Étienne a buté plusieurs fois contre le matelas qui contenait Ric. Il a posé sa main dessus, mais il n'a pas eu la curiosité de faire sauter le cordon. Il réfléchissait aux quelques mots qu'il allait servir à sa mère pour s'excuser. S'il découvrait la formule magique, sa faute serait effacée. Christine l'embrasserait, et elle saurait trouver toute seule une explication à ce désordre. Elle lui dirait à quel point leur situation était enviable, et combien ils devaient s'estimer heureux de vivre ici alors que tant d'autres étaient à la rue. Elle le prendrait dans ses bras, elle le promènerait dans l'appartement en lui murmurant la berceuse aux mots qui n'existent pas qu'elle utilisait pour l'endormir quand il était bébé. Elle le lèverait au-dessus de sa tête, elle lui montrerait une petite araignée dans l'angle du plafond. Elle lui donnerait pour mission de la capturer et de la jeter sur le boulevard. Afin de le récompenser, elle le mettrait à cheval sur ses épaules et elle ferait le tour du salon en courant et en hennissant. Il rirait, il taperait des mains et se laisserait jeter sur la carcasse du vieux canapé comme un ballot sur un tas de fripes.

Le dimanche suivant, elle lui apprendrait à se passer de tout et à casser les rares objets encore indemnes. Elle jetterait les derniers pull-overs, elle découperait ses chaussures en lanières avec une lame de rasoir. Ils vivraient presque nus dans leur appartement glacé, et le gamin s'apercevrait que le froid est indolore quand on n'essaie plus de s'en protéger. Ils aimeraient tant le dénuement et l'inconfort, qu'ils feraient des randonnées de plusieurs semaines dans Paris sous la neige. Ils s'exposeraient à des températures si basses que leurs pieds deviendraient bleus, ils devraient courir de plus en plus vite pour obliger le sang à les irriguer tout entiers. Ils viendraient de temps en temps boulevard St-Michel prendre un repas dans leur cuisine aux placards clairsemés de restes moisis. Puis, ils décideraient un jour de se passer d'aliments. Étienne mourrait de faim le premier, et sa mère lui dirait juste avant qu'elle avait voulu le punir d'avoir gâché son appartement et sa vie.

Étienne savait que sa mère se vengerait de lui. Elle chercherait pendant des semaines une punition à sa mesure, et elle finirait par la trouver. Elle demanderait conseil au directeur de l'école, au psychologue et aux professeurs. On lui suggérerait un tissu serré d'interdictions et de privations qui réduiraient le gamin à n'être plus qu'un petit bagnard sans droits ni prérogatives.

Elle préférerait l'empêcher de grandir en lui faisant porter nuit et jour une armure étroite. Quand elle le délivrerait, il serait monstrueux et son cerveau tomberait au-dessus de ses yeux comme la visière d'une casquette. Elle lui présenterait un miroir, et il aurait tellement honte d'être si laid, qu'il demanderait lui-même à retourner dans l'armure.

Il a traversé le couloir. Il a écouté les bruits qui venaient de l'escalier. Sa mère serait en retard, elle lui avait dit qu'elle irait faire des courses dans un grand magasin dont c'était la nocturne hebdomadaire. Il a entendu la minuterie se déclencher, puis des pas dans le hall et dans l'escalier. Il a entendu les voix du couple du quatrième étage. Ils se racontaient leur jour-

cendu faire le gué dans le hall d'entrée pour intercepter Christine et l'avertir que son fils était monté chez eux après avoir dévasté l'appartement. Elle viendrait le chercher, et le ramènerait chez elle comme une proie.

Il est revenu, il a refermé la porte avec précaution. Il a éternué. Il est entré dans le salon, il a regardé la télévision. L'écran éclairait son visage, il paraissait presque tranquille. Il remuait ses mains dans ses poches, il repliait ses jambes à cause du froid. Il avait renoncé à se cacher et se défendre. Il attendrait qu'elle arrive. Il la laisserait constater la casse et le gâchis. Il ne bougerait pas, il ne répondrait pas aux menaces. Il ne lèverait même pas les yeux vers elle, il continuerait jusqu'au bout à fixer l'écran. Il aurait la secrète espérance de basculer dans le tube cathodique, de se laisser aspirer par le câble de l'antenne et de s'échapper par les toits. À moins qu'il soit pulsé sous forme de signaux qui arroseraient Paris de son image.

Ou alors, il se ferait de plus en plus petit à l'intérieur de lui pour essayer de tomber de sa bouche comme une bille, d'aller rouler sur la moquette et se perdre sous une plinthe où on ne le retrouverait jamais. Il n'y parviendrait pas, et il n'aurait pas plus de succès quand il voudrait arrêter les battements de son cœur en l'écrasant contre son genou. Il se demanderait pourquoi on l'avait laissé grandir, plutôt que de l'étrangler avec un collet à lapin dès que sa tête avait émergé du ventre de sa mère.

Le compteur était dans la cuisine. J'ai coupé le courant. Étienne a sursauté, puis il est resté quelques secondes immobile devant l'écran éteint. J'ai marché sur une assiette en rejoignant le couloir, mais il n'a pas tourné la tête vers moi. Je me suis cachée dans la salle de bains.

Étienne s'était peut-être levé, il avait marché jusqu'à la cuisine. Il avait atteint le compteur. Il avait compris qu'il n'était pas seul, qu'il partageait l'appartement avec une présence inconnue. Il s'était demandé si son ami n'était pas revenu, s'il n'avait pas profité de sa montée au troisième pour se glisser à l'intérieur. Une fois dans les lieux, il aurait pu claquer la porte et empêcher Étienne de rentrer chez lui. Mais il avait préféré demeurer un témoin anonyme dans l'obscurité et le vent.

Il était curieux d'observer le comportement d'Étienne lorsqu'il se croyait seul. Il avait été déçu qu'il stationne devant ce téléviseur. Il avait coupé le courant pour l'obliger à se redresser et aller sous ses yeux d'une pièce à l'autre. Il l'avait suivi dans ses déplacements, il avait éprouvé un sentiment agréable de supériorité sur cet animal qu'il pouvait observer in vitro dans cet aquarium obscur, aux vitres brisées. Les mouvements rapides, angoissés, qu'accomplissaient les membres d'Étienne pour longer le corridor ou ramasser des vêtements au hasard, ou son habitude de se recroqueviller soudain de terreur dans un coin, lui donnaient l'impression de se trouver face à l'un des cafards dont il lui avait parlé tout à l'heure.

Il était certain qu'Étienne était une petite bête, et il commençait à en avoir peur. Il essayait de la fuir, mais elle avait des pattes agiles qui allaient plus vite que lui. Il aurait fallu qu'il s'en débarrasse d'un coup de pied. Autrement, la mère allait finir par surgir d'un trou du mur pour aider son petit à lui racler la figure du bout du bec, avant de le déguster encore frémissant et chaud.

Étienne a remis le courant. J'ai entendu le son du téléviseur. Il est retourné s'asseoir devant l'écran sans allumer la lumière. Il savait que quelqu'un était là, mais il ne craignait plus personne d'autre que sa mère. Il pensait qu'il n'aurait pas la chance d'être exécuté par le cambrioleur qui en ce moment même devait chercher matière à voler dans le contenu des tiroirs éparpillés avant de prendre la fuite. Par contre, Christine arriverait à point nommé pour le tuer. Elle ne lui dirait pas une seule parole, elle se contenterait de lui infliger une correction mortelle. Ensuite, elle s'occuperait de s'organiser un abri dans le fond du couloir. Le lendemain, elle remplacerait son fils par une crème de beauté qui aurait la même odeur et dont chaque soir elle s'oindrait les joues.

Il était impénétrable. J'étais loin de lui, mais il aurait pu me voir s'il avait voulu. Il savait peut-être que j'étais là, mais il n'osait pas me demander de l'aide. J'aurais pu le garder chez moi cette nuit, et organiser demain matin une confrontation avec Christine. Elle ne se serait pas jetée sur lui, elle n'aurait tenté ni de le battre, ni de l'assassiner. Malgré ses fautes, elle lui conserverait son amour. Elle comprendrait sa rage d'enfant, sa haine de la vie telle qu'il l'apercevait à travers sa lucidité encore trouble et agitée de pré-adolescent. Elle se souviendrait qu'au même âge elle avait volontairement brisé une potiche.

Elle ne l'excuserait pas pour autant, elle déciderait au contraire de récupérer à ses dépens une partie de l'argent que lui coûterait la réhabilitation de son appartement et de ses frusques. Elle le priverait d'argent de poche jusqu'à sa majorité, ainsi que de jouets et de cinéma. Elle modifierait son alimentation, remplaçant la viande et le poisson par des œufs, supprimant gâteaux, boissons gazeuses et toute sucrerie. Elle ne l'habillerait dorénavant que des vêtements donnés par une de ses collègues dont le fils avait deux ans de plus que lui.

Pour qu'elle puisse se dispenser en fin d'année de lui donner des étrennes, il aiderait chaque semaine la gardienne à passer l'aspirateur dans les parties communes. En outre, elle afficherait une petite note dans l'entrée, afin que chacun sache que le gamin était à la disposition des habitants de la maison pour leur rendre service ou faire une course dans le quartier. Les pourboires qu'il recevrait permettraient à Christine d'acheter une jupe ou de faire réparer la table du salon.

— Tu as bien compris ?

Étienne serait penaud. Il trouverait la sentence de sa mère pire que la mort. Elle lui dirait de descendre balayer les décombres.

Il aurait fallu que je l'arrache à la coquille de prostration où il se terrait. Il devait aborder Christine avec courage, et la guider dans cette maison trop abîmée pour qu'elle puisse reconnaître au premier coup d'œil l'ancienne disposition des pièces. Il lui montrerait le sommier et le matelas de Ric. Il lui ferait toucher de minuscules morceaux de cuir, il lui jurerait qu'ils appartenaient à plusieurs paires de chaussures dont l'une à talons hauts qu'elle avait achetée quinze jours plus tôt. Il lui enfoncerait le doigt dans les trous qui perçaient les radiateurs, et lui passerait le bras à travers les fenêtres.

Avec sa petite lampe, il lui montrerait les graffitis sur les murs du corridor. Il aurait la bravoure de lire à haute voix ceux qu'elle ne parviendrait pas à déchiffrer. Il lui ferait l'inventaire de sa collection de petites voitures écrasées, et il fracasserait devant elle tout véhicule découvert intact ou à peine écorché. Il lui montrerait comment il s'y prenait pour déchirer les habits. Il viderait son polochon afin de lui prouver qu'il était capable d'accomplir les fautes dont il se prévalait.

Pour se punir, il proposerait à sa mère de se faire couper une jambe par un train. Si elle l'exigeait, il s'engagerait même à perdre les deux ou à laisser sa vie sur les rails. Christine s'accorderait un délai de réflexion.

Je n'osais pas l'approcher, et le serrer contre moi pour qu'il sache que j'étais avec lui. Je pouvais devenir son alliée et l'aider à vaincre Christine. Dans quatre ou cinq ans, il serait assez fort pour la battre à plates coutures. Elle ne devait pas abuser de sa provisoire supériorité physique, et le malmener ou le menacer d'une sanction. Nous pouvions former à nous deux un petit commando assez virulent pour la tenir en respect. Nous la laisserions se lamenter devant l'ampleur des dégâts, mais nous n'admettrions aucunes représailles.

Nous resterions soudés, et elle ne pourrait l'approcher sans buter contre moi. J'intercepterais les coups, j'écraserais ses tentatives de gronderie en criant plus fort qu'elle. Je lui interdirais d'accéder à son fils, et si elle insistait, j'étranglerais le gosse devant elle. Je ne le lui rendrais que mort, hors d'atteinte de ses reproches et de ses punitions.

Elle regretterait de ne pas l'avoir frappé la

veille en prévision de tout le mal qu'il lui avait causé ce jour. Elle regretterait d'avoir misé sur lui au lieu de se remarier. Elle sentirait que la mort du gamin lui donnait un coup de vieux, qu'elle franchissait soudain le cap de la quarantaine avec plusieurs années d'avance. Elle poserait le corps d'Étienne sur son petit lit, dans la chambre où reposait déjà Ric.

Puis, elle éprouverait le besoin de sortir, de marcher un peu, de voir des gens. Elle se recoifferait dans le miroir de son poudrier. Elle me demanderait de l'accompagner. Elle aurait envie d'oublier l'espace d'une heure ou deux son travail et sa vie.

Le froid a semblé l'endormir quelques secondes, il a laissé sa tête tomber entre ses genoux. En se réveillant, il a fait un petit bond sur le côté. Puis, il s'est levé et il s'est dirigé vers la fenêtre. Il l'a ouverte à moitié afin de mieux se pencher. Il devait chercher sa mère des yeux pour l'impressionner en se jetant devant elle sur le trottoir. Il s'en tirerait avec des contusions, mais elle comprendrait que si elle se permettait la moindre observation, il était capable de se donner la mort. À moins qu'il veuille la viser, tomber sur elle comme un gros ballot qui lui ferait mordre le bitume.

Il a refermé la fenêtre, il a éteint le téléviseur. Il a quitté le salon. Je me suis plaquée contre le mur du corridor. L'infime clarté issue du boulevard aurait pu lui permettre de soupçonner certaines parties plus claires de ma personne, comme mes mains ou mon visage. Il est passé si près qu'il aurait même pu sentir la chaleur humaine qui émanait de moi.

Il est allé directement dans sa chambre, sans m'accorder la moindre importance. Au lieu de s'écraser dans un coin comme une victime, il a allumé la lumière. Il avait le visage congestionné par le froid, ses cheveux étaient pleins d'épis et son pantalon mal fermé tire-bouchonnait sur ses chaussures. Nous étions à moins de deux mètres l'un de l'autre, mais il refusait de me voir.

Il a ouvert son cartable, il a pris un cahier. Il s'est accroupi par terre, il a complété le dessin d'un crustacé qui ressemblait à un oursin. Il a ouvert un livre pour comparer son travail avec un schéma. Il se grattait parfois le nez ou les cuisses comme si je n'étais pas là.

Je croyais qu'il n'avait éclairé que pour éteindre aussitôt et se tapir dans un coin en espérant que sa mère le trouverait moins vite s'il n'occupait qu'un tout petit volume perdu au milieu du désordre. Mais il a laissé la lumière, comme s'il n'avait plus peur. Il s'est même mis à faire ses devoirs avec arrogance pour me montrer à quel point il se sentait étranger aux dégâts survenus dans l'appartement.

Quand Christine rentrerait, il se frotterait contre son manteau en pleurnichant, elle l'embrasserait, le prendrait dans ses bras, sécherait ses larmes avec un mouchoir. Il ne dirait rien, mais son chagrin serait un acte d'accusation suffisamment explicite, et sa mère n'aurait pas le moindre doute. Lorsque j'ouvrirais la bouche pour me défendre, le gamin aurait de fausses convulsions et empêcherait Christine de m'écouter. Mes arguments ne pourraient l'atteindre, elle verrait en moi une femelle sans descendance qui ne pense qu'à détériorer l'habitat d'autrui.

Il tirait un peu la langue en ajoutant des coups de feutre à son oursin. Il frottait souvent ses mains engourdies l'une contre l'autre, puis il reprenait sa tâche. Les bruits soudains du boulevard ne lui faisaient pas lever la tête, il ne prêtait pas attention non plus à la porte de l'immeuble quand elle claquait. Il ne regardait même pas sa montre. On aurait dit qu'il se retranchait derrière les glandes du crustacé qu'il accentuait de touches orange clair. Il se croyait insoupçonnable, insaisissable sous la pellicule d'encre. Il avait perdu la trace de son corps, il était où il décidait de se déposer du bout du feutre. Il pouvait se cacher comme un défaut du papier sous un trait de crayon, comme une poussière sous une goutte d'encre de Chine.

Il oubliait cette masse de chair qu'il supportait autour de lui depuis sa naissance. Il n'était plus que ce point sur le dessin qu'il protégeait au moyen de couches superposées de couleur.

En cas de danger, il aurait pu le couvrir de violet ou de noir, et aucune lampe n'aurait jamais pu le percer à jour. Il abandonnait son corps à sa mère et à cette femme qui l'épiait dans le couloir. Quant à lui, il s'absentait dans un recoin du croquis.

Il nous suffirait cependant de nous emparer de lui, et de l'effrayer du geste et de la voix pour qu'il oublie son exil dans le dessin. La force des coups lui rappellerait son appartenance à la race humaine. Il réaliserait qu'il n'était ni un fruit de mer, ni un point sur le papier de son cahier, mais un être vivant posé sans défense sur le plancher. Il pourrait se débattre, il aurait peu de chances de nous échapper. Son corps nous offrirait des prises solides, nous ne les lâcherions pas avant que Christine ait pu se venger. Ensuite, je me chargerais de le panser et même de le recoudre si quelques points de suture s'avéraient nécessaires. Le lendemain, il irait à l'école en clopinant et il raconterait qu'il avait fait une chute dans l'escalier.

Quelques jours plus tard, Christine pourrait à nouveau s'attaquer à lui. Elle s'acharnerait sur son ventre, et le soir en l'examinant je craindrais un abcès au foie. Il resterait couché quarante-huit heures, puis son état ne m'inspirerait plus aucune inquiétude. Il reprendrait sa vie ordinaire jusqu'au samedi suivant. Ce jour-là sa mère l'abîmerait tant que je serais obligée de l'avertir que le gosse garderait toute sa vie le nez un peu dévié et une large cicatrice sur la joue. Mais je serais surtout inquiète pour ses yeux gonflés et les maux de tête dont il se plaindrait. Elle me le confierait en attendant qu'il se rétablisse.

Étienne connaîtrait chez moi une parenthèse de paix et de bonheur. Il aimerait cette infirmière qui soignait ses plaies et le prenait en pitié. Quand il ferait beau, je le mettrais sur une chaise devant la fenêtre ouverte pour qu'il puisse profiter du soleil. Après le dîner, je m'installerais avec lui devant un de mes livres d'anatomie. Je lui montrerais sur l'écorché les zones que sa mère avait atteintes en le battant.

Dans mes livres de pathologie descriptive, je pourrais même lui montrer des ecchymoses identiques à celles qu'il porterait sur la peau. Il ôterait sa chemise pour les comparer. Il tirerait une sorte de vanité à retrouver ainsi des aspects de sa personne dans un ouvrage aussi sérieux et rébarbatif. D'ailleurs, c'est avec tristesse qu'il verrait les ecchymoses se résorber peu à peu. Il essaierait de les entretenir en se frappant lui-même, mais sans résultat. Deux fois par semaine, je communiquerais à Christine son bulletin de santé. Ensemble, nous discuterions de l'opportunité de son retour au premier étage.

À chaque fois qu'Étienne était enfin guéri elle se promettait de ne plus user d'aucune forme de violence à son encontre. Mais il y avait toujours un morceau de vitre oublié au pied d'une fenêtre ou un vêtement cisaillé pendu à un cintre qui lui rappelaient à quel point Étienne lui avait nui. Elle se jetait alors sur l'enfant. Elle me le rendait en mauvais état. Je passais de longues nuits à surveiller sa tension, tant je craignais une hémorragie interne contre laquelle je n'aurais pu lutter avec les moyens ridicules dont je disposais. Je lui disais que son fils était de plus en plus fragile, que le moindre effleurement l'atteignait au plus profond de son organisme et que dorénavant toutes ses plaies se formaient à l'intérieur, hors d'atteinte du dakin et du coton hydrophile.

Un jour, j'ai refusé de le prendre en charge.

— Il faut le faire hospitaliser.

— Pas question.

Elle l'a gardé chez elle, le soignant certains soirs, le frappant les autres. J'entendais Étienne râler depuis ma chambre. Quand je la rencontrais dans l'escalier, je lui reprochais son attitude envers le gamin. Elle me rappelait l'attitude qu'il avait eue envers l'appartement, et elle m'assurait qu'elle le cognerait jusqu'à ce que le dernier de ses meubles soit vengé. Je lui proposais de lui payer la part que le gamin n'avait pas encore remboursée par sa douleur.

— Si tu veux.

Malgré l'argent que je lui donnais, elle poursuivait Étienne de sa violence. Il agonisait, tout le monde entendait son long gémissement en passant devant la porte du premier.

Il est mort un lundi du mois de mars, pendant

que Christine lui faisait expier la perforation du radiateur du salon et le déchiquetage d'un vieux chemisier en soie qu'il avait ensuite dissimulé dans un sac-poubelle et recouvert de bas. Elle voulait que je me charge de prévenir la police et d'inventer une histoire crédible pour la mettre hors de cause. Je lui ai fait comprendre que quoi que je puisse dire, elle irait directement en prison. Elle était désemparée, je lui ai conseillé le suicide. Elle a accepté les gélules que je lui ai données. Le lendemain, un médecin a constaté sa mort et celle de son fils.

J'en avais assez de rester immobile. Je me suis mise à bouger imperceptiblement contre le mur, puis j'ai fait un pas dans le corridor. Il m'a peut-être entendue, mais il n'a pas quitté son travail des yeux. Il avait la goutte au nez, il ne prenait pas la peine de l'éponger ou de l'essuyer d'un revers de main. Elle allait se détacher, tomber sur le cahier et brouiller les contours du dessin. Il donnait maintenant des petits coups de crayon noir pour figurer les piquants. Il avait abandonné tout espoir de se cacher dans l'oursin. Il continuait cependant à le retoucher désespérément.

Je marchais vers lui, j'étais à l'entrée de sa chambre. Il regardait son cahier, mais latéralement je devais apparaître sur la rétine de son œil droit. Il ne pouvait pas me confondre avec une ombre ou un reflet. Je lui ai dit que je ne lui voulais aucun mal. Il a percé le dessin à force d'y enfoncer la pointe de son crayon. Je lui ai dit que j'étais prête à l'aider à condition qu'il m'explique pourquoi il avait mis la maison dans un état pareil. Il a laissé tomber son cahier sur le sol.

— N'aie pas peur.

Il devait me dire toute la vérité pour que je puisse mieux le défendre. S'il y avait une raison à ses actes, je devais la connaître. Je me suis agenouillée en face de lui. Il a baissé la tête. Je lui ai dit que sa mère allait arriver, et qu'il faudrait lui fournir une explication. Il a fermé les yeux. Je lui ai demandé ce qu'il cachait, il a grommelé qu'il n'avait rien fait.

— Et les vitres ? Et les radiateurs ? Et la table ? Et le canapé du salon ?

— C'est pas moi.

— C'est qui ?

Il n'en savait rien. Il jurait que le dernier objet qu'il avait cassé, c'était un verre, quinze jours plus tôt, en débarrassant la nappe du dîner.

— Tu as tort de mentir.

S'il s'obstinait, j'allais remonter chez moi et le laisser seul aux griffes de sa mère. Je me suis relevée, j'ai éteint la lumière. Je me suis dirigée vers la porte d'entrée. Son intérêt était de me suivre, de s'accrocher à moi. Mais il était trop terrorisé pour se mouvoir. J'ai ouvert la porte, puis je l'ai claquée sans sortir de l'appartement. Je me demandais s'il allait finir par m'appeler, ou s'il allait pousser des cris d'effroi en imaginant la nuit affreuse qu'il allait passer avec sa génitrice. Depuis la construction de l'immeuble, ces pièces avaient sûrement absorbé d'énormes quantités de larmes et de douleur. Étienne s'apprêtait à verser sa quote-part.

Christine allait traîner dans les rayons jusqu'à la fermeture du magasin. En sortant, elle déciderait de marcher au lieu d'attendre le bus indéfiniment dans le froid. Elle penserait au gamin, elle se dirait qu'il avait dû faire réchauffer la tranche de rôti et la portion de purée qu'elle lui avait montrées ce matin dans le réfrigérateur. Quand elle rentrerait il serait déjà baigné, couché, presque endormi sous la lueur de la lampe de chevet. Elle n'aurait plus qu'à l'embrasser et à éteindre.

Elle étalerait ses achats sur la moquette du salon. Elle déciderait de porter cette robe le soir de la St-Sylvestre, si comme l'an dernier elle était invitée quelque part. Elle cacherait les chemises qu'elle venait d'acheter en solde pour le gamin. Elle les lui donnerait l'une après l'autre, en guise de récompense quand il aurait obtenu une note proche de la moyenne. La petite voiture verte qui manquait à sa collection, elle la lui offrirait quand il perdrait la dernière dent de lait qui lui restait encore au fond de la bouche. Elle sourirait, elle aurait la certitude que son fils était une source de joie suffisante pour justifier sa vie.

Elle remiserait ses paquets dans le placard de sa chambre. Elle se promettrait de ranger bientôt tous ces vieux vêtements qu'elle entassait depuis des années. Elle prendrait une bouteille de gin, puis elle la reposerait. Elle déciderait d'attendre le week-end pour boire. Elle s'allongerait sur le lit tout habillée. Elle penserait à quelque chose d'agréable, puis d'un seul coup elle ne se souviendrait plus de quoi il s'agissait. Elle revivrait la journée qui viendrait de s'écouler. Pourtant elle refuserait de répéter certaines phrases, et elle ajouterait son grain de sel à des moments où elle n'avait rien dit.

En se faisant couler un bain, elle projetterait Étienne à l'âge de vingt ans. Elle devinerait sa haute silhouette, ses épaules larges, son cou long, étroit. Elle croirait voir nettement sa tête d'homme, avec un grand nez et un regard qui l'intimiderait. Elle se dirait que si elle avait rencontré ce garçon du temps de sa jeunesse, elle aurait bien voulu l'épouser malgré ses narines retroussées. Elle s'allongerait dans la baignoire, elle serait heureuse.

Elle devait être encore dans le magasin. Elle n'aimait pas se presser pour choisir. J'aurais eu le temps de prendre un taxi et de la rejoindre. Je l'aurais cherchée au hasard des étages, puis je l'aurais fait appeler par les haut-parleurs. Elle aurait été furieuse quand elle m'aurait vue. Je lui aurais dit qu'un événement grave venait de se produire. Elle croirait qu'il était arrivé malheur à Étienne. Elle me prendrait par les pans de mon imperméable pour que je lui dise tout de suite la vérité. Je lui donnerais ma parole qu'Étienne était en parfaite santé et absolument identique à ce qu'il était ce matin lorsqu'elle l'avait accompagné à l'école. Seul le contenu de son appartement avait eu à souffrir du déroulement de cette journée. Elle me parlerait d'inondation, d'incendie, et se vanterait d'être très bien couverte par son assurance mutualiste. Elle me pousserait dehors, elle me demanderait si les pompiers étaient venus à bout du sinistre. Je lui répondrais que son domicile avait été épargné par l'eau et par le feu, mais que son fils l'avait démantibulé. Elle me demanderait s'il avait renversé de la vaisselle ou brisé le dossier d'une chaise. Je lui infuserais la vérité lentement, lui parlant d'abord des autos miniatures, du canapé, puis des vitres et des radiateurs.

J'essaierais de la distraire en lui parlant de la mort de Ric. Je lui dirais que son cadavre était chez elle et que j'allais le lui montrer en rentrant. Je lui expliquerais qu'avec la disparition de cette bête, une page venait de se tourner. Sans ce lourd volume de vie chaude qui me reconnaissait à chaque fois que j'entrais dans la salle de bains, ma solitude allait devenir totale. Je n'étais pas sûre de pouvoir la supporter, même si je me refusais pour l'instant à prendre un autre chien.

Christine me demanderait des informations supplémentaires au sujet de l'état de sa chambre et de la cuisine. Elle voudrait savoir également si le gamin allait mieux, et s'il avait cessé de casser et de déchirer. Comme nous ne trouverions pas de taxi, nous marcherions côte à côte en scrutant les voitures. Elle marcherait trop vite, je lui dirais que nous avions le temps. Elle ne ralentirait pas son allure, je la laisserais filer loin devant.

Quand j'arriverais boulevard St-Michel, je la trouverais en train de consoler Étienne et de le réchauffer avec ses propres vêtements encore tièdes de chaleur animale. Elle lui aurait déjà pardonné. Avant de rentrer chez moi, je leur dirais que Ric était plié dans le matelas et qu'ils pouvaient le descendre aux ordures avec les débris qui encombraient les pièces.

J'ai traversé le couloir dans l'obscurité. Malgré la vieille fourrure de Christine, j'avais encore froid. Je suis restée à l'entrée de la chambre du gamin. Je le distinguais très bien dans la pénombre, il n'avait pas bougé depuis tout à l'heure. J'avais pitié de lui, je m'imaginais à son âge dans la même situation. J'aurais eu si peur que j'aurais mordu mes poignets jusqu'à sentir mes veines claquer dans ma bouche. Pour hâter ma mort, j'aurais aspiré mon sang et je l'aurais avalé afin de ne salir ni mes vêtements, ni le plancher. Je n'aurais pas été triste quand j'aurais senti que je perdais conscience et que je ne remonterais jamais à la surface. Mes parents auraient méprisé mon suicide, ils auraient eu honte de m'avoir faite.

Mais j'étais une enfant soigneuse, je ne cassais jamais. Aujourd'hui encore, j'utilisais parfois le bol où mon père avait pris son dernier café avant de partir pour l'aéroport. J'avais respecté leur chambre, dont je cirais régulièrement l'armoire et les bois du lit. J'avais gardé intacts les fauteuils, la table ronde et le vaisselier du salon. J'avais seulement descendu à la cave une statue en plâtre qui me faisait peur, et jeté une malle vermoulue qui tombait en sciure. J'avais aussi acheté un divan, une table basse, une penderie moderne, et sur les conseils de Christine j'avais récemment punaisé des affiches sur les murs nus du corridor.

Mais si mes parents étaient revenus, ils auraient retrouvé leurs affaires lavées et repassées dans l'armoire de leur chambre. Il m'arrivait de les déplier sur leur lit pour qu'elles s'aèrent pendant quelques jours. Ensuite, je les brossais, je leur donnais un coup de fer et je les rangeais à nouveau. J'aurais pu les remettre à une œuvre de charité, mais je trouvais insupportable l'idée que je puisse croiser un jour un poivrot vêtu d'un costume de mon père. En outre, il me semblait que les habits de mes parents étaient comme une empreinte, ils conservaient leur forme, leurs dimensions exactes. Ils témoignaient de la réalité de leur existence à un moment donné de ce siècle.

J'avais envie de lui passer ma main dans le cou et de le caresser doucement pour qu'il s'apaise. Mais ma main était trop froide, il aurait frissonné à son contact. Je lui ai parlé, je lui ai dit que le chien Ric était tout près de lui et qu'il pouvait le regarder. Il pouvait même le toucher, et s'en amuser un peu. Puis, il faudrait qu'il l'emporte loin du boulevard et qu'il le dépose près de la gare d'Austerlitz. Il pouvait partir tout de suite s'il voulait éviter de rencontrer sa mère. Quand il reviendrait, je serais parvenue à la calmer. Il s'en sortirait avec quelques observations et dès le lendemain elle recommencerait à l'embrasser comme avant.

J'ai rallumé la lumière.

— Ric est dans le matelas plié en deux.

Il clignait des yeux, il tournait la tête comme pour chasser une guêpe. Je l'ai pris par les cheveux, je l'ai tiré vers le haut. Il n'a pas crié, il a simplement respiré un peu plus fort. Je lui ai dit que Ric était son ami, ils pouvaient très bien jouer une dernière fois ensemble. Je lui ai demandé s'il acceptait de se rouler avec lui sur le matelas de sa mère. Il ne répondait pas, j'ai tiré ses cheveux jusqu'à ce qu'il parle.

— J'ai rien fait.

Je lui ai dit que jouer avec Ric n'était pas une punition. Je l'ai lâché. Je suis allée entrouvrir le matelas pour qu'il puisse apercevoir sa gueule béante. Il a fait une grimace, il a murmuré entre ses dents que c'était dégoûtant. Je lui ai dit qu'un jour il verrait sa mère dans le même état, et qu'un cadavre de chien était moins dégoûtant que celui d'un humain.

— Approche-toi.

Il n'a pas voulu bouger de sa place. Il regardait ailleurs pour éviter de continuer à voir la bête. Je lui ai proposé de venir la toucher afin de sentir au moins une fois dans sa vie ce que c'était que du corps mort têtu et dur comme du bois. S'ils avaient vécu à cette époque, mes futurs enfants auraient tous enfoncé leur main dans la gueule de Ric. Ils auraient tenu sa langue rigide et sèche entre leurs petits doigts. Puis ils auraient joué avec lui, le montant sur des roulettes et le tirant en hurlant comme des Cheyennes à travers les pièces. Quand l'odeur deviendrait gênante, nous organiserions un petit enterrement au terme duquel nous irions le jeter de nuit dans la Seine.

Mais Étienne s'obstinait à trouver dégoûtant le cadavre. Je lui ai dit que le plus dégoûtant était ce qu'il avait fait tout à l'heure avec son camarade. Il a rougi, il a bégayé. Je lui ai promis de tout dire à sa mère s'il n'acceptait pas de toucher le chien. Il avait tellement peur qu'il a uriné dans son pantalon, une petite flaque fumante s'est formée devant lui.

Il pouvait courir jusqu'au salon, crier, demander du secours aux passants. Il pouvait aller chez la gardienne, elle aurait sûrement prévenu la police. Mais il savait que sa mère lui donnerait tort de s'être fait remarquer après avoir tout cassé dans l'appartement. J'ai poussé le matelas vers lui. Je lui ai pris le bras, il m'a laissée faire. Sa main est entrée en contact avec le museau, puis avec l'intérieur de la gueule. Il poussait des gémissements effarouchés, je le rassurais en riant. Il avait des larmes qui coulaient, je lui disais que les pleurs étaient la preuve indiscutable qu'on était encore en vie.

— Quand tu seras mort comme Ric, tu seras incapable de verser la moindre goutte de larme.

À force de toucher la chair frigide de l'animal, je suis sûre qu'Étienne commençait à se faire une idée plus précise de la mort. À l'avenir, il saurait la reconnaître à chaque fois qu'il la rencontrerait. C'est avec une grande pitié qu'il croiserait les vieillards dans la rue. Il saurait que la langue qui apparaissait entre leurs lèvres disjointes, serait bientôt aussi raide et sèche que celle de Ric. Quand à la visite médicale on le passerait sous la toise, il saurait que plus tard les centimètres gagnés allongeraient d'autant sa dépouille et son cercueil.

Il toucherait ses os à travers la peau, il prendrait conscience qu'ils étaient la partie la plus durable de sa personne. Il sentirait malgré tout qu'il appartenait à la partie molle de lui-même, celle qui encombrait la boîte crânienne, la gorge, les poumons, l'abdomen. Cette partie-là disparaîtrait rapidement, sans laisser la moindre trace.

— Tu veux l'embrasser ?

Il ne m'a pas répondu, mais je voyais qu'il était épouvanté à cette idée.

— Je ne veux pas te forcer.

J'ai retiré sa main de la gueule de Ric, je la lui ai rendue. Il l'a cachée instinctivement sous ses fesses. J'ai déplié le matelas davantage, j'ai enlevé les journaux et la ficelle qui emmaillotaient l'animal. Il a pu voir le ventre, les pattes arrière, et il a détourné la tête avec un petit air pincé. Je lui ai dit que Ric était son ami tout autant que le garçon de tout à l'heure, et que ce qu'il avait fait avec lui il pouvait certainement le faire avec Ric. Il se servirait de sa petite lampe pour projeter leurs anatomies sur les murs, ils pourraient même se disputer entre deux séances de lanterne magique.

— Où est ta lampe ?

Il ne remuait même pas la tête pour me

répondre. J'ai fouillé ses poches, elle n'y était pas. Je lui ai dit qu'il n'aurait qu'à opérer sous la lumière du plafonnier. Malgré le froid, il allait mettre en contact son appendice génital avec celui du chien. Ensuite, il pourrait se rhabiller, refermer le matelas et le traîner loin de l'immeuble pendant que j'essaierais d'excuser sa conduite auprès de sa mère.

Étienne ne bougeait pas.

— Pourquoi tu ne veux pas du chien ?

Il s'est levé tout d'un coup. Je l'ai maintenu par l'oreille.

— Qu'est-ce que tu as ?

Je l'ai obligé à se rasseoir. Malgré le vent qui pénétrait dans la chambre, j'ai senti une odeur de diarrhée qui provenait de toute évidence de son fondement. Je lui ai dit qu'il était comme un bébé, et que je dirais à sa mère de lui mettre des couches. Il pleurait un peu, il tremblait de peur et de froid. Il me faisait pitié, j'avais envie de le monter chez moi pour le nettoyer et le nourrir. Mais Christine n'aurait pas apprécié que je m'occupe de son fils sans sa permission.

— N'aie pas peur, je ne t'embêterai plus avec Ric.

J'ai resserré le cordon du matelas et je l'ai poussé de l'autre côté de la pièce. Je lui ai promis que je ne dirais rien à sa mère à propos de ce qu'il avait fait avec l'autre enfant. Je lui pardonnais tout ce que j'avais vu, et même les deux odeurs successives qu'il avait répandues dans la pièce.

Il continuait à trembler, je lui ai mis une couverture sur le dos. Il baissait la tête, il donnait parfois un coup d'œil machinal à son cahier dont le bord avait été atteint par son urine. J'ai pris un livre de géographie dans son cartable, je lui ai lu un paragraphe sur l'industrie. Je lui ai posé une question pour voir s'il m'avait bien écoutée. Il a refusé de me répondre. Je l'ai averti que j'étais à bout de nerfs, mais il n'a pas répondu davantage. Je lui ai tapé le front contre le mur. Il n'a pas crié. J'ai recommencé. Je lui ai dit que je n'arrêterais que lorsqu'il manifesterait sa douleur par des cris ou des pleurs. Puis, je l'ai lâché. Il s'est frictionné avec les mains. Je lui ai dit que ce n'était pas utile de raconter à sa mère qu'il m'avait vue.

— Tu ne lui diras rien ?

Il refusait de lever la tête vers moi. J'ai regardé l'heure, je lui ai dit qu'elle allait sûrement rentrer bientôt.

— Tu devrais aller te laver.

Il valait mieux qu'il soit propre, pour ne pas l'irriter davantage par sa puanteur. Je lui ai dit de ne pas essayer de se cacher, et de l'accueillir dès son arrivée dans l'appartement.

— Tu préfères dormir ?

J'ai éteint la lumière de sa chambre. Quand il

a été dans le noir, il m'a semblé qu'il sentait encore plus mauvais.

J'ai marché jusqu'au salon. Je me suis assise sur la carcasse du canapé. Je n'avais aucune confiance en lui. Il allait convaincre sa mère que je l'avais poussé à casser, à déchirer, et que j'avais été la véritable cheville ouvrière de cette opération. Il dirait que je lui avais apporté mon concours, que j'avais brisé certaines vitres et déchiré plusieurs chemisiers. Il userait de tous ses charmes, et elle finirait par le croire. Il ne serait plus que la victime de mon influence néfaste. Elle cesserait de le gronder, elle ne lui adresserait plus un reproche. Elle le coucherait avec un bonnet de ski sur la tête pour qu'il n'attrape pas d'otite dans l'air glacé. Elle trouverait même un baiser à lui donner, avant de le laisser seul dans l'appartement.

Elle monterait au second, elle sonnerait, elle donnerait des coups de pied dans le bois de la porte.

— Ouvre-moi.

Elle voudrait détruire mes meubles et découper mes vêtements en lanières. Elle dessinerait sur mes murs, supprimerait fenêtres et radiateurs, démonterait les lattes du parquet et tout l'équipement sanitaire. Elle m'obligerait à abattre les cloisons, à étaler les gravats dans les pièces et à les répandre par-dessus mes habits en charpie. Elle m'emmènerait chercher le cadavre de Ric, et nous le jetterions au milieu de mon salon encombré de briques et de morceaux de plâtre. Elle dégonderait une porte, et elle la lui plaquerait sur le corps en guise de dalle funéraire. Elle essaierait de me pousser dans les décombres pour me faire subir le même sort. Je sauverais ma vie de justesse, et plus jamais je ne me sentirais en sécurité dans cet immeuble.

J'entendais le gamin, il sanglotait fort. J'ai jugé plus sage de retourner auprès de lui. Son odeur était perceptible dès le corridor. Je lui ai dit que le chauffe-eau était en panne, mais qu'au lieu de pleurer il pouvait très bien se laver à l'eau froide. D'ailleurs, un garçon devait pouvoir supporter la pire des peurs sans perdre le contrôle de son corps. Je me suis penchée, mais il profitait de l'obscurité pour se dérober. J'ai allumé la lumière. Il avait la tête et les épaules enfoncées sous son lit, il pédalait avec ses jambes comme s'il voulait s'enfuir. Je lui ai dit qu'il avait tort de prendre cette position ridicule. Tandis qu'il continuerait à frétiller, j'aurais tout mon temps pour raconter ses exploits à sa mère quand elle rentrerait.

Elle m'écouterait, elle verrait tout ce gâchis. Elle sentirait ce froid qui la saisirait jusqu'aux os. Elle apercevrait ce petit garçon sale qui persisterait à gigoter comme pour se creuser un terrier. Elle refuserait de visiter le reste de l'appartement. Elle me dirait d'une petite voix d'où perceraient la colère et le ressentiment, que ce fils lui avait rendu la vie impossible depuis sa naissance. Elle avait tout supporté de lui, même sa médiocrité qui lui venait de son père et qui croissait en même temps que sa masse corporelle. Elle avait admis que cet enfant ne serait jamais un plaisir, mais une source de déconvenues, de déceptions, d'humiliations de toutes sortes. Elle me dirait qu'elle éprouvait un dégoût inexprimable à la vue de ce pantin puant, et elle me demanderait de l'inviter à coucher chez moi, laissant l'enfant seul dans l'appartement décomposé.

— D'accord.

Elle prendrait la clé du gamin qu'il avait posée près de son cartable. Nous quitterions les lieux. Elle l'enfermerait à double tour. Nous l'entendrions se plaindre durant la nuit. Je lui proposerais de descendre, mais elle me dirait de me rendormir.

La nuit suivante, il crierait à plusieurs reprises. Mais à partir d'une heure du matin, nous ne l'entendrions plus. Le samedi, Christine voudrait jeter un coup d'œil dans l'appartement pour récupérer quelques affaires rescapées. Elle penserait le surprendre au salon en train de percer la moquette avec un couteau, ou de se dessiner une plaie sur le genou avec la pointe effilée d'un éclat de vitre. Mais elle le découvrirait mort dans la baignoire, la moitié du visage dépassant à peine du bloc de glace où il se trouverait prisonnier.

Il avait voulu se laver, il s'était fait couler un bain. Malgré la pellicule de glace qui s'était formée à la surface, il avait eu le courage de s'immerger. C'est cette nuit-là que nous l'avions entendu crier de douleur. Mais au lieu de sortir immédiatement de cette baignoire en glaciation, il avait voulu savonner quand même son épiderme souillé d'excréments. Il criait, il pensait malgré tout que c'était une juste punition et qu'ensuite il serait propre, purifié et peut-être aimé à nouveau de sa mère. Peu à peu, la glace l'avait pris.

Christine m'a avoué plus tard qu'elle se demandait si une autre mère ne lui aurait pas pardonné.

Le médecin que j'ai appelé pour constater le décès a prévenu la police. Une enquête a été ouverte. Nous avons été interrogées toutes les deux. L'autopsie a confirmé que le gamin était mort de froid, mais qu'il ne présentait aucune trace de sévices.

Grâce au témoignage de la gardienne, la responsabilité de Christine n'a pas été retenue. Elle a affirmé qu'à la suite du saccage de son appartement, Christine s'était installée chez moi et avait mis Étienne en pension à la loge. Dans la nuit, le gamin avait profité de son sommeil pour grimper jusqu'au premier.

C'était la nuit la plus froide de l'année, un tapis de neige verglacée recouvrait le sol devant les fenêtres sans vitres. Le gamin avait visité toutes les pièces à la recherche d'une bêtise à commettre. Dans la salle de bains, il avait eu l'idée de remplir la baignoire à ras bords, de s'y plonger et de compter à voix haute le temps qu'il parviendrait à y séjourner, afin d'établir une sorte de record. Il avait dû compter jusqu'à cent, cent cinquante, cent quatre-vingts. Puis, il avait voulu sortir. Mais les glaces qui s'étaient formées à son insu autour de lui l'avaient retenu plaqué à l'émail avec lequel sa peau était déjà soudée. Il avait appelé à l'aide, mais personne n'était venu. Il était tombé en syncope. Au bout d'une heure, il était mort. La gardienne ne s'était pas étonnée de sa disparition, elle avait pensé à une escapade sans importance. Pour éviter qu'il soit grondé, à chaque fois que sa mère était venue le voir elle avait inventé un prétexte à son absence.

Même innocentée par la justice, Christine est demeurée longtemps triste et abattue. Elle vivait toujours chez moi, refusait de reprendre en main son intérieur et parlait de louer l'ancienne chambre de mes parents. Au lieu d'apprécier sa nouvelle liberté, elle idéalisait ce fils qu'elle avait de son vivant peu aimé. Elle passait ses soirées à me montrer des photos de classe où elle le trouvait de plus en plus beau au milieu de tous ces enfants qui continuaient à exister, tandis que le sien en était réduit à une image. Je lui rappelais la nullité d'Étienne dont elle se plaignait si souvent, et l'odeur qu'il dégageait la dernière fois qu'elle l'avait vu avant son décès. Mais elle continuait à éprouver un sentiment de nostalgie pour les dix années qu'il avait vécues auprès d'elle.

Un jour enfin elle m'a dit qu'elle avait commandé les travaux pour son appartement. Le lendemain, elle est rentrée chargée de paquets remplis de robes, de lingerie et de pulls neufs. La semaine suivante, elle s'est inscrite à un cours de gymnastique et elle s'est mise au régime. Le soir, elle ne me parlait plus d'Étienne et elle voulait toujours sortir. Quand les travaux ont été terminés, elle est retournée vivre chez elle. Nous dînons ensemble tous les dimanches soir. Nous n'évoquons plus jamais le gamin.

Étienne avait réussi à passer tout entier sous son lit. Je lui ai dit qu'il se conduisait comme un lâche et qu'il ne faisait qu'aggraver son affaire. Je voulais bien l'aider à se laver et à se changer. Il fallait à tout prix qu'il soit propre s'il voulait susciter la pitié de sa mère. Si elle le trouvait dans cet état, elle le traiterait avec encore plus de dureté et de mépris. Elle n'aurait même pas pour lui le respect qu'on doit aux condamnés à mort. Et s'il ne sortait pas immédiatement de dessous ce lit, je n'aurais pas le temps de le débarbouiller avant son retour.

Quand elle saurait qu'il était là, caché comme

un rat, barbotant dans sa gadoue, elle sauterait sur le lit pour entendre le bruit de sa tête écrasée comme une noix contre le parquet. Je l'aiderais, nous sauterions toutes les deux de plus en plus haut afin de mieux percuter son crâne. Quand il aurait éclaté, nous le presserions de toutes nos forces. Nous sentirions sa petite personnalité réduite en bouillie jaillir en giclées épaisses de cerveau broyé mêlé de sang et de lymphe. Nous saurions qu'il était mort, mais nous continuerions à sauter de joie en riant comme des écolières.

— Sors de ton trou, je te doucherai chez moi à l'eau chaude.

Il emporterait un pyjama qu'il mettrait quand il serait propre et sec. Il n'aurait plus qu'à se dépêcher de descendre pour accueillir sa mère. Il sentirait bon, il serait coiffé, elle serait peut-être moins sévère à son égard. Je m'engageais à rester sur le palier, et à intervenir si je l'entendais le menacer d'une peine disproportionnée avec sa faute.

— Dépêche-toi de sortir de là.

Je me suis baissée pour le voir. Il était à plat ventre, le visage tourné vers le mur. Je lui ai dit qu'à présent je savais où se trouvait sa tête et qu'il me suffirait de sauter dessus pour la fendre. Je n'étais pas obligée d'attendre Christine, je pouvais très bien commencer sans elle à viser son cerveau. Je lui ai expliqué que lui-même se trouvait à l'intérieur du cerveau et qu'il ne pouvait pas s'en échapper. En sautant assez haut, j'aurais sûrement la chance d'accéder avec mon talon jusqu'à la caverne où il se terrait. Il essaierait de partir vers une nouvelle cachette, mais les voies de communication seraient déjà impraticables. Il s'embourberait dans un paysage de neurones déconnectés les uns des autres qui ne le reconnaîtraient plus malgré ses appels désespérés. Ils le noieraient dans leur tourbe comme une idée sotte dont personne ne se souviendrait jamais, puisqu'il serait le seul à l'avoir eue.

En rentrant, sa mère le chercherait dans son crâne entrouvert avec la pointe d'une aiguille. Elle piquerait des particules qu'elle observerait sans trouver la moindre ressemblance avec lui. Elle finirait par comprendre qu'il avait sombré corps et biens comme un bateau infime. Elle le prendrait dans ses bras malgré sa crasse et la croûte de sang qui recouvrirait son visage. Elle lui promettrait de l'emmener au cinéma s'il rangeait sa chambre et s'il l'aidait à évacuer Ric. Elle le mettrait debout, mais il s'écroulerait à chaque fois qu'elle le lâcherait. Elle le tiendrait par les aisselles, comme si elle voulait lui réapprendre à marcher. Je la laisserais jouer avec ce corps qui lui imposerait peu à peu sa lourdeur de petit cadavre.

Étienne restait sous le lit sans même bouger un pied ou une main. J'ai enfoui mon bras, je suis parvenue à le pincer à la base du cou. Il a réagi en poussant un petit cri et en contractant les jambes et le bassin. Bien que je lui en aie donné l'ordre, il n'a pas tourné la tête vers moi. Je l'ai pincé de nouveau, mais je n'ai obtenu qu'un léger fléchissement du bras gauche. Je lui ai demandé s'il préférait que je m'en aille et que je le laisse s'expliquer avec Christine.

— Oui.

Sa voix était mal assurée, je lui ai demandé de réfléchir.

— Je veux rester seul avec maman.

— Si je m'en vais tu vas avoir peur.

— Va-t'en.

Je lui ai dit que je ne quitterais pas cet appartement tant qu'il resterait sous le lit à bouder. Je voulais qu'il me regarde au fond des yeux et qu'il me fournisse des explications. J'étais propriétaire d'une partie de cet immeuble, j'avais le droit de savoir pourquoi il s'était attaqué au logement que sa mère occupait. S'il était fou, on le soignerait. Mais s'il avait agi avec la volonté délibérée de nuire, il n'échapperait pas à une condamnation. Le juge pour enfants déciderait de le placer dans un centre où il passerait quelques mois dans une cellule de huit mètres carrés, avec trente minutes de promenade quotidienne et six heures de cours dans une classe blindée comme un coffre. En le laissant libre, on courrait le risque qu'au lieu de s'en prendre aux objets contenus dans un appartement, il s'attaque à l'immeuble lui-même. Il descendrait dans les caves, il ébranlerait les murs de soutènement à coups de masse. Sa malfaisance lui tiendrait lieu de connaissance, il frapperait aux endroits stratégiques et l'immeuble pencherait sur le boulevard comme un décor que le vent s'apprête à renverser.

Nous serions contraints d'évacuer la maison. Les premières nuits, nous dormirions dans un gymnase. Puis, on nous attribuerait des chambres dans une tour de la Porte de Choisy. Notre ancien immeuble serait rasé, on ne reconstruirait rien à la place. Je viendrais parfois tourner autour des palissades qui masqueraient le trou boueux aux yeux du public. Avec mon indemnité, j'achèterais un logement à cent mètres de ma nouvelle clinique dans une résidence arborée. Mes voisins me salueraient à peine, je me sentirais encore plus seule que boulevard St-Michel. Je me suiciderais trois ans plus tard, victime à retardement des manœuvres du gosse.

J'allais tirer le lit d'un coup sec. Il se trouverait à découvert. Je poserais mon pied sur lui pour l'immobiliser. Il parlerait, il me dirait pourquoi il s'était attaqué d'abord à l'appartement de sa mère, au lieu de commencer par la loge de la gardienne qui de par son exiguïté semblait beaucoup plus facile à saccager. Il me dirait qu'un dimanche où je discutais ici avec Christine, il avait subtilisé mes clés et qu'il était monté passer quelques minutes dans mon appartement. Il avait joué avec Ric dans la salle de bains, il avait ouvert les volets de la chambre de mes parents et il était parti en emportant des pièces de monnaie qui traînaient dans un vide-poche. Il était revenu à temps pour reposer mon trousseau, tandis que je poursuivais ma discussion avec Christine.

Il lui arrivait aussi de venir coller l'oreille contre ma porte, et d'écouter le moindre bruit. Il aimait entendre la chasse d'eau, le bain qui coule, le grincement des sièges où je m'asseyais.

Il profitait de ses moments de liberté pour me suivre quand je faisais des courses dans le quartier. Il aurait voulu me prendre en faute, et pouvoir ternir mon image aux yeux de sa mère. Il regrettait que je ne sois pas une voleuse à l'étalage, ou même une homicide qui égorge les vendeuses dans le fond des boutiques.

Au lieu d'étudier, il pensait à moi pendant ses cours. Il rêvassait, m'imaginant tranquillement installée à ma fenêtre, prête à abattre d'un coup de fusil un enfant qui pédalait sur un tricycle dans une allée du Luxembourg. Il me voyait ensuite retourner l'arme contre moi et tomber morte à la renverse dans mon salon triste comme un funérarium. La cloche sonnait, il sortait de son éblouissement sans avoir la plus petite idée de ce que le maître avait dit au cours de l'heure qui venait de s'écouler. Il quittait l'école ébaubi, et en arrivant boulevard St-Michel il se postait sur le trottoir d'en face pour observer la fenêtre dont il espérait que j'allais surgir l'arme à la main. Il attendait qu'il fasse nuit et froid pour rentrer.

J'ai enlevé toutes ces couvertures qui encombraient le lit du gosse. J'ai enlevé aussi le matelas. Étienne était toujours sur le ventre, le visage tourné vers le mur. Les mailles du sommier métallique ne le dissimulaient pas. Il était à ma portée, à ma disposition comme dans une cage. Il s'était de lui-même supprimé toute possibilité de fuite. Il pleurait à nouveau. Je me suis allongée sur lui doucement. Il a crié. Je sentais le relief de son corps contre le mien. Il me semblait qu'il aurait suffi d'une simple impulsion de ma volonté pour que je devienne tout à coup un peu plus lourde, et que je l'écrase. Il n'avait plus aucun pouvoir sur son mètre quarante-cinq de personne humaine, il ne dépendait plus que de moi. Il a cessé de crier. Il respirait avec difficulté. Je n'avais plus besoin de lui parler, la réalité dans laquelle il se trouvait remplaçait les mots.

Je ne voulais pas qu'il meure. Il ne le méritait pas, et je l'aurais défendu si Christine était allée trop loin. Il devait continuer à vivre jusqu'à l'âge adulte pour qu'on puisse se rendre compte de ce qu'il était vraiment. Il était encore comme un œuf qu'on peut casser sur le bord d'une poêle, mais qui si on l'épargne donnera un oiseau dont on pourra juger un jour le plumage. En vieillissant, Étienne deviendrait peut-être l'égal du premier venu, ou même une pâle copie de ce que sa mère espérait qu'il devienne.

Je n'avais pas l'intention de le tuer. J'ai posé un pied sur le plancher et je me suis assise sur le cadre du sommier. Étienne a bougé. Il a tenté une échappée, mais je lui ai donné de petites tapes et il s'est à nouveau blotti face contre le mur. Je ne pouvais pas lui rendre sa liberté, il aurait fui et hurlé dans l'escalier. Je me passerais de ses services, j'emporterais moi-même le cadavre de Ric et je le cacherais derrière les ordures d'un immeuble du quartier.

Quand Christine serait de retour, je lui expliquerais la situation, et je lui montrerais Étienne recroquevillé sous le sommier. Le gamin pleurerait, m'accuserait. Sa mère ne l'écouterait pas. Elle m'aiderait à ficeler le chien dans un vieux drap, et elle m'ouvrirait la porte palière. Je me sentirais mieux dès que j'aurais quitté cet endroit où je mijotais depuis midi. Dans la rue, le chien me semblerait léger et le froid presque tiède, comparé à celui de l'appartement. J'enfoncerais Ric dans le haut tas de poubelles d'une brasserie en train de fermer. Puis, je déciderais de descendre le boulevard. Je marcherais un peu, mais je me sentirais fatiguée et je rentrerais chez moi me coucher.

Depuis mon lit, j'entendrais l'interminable discussion qui opposerait la mère à son fils. Je ne comprendrais rien à ce qu'ils diraient. J'avalerais un somnifère. Ils crieraient de plus en plus fort, Étienne recevrait des coups par intermittence. Je taperais avec ma chaussure sur le parquet. Ils continueraient à se disputer. Je m'endormirais quand même. À deux heures du matin, Christine sonnerait. Elle voudrait que je l'héberge dans mon couloir avec le gosse. Je les laisserais s'installer, et j'irais me remettre au lit. Le lendemain je les trouverais vautrés l'un contre l'autre, endormis près du radiateur. Je leur préparerais un petit déjeuner.

— Vous avez passé une bonne nuit ?

Ils ne répondraient pas, ils tremperaient en silence leurs lèvres dans le café. Je verrais quelques marques sur le visage d'Étienne, et je dirais à sa mère que la violence ne devait pas intervenir dans l'éducation des enfants. Elle me répondrait que son appartement était dévasté, et qu'elle n'avait plus rien. Étienne cacherait son nez dans son bol.

Il a respiré plus lentement. J'ai compris qu'il allait essayer à nouveau de me fausser compagnie. Je me suis laissée glisser sur les mailles du sommier, je me suis assise sur sa tête. Il a poussé un cri de surprise, il a tenté de se libérer. Je lui ai dit qu'il était pris au piège, et que je ne le lâcherais jamais. Je me suis amusée à sautiller en prenant appui sur mes mains. Le sommier me faisait monter d'un ou deux centimètres, Étienne n'avait pas le temps de se dégager, je retombais aussitôt sur sa tête.

— Je vais sauter plus haut.

En retombant j'écrasais son crâne. Pourtant la tête du gamin empêchait le sommier métallique de ployer autant qu'il l'aurait pu, et je ne parvenais à faire que de tout petits sauts. Je lui ai dit que j'allais chercher un escabeau, et dégringoler sur lui de la dernière marche. Il ne m'a pas répondu. Mais en fait j'étais obligée de demeurer au-dessus de lui pour qu'il ne s'évade pas afin que Christine le trouve dans cette posture en rentrant.

Je lui ai affirmé qu'en restant assis sur la tête de quelqu'un on arrivait à deviner ses pensées. J'entendais déjà les mensonges qu'il préparait pour sa mère. Ils remontaient sans bruit jusqu'à ma tête. J'allais pouvoir désamorcer toutes les stratégies qu'il avait élaborées pour essayer de sauver sa peau. J'écrirais noir sur blanc tout ce qu'il cachait sous sa calotte crânienne. Je montrerais le fond de sa conscience à Christine. Il ne pourrait pas nier l'évidence, il serait obligé de reconnaître la perfidie de son caractère.

Il prendrait acte avec dégoût de ce qu'il était, et enfoncerait ses doigts au fond de sa gorge pour se vomir lui-même. Il tousserait, mais n'expectorerait rien. Il se tournerait vers nous, il nous demanderait pardon d'être cet enfant-là et il nous prierait de le supprimer avant qu'il nuise encore davantage en grandissant. Sa mère voudrait l'épargner, mais je la raisonnerais et elle consentirait au sacrifice. Elle s'enfermerait au salon pour ne rien voir de la strangulation du gamin. J'irais la chercher quand tout serait terminé.

Je sautillais pour continuer à faire jouer le sommier. Je lui demandais de ne pas crier, de ne pas se plaindre. Il obéissait, il n'osait même pas émettre un soupir. Je lui ai dit que nous ne le tuerions pas. Nous lui pardonnerions d'exister, mais nous l'emmènerions une nuit dans le bloc opératoire de mon ancienne clinique et je le castrerais afin d'empêcher qu'il se reproduise ou qu'il joue à nouveau avec son camarade. Au bout de quelques semaines, il n'aurait plus qu'une cicatrice qu'il ne serait jamais tenté de montrer à personne. Il se passerait de vie sentimentale, il remplacerait la gardienne quand elle mourrait ou partirait à la retraite.

Il s'incrusterait peu à peu dans l'immeuble, il en deviendrait comme la tumeur bénigne circonscrite dans l'espace vital qui lui serait dévolu. Il aurait le droit d'emprunter l'escalier pour le nettoyer et monter le courrier aux étages, mais l'intérieur des appartements lui serait interdit. Il laisserait derrière lui une odeur épaisse et grasse comme la bave d'un escargot, on pourrait surveiller d'un nez pointilleux son évolution dans la maison. Il éprouverait du bonheur à faire partie d'un bâtiment, à circuler entre les murs de pierre comme un globule coule dans une veine.

Il me survivrait, et survivrait à tous les voisins d'aujourd'hui. Les nouveaux habitants le connaîtraient sous sa forme de gardien patiné, avec un front lisse, jaune et luisant comme le bouton de l'ouvre-porte qu'il astiquerait deux fois par semaine. Mais ils ne sauraient rien de son passé d'enfant turbulent que nous avions dû opérer, ni de ce résidu cicatriciel qui l'avait empêché de fonder un foyer. Ils l'apercevraient parfois sur sa chaise au fond de la loge, l'air ébahi, comme s'il croyait vraiment être un morceau de la construction qui ne périrait qu'avec elle. À sa mort, la loge serait transformée en petit studio et louée à un jeune homme.

Étienne ne bougeait plus du tout. Il n'avait pas le courage de respirer. Je sentais sous moi sa tête inerte. Il m'écoutait, il faisait le mort de peur que je le mutile. Je l'ai rassuré, je lui ai dit qu'il ne serait ni tué ni amputé d'aucun organe. Il était trop jeune pour commettre de véritables crimes. La destruction de l'appartement était une simple bêtise dont il finirait par s'amender. Pour l'aider à devenir adulte, j'étais prête à épauler Christine dans ses devoirs de mère. À nous deux, nous serions aussi efficaces qu'un couple de parents. Je saurais me montrer assez violente pour lui faire oublier l'absence d'un père. Il appartiendrait à Christine de compenser ma sévérité par un surcroît de tendresse et d'amour.

Mes enfants ne tarderaient pas à naître, et ils deviendraient de véritables frères pour cet ancien fils unique. Ils grandiraient plus vite que lui, Étienne serait à leurs yeux une sorte de mascotte. Ils l'aideraient à comprendre les langues étrangères et lui apprendraient à jouer au tennis. Ils le poseraient sur le porte-bagages de leur vélo ou sur le guidon, à côté du timbre. Ils s'amuseraient à se le lancer en faisant la course.

Ils l'emmèneraient en classe, sa tête dépasserait à peine de leur cartable. À la récréation, ils lui donneraient à manger des morceaux de chocolat et des lichettes de pain.

Le soir, ils le laveraient à l'éponge avant de le mettre au lit. Le matin, ils lui feraient croire que le sucrier est capable de s'envoler et que les tartines courent quand on les trempe dans l'huile de moteur. Ils le mettraient sur la table et ils le feraient tourner autour des tasses, du broc de lait et des paquets de céréales. Il se déplacerait de plus en plus vite au fil des mois, et ses frères lui fabriqueraient des dossards avec de vieux chiffons multicolores qu'il devrait mériter par la qualité de ses performances. Quand ils le trouveraient trop lent, ils le bombarderaient avec des corn-flakes et du riz soufflé. Pour le brimer, ils l'enfermeraient toute la journée dans la boîte aux lettres d'un magasin désaffecté.

À sa libération, ils le feraient voyager en taxi pour qu'il puisse voir de près les conducteurs de voitures dans les encombrements du soir. Il distinguerait le grain de leur peau, et leurs yeux fatigués sous leurs lunettes. Il verrait des bébés, des animaux et de grands enfants sur les banquettes. Il rirait, heureux de les sentir égaux à lui, à l'abri d'un véhicule immobilisé sous les quelques gouttes de pluie qui commenceraient à tomber. L'odeur de l'habitacle lui plairait, et il appuierait son nez sur le siège pour s'en imprégner.

Ses frères l'agiteraient parfois comme un drapeau par la vitre ouverte, et il tousserait un peu à cause de l'air saturé de gaz d'échappement. Avant de rentrer à la maison, ils le feraient courir derrière la voiture en lui promettant un nouveau dossard s'il arrivait à la suivre sans se laisser distancer. Il se ferait bousculer, il tomberait sous le ventre des bus. Ses frères le ramasseraient, il aurait un membre cassé et un autre arraché. Ils passeraient la nuit à le soigner. Ils répareraient sa jambe, et ils lui fabriqueraient un bras avec de vieux jouets.

Dorénavant, il boiterait et sa démarche chaloupée mettrait de bonne humeur toute la famille. Christine elle-même trouverait que cette façon de marcher lui donnait une personnalité nouvelle. Pour le rendre plus cocasse encore, on lui coudrait les paupières et les pavillons des oreilles. Il ne verrait plus qu'une vague couleur indéfinissable. On s'amuserait à le faire courir pour qu'il se cogne et que son visage soit barbouillé du sang de ses blessures.

Il ne serait pas sourd mais les voix lui parviendraient déformées. Il répondrait à nos questions par des phrases hors de propos. Il se construirait un monde à lui et il n'aurait plus des réactions d'enfant humain. Quand ses frères le sortiraient, on le prendrait pour une variété de singe glabre dont la rareté justifiait le prix. À plusieurs reprises, on leur offrirait de l'acheter. Ils refuseraient, préférant le garder et continuer à le modifier en le privant d'orteils ou en lui supprimant la moitié du fessier. Ils le plongeraient dans de l'alcool pour désinfecter les plaies qui résulteraient de leurs opérations. Mais à force de le priver de portions de sa substance, Étienne en viendrait à n'être plus viable. Pour le ranimer, ils essaieraient d'exciter ses lésions en les mordant comme des fruits. Christine protesterait. Je devrais lui rappeler toutes les dégradations dont le gamin s'était autrefois rendu coupable.

— Je te rappelle qu'il a détruit ton appartement.

Déchirant sa garde-robe, brisant les vitres et perçant un à un les radiateurs. Elle se souviendrait de ce mois d'hiver où elle avait cru mourir de froid quand la bourrasque crevait le papier qui remplaçait les carreaux des fenêtres, et quand la neige ou la pluie glacée inondait son lit de fortune et trempait son visage brûlant de fièvre.

Elle se souviendrait de l'arrogance d'Étienne quand elle était rentrée et qu'elle avait découvert la catastrophe. Il prétendait qu'à présent cet appartement était à son goût, et que désormais il entendait vivre sans elle dans ce terrain vague. Il avait essayé de la pousser dehors, et sans mon intervention il y serait parvenu.

Aujourd'hui, l'agonie du gamin n'était qu'un juste retour des choses. Elle devait accepter cette disparition comme un bienfait, et bénir mes fils de s'amuser de lui une dernière fois. Elle m'embrasserait, elle irait embrasser chacun de mes enfants, et elle se divertirait avec nous des ultimes contractions qu'ils parviendraient à obtenir du bout restant d'Étienne qui achèverait de se détraquer. Lorsque ce reliquat semblerait tout à fait atone, ils le mettraient au-dessus d'une flamme et ils attendraient que la forte chaleur le ressuscite. Mais il cuirait sans avoir tressailli le moins du monde. Ils le laisseraient brûler et même se calciner tout à fait. Ils emporteraient ses cendres dans leurs poches et ils les jetteraient aux yeux de leurs camarades pendant les récréations du lendemain.

La semaine suivante, Christine irait voir son gynécologue qui lui donnerait l'assurance qu'elle pouvait avoir sans risque deux ou trois bébés avant la ménopause. Elle ne rêverait plus que de maternité et d'allaitement. Elle demanderait à l'aîné de mes fils de lui servir de mari l'espace d'une saillie. Je m'opposerais à ce projet, et je la mettrais à la porte de la maison. Je ne la reverrais plus. J'apprendrais un jour par hasard qu'elle était en train de mourir dans un hôpital. Je n'éprouverais pas le besoin de lui rendre visite.

Je maintenais toujours la tête d'Étienne contre le parquet. Je ne voulais pas rester éternellement assise sur ce sommier. L'os résistait à la pression. Il aurait fallu que je me lève, et que je le frappe avec un objet lourd à travers les mailles. Le cuir chevelu aurait saigné, et peut-être aussi les oreilles et le nez. D'un coup adroit j'aurais pu atteindre les couches profondes du cerveau. J'aurais montré à Christine les différentes strates qui constituent l'intérieur d'une tête. Elle aurait pu toucher du doigt la matière grise encore tiède dont les dernières pensées venaient de disparaître à jamais. Je lui expliquerais comment arracher les yeux de leurs orbites et les découper avec une lame de rasoir pour en extraire le contenu visqueux. Pour arracher une dent, il suffirait de prendre une paire de tenailles ordinaire. Elle pourrait même couper la luette et tirer les amygdales avant de s'intéresser aux poumons bien au chaud sous les côtes.

Je lui ferais visiter le ventre, je déroulerais pour elle les intestins et je lui ferais soupeser l'estomac, la rate et le pancréas. L'appareil génital trop peu développé serait vite boudé au profit des jambes dont elle voudrait voir l'armature osseuse, les cartilages et les ligaments. Elle aimerait comprendre comment son fils arrivait à se mouvoir avec tout ce matériel qui lui paraîtrait primitif en regard des prodiges de la technologie moderne. Les mains la décevraient, elle envierait les éclopés dont les prothèses remplaçaient avantageusement ces fragiles buissons de doigts. Je lui proposerais de retourner le corps afin de mettre à nu la colonne vertébrale et les omoplates.

— Non, je préfère qu'on arrête.

Elle se plaindrait de l'odeur d'urine, de selles et de sang mêlés qui se dégagerait du gamin. Elle ne voudrait pas non plus disséquer le corps de Ric. Elle accepterait de m'aider à le descendre chez la gardienne. Je lui donnerais un billet, et elle garderait le chien dans sa loge pour la nuit. Le lendemain matin tôt, elle irait le déposer dans le hall d'entrée d'un petit centre commercial qui venait d'ouvrir en bas du boulevard.

Je proposerais à Christine d'habiter chez moi désormais, et de laisser Étienne se décomposer au premier étage. Elle continuerait à payer le loyer, et elle préviendrait son école de son transfert précipité dans un collège privé. À la gardienne et aux voisins, elle dirait qu'il était à la montagne dans un centre climatique.

— Et personne ne se doutera de rien.

Dans deux ans, nous nous débarrasserions de son squelette, en le jetant os par os et jour après jour avec nos ordures ménagères. Par prudence, nous conserverions le crâne que nous peindrions et disposerions comme une œuvre d'art sous une cloche de plexiglas. Puis nous ferions réparer l'appartement, et Christine pourrait résilier son bail. Nous n'aurions plus la désagréable impression de porter le gamin comme un carcan sur nos épaules.

J'avais peur des crissements de pneus sur le boulevard. Je me suis levée pour éteindre la lumière. J'ai poussé Ric dans le corridor. Je le descendrais cette nuit sans l'aide de personne, j'en étais seule responsable. Mais Étienne ne m'appartenait pas, nous n'avions même aucun lien de parenté. Je l'avais connu par hasard, je n'avais rien fait pour provoquer notre rencontre. Sa mère aurait pu aller habiter ailleurs, et je n'aurais jamais eu vent d'elle ni de lui.

J'aurais continué à vivre comme avant, les malades auraient suffi à occuper ma vie. J'aurais vu mon oncle le dimanche après-midi, le soir j'aurais dîné seule sur un plateau devant la télévision. J'aurais eu la chance de n'avoir pas d'autre amie, d'aucune sorte. J'aurais attendu en paix de faire la connaissance du père de mes enfants. J'avais gaspillé un trop long morceau d'existence avec Christine, il me manquait aujourd'hui et elle ne pourrait jamais me le rendre. Elle devait comprendre que son départ immédiat était indispensable. Je ne pouvais la supporter en dessous de chez moi avec son enfant mort. Je lui laisserais trois jours pour évacuer les lieux, sinon je préviendrais la police.

Je suis retournée dans la chambre d'Étienne. Il n'avait pas bougé. Je lui ai dit de se lever tout de suite et d'accepter de se laisser laver. Il n'a pas bronché. J'ai soulevé le sommier métallique. La tête du gamin était encore mobile, je l'ai tournée pour voir son visage. Il avait du sang séché sur les lèvres, mais son regard semblait naturel. En rentrant, Christine serait très irritée par son odeur. Il valait mieux camoufler le linge sale et lui savonner l'épiderme. J'aurais voulu l'amener à la salle de bains. J'ai essayé de le porter, mais j'ai craint de me souiller en l'appuyant contre moi.

J'ai eu peur que Christine rentre plus tôt que prévu. J'ai pensé au chien dont le cadavre n'avait rien à faire ici et qu'elle me reprocherait de n'avoir pas gardé chez moi. Il valait mieux que je me retire avec Ric. Quand elle monterait me raconter tout ce qu'elle avait trouvé dans son appartement, je lui dirais qu'il était mort ce matin et que je n'avais pas bougé depuis. Je lui montrerais le cadavre posé sur un vieux plaid au pied du lit de mes parents. Étourdie de chagrin elle partirait retrouver son fils.

Elle resterait seule auprès de lui jusqu'à trois heures du matin. Elle aurait alors le réflexe d'appeler un médecin qui ne lui prodiguerait aucun soin. Il jugerait le gamin mort depuis la veille et il refuserait de délivrer le permis d'inhumer. Elle serait obligée d'en appeler d'autres pour qu'en définitive l'un d'entre eux consente à violer les règles déontologiques. Étienne serait enterré le surlendemain, et à l'avenir sa mère éviterait de me parler de lui lorsque nous nous rencontrerions dans l'escalier.

Étienne allait peut-être gigoter de nouveau. Je n'osais pas lui prendre le pouls. Si son cœur battait, il faudrait que je le ranime et que j'explique à sa mère qu'il s'était cogné accidentellement contre les lattes du plancher. S'il décédait dans la nuit, on me tiendrait pour responsable de ne pas l'avoir fait transporter quand il était encore temps. Je l'ai pris par le col de son anorak, je l'ai assis dos au mur. Je lui ai mis une couverture sur les genoux et son cahier de sciences naturelles par-dessus. Il avait l'air de s'être endormi en plein travail. La réverbération du boulevard l'éclairait d'une lumière douce.

Je lui ai relevé la tête. Il avait l'air vivant, son regard fixe pouvait passer pour de l'obstination. J'aurais pu aller chercher un gant afin de nettoyer un peu sa bouche. La couverture cachait le bas de son corps et contenait l'odeur des excréments. Je pourrais le montrer à sa mère de loin, et lui dire que son fils avait décidé de lui-même de rester immobile dans sa chambre en attendant qu'elle rende son verdict.

Elle voudrait l'approcher, je devrais lui opposer toute ma force physique et continuer en même temps à essayer de la convaincre par la parole. Je lui dirais de juger d'abord de l'énormité des dégâts, de constater le bris des meubles, des vitres et la mise en lambeaux de ses vêtements et de ses dessous, je lui montrerais aussi le chauffe-eau électrique saboté. Ainsi, elle aurait une vue parfaitement claire de son appartement actuel profané par son fils, et elle n'aurait plus qu'à le soustraire de celui qu'elle avait quitté ce matin en parfait état. La différence entre les deux représenterait la faute commise par Étienne. Cette faute palpable, dont elle aurait mesuré l'étendue, il lui suffirait d'en calculer la contrepartie correctionnelle et de l'appliquer au gamin.

Alors seulement elle l'approcherait, sans même prendre la peine de le regarder au fond des yeux ou de lui laisser la possibilité de s'expliquer. Elle n'allumerait pas, elle se contenterait de la lumière du boulevard qui dessinerait bien assez sa silhouette. Elle procéderait à l'exécution. Elle aurait la rage de la mère trahie qui ne comprend pas pourquoi son enfant lui rend si mal la monnaie de son amour. Le silence du gamin ne la surprendrait pas. Elle ne s'étonnerait pas davantage lorsqu'il tomberait sur le côté. Elle exécuterait la sentence avec le sérieux d'un bourreau qui n'entend ni les cris ni le silence des condamnés. Plus tard, elle expliquerait à la cour qu'elle n'avait fait que venger son appartement et son existence gâchée par un être pour qui elle avait sacrifié sa vie charnelle.

J'ai retrouvé la petite lampe dont il s'était servi avec son camarade. J'en ai braqué le faisceau dans son œil droit. La pupille ne s'est pas dilatée. L'œil gauche n'a pas réagi non plus. Je n'avais pas de tensiomètre, je n'avais pas de stéthoscope, je ne pouvais pas être sûre de sa mort. J'ai entrouvert son anorak, j'ai passé ma main sous sa chemise. Sa peau n'était pas froide, il me semblait même qu'elle était plus chaude que ma main. Il jouait peut-être une sorte de comédie hystérique, et son organisme complice imitait certains signes cliniques de la mort. J'ai posé sur lui d'autres couvertures. Dehors tombait une petite neige mouillée que le vent apportait jusqu'au milieu de la chambre. J'avais chez moi un radiateur électrique, mais il n'aurait pu lutter contre ce blizzard.

Étienne attraperait une bronchite, mais sa mère ne le soignerait pas. Elle considérerait sa maladie comme une première punition que le gamin endurait de l'intérieur. Elle la prolongerait en le couvrant peu, et en lui donnant des aliments froids qui tomberaient dans son estomac comme des grêlons. Le jour où il guérirait, elle le frapperait jusqu'à lui fêler plusieurs côtes. Le surlendemain, elle le pousserait dans la fontaine de la place Edmond-Rostand pour qu'il tombe à nouveau malade. Jusqu'à sa majorité, il n'aura pas une seule semaine de santé. Elle lui fera payer ainsi ses meubles et ses vêtements qu'elle aura tant de mal à renouveler malgré l'argent que je lui prêterai.

La clinique me versera bientôt des indemnités de licenciement. J'en ferai profiter Christine, et elle pourra mettre son fils en pension. Loin de lui, elle réapprendra à l'aimer. Elle lui écrira des petits mots sur le filigrane des billets qu'elle lui fera parvenir pour sa fête et son anniversaire. Elle lui enverra des colis et parfois des photos d'elle. De son côté, il lui fera parvenir des enregistrements de sa voix en train de muer, Christine aura du mal à reconnaître son garçon sous ce gros organe mâle.

Les années passeraient, Étienne aurait terminé ses études. Il aurait un métier qui le retiendrait en province. Il continuerait à correspondre avec Christine. Une fois, il aurait même l'audace de lui téléphoner. Il lui dirait quelques mots sur la petite ville où il vivait. Elle lui répondrait qu'il pleuvait à Paris depuis une semaine. Ils n'auraient rien osé se raconter d'autre. Ils raccrocheraient sans se dire au revoir. Six mois après, il enverrait une lettre pour demander s'il pouvait monter lui rendre visite. Christine lui répondrait qu'il était encore trop tôt pour qu'ils se retrouvent en présence l'un de l'autre. Elle garderait toujours un zeste d'amertume envers lui.

Elle reporterait sur moi la part d'affection qu'elle n'éprouverait plus pour lui. Notre petite différence d'âge s'agrandirait avec le temps. Elle me prendrait pour une fille qu'elle avait eue très jeune d'un mari dont elle ne se rappelait plus. Dans son esprit de dame âgée, Étienne deviendrait un petit neveu perdu dans un coin de France où elle n'irait jamais, et qui de loin en loin lui enverrait des lettres qu'elle laisserait sans réponse. Si mes enfants ne naissaient pas, nous deviendrions un couple de vieilles filles intéressées par la nourriture et les jeux d'argent. Sans aimer les chevaux, nous jouerions aux courses et nous mangerions nos gains dans des restaurants réputés. Nous serions heureuses. Nous maudirions notre jeunesse qui ne nous apportait que du travail et des déceptions. Nous entretiendrions nos corps comme une machine délicate. Nous verrions un médecin chaque semaine, à la moindre faiblesse il nous prescrirait une longue liste de médicaments qui doperaient notre métabolisme et nous donneraient un surcroît de joie de vivre. Nous nous moquerions des rides d'Étienne, quand il enverrait sa photo à l'occasion du nouvel an. Il disparaîtrait avant nous. Christine hériterait de la petite maison et des actions qu'il aurait acquises au terme de toute une vie de labeur. Son argent nous servirait à aller passer quelques semaines en Italie. Nous lui survivrions dix ou quinze ans, nous décéderions à quelques heures d'intervalle d'un doux arrêt du cœur, dans le même lit, dans la même chambre du même immeuble du boulevard St-Michel.

Il m'a semblé que la peau d'Étienne avait un peu refroidi malgré les couvertures. Il avait le regard toujours fixe, mais ses bras étaient encore flexibles. Je pouvais l'emmener chez moi, l'installer sur un siège et mettre le chauffage à fond pour que la température des pièces atteigne une trentaine de degrés. La chaleur le dégourdirait, il serait obligé de clignoter des paupières et de faire des mouvements qui prouveraient qu'il était vivant. Je le rendrais à Christine à son retour. Je lui conseillerais de le traiter avec gentillesse, et d'attendre plusieurs jours avant de lui faire payer sa mauvaise conduite d'aujourd'hui.

J'ai secoué le gamin, mais il m'a semblé pesant et vide de toute énergie. À l'hôpital, on aurait pu faire repartir son cœur et le soutenir avec une perfusion. Ici je ne pouvais rien entreprendre, je ne pouvais qu'espérer que cette espèce de début de mort ne soit qu'une farce. La honte de s'être oublié à deux reprises, l'avait poussé à se cacher si profond dans son for intérieur, qu'il avait totalement disparu du reste de sa personne qui présentait tous les symptômes de la mort. Quand Christine l'aurait lavé et changé, il consentirait peut-être à quitter le trou où il se terrait et il reprendrait son aspect de petit garçon à la peau chaude qui trotte dans toutes les pièces quand on cherche à l'attraper pour lui couper les ongles des pieds.

Je redoutais Christine. Il était possible qu'elle pense qu'Étienne était mort. Elle appellerait un médecin qui confirmerait peut-être son impression. Elle arrangerait le gamin sur le lit, puis en pleurant elle ferait le tour de l'appartement dévasté. Quand elle aurait séché ses larmes, elle m'accuserait d'avoir détruit ses meubles et déchiré sa garde-robe. Je lui montrerais le coupable, les mains jointes sur la reversure du drap, paisible malgré la neige que le vent apporterait dans la pièce.

— Tu l'as tué pour l'empêcher de parler.

Je lui dirais que j'avais entendu du bruit, et que j'étais descendue vers dix-neuf heures. Le gosse était toujours vivant, il sautait en piétinant des verres et déchirant des robes. Les radiateurs étaient déjà percés, mais je l'avais vu de mes yeux casser les vitres à coups de boîte crânienne. Puis, il avait disparu sous le sommier et donné du front contre la plinthe. J'avais essayé de le maîtriser, mais avec la force herculéenne des aliénés, il m'avait envoyée balader comme un fétu.

Quand il s'était calmé, je lui avais demandé de m'aider à ranger avant le retour de sa mère. Il n'avait pas répondu. J'avais tiré le sommier, son regard était fixe et sa tête tombait sur sa poitrine. Il y avait peu de chances alors qu'il soit encore vivant, je n'étais pourtant pas certaine qu'il soit mort. Malgré tout, appeler un médecin m'avait semblé superflu.

Le corps de Ric était presque congelé, tant la température avait chuté. Je ne pouvais plus compter sur l'aide du gamin. J'avais peur de rencontrer quelqu'un en le remontant chez moi ou en le descendant aux ordures. Je l'ai traîné dans l'appartement, cherchant un coin discret pour l'abandonner. J'ai voulu le mettre dans le placard de la chambre de Christine, mais il empêchait de fermer la porte. J'ai pensé que si je le posais au milieu du salon elle le confondrait avec le reste du capharnaüm. Mais dans deux ou trois jours, elle reviendrait des obsèques de son fils et elle trouverait le chien. Ric constituerait un indice, elle me croirait responsable de la mort du gosse, et elle monterait me faire des scènes qui me rendraient la vie impossible.

J'étais d'accord pour admettre ma part de responsabilité dans la folie d'Étienne, tout comme elle devait admettre la sienne. Si je m'étais occupé un peu plus du gamin, je me serais aperçue de certains signes avant-coureurs d'une psychose en gestation. De même, sa mère n'aurait pas dû l'excuser à chaque méfait, au lieu de prendre l'avis d'un pédiatre qui l'aurait orienté vers un service de psychiatrie infantile. Nous étions tous coupables des dégradations d'Étienne et de sa mort. Les enseignants de son école auraient dû le tester, et donner l'alerte aussitôt. On aurait pu le traiter, le sauver, et il serait devenu un petit garçon comme les autres.

Mais Christine ne m'écoutait pas, elle refusait d'admettre que l'être qu'elle avait mis au monde possédait un cerveau qui nécessitait certains réglages et l'attention constante de spécialistes qui l'empêcheraient de s'emballer ou au contraire de devenir poussif et mou. Même la médiocrité de son intelligence était curable, elle faisait partie intégrante de sa folie. Si on était intervenu à temps, il aurait perdu en niaiserie et gagné en sagesse. Elle aurait eu un enfant adapté à la société, et pourvu d'une forme d'intellect propre à réussir des examens. À la fin, il n'aurait plus eu besoin d'aucune aide, les médecins se contentant de l'examiner parfois avec fierté en hochant la tête devant cette mécanique de précision que serait devenu leur ancien petit fou.

J'ai reposé le matelas qui avait contenu Ric sur le lit de Christine. La face qui avait été en contact avec lui était tachée à plusieurs endroits, je l'ai mise en dessous pour qu'on ne la voie pas. En rentrant, elle pourrait s'allonger et même dormir quelques heures avant de prendre une décision quant au sort qu'elle allait réserver à son fils. Elle pourrait utiliser toutes les couvertures qui le recouvraient inutilement.

Je suis retournée dans sa chambre. Il avait vacillé sur le côté. Sa peau n'était plus tiède. J'ai refait son lit, je l'ai hissé dessus. Il était déjà moins souple, j'ai eu du mal à l'allonger. Je l'ai soumis à nouveau au test de la lampe, ses pupilles ne se sont pas dilatées. Je lui ai fermé les paupières. Sa bouche commençait à s'ouvrir un peu, et si je ne la maintenais pas close elle serait bientôt béante. Je me suis servie du cordon en guise de bandage.

Puis, je lui ai enlevé son pantalon et son slip. Je les ai jetés. Je l'ai lavé avec une cuvette d'eau et un torchon. Je lui ai enfilé un pantalon de pyjama que j'ai trouvé malgré le fouillis. Je lui ai laissé son anorak et son pull-over. Je lui ai posé la tête sur le traversin, je l'ai recouvert du drap jusqu'au cou. J'ai laissé à l'extérieur sa main droite qui pendait comme s'il était véritablement endormi.

J'ai décidé de monter Ric chez moi. J'écouterais à travers la porte avant de m'aventurer dans la cage d'escalier. Il valait mieux qu'elle ne me trouve pas ici quand elle rentrerait. D'ailleurs, je ressentais une grande angoisse dans cet appartement glacial. Les décès qui avaient lieu à la clinique ne produisaient pas sur moi le même effet. Le gamin avait toujours eu dans le regard quelque chose de morbide que j'aurais voulu arracher pour le lui faire avaler et lui en donner l'éternel dégoût.

Christine refusait de voir les défauts de son fils, elle se contentait de l'aimer aveuglément. Ce soir, elle récolterait les fruits de son éducation. Elle toucherait du doigt l'œuvre destructive du gamin, elle le découvrirait mort en lâche. Elle aurait beau crier, le battre, elle n'obtiendrait de lui aucune excuse, aucune demande de pardon. Elle passerait la nuit dans cette petite chambre envahie par la neige. Elle ne pourrait pas se résoudre à le croire mort. Elle préférerait devenir folle plutôt que d'admettre une vérité qui lui ferait aussi mal.

Elle lui reprocherait une mauvaise note en histoire qu'elle trouverait en fouillant son cartable. Elle lui ouvrirait l'œil pour qu'il voie l'appréciation lamentable du professeur. Puis, elle reviendrait au saccage de l'appartement et elle hurlerait son dépit. Elle prendrait des morceaux de meubles et elle le frapperait des pieds à la tête. Elle ne se rendrait pas compte que le gamin se laissait corriger en silence, digne et raide, les mains toujours croisées sur sa poitrine, avec l'héroïsme de pierre des gisants. Elle lui grifferait le visage. Elle découvrirait le cordon qui soutenait son menton.

— Tu as vraiment le diable au corps.

Elle l'arracherait. Puis, elle s'acharnerait sur cette tête qu'on ne pouvait pourtant plus confondre avec celle d'un vivant. Elle enfoncerait ses ongles dans le gras des joues et dans le nez. Elle lui demanderait de parler, d'expliquer tous ses crimes.

— Réponds.

Puis elle le caresserait, elle l'appellerait du surnom qu'elle lui donnait quand il était petit. Elle lui accorderait son pardon, et elle ne comprendrait pas dans quel but il s'obstinait quand même à faire l'idiot. Elle le serrerait contre elle de toutes ses forces. Il lui semblerait étreindre une stalactite. Elle lui dirait de respirer à fond, de ne plus avoir peur d'une punition qui ne viendrait pas. Il ne lui servait plus à rien de prolonger cette mort factice.

Il devait retrouver au fond de lui l'impulsion qui allait remettre en marche son cœur et irriguer à nouveau cet organisme qu'il avait provisoirement gelé afin d'éviter la colère de sa maman. Tout était terminé, il pouvait émerger dans sa conscience engourdie, donner des ordres pour que la machinerie se remette en route et que la peau retrouve sa chaleur, les membres leur souplesse et le regard sa pétulance. Elle ne lui ferait jamais de reproche, cet appartement était affreux et elle l'avait toujours détesté. Demain, elle l'aiderait à finir de le mettre en pièces.

— Tout de suite si tu veux.

Elle pouvait aller casser la vitre qu'il avait oubliée à la fenêtre du salon. Elle pouvait même mettre le feu à la maison et s'enfuir avec lui. Il suffisait qu'il accepte de se déclencher, d'émerger de toute cette mort et de se mettre en vie. Elle était sûre qu'il le pouvait, il n'avait qu'à le vouloir vraiment. Il était encore libre de vivre, mais il devait se dépêcher avant de disparaître tout à fait dans sa matière et de perdre à jamais toute chance d'exister.

J'ai pris Ric dans mes bras, il était trop lourd. Malgré tout j'ai fait quelques pas dans l'appartement. Je voulais quitter cet endroit, je ne trouvais plus la porte. Étienne était immobile dans son lit. Il devait attendre le retour de Christine pour exprimer ce qui lui restait de souffle caché. Elle se contenterait d'une respiration imaginaire pour le croire vivant malgré le démenti du légiste. Elle n'appellerait même pas le médecin, elle se dirait il est un peu malade mais il n'a ni fièvre ni toux. Il ne voudrait d'aucune nourriture, elle lui dirait la diète te fera du bien. Elle ne s'étonnerait pas de la frigidité cadavérique, elle la prendrait pour de l'entêtement.

Elle irait chaque jour travailler au ministère, elle rentrerait le soir dormir dans le froid et l'humidité de sa chambre ouverte aux quatre vents. Elle visiterait son fils avant d'aller se coucher, elle lui reprocherait son mutisme et elle rajouterait une couverture neuve sur son lit. Elle en achèterait sans cesse pour le réchauffer et le guérir. Elle se procurerait aussi une série de piqûres chez le pharmacien. Elle transpercerait le cartilage nasal, et la solution s'écoulerait par les narines. Elle perdrait la raison quand son enfant commencerait à se décomposer. Sa folie la sauverait de la prison à vie.

J'ai entreposé Ric au pied du lit du gamin. Si la loi ne l'avait pas interdit, j'aurais demandé à la gardienne de m'aider et nous aurions descendu les deux corps dans le local à ordures. Mais Christine aurait voulu le voir, elle aurait bousculé en pleine nuit toutes les poubelles. J'ai filé dans le couloir en tirant le chien. Cette fois, j'ai trouvé l'issue. J'ai laissé la porte ouverte derrière moi, on pourrait croire ainsi au passage d'un rôdeur.

La cage d'escalier était dans l'obscurité. Je n'avais pas besoin de lumière. J'ai traîné Ric par les pattes de devant. Je l'ai monté chez moi. Je l'ai installé dans la cuisine. J'ai cassé un carreau avec une bouteille. L'air pouvait entrer librement, et si Christine venait se plaindre je pourrais lui montrer que j'avais subi moi aussi un début d'agression. La vue du cadavre de Ric la calmerait, et elle retournerait s'occuper du gamin.

S'il était encore vivant, elle l'achèverait peut-être en voulant lui ceindre le front d'un pansement de fortune. Elle m'appellerait à l'aide, mais je ne viendrais pas. Je lui dirais que je n'étais qu'infirmière, et que son fils réclamait l'attention d'un médecin. La semaine suivante, elle répondrait menottes aux poignets à l'interrogatoire du juge d'instruction, tandis que quelques rues plus loin on inhumerait son fils en présence des vieux du troisième, de la gardienne et de moi. Nous pleurerions, il y aurait sur la bière une gerbe de lis. Après la cérémonie nous rentrerions en taxi. Nous nous attarderions quelques minutes dans le hall d'entrée, puis nous regagnerions nos appartements respectifs. Durant un mois, je n'ouvrirais ni la télévision, ni la radio, ni aucun journal, en signe de deuil et de crainte aussi de voir l'image de Christine égarée dans la rubrique des faits divers. Il me faudrait une année ou deux pour que le souvenir de ce drame sèche dans ma mémoire.

J'avais faim, je n'avais que des œufs et du fromage dans mon réfrigérateur. Je les ai cassés dans une poêle avec du beurre, je les ai brouillés avec une spatule de bois et j'ai posé le fromage par-dessus. J'ai vidé mon assiette avec une voracité qui m'a rappelé celle de Ric devant sa pâtée. J'ai bu trois verres d'eau coup sur coup. J'avais encore soif, j'ai bu directement au robinet de l'évier. J'ai trouvé des fruits au sirop dans le fond d'un placard. Je les ai mangés à même la boîte, et j'ai bu la totalité du jus. Le vent apportait un peu de neige à travers le carreau cassé. Les flocons ne fondaient pas sur le pelage de Ric. Je n'avais plus aussi faim. Je me suis préparé une tasse de café.

Je prêtais l'oreille pour discerner d'entre tous les bruits qui me parvenaient, celui de Christine s'introduisant dans l'immeuble. Je ne voulais pas qu'elle entre seule dans l'appartement, je devais lui servir de guide. Elle apprendrait la vérité lentement, elle garderait son calme sans jamais élever la voix. Elle accueillerait les pertes matérielles avec résignation, elle pénétrerait dans la chambre de son fils en l'ayant déjà pardonné. Elle saurait à l'avance qu'il était peut-être mort, elle accepterait cette éventualité sans faire d'éclat. Et s'il vivait, elle se réjouirait sans cri.

Mais d'ores et déjà Étienne était mort. Je le dirais à Christine dès que je la verrais. Ensuite, il serait plus facile de lui annoncer que son appartement était en ruine. Elle me harcèlerait pour connaître les causes exactes de la mort de l'enfant. Je lui rappellerais qu'Étienne était fragile et qu'une cause insignifiante avait pu le tuer. Un autre s'en serait tiré avec une bosse sur le front, et lui il avait succombé d'une hémorragie interne. Je n'avais rien vu, mais je supposais qu'il s'était agité, qu'il avait glissé et qu'il avait malencontreusement heurté le plancher avec son os pariétal. Il avait dû perdre connaissance immédiatement, il était mort dans la minute qui avait suivi.

Il n'avait pas souffert. Il avait eu une mort de

rêve, même s'il en avait bénéficié quelques dizaines d'années trop tôt. Je souhaiterais à Christine le même décès rapide et sans agonie, je me le souhaiterais également. Je lui conseillerais de ne pas rentrer chez elle ce soir, et d'attendre demain matin pour s'occuper des formalités administratives. Elle pourrait dormir sur le divan de mon salon.

— Si tu préfères, tu peux passer la nuit dans la chambre de mes parents.

J'ai pris une douche brûlante. Puis, je me suis habillée aussi chaudement que possible. J'ai remis le vieux manteau de fourrure mitée que j'avais pris chez Christine, et je me suis dépêchée de redescendre. Elle était peut-être déjà rentrée, je la trouverais accroupie devant Étienne. Il faudrait que je lui explique qu'il était mort et qu'il ne servirait à rien de le mouiller de larmes toute une nuit.

Je suis entrée. Si Christine avait été là, j'aurais repéré les effluves de son parfum. Il était à peine vingt et une heures, elle devait encore fureter dans les rayons, elle reviendrait chargée de frusques lamentables.

Une ou deux fois par mois, elle laissait son fils seul toute une soirée. Si aujourd'hui en sortant du ministère elle n'était pas allée musarder dans un grand magasin, Étienne serait toujours vivant. Elle l'aurait empêché de s'enfoncer sous le sommier métallique. Elle l'aurait houspillé pour les dégâts commis. Elle l'aurait envoyé prendre son bain manu militari. Ensuite, elle l'aurait condamné à dormir sans avoir dîné. Le lendemain, il m'aurait aidé à transporter Ric et il serait allé à l'école comme d'habitude. À son retour, il aurait commencé à déblayer l'appartement. L'idée de se glisser sous son lit ne lui serait jamais venue à l'esprit. Je lui aurais appris à se préserver, à se méfier. Il aurait vécu centenaire au lieu de mourir à dix ans comme un enfant bête.

Christine se reprocherait toute sa vie cette soirée d'emplettes. Pour quelques achats, elle avait perdu Étienne. La liberté qu'elle gagnerait par son décès n'en compenserait jamais la peine. Même remariée, et mère d'un nouvel enfant, elle ne pourrait pas oublier tout à fait celui-là. Il lui semblerait toujours voir un vide gambader autour d'elle, un vide de la forme exacte du gamin. Cette vision lui gâcherait tous ses plaisirs. Elle ne pourrait pas profiter des joies que lui prodiguerait son mari. Même dans l'obscurité de la chambre, elle continuerait à voir Étienne fuser comme un feu follet. Elle serait obligée de penser à lui, au lieu de se donner corps et âme au devoir conjugal.

Elle aurait une petite fille qui d'après elle remplacerait un peu son enfant perdu. Elle l'aimerait, mais parfois elle la brutaliserait sans raison. Quand on lui demanderait pourquoi elle lui avait fendu la tête, elle répondrait qu'elle prenait cette fillette pour une gangue sous laquelle Étienne se trouvait caché.

Elle dirait aux jurés que rien ne serait arrivé si elle était rentrée directement chez elle en sortant de son travail. Elle se rappellerait du vent et de la neige qui tombait ce soir-là. Elle parlerait de l'appartement glacé, de mon accueil et des mots que je lui avais dits.

— Ric est mort.

Puis je l'avertirais qu'Étienne avait délabré l'appartement et déchiré ses habits. Elle demanderait pourquoi toutes les fenêtres étaient ouvertes.

— Elles sont fermées.

Elle m'accuserait d'avoir aidé son fils dans son travail de destruction. J'essaierais de la raisonner, mais elle crierait de plus en plus fort. Je lui dirais qu'il était mort. Elle ne me croirait pas. Elle continuerait à vitupérer et à me reprocher d'être sa voisine au lieu d'habiter n'importe quel autre endroit perdu dans le monde. Je lui montrerais de loin la chambre de l'enfant. Elle verrait la tête, le bras qui pendait, les doigts touchant le sol. Elle s'approcherait, elle ordonnerait au gamin d'arrêter cette comédie. Elle le prendrait par le col de son anorak, et elle le ferait tomber par terre. Il garderait sa position, raide comme une branche de bois sec.

Elle aurait une crise de nerfs en s'apercevant qu'à la place du fils chaud et vivant qu'elle avait laissé ce matin devant l'école, elle n'avait plus que ce petit cadavre à l'avenir de cercueil et de tombe. Je laisserais l'orage passer, puis elle m'aiderait à reposer l'enfant sur son lit. Je saurais la convaincre de venir avec moi marcher jusqu'à la Seine. En revenant, nous monterions chez moi. Je me chargerais personnellement de faire enterrer le gamin.

J'ai touché le gosse, il était toujours froid. Par acquit de conscience, j'ai crié à son oreille. Mais il n'a pas frémi. Je pourrais jurer à Christine qu'il était mort. Pour garder de lui l'image d'un enfant plein de vie, elle refuserait d'entrer dans sa chambre avant qu'on ait fermé la bière. Elle se souviendrait toujours de ce petit qui marchait dans la nuit des matins d'hiver avec son cartable sur les épaules, et qui lui demandait pourquoi même les gros hommes n'accouchaient pas. Le matin du jour de l'enterrement, je lui dirais qu'elle pouvait à présent entrer dans la pièce. Elle tournerait autour du cercueil hermétiquement clos. Elle toucherait le bois laqué blanc, les poignées argentées. Elle ramasserait les petites voitures écrasées et chercherait instinctivement une étagère où les poser.

Je la prendrais par la main. Profitant du soleil qui pointerait entre les nuages, nous irions nous promener au Luxembourg. Nous nous arrêterions pour boire quelque chose de chaud. Je lui offrirais deux ou trois grogs qu'elle avalerait vite, quitte à se brûler la langue.

Elle me parlerait des obsèques qui auraient lieu l'après-midi. Je lui interdirais de s'y rendre. Je ne voudrais pas qu'elle souffre pour rien. Si le soleil persistait, il valait mieux qu'elle aille s'aérer aux Tuileries, ou qu'elle monte au deuxième étage de la tour Eiffel pour voir Paris de haut et prendre ses distances par rapport à sa vie. Si le temps se gâtait, rien ne l'empêchait d'entrer dans un cinéma et d'y voir n'importe quel film qui la transporterait d'emblée dans un autre univers. Elle pouvait aussi se rendre tout simplement au ministère, et travailler jusqu'au soir. Il était même préférable qu'elle se casse une jambe ou les deux bras en glissant sur une plaque de verglas, plutôt que d'assister à cette cérémonie grotesque au terme de laquelle son fils serait abandonné dans un trou dont il ne se relèverait jamais.

Je la représenterais à l'enterrement, je suivrais pas à pas l'évolution du cercueil. D'ailleurs, mon récit l'impressionnerait peu. Elle rirait de certains détails cocasses. Elle s'amuserait de la caisse trop étroite qui tanguerait dans la voiture à chaque chaos.

Christine n'aurait pas d'autre enfant. Elle mourrait trente-six ans plus tard. Je voudrais la faire enterrer auprès d'Étienne. Mais je ne retrouverais aucun papier relatif à sa sépulture. Je ne saurais même plus dans quel cimetière on l'avait inhumé. En outre, beaucoup de caveaux autrefois construits en plein centre de Paris, se trouveraient exilés en banlieue, ou même en province dans des endroits plus spacieux et moins propices à la spéculation. Il aurait fallu entreprendre de longues recherches pour retrouver les restes du gamin. J'ai préféré enterrer sa mère à la fosse commune, puisqu'elle n'avait aucune famille susceptible de venir se recueillir sur sa tombe.

Je me souviendrais d'elle de temps en temps, mais alors j'ouvrirais tout de suite un journal pour m'intéresser plutôt à l'actualité, au présent, à la vie. Jusqu'au bout de mon existence, je continuerais à regarder l'avenir en face et à m'y engouffrer par la pensée comme si j'avais vingt ou trente ans. Je me sentirais éternelle, car le peu de temps qui me resterait me semblerait infini. Je ne me sentirais pas solidaire de Christine, d'Étienne, et de tous ces morts qui avaient eu le tort de ne pas s'accrocher suffisamment à la vie. Je me sentirais d'une nouvelle espèce qui vieillit mais ne se rend pas, qui demeure dans un coin de la maison à l'état de vieux légume qu'on n'arrose même plus mais qui a encore la force de se défendre un peu à chaque fois qu'on veut le mettre aux ordures. Je verrais défiler devant moi les cercueils de mes fils, de mes petits et arrière-arrière-petits-enfants. Je les verrais passer dans le flou de l'extrême vieillesse, et moi je continuerais à être vivante, à ressentir quelque chose, une démangeaison, un picotement qui me différencierait du néant. Je ne connaîtrais plus personne, et personne autour de moi ne me connaîtrait. Mais je ne ferais pas partie des morts.

Christine ne tarderait plus. Elle allait avoir un choc en voyant son appartement dévasté et son fils inanimé sur le lit. J'ai préféré tirer la porte derrière moi et descendre dans le hall d'entrée pour l'attendre. Puis, j'ai eu peur qu'un voisin me surprenne. Je suis sortie sur le boulevard, j'ai arpenté le trottoir. Je pensais que Christine allait sortir d'un bus devant la grille du Luxembourg, ou qu'elle apparaîtrait à pied soufflante et chargée de paquets. Elle avait peut-être acheté de nouvelles chaussures qui la soutiendraient mieux que les vieux souliers à talons qu'elle portait ces derniers temps.

Les événements qu'elle s'apprêtait à vivre la changeraient, et lui rendraient peut-être le goût de plaire. Elle couperait ses cheveux trop longs, et maquillerait moins ses yeux et ses pommettes. Il lui manquait encore le charme que donne la simplicité, même aux femmes mal faites et aux laiderons. Nous en discuterions des après-midi entiers devant le miroir de ma chambre. Le soir venu, elle accepterait que je donne de grands coups de ciseaux dans sa crinière. Elle sortirait d'entre mes mains métamorphosée. On la trouverait belle, rajeunie, avec quelque chose de magnétique au fond des yeux.

Je ne la voyais pas arriver. Je me retournais à chaque seconde pour surveiller la porte de l'immeuble. J'aurais pu aller à sa rencontre, mais c'était le meilleur moyen de la rater. Je devais rester là, elle ne pouvait pas échapper aux regards dont je balayais le carrefour. Elle rencontrerait fatalement mon champ de vision. Je n'aurais plus alors qu'à courir vers elle et l'embrasser. Je lui dirais que j'étais contente de la rencontrer. Je lui demanderais d'oublier que nous étions fâchées, et nous déciderions que nous ne nous brouillerions jamais plus. Pour fêter notre réconciliation, je l'inviterais à prendre un verre en amoureux. Elle voudrait aller embrasser Étienne auparavant, mais je lui dirais qu'il dormait d'un profond sommeil. Elle voudrait monter quand même poser ses paquets, je les lui prendrais des mains et les porterais à sa place. Elle avait besoin d'une soirée de détente complète. Il fallait qu'elle oublie le ministère, son fils et tout le reste. Nous rentrerions vers une heure du matin. Je l'empêcherais de pénétrer chez elle pour éviter de réveiller le gosse. Elle passerait la nuit chez moi. J'attendrais le lendemain pour lui expliquer ce qui s'était réellement passé pendant qu'elle faisait ses courses. Nous déciderions d'un commun accord de la suite à donner à cette affaire.

Christine avait pu s'introduire dans l'immeuble pendant que je regardais l'horrible ciel gris et noir au-dessus de la ville. À l'heure actuelle, il était possible qu'elle erre dans ses pièces dévastées et qu'elle découvre son fils. Elle se demanderait pourquoi il ne répondait pas à ses injonctions.

Je suis remontée. La porte était toujours fermée. Je suis entrée avec ma clé. J'ai visité toutes les pièces en l'appelant à pleine voix. J'ai vérifié que les objets n'avaient pas été déplacés et qu'Étienne occupait toujours la même position dans son lit. Je me suis reposée au salon sur l'armature du canapé. J'avais mal aux jambes à force de rester debout. Il neigeait moins, mais le vent était toujours aussi fort. J'ai allumé la télévision, l'image et le son m'ont fait peur. J'ai arraché la prise.

Le vent me glaçait, j'allais refroidir aussi vite que le cadavre d'Étienne. Les reflets des lumières du boulevard tombaient au hasard sur les morceaux de meubles, les vêtements déchirés ou les graffitis. Il ne fallait pas que Christine vienne ici ce soir. Quand il ferait jour, l'appartement paraîtrait moins funèbre.

J'ai fermé la porte, j'ai descendu l'escalier.

Dehors, j'ai ressenti comme un souffle chaud qui s'est atténué peu à peu. J'ai marché jusqu'à la rue Gay-Lussac, puis je suis revenue sur mes pas. J'ai traversé le boulevard. Il me semblait que du trottoir d'en face j'aurais une vue plus claire des abords de la maison. Je voyais bien les fenêtres du premier et la porte de l'immeuble, mais les faisceaux des lampadaires n'étaient pas assez puissants pour me permettre de distinguer de si loin Christine au milieu des passants qui malgré le mauvais temps circulaient en grand nombre sur le trottoir. J'ai traversé à nouveau. Je ne suis pas remontée inspecter l'appartement. J'ai simplement écouté le silence de la cage d'escalier. Si Christine était rentrée, elle n'aurait pas eu le temps de se résigner. Elle aurait fait du bruit en rugissant, en remuant les meubles et en faisant tomber par terre le cadavre d'Étienne. Puisque tout était calme, c'est qu'elle n'était pas encore là.

Je suis retournée dehors. Je savais que je ne la laisserais pas entrer dans la maison. Je la pousserais, je l'entraînerais vers la rue des Écoles. Je lui offrirais plusieurs verres sans échanger la moindre parole. Si elle me posait des questions, je renouvellerais sa commande. Elle se saoulerait, je l'accompagnerais aux toilettes quand elle voudrait rendre. Je lui conseillerais de boire de la bière pour se laver le ventre de tous les mélanges qu'elle viendrait d'absorber. Elle avalerait trois ou quatre demis, puis on s'apercevrait qu'elle vomissait sur les sièges et on nous chasserait.

Nous quitterions le bar. La neige tomberait drue. Je penserais à l'appartement du premier où elle devait entrer à foison, et au corps de Ric qui par le carreau cassé devait recevoir quelques flocons sur son pelage et sur sa truffe. Christine me demanderait de la ramener. J'aurais peur de retrouver cet immeuble et son escalier. Je ne me verrais pas l'aider à monter au deuxième étage et passer la nuit avec elle au-dessus d'Étienne, avec le cadavre du chien dans la cuisine. Il n'était pas question non plus que je l'abandonne chez elle pour la nuit. Dans son état, si elle avait découvert le gamin, elle l'aurait traité comme un être vivant. Elle aurait hurlé, et l'aurait giflé pour qu'il range sa chambre.

Les gens commençaient à trébucher sur le peu de neige qui recouvrait le trottoir. Christine avait dû faire attention en sortant du magasin, elle avait marché sur la pointe des pieds pour ne courir aucun risque de faire une chute. Elle était arrivée jusqu'à l'arrêt de bus en marchant sur des œufs. Elle s'était assise sous l'abri, mais le vent rabattait la neige sur son visage. Elle s'était levée, elle avait cherché à apercevoir les phares d'un bus dans le lointain. Elle n'avait rien vu, elle avait trop froid pour attendre. Elle avait décidé de rentrer à pied.

À présent, elle remontait le haut du boulevard et j'allais la voir d'un instant à l'autre. Je lui dirais bonsoir, il faudrait bien qu'elle me réponde. Ensuite, il y aurait conversation. Elle voudrait la poursuivre à l'intérieur, mais je préférerais que nous restions sous le porche. Je lui dirais que j'avais rencontré Étienne en fin de journée et qu'il m'avait semblé grandi. Je lui dirais qu'il serait bientôt un adolescent dont elle pourrait être fière. Elle me bousculerait pour pénétrer dans l'immeuble. Je lui emboîterais le pas, ralentissant le plus possible sa progression dans le hall et l'escalier.

Je lui proposerais de monter papoter chez moi pour ne pas réveiller le gamin. Je lui promettrais de l'alcool et du café chaud. Mais elle entrerait dans son appartement. Je la suivrais. Je lui expliquerais pourquoi son mobilier était abîmé, pourquoi tous ses vêtements étaient déchiquetés, pourquoi Étienne était mort. Elle serait tellement abasourdie, qu'elle n'oserait pas m'attaquer. Je la laisserais seule, affalée devant son fils ou vautrée dans un tas de robes en lambeaux.

Mais elle ne croirait rien de ce que je lui dirais. Elle refuserait toute transaction. Elle me réclamerait son fils, comme si j'étais en mesure de le lui rendre. Elle ne voudrait pas admettre que l'oubli finirait par user le souvenir de cet enfant. La vie était longue, elle aurait peut-être un jour à supporter des peines plus atroces.

J'avais peur du moment où j'allais me trouver en face d'elle. Je n'étais pas sûre d'avoir le courage de lui annoncer la mort du gamin. Je lui parlerais de son appartement et de ses vêtements durant des heures. J'accepterais qu'elle me soupçonne et mette en doute chacun de mes mots. Je m'accuserais pour lui faire plaisir, je promettrais volontiers de payer les pots cassés. Mais je ne lui en dirais pas davantage. Je la laisserais rentrer toute seule chez elle. Je l'attendrais sur le palier. J'irais la consoler quand elle aurait découvert le corps et qu'elle se serait habituée à l'idée que son fils n'existait plus.

Je voyais deux silhouettes qui traversaient le boulevard un peu plus bas. Elles semblaient se diriger vers l'immeuble. Toutes les deux pouvaient correspondre à Christine rentrant chez elle en se pressant. Elles étaient trop éloignées, je ne voyais pas si elles étaient chargées de sacs et de paquets, ou si elles avaient les bras ballants.

La neige était de plus en plus dense, elle les rendait moins nettes. Je voyais bien pourtant qu'elles marchaient séparément et qu'elles ne pouvaient pas être un couple. D'autres personnes remontaient à pied le boulevard, mais je ne pouvais toutes les suivre à la fois des yeux.

Il y avait des chiens que promenaient en laisse des gens à l'air fatigué par leur journée de travail. Je pensais aux trop rares promenades nocturnes que j'avais faites avec Ric avant son décès. Je me demandais si je n'allais pas le remplacer. Avec mon nouveau compagnon, je pourrais emmener Christine épuiser ses insomnies le long des quais. Elle penserait à son gamin perdu, mais le chien la tirerait en avant vers la vie. Elle serait obligée de courir pour ne pas qu'il lui échappe. Elle mettrait en branle son corps rouillé par le chagrin, elle serait obligée de se surpasser afin de rivaliser avec la vigueur et la joie du jeune animal. Il la sauverait, il saurait lui faire retrouver le simple goût de l'existence. Elle ouvrirait ses poumons à l'air du Luxembourg comme à un air nouveau, pulsé par les statues et le jet d'eau du bassin central. Elle se laisserait parfois encore aller, courbant l'échine. Je lui dirais de se redresser, elle secouerait la tête en souriant et en tirant légèrement sur la laisse pour que son sourire parvienne jusqu'au chien.

Les deux silhouettes ont bifurqué rue Soufflot. Je me sentais mieux, presque en sécurité. Je ne voyais aucune Christine potentielle autour de moi, et celles qui étaient loin me paraissaient inoffensives pour l'instant. Je n'avais pas peur non plus des véhicules qui démarraient en trombe ou qui s'arrêtaient à proximité du trottoir. Ils me semblaient tous vides d'elle. Aucun d'entre eux ne la contenait, ne la déplaçait au-dessus du goudron. Aucun ne la déposerait devant moi. Je pouvais regarder les bus et les taxis sans crainte, elle n'était pas à l'intérieur de leurs habitacles. J'en étais certaine.

Mais les passants devenaient plus rares, et il me semblait que Christine allait arriver seule, tête baissée sur le trottoir neigeux. Je voudrais la rejoindre, faire quelques pas avec elle et essayer de la détourner de notre immeuble. Mais je tergiverserais sans oser l'aborder, et je reculerais jusque dans la maison. On se rencontrerait dans le hall d'entrée. Je lui dirais bonsoir, elle me répondrait de mauvaise grâce. Je lui conseillerais de faire attention en rentrant chez elle.

— Attention à quoi ?

— Ne monte pas chez toi.

Je lui proposerais d'aller écouter de la musique dans un cabaret du coin. Elle me repousserait et s'engagerait dans l'escalier.

J'accrocherais avec mes ongles l'étoffe de son manteau, je la tirerais vers l'arrière. Elle me traiterait de folle et ferait tout son possible pour m'échapper. Je la lâcherais.

Je m'en irais vite. Je redouterais d'entendre le hurlement qu'elle pousserait en découvrant son appartement dévasté, et celui plus déchirant encore quand elle verrait son fils mort. Je sortirais, je courrais sur le boulevard. Je tomberais, je me relèverais plusieurs fois. Je descendrais vers la place St-Michel et le Châtelet. Je marcherais jusqu'au bout de mon rouleau, et je finirais par m'arrêter contre un kiosque ou un panneau d'affichage encore humide de colle. Je me laisserais tomber dans la neige.

J'aurais la chance de mourir de froid dans la nuit. J'aurais peut-être aussi la malchance de survivre, d'être emportée et mise à l'abri sitôt tombée par terre. Ma vie se poursuivrait. Je serais confrontée à Christine. Je me laisserais insulter. On l'empêcherait de me toucher. Je serais trop faible pour subir un interrogatoire. Je serais soignée et soutenue par une équipe de médecins qui comprendraient ma douleur. L'un d'entre eux me proposerait une dose mortelle de barbituriques. Je lui en saurais gré.

Christine pouvait réagir plus calmement que je l'imaginais. Elle avait peut-être déjà pensé à la perte de son fils. Elle s'était juré qu'en pareil cas elle saurait surmonter sa peine et qu'elle ne verrait pas dans sa disparition un événement triste. Elle se ferait aider par des collègues pour remettre de l'ordre et réparer son mobilier. Puis, elle profiterait pleinement de la joie d'être seule chez soi. Elle retrouverait le plaisir de monopoliser la baignoire en tournant les pages d'un vieux magazine, et elle dépenserait avec volupté tout cet argent que le gamin n'absorberait plus sous forme de nourriture, de loisirs ou d'éducation. Elle se féliciterait chaque jour que son enfant ait par accident cessé de vivre.

J'ai regardé ma montre. Si on considérait l'heure de fermeture du magasin et le temps qu'elle avait dû mettre pour remonter jusqu'ici à pied sous la neige, elle commencerait à être en retard dans cinq ou dix minutes. Je lui dirais pour plaisanter qu'elle avait lambiné, et que j'avais pris froid en l'attendant. Je la prendrais par le bras avant qu'elle me réponde. Je lui dirais qu'il s'était passé quelque chose à propos de son fils.

— Comment ?

Je lui dirais que toutes ses vitres étaient cassées, et qu'elle n'avait plus de vêtements ni de meubles. Tout était à l'état de débris, de lambeaux. Tout son appartement était en ruine.

— Mais Étienne ?

Je lui dirais qu'il était mort en rentrant de l'école. Elle le trouverait là-haut, allongé sur son lit. Ric aussi était mort, je demanderais à la gardienne de m'aider à évacuer son cadavre.

— C'est absurde.

Je lui confirmerais la mort de son fils. Je lui dirais de se dépêcher de monter retrouver la dépouille. Je n'avais pas le temps de l'accompagner. Je passerais la voir dans un moment. Puisque nous n'étions pas croyantes, nous n'aurions pas de prières à réciter et nous bavarderions toute la nuit. Elle savait combien ce gamin me déplaisait, et combien il était sournois. Elle le défendrait encore, malgré la preuve étendue devant elle que la vie de ce gosse était un échec. Elle chercherait des arguments pour justifier les dégâts qu'il avait provoqués. Dans son délire, elle approuverait tant les faits et gestes du gamin, qu'elle lui trouverait même raison d'être mort. Je la prendrais par l'épaule, je l'appuierais contre ma poitrine. Je la laisserais pleurer sur moi jusqu'à ce que ses larmes traversent mes vêtements et atteignent mon épiderme.

Quelques mois plus tard, j'ai eu l'idée de débaptiser le chien que je venais d'acheter pour remplacer Ric, afin qu'il porte le nom d'Étienne. Le psychisme de Christine s'est cicatrisé peu à peu, et elle a oublié son passé de mère. Elle a vécu encore quarante-trois années. Elle n'a jamais connu personne d'autre que moi. En vieillissant, elle a marché de plus en plus mal. Je suis morte deux ans avant elle, mais ses mauvaises jambes l'ont empêchée de suivre mon enterrement. Elle a continué à vivre dans la solitude absolue. Quand on l'a mise à l'hôpital, elle a dit aux infirmières qu'elle n'avait pas de famille. On lui a répondu qu'au moins personne ne pleurerait quand son tour viendrait. Jusqu'au dernier matin de sa vie, elle s'est toujours réveillée en murmurant le nom d'Étienne. Elle avait oublié depuis longtemps son fils, mais elle pensait au chien que nous avions gardé dix-sept ans et qui nous avait donné tant de joie.

J'avais tellement froid que j'espérais qu'elle allait arriver tout de suite. Je lui montrerais son appartement et son gosse. Puis, je monterais m'enfermer chez moi. Je pousserais mon chauffage à fond. J'enlèverais mes vêtements un à un. Je jouirais du plaisir de transpirer en regardant par la fenêtre la neige tomber sur les passants. Je passerais la nuit à avoir chaud, à inonder mes draps de transpiration. La chaleur sera comme une présence, une dernière amie. J'entendrais Christine alerter les voisins. J'entendrais des pas. Il y aurait des voix, des exclamations. On sonnerait, on frapperait, on me sommerait d'ouvrir enfin cette porte.

Je me réfugierais dans la salle de bains, devant le radiateur qui sentirait encore l'odeur de Ric. Je m'accroupirais devant lui, comme devant quelqu'un. Je me brûlerais les mains à force de les maintenir sur le métal bouillant. Je me plaquerais au radiateur, comme on se serre contre un humain. J'avalerais tous les médicaments de l'armoire à pharmacie. Je m'allongerais sur le sol, je poserais ma joue contre le carrelage. Je ne serais pas sûre que la mort me vienne avant l'irruption de la police au matin.

Christine était en retard. Il lui était peut-être vraiment arrivé un accident. Elle demanderait à être transportée chez elle malgré ses blessures. Les brancardiers passeraient outre mon interdiction de pénétrer à l'intérieur de l'appartement, et dans ces conditions je m'en irais. Ils abandonneraient Christine sur son lit. Elle ne pourrait pas bouger, le vent et la neige tournoieraient dans sa chambre. Elle verrait dans la pénombre les débris de sa commode et ses vêtements en lambeaux. Elle ne comprendrait pas pourquoi toutes ses vitres avaient été soufflées. Elle appellerait son fils, mais personne ne lui répondrait. Elle crierait. Au lieu de résonner dans la maison, ses plaintes s'en iraient au-dehors par les trous des carreaux cassés et se perdraient dans le charroi du boulevard.

Elle se laisserait tomber du lit, elle ramperait jusqu'à la fenêtre. Elle l'ouvrirait en grand, et propulsant son buste vers l'extérieur, elle interpellerait les passants. Ses propos sembleraient extravagants, personne ne prendrait le risque de déranger les secours. Vers une heure du matin, il se mettrait à neiger si fort que plus personne n'entendrait sa voix.

Le lendemain en ouvrant mes volets, j'apercevrais une forme blanche émergeant de l'appartement du premier. Elle contiendrait le cadavre gelé de Christine. Je n'y accorderais pas grande attention, supposant qu'Étienne s'étant réveillé de sa torpeur avait joué à construire une sorte de bonhomme de neige. J'en conclurais que cette histoire était terminée, dans quelques jours les derniers meubles seraient réparés et les vêtements recousus.

Je profiterais du soleil pour me prélasser en robe de chambre dans l'air vif. En début d'après-midi, j'irais faire une promenade dans Paris. Je serais heureuse, toute mon existence me semblerait transparente dans la lumière coupante de l'hiver. Je n'aurais plus besoin d'avenir, il me suffirait de multiplier cette minute à l'infini.

Christine avait sans doute essayé d'appeler Étienne pour le prévenir de son retard. Elle lui aurait dit qu'elle avait eu un malaise au rayon cosmétiques et qu'on l'avait assise dans l'infirmerie. À présent, elle se sentait mieux et elle allait rentrer. La neige et le froid lui feraient du bien. Il pouvait dormir sans attendre son retour, elle lui promettait une surprise pour demain matin. Elle l'embrasserait, elle lui souhaiterait une bonne nuit. Elle rendrait l'appareil à l'employé qui aurait composé le numéro à sa place.

Elle voudrait se redresser, mais elle retomberait sur le fauteuil comme une masse. Elle mettrait quand même son manteau, elle prendrait son sac sous son bras. Elle demanderait qu'on l'aide à se relever et à aller jusqu'au trottoir. Deux vendeuses la maintiendraient et accompagneraient sa démarche hésitante dans les méandres du magasin désert, aux enseignes éteintes, aux lumières en veilleuse. Ses souliers glisseraient sur la neige, on lui conseillerait d'appeler un taxi. Elle demanderait qu'on la soutienne encore, le temps qu'elle s'habitue à l'air de la nuit. Elle respirerait à grandes bouffées, la tête tournée vers le ciel malgré les flocons. Alors la vie lui reviendrait, ses poumons pulseraient l'oxygène glacé dans son sang tiède de citadine.

Je l'ai vue arriver. Elle était chargée, elle regardait par terre en marchant. J'ai résisté à la tentation de m'enfuir. Je l'ai laissée s'approcher de plus en plus. Elle est passée devant moi en pinçant les lèvres.

— J'ai à te parler.

Elle est entrée dans l'immeuble.

— Il faut que tu m'écoutes.

Elle a commencé à monter l'escalier. Je lui ai dit que Ric était mort.

— Tu l'as empoisonné ?

— Non.

Elle a posé ses paquets devant sa porte. Elle a cherché son trousseau dans son sac. J'ai bouché la serrure avec mon index.

— Enlève ton doigt.

— Monte à la maison boire un verre.

Elle a appuyé sur le bouton de la sonnette.

— Ne sonne pas.

Elle a frappé à la porte, elle a appelé Étienne.

— Il ne t'ouvrira pas.

— Pourquoi ?

— Il est allé enterrer Ric dans le jardin d'un ami.

— Quel ami ?

— Je ne sais pas.

Elle m'a tordu le doigt pour dégager la serrure. Elle est parvenue à introduire sa clé.

— Il a demandé que tu ailles le chercher.

— Laisse-moi passer.

Elle est entrée dans l'appartement. Je lui ai dit que des cambrioleurs étaient venus et qu'ils avaient tout cassé quand ils s'étaient rendu compte qu'il n'y avait rien à voler. Elle ne m'a pas crue. Elle est allée dans le salon, puis dans sa chambre. Elle criait et menaçait de me faire enfermer dans un asile ou dans une prison.

Je lui ai barré le passage à la chambre d'Étienne. Je me suis laissé insulter et maltraiter. Quand la grêle de coups est devenue insupportable, je lui ai dit qu'Étienne était mort.

— Tu mens.

Je me suis écartée. J'ai allumé l'électricité pour qu'elle le voie mieux. Elle s'est jetée sur le cadavre du petit. Sa douleur m'a effrayée. J'ai eu peur qu'elle se retourne et me reproche de l'avoir tué. J'ai ramassé un pied de table dans le salon. Je l'ai assommée et elle a perdu connaissance. Je suis rentrée chez moi, mais j'ai eu peur qu'elle reprenne ses esprits et appelle au secours. Je suis retournée là-bas. J'ai pris son pouls, il battait. Je l'ai frappée à nouveau. Je n'ai plus trouvé son pouls nulle part, et même l'oreille collée à sa poitrine je n'entendais pas son cœur.

Je suis remontée. Malgré la douche de tout à l'heure, j'ai pris un bain. Je me suis habillée de vêtements que j'avais achetés le mois dernier et que je n'avais encore jamais portés. À part les œufs brouillés, je n'avais rien mangé depuis le matin. Mon réfrigérateur était vide, et à cette heure-là même l'épicier de la rue Gay-Lussac devait être fermé. Je suis sortie, j'ai marché jusqu'au boulevard St-Germain. Je flânais, je regardais les vitrines éclairées des boutiques. Dans une petite rue derrière St-Sulpice, j'ai trouvé un restaurant dont le menu me plaisait.

DU MÊME AUTEUR

Aux Éditions Gallimard

SUR UN TABLEAU NOIR, roman, 1993

Aux Éditions Denoël

SEULE AU MILIEU D'ELLE, roman, 1985

CET EXTRÊME AMOUR, roman, 1986

LES GOUTTES, théâtre, 1985

Aux Éditions Julliard

STRICTE INTIMITÉ, roman, 1996

Aux Éditions Verticales

HISTOIRE D'AMOUR, roman, 1998 (Folio n° 3186)

CLÉMENCE PICOT, roman, 1999

AUTOBIOGRAPHIE, roman, 2000

FRAGMENTS DE LA VIE DES GENS, roman, 2000

COLLECTION FOLIO

Dernières parutions

3304. Zola	*Germinal.*
3305. Sempé	*Raoul Taburin.*
3306. Sempé	*Les Musiciens.*
3307. Maria Judite de Carvalho	*Tous ces gens, Mariana...*
3308. Christian Bobin	*Autoportrait au radiateur.*
3309. Philippe Delerm	*Il avait plu tout le dimanche.*
3312. Pierre Pelot	*Ce soir, les souris sont bleues.*
3313. Pierre Pelot	*Le nom perdu du soleil.*
3314. Angelo Rinaldi	*Dernières nouvelles de la nuit.*
3315. Arundhati Roy	*Le Dieu des Petits Riens.*
3316. Shan Sa	*Porte de la paix céleste.*
3317. Jorge Semprun	*Adieu, vive clarté...*
3318. Philippe Sollers	*Casanova l'admirable.*
3319. Victor Segalen	*René Leys.*
3320. Albert Camus	*Le premier homme.*
3321. Bernard Comment	*Florence, retours.*
3322. Michel Del Castillo	*De père français.*
3323. Michel Déon	*Madame Rose.*
3324. Philipe Djian	*Sainte-Bob.*
3325. Witold Gombrowicz	*Les envoûtés.*
3326. Serje Joncour	*Vu.*
3327. Milan Kundera	*L'identité.*
3328. Pierre Magnan	*L'aube insolite.*
3329. Jean-Noël Pancrazi	*Long séjour.*
3330. Jacques Prévert	*La cinquième saison.*
3331. Jules Romains	*Le vin blanc de la Villette.*
3332. Thucydide	*La Guerre du Péloponnèse.*
3333. Pierre Charras	*Juste avant la nuit.*
3334. François Debré	*Trente ans avec sursis.*
3335. Jérôme Garcin	*La chute de cheval.*
3336. Syvie Germain	*Tobie des marais.*
3337. Angela Huth	*L'invitation à la vie conjugale*
3338. Angela Huth	*Les filles de Hallows Farm.*
3339. Luc Lang	*Mille six cents ventres.*

3340. J.M.G. Le Clézio — *La fête chantée.*
3341. Daniel Rondeau — *Alexandrie.*
3342. Daniel Rondeau — *Tanger.*
3343. Mario Vargas Llosa — *Les carnets de Don Rigoberto.*
3344. Philippe Labro — *Rendez-vous au Colorado.*
3345. Christine Angot — *Not to be.*
3346. Christine Angot — *Vu du ciel.*
3347. Pierre Assouline — *La cliente.*
3348. Michel Braudeau — *Naissance d'une passion.*
3349. Paule Constant — *Confidence pour confidence.*
3350. Didier Daeninckx — *Passages d'enfer.*
3351. Jean Giono — *Les récits de la demi-brigade.*
3352. Régis Debray — *Par amour de l'art.*
3353. Endô Shûsaku — *Le fleuve sacré.*
3354. René Frégni — *Où se perdent les hommes.*
3355. Alix de Saint-André — *Archives des anges.*
3356. Lao She — *Quatre générations sous un même toit II.*
3357. Bernard Tirtiaux — *Le puisatier des abîmes.*
3358. Anne Wiazemsky — *Une poignée de gens.*
3359. Marguerite de Navarre — *L'Heptaméron.*
3360. Annie Cohen — *Le marabout de Blida.*
3361. Abdelkader Djemaï — *31, rue de l'Aigle.*
3362. Abdelkader Djemaï — *Un été de cendres.*
3363. J.P. Donleavy — *La dame qui aimait les toilettes propres.*
3364. Lajos Zilahy — *Les Dukay.*
3365. Claudio Magris — *Microcosmes.*
3366. Andreï Makine — *Le crime d'Olga Arbélina.*
3367. Antoine de Saint-Exupéry — *Citadelle (édition abrégée).*
3368. Boris Schreiber — *Hors-les-murs.*
3369. Dominique Sigaud — *Blue Moon.*
3370. Bernard Simonay — *La lumière d'Horus (La première pyramide III).*
3371. Romain Gary — *Ode à l'homme qui fut la France.*
3372. Grimm — *Contes.*
3373. Hugo — *Le Dernier Jour d'un Condamné.*
3374. Kafka — *La Métamorphose.*
3375. Mérimée — *Carmen.*
3376. Molière — *Le Misanthrope.*
3377. Molière — *L'École des femmes.*

3378.	Racine	*Britannicus.*
3379.	Racine	*Phèdre.*
3380.	Stendhal	*Le Rouge et le Noir.*
3381.	Madame de Lafayette	*La Princesse de Clèves.*
3382.	Stevenson	*Le Maître de Ballantrae.*
3383.	Jacques Prévert	*Imaginaires.*
3384.	Pierre Péju	*Naissances.*
3385.	André Velter	*Zingaro suite équestre.*
3386.	Hector Bianciotti	*Ce que la nuit raconte au jour.*
3387.	Chrystine Brouillet	*Les neuf vies d'Edward.*
3388.	Louis Calaferte	*Requiem des innocents.*
3389.	Jonathan Coe	*La Maison du sommeil.*
3390.	Camille Laurens	*Les travaux d'Hercule.*
3391.	Naguib Mahfouz	*Akhénaton le renégat.*
3392.	Cees Nooteboom	*L'histoire suivante.*
3393.	Arto Paasilinna	*La cavale du géomètre.*
3394.	Jean-Christophe Rufin	*Sauver Ispahan.*
3395.	Marie de France	*Lais.*
3396.	Chrétien de Troyes	*Yvain ou le Chevalier au Lion.*
3397.	Jules Vallès	*L'Enfant.*
3398.	Marivaux	*L'Île des Esclaves.*
3399.	R.L. Stevenson	*L'Île au trésor.*
3400.	Philippe Carles et Jean-Louis Comolli	*Free jazz, Black power.*
3401.	Frédéric Beigbeder	*Nouvelles sous ecstasy.*
3402.	Mehdi Charef	*La maison d'Alexina.*
3403.	Laurence Cossé	*La femme du premier ministre.*
3404.	Jeanne Cressanges	*Le luthier de Mirecourt.*
3405.	Pierrette Fleutiaux	*L'expédition.*
3406.	Gilles Leroy	*Machines à sous.*
3407.	Pierre Magnan	*Un grison d'Arcadie.*
3408.	Patrick Modiano	*Des inconnues.*
3409.	Cees Nooteboom	*Le chant de l'être et du paraître.*
3410.	Cees Nooteboom	*Mokusei !*
3411.	Jean-Marie Rouart	*Bernis le cardinal des plaisirs.*
3412.	Julie Wolkenstein	*Juliette ou la paresseuse.*
3413.	Geoffrey Chaucer	*Les Contes de Canterbury.*
3414.	Collectif	*La Querelle des Anciens et des Modernes.*
3415.	Marie Nimier	*Sirène.*
3416.	Corneille	*L'Illusion Comique.*

Composition Bussière
et impression Bussière Camedan Imprimeries
à Saint-Amand (Cher), le 16 octobre 2000.
Dépôt légal : octobre 2000.
Numéro d'imprimeur : 1519-002933/1.
ISBN 2-07-041091-9./Imprimé en France.